2017年 中国散文排行榜

周　明　王宗仁　主编

百花洲文艺出版社

图书在版编目（CIP）数据

2017年中国散文排行榜 / 周明, 王宗仁主编. -- 南昌：
百花洲文艺出版社, 2017.12
ISBN 978-7-5500-2549-3

Ⅰ. ①2… Ⅱ. ①周… ②王… Ⅲ. ①散文集－中国－当代
Ⅳ. ①I267

中国版本图书馆CIP数据核字（2017）第289529号

2017年中国散文排行榜
周 明 王宗仁 主编

出 版 人 姚雪雪
责任编辑 余丽丽 辛蔚萍
书籍设计 方 方
制 作 何 丹
出版发行 百花洲文艺出版社
社 址 南昌市红谷滩新区世贸路898号博能中心20楼
邮 编 330038
经 销 全国新华书店
印 刷 南昌市红星印刷有限公司
开 本 850mm×1168mm 1/16 印张 22
版 次 2018年1月第1版第1次印刷
字 数 300千字
书 号 ISBN 978-7-5500-2549-3
定 价 43.00元

赣版权登字 05-2017-477

目　录

1　铁　凝　倾听心灵的回响

4　莫　言　马的眼镜

8　冯骥才　母亲百岁记

11　张　炜　那根命运的手指

22　李国文　短促的美丽

26　余光中　水乡招魂

35　从维熙　桃花情

45　梁晓声　故人往事

67　周　涛　一条鱼和它的池塘

77　韩少功　精　英

81　王愿坚　人民的乳汁

90　范小青　行走在东山

98 迟子建 我的世界下雪了
103 洪 烛 郭沫若为何热爱屈原
108 凌仕江 僜 人
120 徐贵祥 一间教室的记忆
125 石 英 良性的感觉就是恩
133 周 明 我多想让他再恨我一回
138 任 蒙 三千年遐思
148 曹乃谦 学书六十年，而今才知砚
154 吕向阳 板凳不坐蹲起来
163 裘山山 我一直叫你家海
168 葛水平 自己和心的距离
178 袁 方 生死杨村
191 谢德才 林中小木屋
194 杨献平 邦达兵站

198 **舒晋瑜** 老之将至

211 **吴克敬** 我把母亲抱在怀里

218 **王宗仁** 神女泉

235 **侯健飞** 杨柳依然青青

262 **冯秋子** 冬　季

267 **蒋建伟** 隐逃的倭瓜

271 **陈亚军** 翠亨村的深处

276 **吴佳骏** 谁为失去故土的人安魂

283 **范晓波** 在虚拟中到达

296 **郭　伟** 甲居藏寨

299 **苗　莉** 京城记忆（外一篇）

307 **王　韵** 寂静的美神

313 **魏丽饶** 舒　平

325 **荆淑敏** 涛　涛

330 **黄圣凤** 母亲的簸箕

338 **赵日超** 梦里依稀看淮安

343 **张佐香** 思想的蝴蝶

倾听心灵的回响

铁　凝

这段时间，身边许多朋友都在谈论《朗读者》。他们中有些是文学界的同行，但大多数从事的工作与文学并无直接关联。他们有着各自不同甚至罕有交集的身份，然而当谈论《朗读者》、谈论节目里那些经典篇章的时候，他们的眼睛里流露着相同的情感，那就是温柔与感动。我愿意相信，在这一刻，我与他们共享着同一个幸福的身份，那就是祖国文学的阅读者、人类心灵的倾听者。

我同时注意到，由《朗读者》而兴起的诵读文学经典的热潮，并没有仅仅停留在媒体传播和好友热议的层面，它已经渗入到广大的人群中，成为一种生活场景：许多城市都设置了“朗读亭”，每一个经过的人都可以走入其中，朗读自己喜爱的篇章并进行录制，他们的声音和形象将有可能出现在《朗读者》节目的正片之中。听说许多城市的“朗读亭”外都排起了长队，也有读者为了录制3分钟的视频，在亭外耐心地等待了足足9个小时。

《朗读者》已经成为一道醒目的文化风景、一种引人深思的文化现象。它向我们证明，诚挚、深沉、优美、健康的内容，在今天依然能够获得普遍的关注，好的文学永远拥有直指人心的伟大力量。常有人说，我们生活在一个匆忙浮躁的时代，当代人的精神世界平庸而匮乏。对于这样的观点，我只能部分地认同。当下的生活固然匆忙，很多时候，我们也的确面临着浮躁的问题；但即使出于种种原因，我们同自己内心相处的时间相对有限，人们依然会本能地渴望着纯粹、辽阔、有质量的精神生活。近年来，以《朗读者》为代表的一批文学文化类节目广受欢迎，正是因为它们引导人们放慢生活节奏，倾听内心的声音，顺应和满足了人们对精神生活的渴望。

《朗读者》中出现的文本，很多是经过漫长时间检验的名篇佳作；即使是出于今人之手的篇章，此前也多已在读者间广为流传。它们中有相当一部分，都当得起“经典”二字。何为经典？答案可能有很多，但我想，最直接的一条就是它们拥有温暖而强劲的力量，能够长久不衰地体贴灵魂、拨动心弦，触碰到我们情感深处最柔软最深刻的部位。这种力量，并不会因时间流逝和年代更迭而减弱。《朗读者》里的许多篇章，都是我早年间的挚爱；那些熟悉的文字，关乎爱与恨、喜与悲、生与死、豪情与希望，曾经深刻地启示、影响了我们这一代人。很多年过去了，我发现，今天的年轻读者依然会为之鼓舞、感动；其中有许多句子，我至今能够脱口背诵，它们在新一代读者心中同样激起了深沉的回响。好的文学就是这样，它能够跨越年龄和代际的鸿沟，陪伴一代又一代人成长，在情感体验和文化记忆的代代传承之中，把种种高贵和美好的品质传递给无尽的后来人。

朗读，就是朗声诵读，是倾听自己的声音，也是倾听他人的声音。通过口的诵读与耳的倾听，汉语和它内在的气质、精神，以焕然一新的方式进入了我们的心灵。古老而长新的汉语，具有抑扬顿挫的独特韵律，这韵律不仅是美的，而且包含着我们共同的文化记忆和我们共同的情感。正是在这个意义上，《朗读者》使阅读成为认同的过程，一个人在朗读中寻求更为广大的联系——通过这美好的母语，我们不仅彼此看见，我们还得以彼此听见，我们得以完成彼此身份的响亮确证，由此结成血脉相连、情感相通的共同体。

现在，《朗读者》里的诵读篇目已被整理成书，由人民文学出版社出版。

将有更多的读者阅读和朗读这些作品，从中感受真善美的力量，感受文学的力量。同时，这一切也是对包括我在内的写作者的提醒：一个人内心的声音在广大的人群中持久回响，这是世上最美好的事，这更是一份严肃庄重的责任。我们会更深刻地记住这份提醒，认真地写下去，把心交给读者，把更多的好作品献给我们的人民。

原载《光明日报》2017年8月11日

马的眼镜

莫　言

1984年解放军艺术学院创办文学系，徐怀中老师是首任主任，我是首届学员。我们是干部专修班，学制两年。怀中老师只担任了一年主任，便被调到总政文化部任职去了，但他确定的教学方针以及他为这届学员所做的一切，却让我们一直牢记在心。今年三月初，文学系邀请怀中老师去讲课，因老人家年近九秩，怕他太累，便让我与朱向前学兄陪讲。讲座上，我忆起北京大学吴小如先生给我们讲课的事，虽寥寥数语，但引发了怀中师的很大感慨，于是，我就写下这篇文章，回忆往事，以防遗忘。

吴先生为我们讲课，应该是在1984年的冬季，前后讲了十几次。他穿着一件黑色呢大衣，戴一顶黑帽子，围一条很长的绛紫色的围巾。进教室后他脱下大衣解下围巾摘下帽子，露出头上凌乱的稀疏白发，目光扫过来，有点鹰隼的感觉。他目光炯炯，有两个明显的眼袋，声音洪亮，略有戏腔，一看就知道是讲台上的老将。因为找不到当年的听课笔记，不能准确罗列他讲过的内容。只记得他第一节讲杜甫的《兵车行》。杜诗一千多首，他先讲《兵车行》，应该是有针对性的，因为我们是军队作家班。这首诗他自然是烂熟于胸，讲稿在桌，根本不动，竖行板书，行云流水——后来才知道他的书法也可称“家”

的——他的课应该是非常精彩的，他为我们讲课显然也是十分用心的，但由于我们当时都发了疯似的摽劲儿写作，来听他讲课的人便日渐减少。最惨的一次，偌大的阶梯教室里，只有五个人。

这也太不像话了，好脾气的怀中主任也有些不高兴了。他召集开会，对我们提出了温和的批评并进行了苦口婆心的劝说。下一次吴先生的课，三十五名学员来了二十多位，怀中主任带着系里的参谋干事也坐在了台下。吴先生一进教室，炯炯的目光似乎有点湿，他说："同学们，我并不是因为吃不上饭才来给你们讲课的！"这话说得很重，许多年后，徐怀中主任说："听了吴先生的话，我真是感到无地自容！"吴先生的言外之意很多，其中自然有他原本并不想来给我们讲课是徐怀中主任三顾茅庐才把他请来的意思。那一课大家都听得认真，老先生讲得自然也是情绪饱满、神采飞扬。记得在下课前他还特意说：我读过你们的小说，发现你们都把"寒"毛写成了"汗"毛，当然这不能说你们错，但这样写不规范，接下来他引经据典地讲了古典文学中此字都写作"寒"，最后他说，我讲了这么多课，估计你们很快就忘了，但这个"寒"字请你们记住。

现在回想起来，吴先生让我们永远记住这个"寒"字，是不是有什么弦外之音呢？是让我们知道他寒心了吗？还是让我们知道自己知识的浅薄？

其实，我从吴先生的课堂里，还是受益多多的。他给我们讲庄子的《秋水》和《马蹄》，我心中颇多合鸣，听着他绘声绘色地讲演，我的脑海中便浮现出故乡一望无际的荒原上野马奔驰的情景，还有河堤决口、秋水泛滥的情景。后来，我索性以《马蹄》为题写了一篇散文，以《秋水》为名写了一篇小说。《马蹄》发表在1985年的《解放军文艺》上，《秋水》发表在1985年的《莽原》上，这都是听了吴先生的课之后几个月的事儿。

这两篇作品对我来说都有非常重要的意义：《马蹄》表达了我的散文观，发表后颇受好评，还获得了当年的"解放军文艺"奖。《秋水》中，第一次出现了"高密东北乡"这个文学地理名称，从此，这个"高密东北乡"就成了我的专属文学领地。我在很长一段时间内都以为我是在《白狗秋千架》这篇小说中第一次写下了“高密东北乡”这几个字，在国内外都这样讲，后来，我大哥与高密的几位研究者纠正了我。《秋水》写了在一座被洪水围困的小土山上发生的故事，“我爷爷”“我奶奶”这两个“高密东北乡”的重要人物出现了，土匪出现了，侠女也出现了，梦幻出现了，仇杀也出现了。应该说，《秋水》是“高密东北乡”的创世纪篇章，其重要意义不言自明。

吴先生讲庄子《秋水》篇那一课，就是只来了五个人那一课。那天好像还下着雪——我愿意在我的回忆中有吴先生摘下帽子抽打身上的雪花的情景。我们的阶梯教室的门正对着长长的走廊，门是两扇关不严但声响很大的弹簧门。吴先生进来后，那门就在弹簧的作用下“哐当”一声关上了。我们的阶梯教室有一百多个座位，五个听课人分散开，确实很不好看。我记得阶梯教室南侧有门有窗，外面是礼堂前的很大一片空场。因为我坐在第七排最南边的座位上，侧面便可见到窗外的风景，那天下雪的印象多半由此而来。我记得我不好意思看吴先生的脸，同学们不来上课造成的尴尬却要我们几个来上课的承受，这有点不公平，但世界上的事情就是这样。有一次学校组织学员去郊区栽树，有两位同学躲在宿舍里想逃脱，被我揭发了，从此这两人再也没跟我说过一句话。毕业十几年后，有一次在街上碰见了某一位，我热情地上前打招呼，他却一歪头过去了，让我落了一个大大的没趣。由此我想到，揭发别人，是一件得罪人最狠的事，但不揭发，心里又恨得慌，这也算做人之难吧。

虽然只有五个人听讲，但吴先生那一课却讲得格外地昂扬，好像他是赌着气讲。我当时也许想到了据说黑格尔讲第一课时，台下只有一个学生，他依然讲得慷慨激昂的事，而我们有五个人，吴先生应该满足了。

“秋水时至，百川灌河，泾流之大，两涘渚崖之间，不辩牛马。于是焉，河伯欣然自喜，以天下之美为尽在己……”先生朗声诵读，抑扬顿挫，双目烁烁，扫射着台下我们五个可怜虫，使我们感到自己就是目光短浅不可以语于海的井蛙、不可以语于冰的夏虫，而他就是虽万川归之而不盈、尾闾泄之而不虚，却自以为很渺小的北海。

讲完了课，先生给我们深深鞠了一躬，收拾好讲稿，穿戴好衣帽，走了。随着弹簧门“咣当”一声巨响，我感到这老先生既可敬又可怜，而我自己，则是又可悲又可耻。

因为当时我们手头都没有庄子的书，系里的干事便让我将《秋水》《马蹄》这两篇文章及注解刻蜡纸油印，发给每人一份。刻蜡纸时我故意地将《马蹄》篇中“夫加之以衡扼，齐之以月题”中“月题”的注释刻成“马的眼镜”，其意大概是想借此引逗同学发笑吧，或者也是借此发泄让我刻版油印的不满。我没想到吴先生还会去看这油印的材料，但他看了。他在下一课讲完时说：“月题”，是马辔头上状如月牙、遮挡在马额头上的佩饰，不是马的眼镜。然后他又说——我感到他的目光盯着我说——“给马戴上眼镜，真是天才！”——我感到脸上发烧，也有点无地自容了。

毕业十几年后，有一次在北大西门外遇到了吴先生，他似乎老了许多，但目光依然锐利。我说：吴先生，我是军艺文学系毕业的莫言，我听过您的课。

他说：噢。

我说：我听您讲庄子的《秋水》《马蹄》，很受启发，写了一篇小说，题目叫《秋水》，写了一篇散文，题目叫《马蹄》。

他说：噢。

我说：我曾在刻蜡纸时，故意把“月题”解释成“马的眼镜”，这事您还记得吗?

此时，正有一少妇牵着一只小狗从旁边经过，那小狗身上穿着一件鲜艳的毛线衣。吴先生突然响亮地说：

“狗穿毛衣寻常事，马戴眼镜又何妨？”

原载《文汇报》2017年3月15日

母亲百岁记

冯骥才

留在昔时中国人记忆里的，总有一个挂在脖子上小小而好看的长命锁。那是长辈请人用纯银打制的，锁下边坠着一些精巧的小铃，锁上边刻着四个字：长命百岁。这四个字是世世代代以来对一个新生儿最美好的祝福，一种极致的吉祥话语，一种遥不可及的人间想往，然而从来没想到它能在我亲人的身上实现。天竟赐我这样的洪福！

天下有多少人能活到三位数？谁能叫自己的生命装进去整整一个世纪的岁久年长？

我骄傲地说——我的母亲！

过去，我不曾有过母亲百岁的奢望。但是在母亲过九十岁生日的时候，我萌生出这种浪漫的痴望。太美好的想法总是伴随着隐隐的担虑。我和家人们嘴里全不说，却都分外用心照料她，心照不宣地为她的百岁目标使劲了。我的兄弟姐妹多，大家各尽其心，又都彼此合力，第三代的孙男娣女也加入进来。特别是母亲患病时，那是我们必须一起迎接的挑战。每逢此时我们就像一支训练有素的球队，凭着默契的配合和倾力倾情，赢下一场场“赛事”。母亲经多磨难，父亲离去后，更加多愁善感；多年来为母亲消解心结已是我们每个人都擅长的事。我无法知道这些年为了母亲的快乐与健康，我们手足之间反反复复通了多少电话。

然而近年来，每当母亲生日我们笑呵呵聚在一起时，也都是满头花发。小弟已七十，大姐都八十了。可是在母亲面前，我们永远是孩子。人只有到了岁数大了，才会知道做孩子的感觉多珍贵多温馨。谁能像我这样，七十五岁了还是儿子，还有身在一棵大树下的感觉，有故乡故土和家的感觉，还能闻到只有母亲身上才有的深挚的气息。

人生很奇特。你小时候，母亲照料你保护你，每当有外人敲门，母亲便会起身去开门，决不会叫你去。可是等到你成长起来，母亲老了，再有外人敲门时，去开门的一定是你：该轮到你来呵护母亲了，人间的角色自然而然地发生转变，这就是美好的人伦与人伦的美好。母亲从九十一、九十二、九十三……一步步向前走。一种奇异的感觉出现了，我似乎觉得母亲愈来愈像我的女儿，我要把她放在手心里，我要保护她，叫她实现自古以来人间最瑰丽的梦想——长命百岁！

母亲住在弟弟的家。我每周二、五下班之后一定要去看她，雷打不动。母亲知我忙，怕我担心她的身体，这一天她都会提前洗脸擦油，拢拢头发，提起精神来，给我看。母亲兴趣多多，喜欢我带来的天南地北的消息，我笑她“心怀天下”。她还是个微信老手，天天将亲友们发给她的美丽的图片和有趣的视频转发他人。有时我在外地开会时，会忽然收到她的微信：“儿子，你累吗？”可是，我在与她一边聊天时，还是要多方“刺探”她的身体存在哪些小问题和小不适，我要尽快为她消除。我明白，保障她的身体健康是我首要的事。就这样，那个浪漫又遥远的百岁的目标渐渐进入眼帘了。

到了去年，母亲九十九周岁。她身体很好，身体也有力量，想象力依然活跃，我开始设想来年如何为她庆寿时，她忽说：“我明年不过生日了，后年我过一百零一岁。”我先是不解，后来才明白，“百岁”这个日子确实太辉煌，她把它看成一道高高的门槛了，就像跳高运动员面对的横杆。我知道，这是她本能地对生命的一种畏惧，又是一种渴望。于是我与兄弟姐妹们说好，不再对她说百岁生日，不给她压力，等到了百岁那天来到自然就要庆贺了。可是我自己的心里也生出了一种担心——怕她在生日前生病。

然而，担心变成了现实，就在她生日前的两个月突然丹毒袭体，来势极猛，发冷发烧，小腿红肿得发亮，这便赶紧送进医院，打针输液，病情刚刚好转，旋又复发，再次入院，直到生日前三日才出院，虽然赶走了病魔，然而一连五十天输液吃药，伤了胃口，变得体弱神衰，无法庆贺寿辰。于是兄弟姐妹大家商定，百岁这天，轮流去向她祝贺生日，说说话，稍坐即离，不叫她劳累。午餐时，只由我和爱人、弟弟，陪她吃寿面。我们相约依照传统，待到母亲身体康复后，一家老小再为她好好补寿。

尽管在这百年难逢的日子里，这样做尴尬又难堪，不能尽大喜之兴，不能让这人间盛事如花般盛开，但是今天——

母亲已经站在这里——站在生命长途上一个用金子搭成的驿站上了。一百年漫长又崎岖的路已然记载在她生命的行程里。她真了不起，一步跨进了自己的新世纪。此时此刻我却仍然觉得像是在一种神奇和发光的梦里。

故而，我们没有华庭盛筵，没有四世同堂，只有一张小桌，几个适合母亲口味的家常小菜，一碗用木耳、面筋、鸡蛋和少许嫩肉烧成的拌卤，一点点红酒，无限温馨地为母亲举杯祝贺。母亲今天没有梳妆，不能拍照留念，我只能把眼前如此珍贵的画面记在心里。母亲还是有些衰弱，只吃了七八根面条，一点绿色的菠菜，饮小半口酒。但能与母亲长久相伴下去就是儿辈莫大的幸福了。我相信世间很多人内心深处都有这句话。

此刻，我愿意把此情此景告诉给我所有的朋友与熟人，这才是一件可以和朋友们共享的人间的幸福。

原载《北京晚报》2017年10月15日

那根命运的手指

张　炜

半岛文化印象

讲到胶东半岛的文化，只能谈点印象。它作为一个概念，从学术层面诠释起来很难，这里只是随便一说。这是一个需要深入研究和论证的命题。每一个地方都有自己的区域文化，胶东不仅不例外，而且特点极为鲜明。它强大的个性引人注目，特别是国家实行对外开放以来，历史来到了一个转折期，文化研究的热点和重心也相应地得到转移，过去受冷落的，今天则得到了发掘，比如齐文化。代表中国传统文化的是儒家，它一直是正统和正宗，是研究汉文明的着力点。由于各种原因，现在对于齐文化或齐文化的重要组成部分、主体部分，也就是胶东半岛文化的研究，开始得到重视。

这方面以前就有一些很重要的著作，比如王献唐先生的《山东古国考》，李白凤的《东夷杂考》。其中谈到的半岛文明，是一个难以忽略的学术题目，现在已经备受注目。我个人的文学创作一直依赖学术。一些思想的积累、研究的基础，对文学创作是必不可少的，离开了这方面的支持，想象就走不远。一个作家失去了自己的文化母体，没有得到它的孕育，就不能茁壮成长。

胶东半岛文化是齐文化的重要组成部分。齐国之都在临淄，它的重要思想之源，文化特征，主要发源于东夷。整个齐国都属于东夷文化，根在胶东半岛。这里对齐国的经济政治各方面都发生了决定性的、不可替代的作用。对半岛文化要有所理解，多少就得与儒家文化作以对比，将二者之间那种互补和不同找出来。比如谈到齐文化，做研究的会列举好多现象，说它的海洋冒险性、它的开放性格、它的传奇色彩、它的神仙文化以及重商主义，还有它的包容性。相对于儒家文化，它更浪漫更开放，更有传奇色彩。儒家文化讲君君臣臣、伦理秩序；儒家文化不像齐文化这么现实主义和物质主义，不这样重商。

儒家文化的核心是讲规矩，讲礼制。它在这种规范和秩序下推动国民生活、政治生活。但是不要忘记，儒家文化里有一句名言，就是孟子讲的“民为贵”，社稷与君王都要次之。可见它既讲君君臣臣，又有贵民思想、民本思想，后者也是它的核心思想之一。儒学另一个核心思想就是“仁”，“仁”和“义”也是构成它的重要基石。这是很高的人文理想，即一切都要为“道”服务，而不是反过来。从这个意义上讲，儒家文化是一个非常理想主义的文化。

我们有时候过分地看重了儒家文化被帝王所改造的那一部分，甚至将其看成了全部：强调国家机器、强调政治秩序、个体对群体的服从。这是很压抑的。我们于是就忽略了真正意义上的儒家和庙堂里的儒家，这之间的区别在哪里。孔子有句非常重要的话，就是谈自己的“道”，说如果“道”不行，违背了他所坚持的道义和理想、他治理国家和安顿人民生活的理想无法推行，他即可离开这个国家，到别的地方去。所以我们不能简单化地、印象化地把儒家看成是一个凝固的、死板的、保守的文化。它里面有充盈的情感，有清晰的理性，有浪漫主义。当然它也有自己的缺陷，比如对物质创造的轻视、对商业运作的排斥。儒家文化很复杂，研究起来可以找到很多不同的、相互矛盾的、向度不同的解释。

但是总体上看儒家文化和齐文化的区别还是明显的。胶东半岛周边都是海，它的这种地理环境决定了人的价值取向和生活习惯，也孕育了族群个性。

这里的人必须去海洋冒险，必须面对虚无缥缈的陆地边缘，在这样的环境中去想象自己的生活，去形成个人的世界观和方法论。齐文化中有一本书影响特别大，就是《管子》。管仲是齐文化的一个代表人物，要谈齐文化大概必要谈管子。管子被誉为中国历史上的良相，对他的歌颂多得不得了。现在有谁去否定管子，可能是站不住脚的，因为商品经济时代是崇尚物质的，管仲恰好满足了这样的一个中国潮流，也是世界的潮流。像西方的凯恩斯，好多西方经济学家实行他的一些理念，在管仲那时候都已经施行了。《管子》这本书里有大量的儒家成分，有很多言论是后人伪造的，真正的《管子》不是我们现在看到的文本。管仲是一个非常商业化、物质化的一个人，他为了搞活齐国的经济，办起了最早的、比雅典都要早很多的官方妓院。不要忘了，在春秋战国时代能够走出这一步，脑子是何等活络，可以说解放到无边无际。外地人来到齐国经商，带一辆车是怎样的待遇，带两辆车又是怎样，规定得都很具体；如果携来的财物特别多，齐国即可以免去其住宿费、粮草费，让妓女去陪他。在当年为了招商引资，齐国就有了这样的一位宰相，经济怎能不热？社会怎能不繁荣？娱乐业也必然火爆发达。这跟今天很多地方的世相是何等一致。

在这种庙堂文化的影响下，整个齐国临淄就有了书上记录的遛狗踢球、熙熙攘攘的人群；人走在街上的神情、穿的衣服等等。这些都近似于当代物质主义、商业主义的市相。齐人治国也有出人意料的举措，比如请来海内一大批学术人士，让他们在这里进行专门的研究，给予很高的待遇。所谓的稷下学宫就建在临淄，这里产生了历史上最著名的“百家争鸣”。几千年之后的今天，有人讲到春秋战国后期的统一中国，满怀遗憾地说：如果命运的手指不是指向了秦国，而是稍微地偏上几度，指向了齐国，由齐国统一了中国，那么想一下中国的历史发展、中国的民族道路乃至于当下吧，那将是完全不一样的面貌了！是不是曼哈顿那一类的世界大都市会出现在这里？是不是拉斯维加斯也会出现在这里？说不定，那只是一种想象，而历史是不能假设的。有人在兴奋中考察和打量历史，谈到了这根命运的手指。

我们作为半岛人可能会对这根命运的手指、对这样的历史设定饶有兴趣，忍不住要回味一番。其实最有意义的还是理性的思考，问一下胶东文化好的方面是什么，糟粕又是什么？它最容易与什么结合？半岛文化中好的方面太多了，对于经济的贡献、社会的贡献太多了，我们实在可以自豪于强大的齐文化传统。这种传统培植了半岛人的勇敢开拓性格、精明的商业头脑，等等。这都是显而易见的。比如对整个东亚特别是东北亚的开拓，现在的出土文物可以强力地证明，半岛人对此做出了巨大的贡献。这种强大的开拓性来自深厚的齐文化，来自东夷的传统。齐东人不仅在春秋战国时代开拓了东北亚，近代又开拓了东北，东三省如果没有半岛人进入，没有这一拨在渔猎中培植起来的强悍族群，至今还是一片蛮荒，那是无法想象的。中国少了东北三省的开拓，经济文化版图该是怎样的单薄。从这个意义上讲半岛人真是了不起，半岛文化真是了不起。这个文化对中国正统的儒家文化给予了多么强大的、不可或缺的补充。

另一方面我们也看到了它的一些弱点或者糟粕，还有诡谲。比如说胶东人念念不忘的寻仙，就产生了特异荒诞、优劣兼杂的长生文化。追逐神迹、成为仙人，长生不老，这成为一种传统。长生不老有两个办法，一个是炼“外丹”，用各种矿物烧炼，吃了以后长生不老；另外一个就是炼“内丹”，也就是吐纳术，近似于今天的气功，即用意念引导体内气息周流，形成一种不可思议的力量，达到永生。研究半岛文化，不可以忽略这部神仙史。有些神仙著作，把成为神仙的人一一记录下来，他在哪里出生，经历了什么，成仙的路线，都写得清清楚楚。那么多人变成神仙，那么多记录，让人惊诧疑惑。今天理性一点看，可以判定为传说和创作。死亡整天发生、时刻发生，死神的光顾任何人都不能回避。可是这里面有一个问题，那么多文字研究和记录了长生不老，说明人类有一个永远不可解脱的向往，一个认识：人的死亡是荒谬的。人是那样有智慧，从出生到成长，到受教育，那么完美，具有创造力，做出了多少惊天动地的事业，怎么说死就死了？生命在逐步衰老，不可挽救，满脸皱纹，从顽皮到成熟，再到行动迟钝，最后到告别世界，是多么悲剧化的一件事情。这是造物主对人类最大的一次捉弄，人类如果没有能力去反抗，没有拿出全部的智慧去对待这个问题，就太渺小太可悲了。从这个角度讲，半岛文化中最发达的神仙术，就不再是一个荒唐的事情了。它是形而上的思索，是对人之为人的最高要求和向往。

神仙学说在南方北方都有，特别是道家的一些代表人物，他们在陕西终南山发起，却成不了大事，而转到了胶东这个地方，丘处机们就得到了长足的发展。蓬莱有八仙过海的传说，还有三仙山，都在蓬莱长岛一带。它在这些地方蔓延茂长起来，是因为地理条件所决定，山川大地培育了神仙文化。这种文化不是因为愚昧时期才盛行起来的，而是到现在乃至于未来，好像都不会终止。无论我们对生命的自然规律怎样熟悉，怎样掌握和解释，人类对永生的渴望永远都不会减少。西方科学发达，它似乎不炼丹，却制造出了那么多营养补充剂。最尖端的科学则试图从基因和染色体的角度，找到人类永生的开关，发现是哪些因素让人衰老、让生命完结。它离最终完成也许还有很长一段路要走，也许永远都是一个梦想。这里的意思，是面对胶东半岛的这种神仙文化，还不能用荒诞二字一笑了之。

另一方面，也正是这不能熄灭的希望之火，带来了另一个副产品，一种负面的力量。当无数人在这种长生不老的希望面前破灭，就很容易走向绝望。由一种巨大的奋斗探索的热望回到了冷静的现世，明确了人只有短短的一生，才感到物质享受是如此重要。离开此生没有未来，这种意识在整个的人生中变得更为现实、切近和不可动摇。所以这种现世主义，对我们的生活影响更广，我们会得过且过，机会主义，贪图享乐，追求娱乐，将理想和精神方面的探索、将儒家思想的核心部分给予抛弃。当一个人失去了理性，失去了对真理的热情，丧失了信仰，这个族群将变得非常可怕，社会将出现各种各样的问题：倾向物质主义、机会主义，短视和苟且。我们今天的人都在谈雾霾，有的地方空气已经污浊到没法生活。根治雾霾为什么这么难？正因为心里的雾霾正浓，空中的雾霾当然不会去掉。我们所看到的社会紊乱、无理性，各种各样的丑恶现象、没有底线，大部分来自一种绝望和垂死的心理。

东渡人徐福

这里需要谈一下徐福。徐福这个人很让人感兴趣，要研究半岛文化就难以绕过他。今天，中国的徐福研究会有20余家，日本也有20余家，还有散布在韩国以及香港台湾地区的类似组织，相当不少。正史上对这个人记载不多，有点虚无缥缈，几千年过去了，人们却一直在顽强地记忆他、研究他，其中必有缘故。为什么？因为这跟长生不老有关。只要人类牵挂着长生不老，也就会关注徐福。他是类似神话般的人物，但正史里记载他就是实实在在的半岛人；还有一条，他跟中国的千古一帝秦始皇连在了一起，为这位帝王出海寻找长生不老药，一去不归。总之他是与这部大传奇密不可分的人，并且是其中的第一主角。谈秦始皇就很难把徐福落下，因为最有名的焚书坑儒事件，坑掉的很多方士就是徐福的同类。这些方士大多是从齐国到咸阳去的。我们过去讲焚书坑儒，坑掉了很多儒生，今天看主要还是研究长生不老的方士们。秦始皇肯定吃过大量丹丸，所谓方士们炼制的“外丹”“内丹”尝试过没有？现在看不到记录。

徐福事件确实存在过，但由于正史记载很少，就留下了很大的想象空间。目前的徐福研究归纳起来有几个不同的说法，似乎都有道理。他率三千童男童女和五谷百工出海，不再归来，成为千古之谜。第一个讲法最普遍，就是为了避秦祸。秦始皇杀掉了大量知识分子，得不到长生不老药，无法维持永生，于是就爆发了“焚书坑儒”这样的大动作。在这样的暴君统治下生存是高度危险的，徐福也就离开了王土。避秦祸的说法在徐福研究中一直是一个主流，这个想法合情合理。还有一个讲法，就是为齐国报仇。因为徐福是一个齐国人，秦国灭了齐国，作为一个家国情怀深重的知识分子，失掉了祖国，灭掉了文化，所以他要行动。于是设法率领一个船队，带领一帮最有本事的人逃到海外，以图东山再起。另一个说法就是受秦始皇的官方派遣，到国外去探索领土。以寻找长生不老药为名，像哥伦布的意义差不多，发现新大陆，开拓秦代疆土。再有一个说法，就是徐福在统一的中国，在秦始皇这种强权奴役之下，感到思想的极不自由，时刻都想逃离。他利用了秦始皇的愚昧，以寻找长生不老药为由，带领国内一些重要的知识分子出走，实际上是一次思想的大逃亡。

各种思路大大扩充了徐福研究。徐福这个人留下的想象空间足够大，在这个空间里，实际上的徐福研究，严格讲即成为当代人的心灵印记，是他们不同的心理寄托。热爱这个事业的人知道，无论是日本韩国还是中国，作为一个历史人物，徐福确是存在的，既存在于正史，也存在于心史，而心史的部分更为重要。许多人都记得小时候家里人讲过徐福，讲他如何离开秦始皇，怎样带领三千童男童女渡海，等等。在中国大江南北以至于整个东南亚地区，徐福的传说太多了，正因为这是一个大传奇，所以无论80后90后的人，直到未来许多代，都很难将其彻底忘却，都会继续关注。这些传说毕竟有着坚实的史实根柢，有不容演绎的实在性，而本身又实在太神奇了。东南亚人特别是日本人对徐福深感兴趣，他们在探索什么？他们探索自己的宗教文化与科技，从中窥见了历史隐约透露出的一些信息：徐福改造了他们的社会，提升了他们的文明。徐福及其所有东渡人成了日本民族的一部分，所以日本今天的许多地方都有纪念徐福的馆室，这里刻下了他们的心史，是不会泯灭的。

今天寻求徐福其人，难的是正史记载少，怎么界定怎么开展都成了难题。后来才发现，这种工作的魅力恰恰也在于此：徐福研究的过程，其实正是对当代精神的不能停止的构划和确立。西方人常说，一千个读者心里就有一千个哈姆雷特；同样的道理，一千个徐福研究者心里也有一千个徐福。我们实际上正在进行的，是每个人对当代、对个人心灵的一种界定和想象，是我们用以表达生活的诉求和希望，赋予我们个人的精神与思想的向度。我们借助徐福，表达自己。

如果不同意某一种说法，可以看书，进一步掌握史料。关于徐福的生平与行止，未来或有新的凭据。做考古取实证，查典籍，总想填充一个比较虚空的人物。最终，这种工作仍旧坚实了对个人精神的把握。每个人关于徐福的书写都是不一样的，这种写书的过程，也成为一种精神的独立保存。这样一种徐福研究，目前可能是真实的。

我的三本书

最后再谈一下我的三本书，因为它们都着重写到了半岛文化。

一本书是《芳心似火》，一部随笔式的散文单行本。当年出版和发表时颇有影响，韩国也出版了，都有一些讨论，去网上搜索可以看到，还相当热烈。有的国内评论认为我抬高了齐文化、太偏爱半岛文化，才如此津津乐道，写了这么一本书。书中谈到了徐福、谈到了渔猎、谈到了航海、谈到了长生。整个胶东半岛文化被描述为浪漫、天真和奔放的，非常令人向往。他们认为作者是齐国人，胶莱河以东的半岛人，所以就过分地美化了那个地方。如此粗放的阅读真是让人无语。其实稍稍仔细些读一下，就会发现《芳心似火》可不光是赞美这里的文化，而是以大量篇幅写了它的负面，甚至是相当严厉的批判。对于没有理想、没有信仰、没有执着追求真理的物质主义和娱乐的齐文化，书中充满痛惜。特别是谈到了它对当今人类生存的巨大威胁。这里套用《哈姆雷特》中那句著名的台词：生存还是毁灭，这是一个问题。谈到齐文化的命运，也许要记住这一句。

是生存还是发展？怎样才能避免毁灭？可以说最后齐国毁灭于自己的文化，而不是秦国的强大。秦国无论是财富，艺术还是科技，各个方面都比齐国差多了。尽管秦国历史上进行了好多变法，也有强大的一面，但似乎从综合国力上看比齐国要差得多。但秦国胜利了，齐国灭亡了。历史上，人们都推崇管仲，说他是治国的良相。他那么重视商业，追求物质，把国家搞得很富裕，却也把国民搞得很懒散，临淄城一片灯红酒绿。看看出土的齐国马车，何等奢华，车上铺着地毯，还有酒具。当时的国王有那么多妃子，还要化妆去逛妓院。国家到了这个地步，无论物质怎么丰厚，科技怎么发达，正气和力量是不会有的。财富容易积累，但人的意志却很难确立，人们追求真理的热情没法保持。精神一旦涣散，无论怎样富裕，毁灭可在旦夕之间。有一些读者没有读懂《芳心似火》。

《芳心似火》翻译到韩国，他们比较超脱，很容易就看懂了，于是出版时加了一个副标题："齐国是怎样灭亡的"。国内初版时也有一个副题，叫"兼论齐国的恣与累"。"恣"就是高兴、恣意，"恣意忘情"的"恣"。太恣了就会累，最后会倒下，这就是齐国的结局。我们今天提倡发展经济，娱乐业十分兴盛，许多时候对管仲那一套念念不忘。但是我们不能忽略齐文化有可能带来的巨大危险。

还有一本书是《刺猬歌》。就我个人而言，所有写胶东半岛的书中，这一本可能是最从容最圆融的。我觉得自己将个人40多年的生活经历、写作经验，以及对半岛生活的细致研究及历史文化研究，综合运用到了一个相对完美的阶段。它以小说的形式，强化和再现了《芳心似火》。半岛风习，来世与今生，趣与意，罪与罚，都在其中了。我是偏爱这本书的。

第三本书是《你在高原》。这部长达450万字的大河小说耗去了我22年的时间，凝聚了多少劳动可想而知。它书写的整个地理范围是山东半岛，但更准确更集中地写了胶东半岛，是这个半岛的生活万象图。它包容了各种历史的、现实的、东方与西方的，但无论如何还是浓墨重彩地写了这个半岛。它承载了太多的半岛历史与现实，如传奇人物徐福和国王等等。因为它实在太长了，有人一直希望我简单地概括一下它的思想和写作倾向，比如批判谁歌颂谁，主题思想又是什么？抱歉，那无论如何都是不可能的。因为它里面根本就没有这些东西。文学不是文论。翻一下评论杂志之类，其中有大量的文学论文，还有书架上的著作，它们尽管堂皇，什么都说到了，可就是没有说到文学。通过什么，说明了什么，主题是什么，评论社会，评论思想，评论道德，但就是不评论文学。

从社会层面、历史层面、思想道德层面去研究文学，也不失为一种途径。

从这里进入文本固然可以，但仍然不要忘记面对的是诗、是语言艺术。如果是一个诗的色盲，也就只好谈谈社会和历史，或者是道德了，这样谈有理有力，振振有词，还能掩盖色盲的缺陷。放弃了语言之美，不可思议的、靠感性才能把握的、充斥在字里行间的诗性、它的空间与意境，一切都将在眼前轻轻掠过，麻木无感。这算不得文学阅读。只有融入个性、语言、诗性，并在其中陶醉，这才谈得上领悟和享受。没有迈入门槛，仍在那里喋喋不休，都是空言。现在的一些评论文字实在与文学无关。

对艺术本身无感，也就只好听听风声：一部书怎样？获了多少奖，发行量多少，外国人怎么说，诸如此类。一个如此阅读的人，更不要说做理论研究了，岂不悲哀。没有面对文本的能力，只有面对利益的企图心，是可恶的。怎么说时髦，怎么说讨好，就怎么说。文学写作拒绝这样的阅读。这里是想说明，如上的三本书，还有自己的其他作品，试图建立怎样的作者与读者的关系。创作者与阅读者都要有一颗怦怦跳动的诗心。我感谢对自己的奖赏与赞誉，但感谢的同时也会明白，这一切与文学的关系到底是怎样的。好的读者不去理会其他，只想深深体味心灵。文学的世界要交给诗心。

半岛之美在三本书中写得太多，但也不得不说，我们齐文化中最不好的一面，就是太现实了。它缺乏儒家文化中的那一部分强烈的对抗性：对抗物质主义的力量。齐文化的代表人物中，除了管仲还有荀子，后者是稷下学宫的祭酒，他在这个任上干的时间最长，是致力于改造和实践儒家文化的人，总体上是一个儒家的代表人物。他身在齐国，能够切近地评价管仲，说这个人是“小人之贤”，“力功不立义”。“功”是什么？是事功，现实层面的；“不立义”，就是不把力量的重心放在坚守理想与道义方面。管仲时期齐国大兴土木，实在奢华，虽然富裕之极，仿佛事功空前，实际上却埋下了灭亡的种子。当时的稷下学宫也说明不了什么，因为一旦有了钱也有了兴趣，就可以聚集天下的知识分子，文化也可以玩。当有了钱有了权，有了闲适，玩玩文化也是可以的。不过如果真正贯彻荀子、孟子的思想，采纳学宫人士的治国理念，就比登天还难了。那样也就既“力功”又“立义”，齐国也就不会灭亡了，说不定那根命运的手指真的指向了它。

我爱齐文化，也恨齐文化，就像爱我们的家乡，却不能将她的陋习一块儿接受下来。要改造人的精神，改造一个族群，首先要改造她的文化。我们对传统文化除了自豪之外，还应该有痛惜。痛要痛得彻骨，爱要爱得深刻，恨和爱达到了一个极数，就会设法去做一些事情。进一步研究半岛文化，需要立足于此，吸取历史经验，让头脑清晰。要有自己的信仰，自己的追求，少盲从，多坚守，依仗理性，而不是陷入狭隘的地方主义。历史的机遇已经过去，我们不能一直幻想胜利的齐国，不能奢望那根命运的手指转过来，而是要重新开始。

（文为作者2015年12月5日在鲁东大学的演讲稿）

原载《散文海外版》2017年第1期

短促的美丽

李国文

我从来没见过那么短促的美丽，像焰火一样炽烈地照亮了大半边天；也从来没见过这么快就凋谢的花，一眨眼工夫，就熄灭得无影无踪，一地落英，遍地泥泞。桐花开的时候，总是赶上凄冷的春寒，而到收拾桐子的初冬，天又该冻得人瑟缩了。这是如匆匆过客的桐花的命运吗？还是耕作在那块土地上的人们的坚强写照？来了，又去了。下一次辉煌，就要等到来年的春寒料峭时。

对风雅的人来讲，在鉴赏艺术方面显得较有品位的，应该说是赏花。然而我对于大自然赏赐给这个世界的美丽，通常一看了之，仅此而已，有点儿辜负这一番万紫千红的美景，甚是惭愧。

看花，或者赏花，需要好兴致，需要好心情。我想起德国作家海因里希·伯尔先生的一篇短篇小说，题目忘记了，但还能记得起故事。海因里希·伯尔曾经获得过诺贝尔文学奖，他的作品也大都着眼于“二战”以后德国社会的形形色色。故事说，他的叔叔从部队复员了，回到他们那座基本上已是废墟的小城镇，找不到工作。这是可想而知的，凡战争，必然都会有这样的结局。他的叔叔因而得不到帮助，这也不光是他一个人的不幸，大家都在为每天的面包发愁。虽然不再有飞机的地毯式轰炸，但生活的熬煎，却让这座小城镇的居民，日子过得相当沮丧。他的叔叔，自然也要为生计奔波。因为没有人再雇佣他，他就只好在墙倒屋塌的断壁残垣之间，搭起来一个小小的铺面，准备开一间小店。

终于，他的叔叔拥有了一间临街的铺面，而且，经过简单的粉刷装修以后，准备开张了。人们通过擦拭得干净透亮的玻璃窗，才知道他的叔叔开的是一间花店。接着，整座小城都沸腾了。成百上千的居民，有的甚至特地跑来，就是为了看一眼这家花店。这就是说，经受战争创伤的人们，更需要得到心灵上的抚慰。固然，物质需求是第一位，不可须臾或缺的，但精神上、文化上、美学意义上的需求，也是人生很重要的部分。他叔叔那间小小的花店，竟然开得下去，竟然生意不错，因为，有的人宁肯在面包上撙节一点，也愿意买一束鲜花，放在眼前，而得到怡神悦目的美感。这片废墟上绝无仅有的花店，给那座疲惫的小城镇，给那些乏累的居民们，带来了难得的一点美丽。

这家小小的花店，既象征着生存下去的希望，也昭示着更美好的，即将到来的明天。

花，点缀着这个世界，虽然有它也可，无它也可，但人们生活的物质空间里，之所以五彩缤纷，千姿百态，正是鲜花的色彩作用于人们眼球的结果。而万紫千红的鲜花，更是让每一双眼睛忙不过来。假设人们生活的空间里，只有一种颜色或者没有任何颜色，那是无法想象的。

在我记忆中，再没有哪次出行，像那一年春天的洛阳之行，使我对于颜色或者色彩，有如此深刻而全面的认知了。

那一年，以中国作协葛洛同志为首的一行人，本是去洛阳参加一次文学评选活动。因为赶上了“倒春寒”，牡丹花晚开了几天。评选完了，主人盛情雅意，请参观者们一定等到盛花期以后再离开。老天真是成人之美，就在那两天，艳阳高照，煦风徐来，那些含苞欲放的花骨朵儿，都张开了笑脸，以抢眼的最美姿态展现在人们面前。

其实在此以前，我打过退堂鼓，再三说明我只是一个看花人，而不是赏花人，看不看无所谓，准备打道回府。葛洛同志是1938年从家乡奔赴延安的老革命，他是汝阳人，与洛阳一山一水之隔。他劝我说，洛阳牡丹始自唐宋，是值得留下来欣赏的。

现在，葛洛同志已经离开人世好多年了，他的长者风度，他的谦和精神，至今犹在我的记忆之中。他主编《人民文学》和《小说选刊》时，我也是得到过这位老同志提携的。好吧，我便多留一天。这样，得以在洛阳市中心的王城公园里，有生以来，第一次观赏到像海洋一样无边无际的鲜花，而且清一色都是盛开的牡丹。看到那些绽放的姚黄、魏紫、欧碧、赵粉等名品，又看到后来培育出来的新秀，心中不由涌上来唐人刘禹锡的诗句："唯有牡丹真国色，花开时节动京城。"

你没有爬过高山，就不知山外更有高山；你没有渡过黄河，就不知怒吼吧黄河的雷霆万钧；你没有放眼望去，满眼皆是牡丹花的世界，就不要奢称自己是赏花人。宋人欧阳修的《洛阳牡丹记》说："是洛阳者，是天下之第一也。"你没有看到洛阳牡丹之前，也许觉得这位"六一居士"，话说得武断一点，结论下得太早一点。然而，在你来到洛阳，看到每一朵牡丹，都在争取你的注意力时，你就知道他此言非虚了。

洛阳牡丹，天下第一。其实至名归之处在于：第一，得天独厚。此水此土，特别适宜牡丹生长。"则均洛阳城围数十里，而诸县之花莫及城中者，出其境则不可植焉。"第二，得人钟爱。"洛阳之俗，大抵好花。春时，城中无贵贱皆插花，虽负担者亦然。"风气所及，"大抵洛人家家有花，而少大树者"。也许最为主要的，还在于第三，背负着悠久的历史文化渊源。"花开时，士庶竞为游遨，往往于古寺废宅有池台处为市井，张幄帟，笙歌之声相闻。最盛于月陂堤、张家园、棠棣坊、长寿寺东街与郭令宅，至花落乃罢"。

而在唐人段成式的《酉阳杂俎》中说道："牡丹，前史中无说处，唯《谢康乐集》中言'竹间水际多牡丹'。成式检隋朝《种植法》七十卷中，初不记说牡丹，则知隋朝花药中所无也。开元末，裴士淹为郎官，奉使幽冀回，至汾州众香寺，得白牡丹一窠，植于长安私第。天宝中，为都下奇赏。当时名公，有《裴给事宅看牡丹》诗，时寻访未获。一本有诗云：‘长安年少惜春残，争认慈恩紫牡丹。别有玉盘乘露冷，无人起就月中看。’太常博士张乘尝见裴通祭酒说。又房相有言：‘牡丹之会，琯不预焉。’至德中，马仆射镇太原，又得红紫二色者，移于城中。”

由此可见，国色天香的牡丹，那雍容自若的枝叶，那层出不穷的花瓣，那婀娜多姿的花蕊，那千变万化的颜色，这一切，总是与帝都的富贵气象，有着千丝万缕的联系。

在我结束那次洛阳之行，乘夜车回京途中，冲着车窗外的黑夜，我不禁想起另外一幅图画：那是早些年，我刚刚来到湘黔两省交界的寂寞深山里，正好是春天刚来，冬天还没离开的季节，我第一次看到这种春天里最早开放的桐花，那么放肆，如同喷泻般开放，不管冻雨，不管冰霰，开得那么热烈，白得那么堂皇，那么晶亮，那么炫目。那浩瀚的花海把我镇住了。凡是眼睛看得到的地方，全是雪一样白的桐花，满天砌玉，花瓣飘零，冷雨霏霏，那季节里，天和地，全都是白的。当时，我在那土地贫瘠、生活艰困的山区修过铁路，一年四季，从生到死，是不会有任何辉煌的，也就是在斜风冷雨中的这些桐花，造出一番轰轰烈烈的声势。可惜，花开得那样旺，但几乎无人欣赏，更无人赞叹。我从来没见过那么短促的美丽，像焰火一样炽烈地照亮了大半边天；也从来没见过这么快就凋谢的花，一眨眼工夫，就熄灭得无影无踪，一地落英，遍地泥泞。桐花开的时候，总是赶上凄冷的春寒，而到收拾桐子的初冬，天又该冻得人瑟缩了。这是如匆匆过客的桐花的命运吗？还是耕作在那块土地上的人们的坚强写照？来了，又去了。下一次辉煌，就要等到来年的春寒料峭时。

那一晚，在车轮的咣当声中，牡丹的艳压群芳，人尽赞美，桐花的耐着寂寞，花开满山，无论有人关注，还是无人呵护，不管游人如织，还是乏人问津，花开花谢自有时，这倒是对我这样一个看花人的莫大启示了。

原载《散文选刊》（下半月）2017年第1期

水乡招魂

——记汨罗江现场祭屈

余光中

一

整座屈子祠都已静了下来，就连前后三进的所有木雕石刻，纵联横匾，神龛上的翔凤、游龙、奔马，也已肃然无声。就连户外的人语喧阗，整座玉笋山的熙熙攘攘，忽然也都淀定。只有伫立三米的诗人金像，手按长剑，脚踏风涛，忧郁望乡的眼神似乎醒了过来。有一种悲剧的压力压迫着今天这祭祀典礼。诗人生于寅年寅月寅日，但人间永记不忘的是他的忌辰，五月初五，只因他的永生是从他的死日，从孤注一投的那一刻开始。

祭屈的仪式定于九点零九分向全国直播，时间正一分一秒地在倒数，隆重而又紧张。在两株三百年的高桂树下，中庭站满了参祭的人。面对“故楚三闾大夫屈原牌位”的神龛，肃立着青袍黑褂的主祭官，侧立龛旁的是麻衣麻帽的司仪。高门槛外，前排站着十人，分成左右两列。左列五人是作家，左起依序是陈亚先、韩少功、李元洛、谭谈，和年纪最长的他，越海峡而来的诗人。右列也是五人，都是岳阳的官员。在他们背后，是六队龙舟选手的代表，肩上扛着卸下的龙头，其中也有体态健美的外国女选手。再后面就是照壁了，高冠束发，忧容戚戚的屈原画像，略带立体画派的风格，似在远眺郢都，而非俯视满庭的祭者；两侧的对联是“招魂三户地，呵壁九歌心”。

古柱的上面，是半明半昧的薄阴天，时下时歇地落着细雨。祭屈的天气应该如此。幸而雨势一直霏霏，他和同排的作家一样，也披着金黄耀眼的祭礼绶带，多少遮住了一些雨丝。他下了决心，就算雨势变大，他也不会用伞。淋一点雨，比起被洪流吞没，算得了什么呢？

插地的长枝礼香，高及人头，白烟袅袅，在雨中盘旋，是为灵均招魂吗？正出神间，忽然一声断喝：“肃静！”十秒钟后，又一声喝：“举行致祭三闾大夫尊神礼！”于是执事设香案、食案、馔案，献果、献粽、献三牲，设束帛，上龙头。接着麻衣的司仪一连串喝道：

起鼓！鼓三通！

鸣钟！钟三叩！

奏大乐！大乐三吹！

起小乐！小乐三奏！

钟鼓齐鸣，声炮！

壮烈的鞭炮鞭笞着怯懦的耳神经，直到祭众都热血沸腾，有烈士的幻觉。终于戛然声止。主祭官就位，跪在神位前面。执事爵酒、授酒、灌地、反樽。司仪唱道：“叩首！叩首！三叩首！主祭人起立，复位！”此时一乡耆开始诵读祭文，一吟三叹的湘音十分哀痛，波下的大夫听到，想必也会鲛泪成串吧。祭文诵了五分钟，同时有两名执事为龙头上红。终于轮到官员与作家了。他领先与其他作家到盆架前去净手，然后在神位前排好，三揖首后，回列复位。最后是龙舟弟子就位跪地，行三叩首。司仪再唱：“主祭人引龙舟弟子请龙神上舟！”整个祭式在二十一分钟内结束。

二

龙舟竞渡起源于岳阳，从二十世纪八十年代以来，岳阳举办了十次国际龙舟比赛，但千禧年后却停办了五年。去年恢复举行，不但更加隆重，而且把比赛从岳阳的南湖移来汨罗江上，也就是屈原投水的现场，那气氛便更加真切了。其近因，就是韩国也正向联合国申请，把端午指定为文化遗产，大陆的文化界当然大感不满，不甘悠久的传统被人攘夺，网络的反应尤其激动。其实韩国民俗的端午叫作“端午祭”，不是“端午节”，祭祀的对象不是屈原，而是大关岭山神；至于中国民间的习俗，例如挂菖蒲、吃粽子、饮雄黄酒等等，并不行于韩国，更不论龙舟竞渡了。

“日落长沙秋色远，不知何处吊湘君？”三湘的名胜古迹，处处都是历史的余韵、传说的回声。即使短短的一条汨罗江吧，岸边就安息着屈原、杜甫，汉族的两大诗魂，同样都忧国忧民，同样都北望怀乡，所以流吧汨水，吟吧罗江，悠悠的安魂曲永不停息。

屈原一死，诗人有节。祭屈的端午节，颂屈的龙舟赛，如此盛典，何须千里迢迢，从海峡对面邀一位老诗人来主风骚，他的年岁远远超过了诗祖与诗圣？接到湖南卫视邀请的传真，他心中满是“招魂”的殊荣，说不出究竟是要他去汨罗为屈子招魂，还是汨罗的江声在招他的七魄？

不过湖南卫视的制片人李泓荔却说动了他。“早在一九五一年，”她的传真信说，“您就写下了《淡水河边吊屈原》了：‘悲苦时高歌一节离骚，/千古的志士泪涌如潮。/那浅浅的一湾汨罗江水/灌溉着天下诗人的骄傲！’后来的《水仙操》《竞渡》《漂给屈原》《凭我一哭》等等，也都脍炙人口。所以……”

既然湖南人认为可以，汨罗江现场的盛典他怎能错过？终于他的飞机在长沙的夜色中降落，李泓荔和卫视的嘻哈族连夜把他接去了汨罗市，并要他明天，也就是端午的清晨，六点必须起身，才赶得上九点的祭礼。

这是他再度访湘了。六年前中秋的前夕，他应湖南作协邀请，曾经有十日的三湘之行。第一场演讲在岳麓书院，满庭桂花的清香，秋雨空蒙，时落时歇。他站在堂上演讲，四百多位听众一律瑟缩在浅青的雨衣雨帽里，雨势变骤，也无人退席。不敢辜负这一份殊荣，他讲得格外用心，答问也字斟句酌，对冒雨而来的听众也再三致意，深恐朱熹不满，会从那一块匾后传来咳声。

由李元洛、水运宪与其他的湖南作家陪着，他顶礼了汨罗，泛览了洞庭，登了岳阳楼，攀了张家界，并在岳阳师院、常德师院、武陵大学先后讲学，印象很深，感慨无已。只恨回到台湾，立刻陷于杂务，竟无一行半句记其盛况，以报湘人。对于他交的白卷，全程伴随的李元洛相当不满，告诉他“湖南人反应强烈”，令他六年来长怀歉疚。

但湖南卫视似乎不计较这些，竟然在六年后请他专程赴湘，去汨罗江上，参加与岳麓讲坛可以比美的盛会。不，湖南人并没有对他绝望。六年赎罪，有效期还没满。

当然，上次三湘行旅，他留下的也并非全然白卷。在常德他参观了壮阔的“诗墙”。墙在沅江北岸，依江堤建成，上面刻了从屈原起，历经宋玉、王粲、陶潜、李白、杜甫、刘禹锡、苏轼、范成大以迄秋瑾、柳亚子、鲁迅、郁达夫、徐悲鸿、聂绀弩、俞平伯等人的诗词近一千首。新诗上墙的也有五六十首之多，他的《乡愁》、洛夫的《边界望乡》、郑愁予的《错误》也在其列。主人请他题词，他题了“诗国长城”四字，又添了两句：“外抵洪水，内抗时光”。

赴岳阳途中，祭于屈子祠堂，忽有悲风掠过江面，他为之怅然，题了这么四句：“烈士的终站就是诗人的起点？/昔日你问天，今日我问河/而河不答，只悲风吹来水面/悠悠西去依然是汨罗。”即兴的断句，题过也就忘了，不料元洛有心，竟收在追述的游记里。泓荔在传真信里，也引了这些断句，来印证他的旧游。

忘了的断句回到面前，他觉得大可用来开篇，就将它续成了一首二十四行的新作，题为“汨罗江神”，在出发前夕传去长沙。在国际龙舟赛的现场，只朗诵旧作来吊最早的民族诗宗，未免避重就轻，不够虔敬。为祭屈盛会而另赋新诗，才显得专程的专诚。湖南卫视收到《汨罗江神》，也立刻发给了长沙和岳阳的报纸。

但是令湖南人感受最深，因此也引用最频的，却是他多年前讲过的一句话：“蓝墨水的上游是汨罗江”。这句话是何时讲的，究竟出现在什么文章，他自己也记不得了。黄维梁翻遍他的文集，也找不到。但是近年在湘人的文章里，这句话常见引用，不但出现在汨罗市的各种文宣或龙舟赛的场刊，甚至变成红底白字，在街头的标语上招展。

三

屈子祠的祭祀一结束，众人便领他急步走到江边，把他送上一艘快艇。艇上挤了五个人，匆匆披上雨衣，戴上雨帽，便向上游疾驶而去。雨势不大，但高速的逆冲硬顶，却招来激动的风浪，浪花飞扬。卫视的王燕瑟缩在雨衣里，想超过船尾马达的嚣张跟他说话。她的话一半被马达搅乱，一半被江风刮散，只能对他傻笑。快艇一共三条，他们的在中间，像三把快剪将水面剪开，只顾向前猛裁，却不能将裂口缝上。

零零落落有几头母牛带着小牛，在河洲上闲闲吃草，对三条快艇骚动的追逐，并不很在意。两千年前的那一个端午，有牧童或者渔父，见到一位憔悴的老者，远远在江边徘徊的背影吗？

过了这一片空阔的野岸，京广铁路的大桥就压顶而来，罗水也就在此汇入了汨水，合为汨罗江向西北流去。快艇却逆流而上，向东南方的汨罗新市街冲去。江面宽二百多米，水流可算清畅，渔父不但可以濯足，甚至可以濯缨。这时两岸人影渐多，色泽鲜丽的彩船迎面而来，稚气可掬，像是童话里漂来的纸船，不是来迎三条鲁莽的快艇，而是来接从秭归送粽子来的木船。

马达声小了，王燕向他解释：“那木船七天前就从秭归出发，一路顺长江南下，要过洞庭湖，才来到汨罗江。沿途的市镇都把当地的粽子送上船来，象征全民都参加屈原的祭礼……”

“太好了，”他不禁赞叹，“秭归是屈原的生地，汨罗是屈原的死所。这离骚的一生，用一条满载粽香的木船来巡礼，灵均的水魂也感到安慰了吧。杜甫的墓也在汨罗江边，还没有这样的待遇呢。”

大家笑了起来。快艇也慢了，国际龙舟赛的现场到了。观礼台在北岸，衣伞密集，彩旗缤纷，一排排挤满了宾客，有三千人。但比起两岸的观众来，这区区人数又不足道了。他一瞥对岸，大吃一惊。岸坡上人影交叠，层层紧压，找不到一点空隙，隔水眺去，只见人头一片，像一块密密实实的黑芝麻糕，拼成了一道人墙，几里路绵延不断。报上无论是事前预告或事后报道，都说观众有三十万人。

四

快艇把他和王燕等人送到赛舟的码头，开幕典礼已经将近半场。看台前的江边广场，在“祭屈”大幡的招展下，五光十色，排满了舞龙队、划桨手、诵诗学童。锣声的金嗓子、鼓声的肺活量，正尽情地施展，务必将节庆的气氛推向最高潮。

“九龙狂闹汨罗江”的节目已近尾声。龙生九子，九队舞龙蟠蜿作势，正向造船场游去，迎接一条刚完工的新龙舟。二十名赤膊着上身的壮男扛起新生的龙舟向高扬的大幡走去。等到新船上了架，一名壮夫就扛着卸下的龙头，走入江中去浸活水，然后又把它装回龙身。又一人杀了公鸡，将血灌入龙口。巫师上前，挥动艾叶，向龙身洒遍雄黄酒。于是山鬼幢幢，绕船跳起巫舞。最后九龙退场。

接着是高跷队游行进场。颤巍巍踏空而来，领头的人物当然是端午的主角，屈原。当然是高冠岌岌，面容戚戚，黑衣白掌，悲剧的高瘦身影。就是三闾大夫了。每次他见到毕加索画的堂吉诃德，总是联想到屈原。

接着出场的都是民俗的故事：腾云驾雾而来的，有岳飞、程咬金、薛丁山、穆桂英、苏三、孙悟空、卖油郎、托塔李天王……锣鼓当然不免又卖力助阵。

五

这时，在彩船的簇拥下，龙头闪金的运粽木船已经停靠在“祭屈”的高幡下面。高跷游行退场之后，观众纷纷向码头集。典礼的节目终于从民俗回归历史，聚焦到屈原本身。看台的麦克风提高分贝，向观众宣布海峡对岸的诗人已来到现场，即将主持祭吊屈原的诵诗。他在金童玉女的伴随下，被引出列，越过广场，登上岸边的祭坛。同时有三百青衣的童男，三百红衣的童女，已在祭坛右侧各自排成三列，每人都舞动手持的艾叶。

六百人的诵诗队齐声朗诵《离骚》的名句：“路漫漫其修远兮，吾将上下而求索。”诵完第二遍，独立祭台的他，便开始朗诵自己为目前这盛典新写的《汨罗江神》：

烈士的终站就是诗人的起点？
昔日你问天，今日我问河
而河不答，只悲风吹来水面
悠悠西去依然是汨罗

一面诵着，他听见自己的嗓音，经过扩音喇叭的提高并推广，掠过空阔的水面，湿湿的，在阴沉的雨云下仿佛有回音。这异样的感觉前所未有。他的声音，此刻，正摇撼着六十万只耳膜。透过现场直播，当然，侧耳还不止此数。可是屈原听见了吗？听见了，又有何感想呢？此刻，他立足的地方正是屈原投江的岸上，而听他诵诗的，正是同样的江湖，同样的鱼虾，还有隔代又隔代，湘楚的后人。

“灵之来兮如云”，真的吗？屈原的灵魂，此刻，正缭绕在高挑的大幡上吗？

他感奋的联想层出不穷，但当时在现场，他一诵完《汨罗江神》的前四句，六百童男童女立刻接了过去，把后面的八句齐声诵完：

鼓声紧迫，百船争先
旗号翻飞，千桨破浪
你仿佛在前面引路
带我们去追古远的芬芳
历史遗恨，用诗来弥补，江神
长发飘风的背影啊
回一回头，挥一挥手吧
在波上等一等我们

《汨罗江神》的原文有三段二十四行，端午节当天刊于《中国时报》；在湖南则端午前一日已刊于《潇湘晨报》与《岳阳晚报》，后一日又见于《长沙晚报》。但是考虑在龙舟比赛的现场，诵诗不宜太长，他行前又将此诗浓缩为十二行，仍是三段，也就是此刻他站在祭坛上领着两岸观众齐诵的版本。事后仍有不少读者向湖南卫视索取此诗。

祭屈合诵完毕，他从秭归来人的手中接过黄宣纸一沓沓的祭文，投入火舌抖擞的钵里，算是焚寄给灵均了。接着又接过船上载来的一篮粽子，将自己从台湾带去的五只大粽加了进去，拎到江边，一只只投入水中。那该是他身为诗人，一生中最有象征意义的一个手势了。从台湾带去的五只粽子，是诗友愚溪所赠。诗友绝对没料到，粽子千千万万，那五只真的投进汨罗江水，专程献到屈原面前了。

电视镜头转向江边，去照一位歌手，窈窕地站在一张青青的大荷叶下，唱起“世界有条汨罗江”来。他这次湘行的任务已经结束，只等下午，李元洛与潘刚强一行带他去汨罗更上游的杜甫墓地。

至于国际龙舟赛的盛况，他自己忙于接受采访，反而未能亲睹，只从报端得知，男子队菲律宾以百分之六秒微差夺得冠军，株洲队与汨罗队分获亚军、季军。女子队则全由中华的巾英获奖，冠军归于株洲。

八月初他又去大连参加书展，成为签名二老之次老。元老文怀沙先生，已经九秩有六，前年金华盛会，曾将一座八公斤“中华古代诗魂金奖”之沉重，郑重交到他手上，令他印象很深。大连重逢，文先生当筵纵论前贤，横数时彦，语惊四座，有王尔德之风。并将半世纪前自己的旧作《屈骚流韵》一套四卷，题赠给他，落款“燕叟文怀沙”。文先生乃国学大师，更是楚辞知音，这部注释今译，得知不易。

或许屈原波下有知，真的收到了他焚寄的献诗，接住了他拜祭的投粽，冥冥之中，竟遣逍遥燕叟也去大连，不落言诠地将楚骚流韵奖赏给他吧？天何言哉？天不可问，维人自知。

原载《美文》（上半月）2017年第1期

桃花情

——人文拾荒

从维熙

不久前，“北京人艺”演出了话剧《我爱桃花》。笔者观赏了演员尹铸胜和梅婷“让多少爱可以重来”的情感戏剧之后，当即激起我对当年一场桃花梦呓的怀想。不过，它不属于儿女呢喃的情爱范畴，而是知识分子的一曲梦中彩虹；在那旋而即逝的桃花梦中，深藏着中国的历史的经纬，成为中国知识分子的生命绝唱。故而笔者行文，将当年驿路桃花之情梦，呈现给今天的读者……

上

记得，前几年香港凤凰卫视采访我时，曾问我这样一个问题：“在你二十年马拉松长跑的悲怆记忆中，有没有留下一点点美好的记忆？”我说：“有。在北京南郊的团河农场，那儿曾经有个几百亩的桃花园。那里不仅是我个人——也曾是受难知识分子的‘桃花源’。令我难以忘却的是，在那片桃花园旁的小河沟旁，还有幸与潘汉年有一面之缘。”

今天回眸起这段日子来，近似于一篇冰雪驿路上的历史童话。1962年3

月，周恩来召开了“为右倾分子平反”的广州会议，会上不仅宣布为写下《洞箫横吹》的剧作家岳野平反，在进餐时，陈毅还特意为岳野敬酒。虽然这只是一条短而又短的新闻，但就是在这股送暖的东风中，我们这些与“地、富、反、坏”杂居于一条大坑上的“老右”，在1963年便从东、西、南、北、中的各个劳改场矿，一块儿被送到了这片桃花驿站来了，让受难知识分子看见了一线生命的曙光。

当时，我在这儿当上桃园班的生产组长，从春天桃花吐艳到秋时结出满树的蜜桃，桃子的品种从“五月鲜”到“晚黄金”，还有各种偌大的蟠桃（俗称“寿桃”），因而我在桃花丛中劳动的时候，比在铁矿开矿和在炎阳烈日下插秧，要轻松得多了。因而，我常常情不自禁地暗暗吟诵起郭沫若在《棠棣之花》中的桃花诗章：

春桃一片花如海
千树万树迎风开
花从树上纷纷下
人从花底双双来

心中吟诵这个诗章，并非有什么白马王子的孟浪情怀，完全出自于对愁楚心绪的释放——因为在这片桃花园和旁边的千亩葡萄园中，不仅有“老右”群体，还有假释到这儿来蒙冤的老革命潘汉年——他常在桃花园一条小河对岸垂钓。最初我以为这个钓鱼的老头儿，是赋了闲的农场领导，在桃花丛中享受晚年；但是在场部剧班搞美工的右派画家赵华川对我耳语说：“他就是当年在白区搞谍报的潘汉年。”最初，我不相信这是真的，因为他的名气太大了。后来在一次回京探亲时，我曾向我的前岳丈张宗麟询问——他在上海地下党时，曾与潘汉年有过多次的工作接触，他根据我述说的形象，确信就是潘汉年。因为他知道潘汉年已获得假释，但具体地点不详，这与赵华川对我谈起的情况十分吻合。昔日，读中国史料中记载，潘汉年谍报工作几乎覆盖了旧中国的方方面面，从青、红帮会一直搞到汉奸头子汪精卫身边。这么一位开国功勋，步入大牢已经让人费解；此时此刻，我能与之隔河相望，简直近乎一个时代寓言。

心中越是疑惑，越想得到对钓鱼老人的准确定位。有一天，一个机遇来了：管理桃园的中队指导员董维森，来桃园检查工作。我身为生产组长，在值班室向他汇报完桃树的施肥情况之后，斗胆询问他：“董指导员，我……我……想问一个不该问的问题……河沟对岸那钓鱼的老者，是不是潘……”记得，当我的“潘”字出口之后，董先是望望窗外的河沟，然后那双闪亮的眼睛，立刻盯在我的脸上。很显然，这是一个超越阶级界线的问题，尽管他在劳改干部中，属于关爱知识分子的类型，但他毕竟与我们隔着一条时代的阶级界河，我有失身份的询问，不是给人家出难题吗？

我有点后悔我的鲁莽，但并没有失去希望。因为在此之前，我和他在一次特殊的接触中，对他有一种全新的理解：一天收工后，他把我叫到队部办公室并打开他办公桌上的一个纸盒子。我正在不理解其意之际，他从里边拿出来一支蓝色花纹的钢笔。我顿时愣住了，因为这支蓝色的派克笔，与我1950年代行文时用的派克笔一模一样；1960年我被收监后，上缴给了收容所一位姓严的队长。三年多过去，我每天面朝黄土背朝天地劳动，早就把它忘却了——因为它和我这个劳改犯再没有任何关系。

“看看这是不是你过去写文章那支笔？”董维森一边问我，一边把那支派克笔推到我的面前。

我拿起来看了看，立刻百感从生。我在“反右”之前出版的三本书（短篇集《七月雨》《曙光升起的早晨》和长篇《南河春晓》），正是用它写成的。由于写字时食指不断用力之故，钢笔上面的螺纹已然有所磨损，因而我点头称是之余，便坦言这支钢笔对我来说，已经是可有可无了。几年过去之后，它怎么也和我一样，“流浪”到桃花驿站来了？

董维森对我木然的表情，有点愠怒。他的声音突然拔高了八度：“是你感到怪异吧？让你感到怪异的事还多着呢！我告诉你，除了你的笔转到桃园来了之外，去你家查抄的书稿，也一块转到咱们桃园中队来了——我翻了翻，其中有你写北京青年去开垦北大荒的手稿（即1980年代出版的长篇《北国草》），还有……”他端起茶杯喝了口水，显然是在控制他对我的急躁情绪。放下水杯后他的情绪和缓了许多：“从维熙呀，你的脑子进了水了，还是得了痴呆症，你怎么不想想，你和你的笔以及文稿，为什么和你一块儿来到咱们团河农场，难道这一切都是偶然的吗？”

真是应了古代传留下来“响鼓不沉捶——一点就‘嗵’”的这句民谚了，我顿时明白了董指导员这些话中的意思：知识分子的命运正在发生变化，不然的话连人带物，都不可能到首都之畔的这个桃花驿站里来。我向董维森表示了谢意，接过那支派克笔后，鼓着勇气询问了他一句：“那些书稿……也是退还给我的？”

董抿嘴笑了笑：“你醒过闷儿来了？”

我答：“我没想到，真的没有想到。”

他告诉我，查抄的我的书稿和往来信件，整整一大纸箱，临时存在场部档案室。我星期天休息回家时，可以取出来拿回去。我要离开队部办公室时，他又低声地告诉我，让我回家安慰一下老母亲，形势如果没有大的变故，希望团河农场的桃园是你们最后一个劳改驿站了。

我的心狂跳如同捶鼓。正是基于这样的时代背景和董维森对我倾吐出来的心底之声，我才有勇气向董维森询及钓鱼老人的事；否则，我就是有天大的胆子，也不敢向他提出这个问题。

他反问我道：“你听谁说的？”

“过去我看过他在报纸上的照片，隔河看去有点像他。”我没有把赵华川的名字说出来。

“噢！你的记忆力还不错么！”董含糊其词回答我说，“那你就凭记忆去判断吧！”

当年，这种似是而非的回答，就算是很难得了。之后，我对那位垂钓的老者，本能地增加了亲切感。试想，一位开国功勋，一个地工奇才，也要承受这时代的苦难，实在比我们还要痛苦得多。因而，我对他隔河招手或偶尔相视一笑时，自然而然地多了些对革命长者的敬意——因为他在1955年“肃反”时就身陷囹圄，落难的日子比我们还早上两年。前有辙，后有车，此时我和他能在桃花林中相见，真是应了那首古诗：“同是天涯沦落人，相逢何必曾相识。”基于内心的敬仰的冲动，我有过一次十分出格的行动：那是夏日采摘大桃的日子，组里成员都去装筐运桃去了，只有我一个人在值班房，负责过秤，等待汽车来拉走桃筐。就在这一瞬间，我看见那位钓鱼老者正在树下发呆。这时我突发奇想，让那比我心灵还要苦涩的前辈，也尝尝生活的甘甜。我从桃筐里遴选了两个熟透了的蟠桃，先是想给他扔过去，但怕损伤了蜜桃的形状，想来想去，忽然计上心头，我从值班室找出来一个塑料盒子，再把两个蟠桃放进盒子——我想如同放河灯那般，让两个寿桃漂浮到小河对岸。

干此事时，我心跳如同擂鼓，但这儿只有我一个人，因而是只有天知、地知、我知的事儿。但当我正要把果盒放进水里的时候，这位惊世的老地工，似乎看穿了我的用心，先是连连对我晃动他头上的草帽，然后便夹起钓鱼竿匆匆离开了河沟对岸。

我失望至极，觉得老人有点令人费解：微笑可以，招手可以，为什么动真格时老人反而选择了逃避？事后剧班的画家赵华川，是这么为我解疑的：他认为老人对目前的形势，不像我们这么乐观。他举了一个事例说给我听：“我工作的剧班，在他囚居的小院旁边。有一次他在院内树下看书时，我好奇扫了一眼。你猜他看的是什么书？果戈理的《死魂灵》。我仔细看看，他没有阅读文字，而是翻看小说中的一幅幅插图。这是不是他内心世界的自白？”

“什么自白？”我不太理解赵华川话中的含意。

“就是灵魂已经死亡的意思呗！”他说。

我说他的微笑和招手，似乎对生活没有失去希望。赵华川不以为然，他认为那只是老人的表象，内心世界比我们要悲观。谁能准确地号准这位老革命的心脉呢？

我虽然觉得赵华川的话不无道理，但内心深处仍然沉迷于希望之中。这不仅因为我的派克笔和查抄书稿，归还到我的手里，更有一个逃号事件，让同类们感觉五更寒天可能即将过去：一个名叫张志华的右派，逃离津北的茶淀劳改农场后，在广州和新疆"自由"了两年多，被抓捕后既没有判刑，也没有受轮番批斗，只写了篇书面检查，就被送到桃花驿站来了。这是震撼"老右"们的一个解冻的信号，因而在桃子事件中，潘汉年对我的影响，很快被解冻的热浪化解为零。

特别让我永生无法忘却的，是骑着一辆自行车，回家探望老母和幼子的日子：我的自行车的车把上，挂着一袋刚刚采摘下来的鲜桃（多少钱一斤，由于年代久远我已记不清了），车后座上捆绑着一个纸箱，里边装的是退还我的书稿和信件，这是我劳改生涯中最为快乐的时刻。从地处大兴的团河农场桃园到我家，有二十多公里的路程，我骑的自行车又是一辆破车，加上夏日炎阳似火，大汗淋漓的我却忘记了疲惫。何故？只因为生命中的一丝曙光，覆盖了我的精神伤痛。

到了家里，老母亲惊异的泪水夺眶而出。我年幼的儿子，虽然还不太理解人世间的沧桑，但全家团圆之乐也让他兴奋得又跳又蹦——特别是我又带回来蜜桃和被查抄走的书稿，让这个苦难之巢中，突然有了欢乐的音符。记得，老母亲曾泪眼汪汪地问我："是不是快有盼头了？"我一边为母亲擦着眼泪，一边安慰她说："快熬到头了，连队长都这么说。"

谁也没有料到，这就是知识分子美梦的顶峰。进入1965年之后，第一件让人费解的事，在桃花林中发生了。一天，我正在桃园为桃树剪枝，赵华川神色不安地走到树下，匆匆地对我耳语说："有个不好的消息，潘汉年不见了。听说他不再假释，又被收押到监狱去了。至于究竟是什么时候走的，没有人知道。他结束假释重回监牢，是不是历史要'杀回马枪'的不祥信号？"听到这个信讯后，我手里那把修剪桃树的剪刀，从手里脱落下来，扎在了我的脚背上。好在当时正是初冬，我脚上穿的是棉鞋，没有伤及皮肉。对于赵华川提出的问题，我回答不出一个字来。

桃园钓客的突然重新收监，当真是中国历史的风标。不久，“文化大革命”就开始了，在那山摇地动的日子里，来自东、西、南、北、中的劳改右派，重新踏上漫漫的风雪征程，重新回到津北的茶淀农场。记得在临行的前两天，董维森特意把我叫到队长办公室，对我袒露他的心声：“天有阴有晴，月有圆有亏，你们知识分子改造的路还很长，你要有足够的精神准备。”我感谢了他语重心长的叮咛。在离开他办公室之际，他又叫住了我，破例地放我一天假，让我回家一趟：第一看看老母亲和儿子；第二让我把发还给我的手稿，让老母亲收藏好。我听得出来，他的弦外之音是在提示我，我们这些专政对象的家宅，在“文革”中还有可能被查抄……记得，我走出他办公室的瞬间，心跳如同擂鼓；眼泪也随着心跳，默默地滴了下来。因而，这成为我离开桃花林时，不能漏下的最后一笔——因为他是我二十年流放生涯中，众多专政人员中难觅的好公安。

下

当历史进入新时期的1979年，我才从一个劳改之囚，由鬼还原成人，回到北京。多年的苦水，已然淹没了我对桃花残梦的记忆；但是在1983年的一天，河北家乡电视台采访我的主题，就是重回旧地觅故。如同一声惊雷，我想到了团河农场那片富有历史斑痕的桃花林。经电视台和北京劳改局联系，说农场欢迎我去访故，于是在当年的春夏之交，我便踏上了寻梦的行程。

重新走进那片桃花林的时候，桃花已然快要凋谢，但留在枝叶间的桃花，依然唤醒我逝去多年的梦幻。董维森已然调走，到北京西城公安分局搞刑侦去了。来自天南地北的昔日难友，也都返回自己原来的城市——令我内心极度忧伤的是，那位曾与我有过苦难情缘并隔河相望的潘汉年，没有返回自己的星座，他已然离开了人间去了天国。我回归京城之后，曾迫不及待地寻找这位前辈的下落，历史资料告诉我如是的史实：在“文革”中，他的假释作废，这位当年的桃园钓客，与他的妻子董慧一块儿被送往秦城监狱。“文革”后期的1975年，他和妻子又被发配到湖南茶陵农场劳改；1977年春天肝病爆发，这位为挽救民族危亡，而走上谍报工作的元老，于当年的4月14日，含冤病死在湖南一所普通医院，时年七十一岁。更为令人感叹唏嘘的是，他住院时的名字和死后出现在湖南墓碑上的名字，都不是用潘汉年的实名，而是用当年从事谍报工作时的化名肖淑安。是出于他个人的怀旧？还是当时不许泄露潘汉年的消息？笔者不知，披露历史资料的人，也不知其内情——直到他死后第五年的1982年，潘汉年得平反之后，沉冤了二十七年之久的他，才复用了潘汉年的真名。

历史何以如此无情？历史何以又深藏着前辈人的伤痛？因而当我回访团河农场时面对他曾经垂钓的小河和那片桃花林，突然想起历史剧《桃花扇》中的几句悲情诗句：

去年今日此门中
人面桃花相映红
人面不知何处去
桃花依旧笑春风

陪同我觅故桃花林的是新任的劳改农场的场长，还有曾经管理过我们的高元松队长和技术员云照洋。这块土地真比得上一面历史的镜子，不仅知识分子受难群体，在这儿留下了足迹——我们离开这儿之后，又有一批批另类人群，在这儿接受过审查。比如，林彪飞机坠毁在蒙古的温都尔汗之后，林彪之子林立果选中的美女张宁，一度曾被囚禁在这儿接受审查；与我一度为邻的文坛硬汉萧军告诉我，他和北京作协许多作家，“文革”中后期也曾被关在这儿接受

“文革”洗礼。因而，当我穿行在桃花林时，我忽然感到那一片片坠落地面的桃花，红色中都沾有历史的斑斑血痕；这不是孟浪的臆想，而是桃花林演绎出来的历史真实。

出于心中百感交集，加上农场干部们劝酒——那天我在农场午餐时，喝酒便失控了。据电视台的记者事后告诉我，我曾在餐桌上，说起两只天鹅的轶事：当年东北兴凯湖劳改农场，曾经给团河农场送来捕获的两只白天鹅。当年人们还不知珍爱鸟类，农场干部怕它飞走，便剪断了它飞天的翅膀。我每每看见它俩步履蹒跚行走的时候，便立刻联想到这是知识分子的化身。但是让我想象不到的是，这两只善良的天使，在环境的熏陶下，也能渐渐地失去天使的善良，而变成人间的恶神——这两只天鹅，只要看见衣衫褴褛的劳改人员，便拍打着被剪断的羽翅，朝劳改人员追赶过来。人性能变，鸟性也能变，这是我在桃花林这个劳改驿站，最为独特的感悟。酒后吐真言——在餐桌上，当着劳改农场领导干部的面，我竟然忘我地说开了天鹅异化的童话，当真是到了忘我境界。

可是人是有情物，酒也是有情物。两情合二为一，便有了我回访桃花林的上述表演。自从进入历史新时期，到今天的2017年，我有三次醉酒的经历：第一次，是我1982年出访澳大利亚归来，刚刚踏上国门广州的时候；第三次大醉，是我在1988年，在宝岛台北《联合报》的招待会上；酒醉劳改驿站桃花林，是其间的第二次。那天我在桃花园酒醉后，在电视台送我归来的汽车上，便开始呕吐，就像在桃花林倾吐心声那样，把午餐时的食物吐个精光。

待我从酒醉中清醒过来，我并没有对醉酒自悔。为什么？那是我内心世界的真情道白，而真诚是做人的根本。但是我也有所失落，因为没能看见在苦难的历史岁月中，关爱知识分子的董维森。知恩当报，我开始寻觅他的踪影；但令人感叹的是，当我找到北京西城公安分局的时候，董维森已经在不久前离开人世了。我悲叹时间无情之余，亲自赶赴他的家里，去探视他的妻子。我除去给她带去些补品，让她好好活下去之外，还送去一束红白相间的桃花，还有一本我初版的《走向混沌》，因为在书页的字里行间，也曾留有董维森的名字。

时光荏苒，岁月如梭——当鸡年2017年春日即将到来时刻，生于1933年鸡年春天、已然八十四岁老翁的我，见时令又快到桃花吐蕊的春时，写此《桃花情》的忆旧拾荒文章，以不愧对昨天的历史与今天的人生。

原载《上海文学》2017年第5期

故人往事

梁晓声

以下所忆故人，皆已故去。然而，又是我实难忘却之人。如今我步入老年了，对他们的怀念日愈加深——因为，他们都是有恩于我的人；在他们生前，我一直系报答之心，竟无从真的报答过，这令我深感自责。或许，以文字的方式追思，能多少减轻几分自责之苦吧！

林予

我对林予的人生经历其实并不详知，仅晓得他姓汪，曾是一名军界创作员，1957年到了“北大荒”，后来成为黑龙江省作家协会的专职作家——林予是他笔名，代表作是《雁飞塞北》。

《雁飞塞北》我下乡之前读过，反映十万官兵开垦“北大荒”的长篇小说，由而对“北大荒”有了间接印象。我成为黑龙江生产建设兵团的知青创作员后，《雁飞塞北》是大家经常谈到的，林予之名在我们中绝不陌生。

大约1970年冬季，我与当年的知青朋友陆宁先后回哈尔滨探家。陆宁是老高二知青，下乡后当上了某师宣传干事。他母亲是龙江剧团编导，认识林予。

一日，陆宁到我家，问我想不想与他共同去拜访林予？

我反问：林予是谁？

他说：《雁飞塞北》的作者呀！

我喜出望外。对于当年我们那一代文学知青，谁出版过一部厚厚的长篇小说，谁就是我们心目中的大作家。

路上，陆宁告诉我，林予刚结过第二次婚，夫人赵润华，还在什么干校。她曾是文学编辑，关于她陆宁就知道这么多。而对于林予，他知道得多些，说林予被打成了黑龙江省“二月逆流”的“急先锋”，不许离开本市，以便对其进行批判时能随传随到。

陆宁问：还敢去吗？不想去就算了。

我回答：那见到他的可能不是反而大了吗？去！

陆宁并没预约，我们是贸然前往。

林予家住在一幢灰不溜秋的板楼里，当年叫“简易楼”，外观似现在没完工的“裸楼”。他开门见到两个年轻的不速之客，意外。陆宁与林予也是第一次见面，但他一提他母亲，林予立刻表示欢迎。他的家是二十平方米左右的单间，有极小的厨房，无厕所，得到楼外马路边的公厕解大手。家家户户备有解小手的尿壶，他家也不例外。无暖气，生小铁炉。那几年哈市买不到好煤，烧蜂窝煤，屋里挺冷——我们三人刚一围炉坐下，林予就急切地向我和陆宁请教，怎样才能将蜂窝煤烧得火旺一点儿。陆宁家有暖气，回答不了他的问题。我家也常年烧不好烧的蜂窝煤，我下乡前负责做饭，颇有经验，传授之，林予认认真真地听。屋里冷，窗上厚厚的霜不化，便也黑。主宾三人都不脱棉衣，坐得离小铁炉不能再近。

炉盖上烤着馒头片，放着有半杯水的搪瓷缸。那时十点来钟，林予正用早餐，吃一片馒头，咬一口咸菜疙瘩，喝一口水。他肯定是急性子，经常捅火，致使屋里哪儿哪儿都落一层灰。他坦承自己生活能力差，几乎不会做饭。他说他发现，烤咸菜疙瘩别有滋味，比不烤好吃多了。

我不记得我们谈了什么文学话题。肯定是谈过几句的，但也可以肯定不是主要内容。

主要内容反而是“政治”。

他感激我们拜访他，嘱我们不可对外人道，怕我们因而受牵连。

我和陆宁都说不怕那些。

他说当然也没什么可怕的，但会影响我们进步啊！

我说谁爱进步谁进步，我自己根本不打算进步了。

陆宁则请他放心，保证我们以后对他的拜访将是“秘密行为”。

他笑了，说那我们以后就是他的青年朋友了。

我说你还不了解我俩呀。

他说已经了解了啊。

他关于政治的全部话语可概括为两个字——“正义”。

他给我留下的印象最深的话是：事关正义与否，那也不能人人都充聋作哑吧？我的兴趣在文学，又不在政治。但非逼我表态，我当然就不能表那种不正义的态啰！

我和陆宁都说，我们也是尽量在做同样之事的人。

我们离去前，我告诉他，我一个弟弟一个妹妹留城了，我会嘱咐弟弟妹妹来看他，帮他干些他干不来的活。

后来，我的弟弟妹妹就成了林予家的“常客”。

再后来，逢年过节，林予和夫人赵润华，也必去到我那没个家样的家中看望我母亲。他们夫妇称我母亲“嫂子”，我母亲和留城的弟弟妹妹都称他们“林老师”“赵老师”。

再再后来，连我另一个同样是兵团知青的弟弟探家期间，也必会去看望林予夫妇。而我，若回哈尔滨了却没与他见上一面，即使仅在哈尔滨待了几天，他也会挑礼的。

林予是我认识的第一位作家，于是连同他的夫人成了我们全家的亲人。我家在哈市没亲戚，他们夫妇也是。我不知道我留城的弟弟妹妹能帮他们做些什么，却知道，家中如果遇到了难事，母亲的第一反应是：去将你们林予老师请来，我要与他商议！

而他们夫妇必会双双而至。

两家的关系可用休戚与共形容。

1976年5月，林予住到了上海电影制片厂招待所“小白楼”，按要求将其长篇小说《咆哮的松花江》改编为电影剧本——此小说尚未出版，我听他谈过创作初衷，是要为邓小平“出山”后的“拨乱反正”喝彩，松花江因此“咆哮”。故所以然，在黑龙江出版社逐级审稿时便引起对立结论，有人说好得很，有人认为极其反动。至邓小平第二次被打倒，成了政治事件。林予奋力自辩。他若不辩，一概支持该书出版的人必定遭殃。揭发信一直告到了北京，不知北京什么人作了如此指示——那就拍成配合“反击右倾翻案风”的电影吧！松花江“因此”咆哮，片名响亮。

当时我已是复旦大学中文系创作专业的“工农兵学员”，与我信任的三名同学杜静安、刘金铭、周进祥前去见他。因为我常“北大荒”长“北大荒”短的，他们也都读过《雁飞塞北》，很高兴有机会认识一位“北大荒派”老作家。林予那一年五十余岁，头发花白，看去比实际年龄大得多。在我们眼中，确乎是老作家了。

他见了我们格外高兴，对我之亲热令我的同学们暗觉惊讶。我在电话中说定了要在他那儿吃午饭的，他从食堂打回了几样菜，我们在路上买了一斤猪头肉、一斤肠和几瓶啤酒。

在他的单人房间里，我们与他都无拘无束，愉快地度过了两个多小时。

我问他剧本改得怎样了。

他说“请”他亲自改，他不来准是个事。说那也不能照“他们”的要求改呀，说他只不过是在敷衍着改，吃得不错，住得也挺习惯，全当度假了。哪天让他走，当天就走。还命他改的话，就继续敷衍。

关于文学，我们也就谈了那么几句。在当年，文学又有什么好谈的呢？

正是“四人帮”所谓“政治谣言满天飞”的时期，从各种渠道汇集至“小白楼”的资讯极其丰富，预示着中国人心的向背已成定局。两个多小时内，林予基本上是在谈“小道消息”，看得出中国之命运将会如何令他分外焦虑。我不断以眼色制止他，然而他是那么的激动，无济于事。

那日证明了这样一点——他这个人自我保护意识之薄弱，像他的生活能力确实很低一样，实在是别人爱莫能助的。他似乎自有一套简单的判断人的逻辑，即——倘陆宁的母亲是他所信任的人，那么她的儿子陆宁当然也是；那么陆宁的朋友梁晓声同样是；梁晓声带去见他的任何人便都是。

不久大学里开始追查“谣言”，我殊觉不安，一一告诫三名好同学，万勿出卖林予——他们都说，咱们根本不曾一块儿去见过什么林予呀！！

1982年，我的短篇小说《这是一片神奇的土地》获奖后，某日我家所住的筒子楼里，有人大声唤我接电话。我通过公用电话听到了林予的声音，他说我的两个弟弟一个妹妹正在他家吃饭，“赵老师”做了一桌子菜。

我问：“今天是什么节日吗？”

他说：“我亲自把你弟弟妹妹请来的，我们为你的小说获奖在我家庆祝一番。”

我正不知说什么好，他那端却说：“不多聊了，旁边有人等着打电话。”

原来他也是用他家住的那幢楼的公共电话与我通话。

1984年，我的短篇小说《父亲》、中篇小说《今夜有暴风雪》同时获奖，夏末我回哈探家，去他家看望他。他与我约定，三天后的下午要带人到我家见我。

我考虑到我家的不成样子，犹豫。

他却说：“晓声，可不能因为获奖了就摆架子，谁登门拜访你都应该欢迎，何况是我要带去的人！”

或许因为他的家也不怎么样，他竟完全不理解我的为难。

我问：“是你朋友吗？”

他说："朋友谈不上，却是一个好人。"——停顿了一下又说："一个特别好的人。"

不料三天后他带去的是市委宣传部长陈凤晖同志。刚下过很大的雨，他们两位坐的"上海"轿车开不进我家所在那条又脏又窄又泥泞的小街。他俩没穿雨靴，进我家门时四只鞋都成了泥鞋。而我家二十八平方米的破土坯房，前接后盖，分成了四部分。我的老父亲已经退休回到哈市了，两个弟弟一个妹妹都结婚了，且都有了孩子，不分割怎么住呢？因为林予要带客人来，我老父亲从他们所住的六平方米的小屋躲让到邻居家去了，我的疯哥哥被关进我一个弟弟家的小屋去了。而我能够待客的六平方米的小屋里，这里那里放着盆、缸子、瓶子，接漏雨。在那么一种情形下，什么话题都没法谈。我的哥哥不断从小窗口朝这边探进头，冲林予和陈部长傻笑。我尴尬，他俩也都觉来得唐突了。

不到半小时，陈部长坐不住了。

林予却说："晓声，我俩来得好，来得实在是太好了！凤晖部长，晓声他父亲可是新中国第一代建筑工人！是第一批'大三线'建筑工人！他家这种情况你当官的不管可不行，那国家也太对不起老建筑工人了！"

陈部长叹道："是啊。"

"你别只说是啊，你一定要给解决实际困难！"——林予的话说得急头白脸的。

陈部长说："我想办法，是我应该做的事。"

林予又对我说："听到了，晓声你要催着他办！"

我苦笑道："我在北京啊。"

林予说："让你弟弟妹妹找我，我轮番陪着去找他！"

陈部长也苦笑道："林予同志，不要这么激动嘛，你看你搞得晓声都脸红了！"

分明，林予与陈部长确实算不上是朋友——但那是两个好人之间的对话。那情形给我留下的印象异常深刻，所以我终于敢用引号将他们各自的话引起来了。

过后我了解到，陈部长曾是市委机关干部，“五七”们被戴上了帽子，“文革”中任部长才两年。

1986年，哈尔滨市政府批给了我家一处楼房，不大，也是二十八平方米左右，作为对中国第一代老建筑工人和第一批“大三线”建筑工人的奖励房。自然，我老父亲也是沾了我这个作家儿子的光。此事对我的亲人们是巨大的福祉，是他们做梦都不敢想的事。我们的父母自从成为我们的父母以后，到那一年为止，还从没获得过政府给予的任何福祉。它使我七十多岁的老父母可以在家里上厕所了，可以在寒冷的冬季享受暖气的温暖了；也使我的两个弟弟一个妹妹的家，各自大出了几平方米。而我再回家探亲时，不愁没处地方住了。

此后，林予和陈凤晖部长，在我和我的亲人心目中，是大恩人，是“我们心中最红最红的红太阳，大救星”。

我所深感内疚的是——林予和他夫人赵老师的追悼会我竟都没参加，忘了当年我被什么鸟事拖绊住了，每一回想便觉自己甚是该死，成为我此生最内疚的事之一。但林予夫妇生病期间，不但我的弟弟妹妹经常去看望，连我年近八十的老母亲也在弟弟妹妹的陪同之下亲往医院去探视过，这多少减轻了我的一些内疚。

林予夫妇的独生女儿嫁给了外国人，已定居国外了。他们在哈尔滨再也无任何亲人了，估计，哈尔滨人中经常怀念他们的，除了我的弟弟妹妹，再加一个曾经的哈尔滨知青，就是我了。我和弟弟妹妹相聚时，每次必怀念起他们夫妇来。因为我们对父母的怀念，是与对他们夫妇的怀念密切地联系在一起的，是无法分开的。

一位作家和他的妻子，与城市里一条脏街上的一户很穷的人家的每一个成员，结下了不是亲人胜似亲人的终生亲情，这样的事，也许只有异常年代才会发生么?

或者，这是上天的有意安排?

魏国学

魏国学是1966年转业到“北大荒”的官兵之一。因为他们是那年3月到达“北大荒”的，自谓“六六三”北大荒人。

他入伍前是吉林农家子弟，他妻子曲秀珍也是。

当年我是黑龙江生产建设兵团一师二团的知青，并且是二团的第一批知青，于是成为七连的战士。七连的“六六三”不少，五十几人。我们知青整二十人，分为男女两个班。比起来，“老战士”是多数。

当时七连已有小学校，在连队主路的一端，是路边的一幢土坯房，盖得较高，一分为二，各有门窗，成为两间教室。我们知青路过时，曾见魏老师也就是魏国学带领学生们在起土豆——小学校有一片“自留地”，允许所收获的土豆卖给食堂，以便每年有一二百元教学经费。

在部队时曾任过文书，是七连党支部的组织委员——关于魏老师，我们也就知道这么多。

第二年连里来了更多知青，总数二百余人了。人气旺了，一些“老战士”受到新气象的鼓舞，纷纷将家眷接来，应上学的孩子快速增加了。

第三年，有四名知青成了小学校的老师，二男二女，我是其中之一。除了我是初三的知青，另外三位老师都是高一、高二的知青。如此这般地，魏老师成了魏校长，成了我们的直接领导。据说，因为我担任着一班班长，连长指导员起初不同意，魏校长坚持，说他认为我能成为一名好老师，连长指导员拗不过他，只得同意。我不知道他缘何那么认为，没问过。

除了在特定场合，我们并不称他校长，都习惯于叫他魏老师，他自己也更愿意我们叫他魏老师。

他是个沉默寡言的人，却绝不是一个别人难以接近的人。因为他实际上待人一团和气，微笑是他脸上最经常的表情。如果他对谁有好感，那么那个人与他在一起时，面对的几乎总会是一张微笑的脸。他的微笑使人心里特别舒服，他仿佛在用微笑告诉你——我是你的朋友，这使我愉快。读懂了他的微笑，如果你是那个“谁”，即使内心里正有烦愁苦绪，也会受到他的微笑的感染，生出几许愉快来。

说他们是“老战士”，其实他们都并不老，平均年龄三十二三岁，有的还耗着没成家呢。魏老师年龄大点儿，却也不过三十五岁，算是“六六三”中的老大哥了。但我们知青的平均年龄才二十二三岁，与他们比起来，还是会觉得自己仍很青涩。何况，他们是真正当过兵的人，而“战士”只不过是我们的“浮名”。普通的我们对于他们，内心是很尊敬的。

据说，魏老师是有倔脾气的。他是支委，连里的某些事一到支部上去讨论，他的态度是不容漠视的。如果他持反对意见，连长指导员都拿他没辙。但从他在老战士中享有的威望判断，他的倔多半与他认为必须坚持一下的原则有关。而连长指导员与他的关系却很好，证明他的倔大抵是有正当理由的。

但他从没对我们四名老师倔过，我们是享受他的微笑最多的人。用时下的说法来形容，他的微笑特阳光。他的微笑首先起源于他的幸福感，与比他年轻的“老战士”们相比，他军龄长些，工资高些；而他们的工资，仅比我们知青的工资高一级。他本农家子弟，吉林的农村是农村，“北大荒”的农村也是农村，并且叫“连队”，有食堂、卫生所，人口成分也以复员战士和知青为主，文化素质高，各方面远比农村强。何况在连队他还是领导班子成员，是校长。并且，我们四名老师共同的“嫂子”，身材好、样貌好、性格好、善持家，待人接物落落大方，端的是美好姻缘——她是他从老家吸引到兵团的。

他的幸福感还源自于对教师职业的热爱，他将之当成事业谋发展、图进步。麾下有了我们四名知青后，他的干劲更足了，立志要使七连的小学成为团里的模范小学。总之他是“六六三”中的“扎根派”，乐不思蜀。

受他影响，我们的工作态度也都认真负责。他对我们一视同仁，对我则更好一些，总是私下鼓励我，希望我首先成为团里的优秀教师。家里做什么好吃的了，每将我邀去共享。我没辜负他的希望，一年后评上了优秀，还在团里的教师集训班进行过讲课示范，这使他特别高兴。

一日，我在他家与他聊天，终于明白了他为什么对我格外好——原来他也将我视为知青中的“扎根派”了。

他说：“你的愿望我向连里汇报了，连里支持。”

我诧异地问：“我的什么愿望啊？”

嫂子从旁说：“就是你告诉过我们的，等你父亲退休后，你要将父母与哥哥一起接到‘北大荒’的愿望呀，你不是说要在咱们这儿为父母养老送终，与哥哥共度晚年吗？”

我是一度有过那样的想法。

他接着说：“连里非常欢迎一位退休的‘大三线’老工人也在咱们连落户。我要求将我家旁边这块地为你保留着，以后你的家就盖在我家旁边，咱们做近邻。还都是教师，那多好。”

他的目光从敞开的窗口望向他家的菜园子，又向往地说：“菜园子挨着菜园子，种什么菜互相参谋着，品种更齐全了。你侍弄园子不行，我教你。高兴了咱俩一块儿去打猎，冬天一块儿上山砍柴，不必求谁了。”

嫂子也又说：“要是再结成亲家，好上加好！”

他批评道：“你胡说什么呢！巍巍都三岁多了，晓声还没对象呢！”

巍巍是他们的女儿。

嫂子却认真地说：“我这不又怀上了嘛！如果我生了个儿子，晓声以后得的是女儿呢？这是很可能的事！”

他将目光望向我，斯时他的微笑竟显得有几分灿烂。

而我几乎哭了。

一方面我感动于他们的真情实意和厚爱，一方面对于他们的憧憬，我自己并不觉得多么的美好。我曾有过的念头，只不过是我人生的最下策。不到万不得已，并不打算迈出那么一步的。

我的心情复杂极了。

“你如果是我弟弟就好了，那我就可以替你做主了。”

魏老师的话听来不无遗憾。

而嫂子则幽幽地说：“你明白你在他心目中的位置了吧？连巍巍都希望梁叔叔永远是七连的人，我也是。”

我只有说：“现在谈那些太早了呀。”

这一年冬季，七连发生了不幸的事——“出血热”夺去了机务排长的生命，他也是“六六三”，曾经的坦克兵班长，才三十二岁；他妻子小吕刚过二十五周岁。

全连笼罩在悲哀气氛中——双方的父母亲人来了七八位，追悼词是我写的，并且是由我代表全连在追悼会上读的。

两天后，在魏老师家，他与我进行了如下谈话：按他的说法是——小吕一直在哭，她不愿离开七连。而她父母则态度坚决，命令她必须跟随他们回河南老家的农村去；除非她不久后能在七连实现二次婚姻。支部为此开了一次保密会议，这次会议与我有关……

“与我有什么关系？”

我十分诧异。

魏老师欲言又止。

嫂子替他说：“小吕对你有好感……”

我瞪着魏老师半天说不出话。

“不是我的主意，真不是……”

魏老师脸红了。

“是小吕自己表白的，她说你如果愿意，那她就留在七连等，等多久都行。确实不是你哥的主意，试探一下你的态度，这是支部给你哥的任务……”

那日，嫂子第一次用“你哥”二字来跟我说她丈夫，以后就一直对我那么说了。

我完全蒙了，良久才说：“我考虑考虑。”

那是我认为不至于伤到谁的唯一说法。

小吕我是熟悉的，也是个形象好性格好的女子。“六六三”老战士们的妻子差不多都是来自农村的出众女子，因为他们自己都曾是部队的优秀士兵，不但是挣工资的人，还是仍属于准部队的人。小吕是家属排的班长，我每带学生们配合家属排义务劳动。

第二天我将考虑结果写在了纸上，当面交给魏老师——写在纸上的理由全是委婉的借口。

实际上我又准备为家庭抱定独身主义了。

“哥”看罢，叹道：“理解。”

沉吟片刻又说：“千万别对我有什么误会。”

我说：“没有。”

反倒觉得自己很歉意。

不久《兵团战士报》发表了一篇我写的纪念雷锋的文章，我因而调到了团报道组——那时一团与二团合并了。

行前“哥”和嫂子请我到家吃了顿面条，算是为我送行。

我看得出他们是那么舍不得与我分离，也明白请我吃面条的含意，感动地向他们保证，一定常回七连看他们。

我在团里只当了一年多报道员，后来成了木材厂的抬木工。

“哥”到木材厂去看过我，劝我再回七连当老师。

我觉得那会使他为我承担解释不清的种种议论，拒绝了。

1974年我上大学了，走得仓促，竟没回七连与“哥”和嫂子话别。

往后我的人生年复一年似乎过得快极了，想到他们的时候越来越少。

我曾写过一篇散文《狍的眼睛》，内容是我跟随魏老师进山打猎的事——一团的一名返城知青读到了，写信告诉我兵团取消后，七连撤点了；魏老师调到别的连又当了几年老师后，病故了。

于是在我的散文中又多了一篇《写给嫂子的信》——那封信她没收到，因地址有误被退回了，便仅仅成为一篇散文。

以后十余年内，我的人生依然如负重物，两个弟弟一个妹妹三家六个大人有五人下岗，作为实际上的长子，想无压力非六亲不认不可。

直至2010年后，弟弟妹妹、弟媳妹夫们先后到了退休年龄，多少都有退休金了；每家都受惠于动迁住上了楼房了；下一代都大学毕业工作逐渐稳定了——这时，直至这时，我的人生才终于从容淡定了些。

而父母早已故去，我往七十“奔”了。

人到了此种年纪，回忆渐成习惯，想不回忆都不可能。而一回忆，呀，呀，原来我又是那么的幸运！从青年到老年，竟有一位又一位的恩人，或民间所言“贵人”，曾那么真心实意地关爱过我，以他们冬日暖阳般的友情温暖过我，使我从不曾在精神上垮掉过！——可我却一向没报答过！

我深怀此种大内疚终于获得了嫂子的手机号码。

“晓声吗？你真是梁晓声吗？”

她语音颤抖。

我说：“嫂子，是我呀。”

四十余年不曾相见了，她已是七十多岁有重外孙子的人了；当年我经常带着玩过的魏巍都五十多了，早早地当上外祖母了。

“晓声你还好吗？”

“还好。”

“我们有时会从电视里看到你，每次魏巍都特别高兴。她还把你写的一篇文章读给我听，是《狍的眼睛》对吧？你在文章里写魏老师‘待你如兄长’，对吧？……”

那篇文章主要是写狍的；写到我和魏老师关系的也就那么五个字——我真混蛋，为什么不多写几行而是一笔带过呢？

“嫂子，不聊那些了。快过春节了，让魏巍告诉我一个银行卡号……”

“坚决不许你寄钱！我们的日子都还过得去，你有空儿来看看我们才好……”

“我有一处老宿舍楼的房子在装修，装修好了先接你们到北京玩儿……”

我已了解到，她们三代人的生活并非无忧无虑，而是有忧有虑。

我当然不会服从嫂子的话。

如今又三年矣，嫂子和魏巍并没来过，生活有压力的人是没闲心逛北京的。我也没回去过，因为身体其实总是不太平，怕旅途之劳了。

好在有手机。

也好在，有了魏巍的银行卡号了……

崔长勇

当年在黑龙江生产建设兵团曾跻身于文艺宣传队的知青，不论是能歌善舞的还是喜欢作词作曲的，也不论是热衷于曲艺的还是热爱文学创作的非宣传队员知青，即和我一样的知青——有不知道崔长勇其人的吗？

即便有，那也肯定是少数。

多数人不但知道他，而且还不仅一次地见到过他。特别是跻身于师、团宣传队的知青，崔长勇这个名字似乎意味着是他们的“文艺教父”，获得到他们相当普遍的尊崇。

“弟子三千，贤者七十二。”——孔子此语当年在兵团文艺知青中流传甚广，用以形容崔长勇麾下之文艺知青的众与精。

三千绝非多么夸张的数字，以每个团的宣传队起码三十人计，全兵团几十个团，再加上热爱文学创作美术创作的知青，估计少也少不到哪儿去。

我们当年虽尊崇他，却几乎无一例外地叫他“老崔”。

老崔毕业于黑龙江省齐齐哈尔市师范学院中文系，我认识他那一年，他已是兵团司令部政治部文艺处的干事；处长是沈阳军区的现役军人。

我因为在《黑河日报》发表了一篇散文，由师里推荐，到兵团司令部所在地佳木斯市参加了全兵团第一届“文学创作学习班”，由而与他结下了五十余年的深厚友谊。

记得那日大雪。佳木斯列车站前，两名着宾馆服务员制服的姑娘展持横幅，其上写着迎接等字。横幅旁，伫立着戴棉军帽穿兵团服的干部模样的男子，脸上有眼镜，自言是文艺处的。该接的人到齐了，便都上了一辆面包车。

我们住兵团一招，离车站不远，是三层楼。在佳木斯，属于较高级的招待所。

那是我出生以来，第一次享受有车接，住那么高级的招待所的待遇。伙食特别好，每天都能吃到猪肉炖粉条，还有鱼、小鸡炖蘑菇。鸡蛋咸鸭蛋，更是顿顿早餐必有的。共集中了二十几名文学知青，三人一个房间。写作可以在会议室，允许吸烟。

三天后我心大为不安，根本就没带什么构思去的，唯恐留不下作品，脸上无光。

我在饭桌上发牢骚："你们都说老崔老崔的，怎么还没露面？要等到快结束了才接见咱们一下吗？"

比我早到者皆笑。

一人说："远在天边，近在眼前。"

我这才恍悟，原来几乎每天所见的"崔干事"，便是人人常提到的"老崔"，尴尬地又说："我以为有两个姓崔的，你是小崔呢。"

他说："我也希望自己在你们眼里是小崔呀。"

老崔非但不老，还称得上是美男子，在招待所总不穿棉衣，单军上衣的领钩也总是钩住着，眼镜使他英气勃发而又文质彬彬——如果他穿长衫，会使人联想到《早春二月》里的萧剑秋。

饭后我去到了他的房间，要求离去。

他问为什么。

我坦言心中惭愧。

他却说："也没谁宣布都得留下作品的硬性规定啊。学习班嘛，就是为大家营造一种有利于互相交流心得的机会。既来之，则安之。没有构思不是事儿，给你个任务，为别人的构思充当参谋。你们师推荐你来了，我就相信你是有潜力的，只不过待开发而已。”

他那么说，我不好再坚持了。

十二天学习班期间，我只当“参谋”了，谁愿意向我谈构思，我都洗耳恭听，恳谈自己的感受。

不久学习班上流传一首关于我的打油诗：

白墙孤影台灯，
冥思苦想晓声。
从早到晚参谋，
熬煞绿脸孩儿。

是老崔对别人信口吟成。

学习班的文学知青比之于文艺知青，年龄都大些，高中的居多，初中的极少，我是之一。也许由于这原因，他视我为“小老弟”，殊多关爱。

学习班结束，在车站，我又当众对他说：“下次我绝不参加了！”

他笑道：“别介呀！你对我给你的任务完成得很好嘛！下次有备而来就是了。你不来，他们也不答应啊。”

我已交下了数位良友，他们皆从旁说肯定不答应。

在第二次学习班上，“绿脸孩儿”成了我的绰号，老崔的口头语“别介呀”成了流行语。

我将我带去的构思讲给老崔听。他静静地听完，只说了一个字：“行。”

我说：“我要你提修改意见。”

他说：“没有。你已经构思得很成熟了，写好它。”

一旦进入工作状态，他就变成了一个言简意赅之人，几乎口无废话。

我又说："不知起什么题目好。"

他说："你写的是老职工为知青当向导的事，那题目就是'向导'呗，何必还在题目上挖空心思呢？"

学习班结束不久，《向导》发表在《兵团战士报》，虽仅三千余字，却也占了一版。珍惜树木之内容，与政治无涉。

那时老崔已从别人口中了解到我的家境了。他居然写信问我家的住址，信中说他经常到哈尔滨开会，可代我探望我老母亲。我因我家太不成个样子，本不愿告诉他。犹豫再三，还是回信告诉了。

而他，每到哈尔滨开会、办事，但凡时间允许，必会到我家去，总不空手。当年五六元钱能买到的无非蛋糕、饼干、罐头。但当年的中国人在单位随婚礼的份子钱，五六元也是很拿得出手的了！

我心大为不安，去信表达之。

而他的回信中，有几行字令我沉思良久。用今天的时髦说法是——受到了震撼。那几行字是："我所满腔热忱来做的事，不但是要为兵团培育文学种子，还有更大的心愿，便是为中国的将来在兵团保留一批文学种子。也许你们中有人以后会成为作家的，我老崔此生有缘为你们竭诚服务，尽量爱护你们，我认为是我的荣幸，简直也可以说是我的幸福……"

第一次有人将我以后的人生同"作家"二字联系在了一起，尽管只不过"也许"性地联系在了一起，令我感动得热泪盈眶。

那时，我母亲和留城的弟弟妹妹，已经将老崔视为一个亲人了，正如将林予视为亲人。他俩还在我家见到过，亦随之建立了良好关系。

我离开团报道组成为木材加工厂抬木工后，患了肝炎却不自知，每觉抬大木时脚下打晃，意志极为消沉，给老崔写信表示，打算离开兵团干脆回山东老家插队算了。他回了一封电报，电文字是——万万不可，给我时间，容我想办法。

以后三四个月再无来信，我一度以为他的电报只不过是敷衍。

忽一日团政治部的电话打到连部，要我去会客。我到后，见老崔坐在政治部副主任办公室里，居然穿一身有领章帽徽的军装！

老崔说："刚才我表明态度了，你们团如果并不爱护你，我要将你调走。"

政治部副主任说："我也表明态度了，一定尽量关照你。你有什么要求，以后可以直接向我提出。"

他来去匆匆，当日便走。

我送他到长途车站时，他说："专为你来到一团的。"

我问："也是专为我借了一套军装？"

他说："否则，我一名干事，谁把我当回事呢？"

相视依依不舍之际，他又说："你如果真想调到别的团，决定了就写信告诉我。"

我明白那是他的最大能力了。

木材加工厂的男知青们都挺高看我，在哪里还不一样呢？我珍惜他们对我的厚爱，反而又安心了。

我上大学后，老崔之喜悦过我，在写给我的信中，谆谆告诫，嘱我要学会政治方面的自我保护。并作词一首，题曰——"欣闻晓声录取于复旦，夜不能寐。"

又忽一日，他出现在我面前。

拥抱都属情不自禁。

我问："该不会是为我来到上海的吧？"

他说："还真是因为想念你了，出差理由那是好编的。"

他的上海之行果无正事，却极其关心我的个人问题，非要我认识一位同是兵团的女知青，在上海外国语学院读英语，极言对方品貌俱佳，毕业后是要定向分配到外交部的。

我拗他不过，与他同去了一次外国语学院，对方果如其言。

但我无心谈情说爱，更不敢高攀，自行地止于“——”了。

我分配到北京电影制片厂后，他也借出差之便到北影看我，偏不住北影招待所，而要睡我设在办公室的床。白天他忙他的，我忙我的。晚上每在我家吃饭，那时我老母亲住在我那儿，一见到他就亲热地拉着他的手直呼“长勇”，与他聊起来没够——竟也使他很享受。

我陪他在办公室聊天时曾说：“我相信自己会成为好编辑的”。

他却说：“你还是要写啊，不该仅仅成为好编辑吧？”

希冀之情，溢于言表。那时，我除了《兵团战报》发的《向导》，尚再没写过什么。

他的话竟使我如芒在背。

兵团已经取消；绝大多数知青陆续返城；当年的文艺处翻过了历史一页；老崔成了农场总局的教育处副处长。

他踌躇满志，像当年口必言文艺那般口必言教育。然而我还是看出来了，他内心深处存在着巨大的孤寂和失落，尽管时刻在我面前加以掩饰。

我劝慰他：由干事而副处长了，终究是值得高兴的事。

他却说：当干事时只知干事，干得愉快。而一成为副处长，忽然觉得身在官场了，不适应，不愉快也多了……

我问：有什么不适应的呢？

他苦笑道：你不懂的，不跟你聊那些。

……

几年后，我由编辑而兼是作家了，却传来他下海经商的消息。实际上，农场总局的人曾告诉我，他“搞教育”也搞得风生水起、气象更新。我认定他绝非经商的“料”，去信严厉地批评他太过自信，若尚能归位，应赶快退回“岸上”去。成为作家后，我认为我有资格批评他了。

他却在回信中说：“开弓没有回头箭，放心吧，老崔干什么没干好过呢？……”

后来他到南方去了。再出现于我面前，有时似乎心想事成，前途坦阔；有时则分明很落魄，几近身无分文——于是轮到我反过来关爱他了。每每，关爱得很心疼。

再后来，他“杀回”哈尔滨去搞民办学校了。这我倒是支持的，放下了一块心病。

然而一年后传来了他被判刑入狱的消息。

我一直拒绝相信老崔会是骗子，我一直认为他只不过是将一心想办好的事办“砸了”。

我因怀念他而写了中篇小说《又是中秋》，竟有狱方的干部读到了，于是他受到了些规定允许范围内的照顾——这使我感慨万千。

我曾为他补交过两次伙食费，两次都获得了与他交谈几句的机会。

双方能说什么呢?

无非他说：监狱也挺重视开展文艺活动，他又“英雄有用武之地”了。

我说：好，很好。

放下电话，心中五味杂陈。

我嘱哈市的弟弟妹妹去看他。他们去了，没见到他。非亲非眷，狱方不同意，好在东西是可以代收下的。

他在狱中给我写过两封信，内容是读我作品的感想，有批评，也有勉励。

去年他“保外”就医，我俩开始手机通话频频。

他又给我写了一封长信，勉励我再写出有分量的作品。信中有“我相信你。我期待着。”两行字。

我正打算安排时间回哈市去看他，忽一日，惊闻他猝故了。

我之怆然，无可诉处，便只有回忆……

曾有记者问我抱怨过自己的命运吗。

我回答当然抱怨过。

问：哪些方面呢?

答：不该用精神病这种比癌症更不幸的病毁了我兄长的一生，使他至今住在精神病院，使我这个弟弟一心想要与他生活在一起亲自照顾他而不能够；“子欲养而亲不待”；恩未报而恩人故。

问：仅此三点？

答：人不可以对自己的命运抱怨太多。

他说：你的回答很策略。

我说：与策略无关。我脱口便答，乃因我思考过。

是的，关于所谓命运我的确认真思考过。结论是，其实我还是应该感恩于我的命运——它使我与文学亲近，于是我眼里几乎全没了可与别人争的利益。只要允许我创作，别的利益由别人去争好了。而这又使我的人生，一向处在人际关系单纯的状况，于是友谊多了，芥蒂少而又少。个把“小人”也是在我的人生中出现过的，如今想来，却也不能说是“小人”，是由于我没处理好由我引起的他者的利益关系，责任主要在我。

若我的命运能使我对父母多尽十年孝心，能使我对我的恩人们回报几分的话，则我对我的命运感恩不尽。

实际上我是一个从中学时起就被友谊宠着的人；实际上我一直被一位位好人们给予我的友谊宠到至今。因而我每觉得，凡我较长期生活、工作过的地方——兵团、北影、童影、北京语言大学，无一例外地是好人多多的地方、单位。

我的人生体会之一那就是——命运之神其实每将好人推到格外需要友谊来温暖己心的人身边；那时人对好人要有本能的感觉，并且要对好人的出现有所感恩。辨别谁是不是好人在我这儿一点都不复杂，简单得很，有时几番交谈，一日相处便足够了。往往是，好人自己都不清楚他或她将是你的贵人，你一经明确地表现出信任好人的态度，他们身上就会相应地表现出比原本更好的好人本色来。在你迷惘又困厄时，即使对别人给予你的友善的一瞥，都应有本能的反应。或许，那正是命运之神要将一个好人推向你了，单等你以好心理亲近之。你若并无本能之反应，那么遗憾的是你自己。

当然有人会这么说：对你好的人就一定是好人吗？

而问题正出在这里——我们要求好人有多好呢？生为芸芸众生之一的我们，若在需要友谊之时而别人无私地给予了，难道他们还算不上是好人吗？

不错，林予、魏国学、入狱十几年的崔长勇，在所有认识他们的人看来，确乎只不过是寻常一个人罢了。

但我倒要反问了——凡那认识他们的人，有谁能说出他们不好的方面吗？我是从没听到过的。

凡那被许多人所认识，却没有谁能指摘其不好之点的人，基本上都是好人。甚至，有人具备君子仁人的品质，单等我们去发现。

“文艺作品中的好人都是编的，生活里才没几个好人！”——中国人每如是想。

“生活里才没那么多坏人，电影小说里的坏人大抵是虚构的。”——别国的许多人却反过来想。

我们中国人实在愧对好人的存在。

我想，我该用我的笔揭示出——倘谁眼中无好人，那不符合人性的进化方向。

我来带个头，让我们学习感恩于好人！

原载《上海文学》2017年第7期

一条鱼和它的池塘

周　涛

读《古诗源》

1979年以前，我弟弟晓星给我送了一套《古诗源》，只是翻了翻，没有认真看。有一年冬天我坐在躺椅上，看到《古诗源》第一首歌《击壤歌》，“日出而作，日入而息。……帝力于我何有哉。”当时冬日的阳光晒着很舒服，突然好像阳光把你的思想和古人沟通了，好像看到一个老头在那击壤而歌，再往下看，越来越觉得好。

原来我们对历史知道得太浅了，对历史文化理解得也太浅了，看完《古诗源》以后，我先是写了曹操，“东临碣石，以观沧海，日月之行，若出其中；星汉灿烂，若出其里……”发现真是妙不可言。

我对郭沫若替曹操翻案写过的《曹操论集》也有印象，我通过读曹操的诗，和曹操这个人也有一种沟通，不像《三国》京剧里把曹操演成奸臣，看他那个诗可以看到他胸怀博大，确实不是常人，我觉得他是中国历史上最优秀的人物之一，和他一样有文治武功的人，没有他的诗才，他的诗不是以帝王身份赢得传世的，而是以诗人身份。

为什么几千年来中国的民间戏曲都对曹操是贬低的，这恰恰说明了中国社会的保守性，所谓正统思想的保守性是中华民族凝聚力的一个重要方面，母性文明是保守性的，对一切出格的不按常规的人物、行为缺乏理解，基本上是诅咒，而曹操就是这么个出格的人。

我写的《读古诗源记》是在《随笔》上发的，是一个叫遥远的家伙抄袭的，以遥远的名义在《随笔》上发了十几个页码。我就给《随笔》写了封信，他们刊登了“来函照登”，我的东西怎么变成他的了？原来我发在新疆的《绿洲》，遥远抄上就给了《随笔》。

从那以后，我就一段一段往下写，有些不太理解、看不太懂、把握不准的就跳过去，找能看懂的——实际上我的古典文学修养很不足，没有好好学过，就是在中学那点本事。

我读古诗源是意会神通，靠那种灵气去把握。中央人民广播电台有一个雪汉青是北大学古汉语的，他到我那里去，我就让他看了几篇，他看完以后就跟我说北大教授写不了这个，但如果我的古典文学加强一点会更好。他还给我了一些提示，比如说曹植的《黄雀歌》，我不敢断定少年就是曹植，雪汉青当时说就是曹植，我就放心了。《古诗源》中有很多民谣，我在民谣和一些能看懂的诗上下功夫，其他的都没有写，写了大概有十一万字。一共是67篇。

当时群众出版社要出一套散文，其中有我的《读古诗源记》，但出了也没有得到太多的反馈。文学是寂寞的行业，你的东西哪怕在别人心目中带来的是重要的影响，但你不知道。不像一个唱歌的人，她在舞台上，她的听众就在台下坐着，她唱得好不好，底下的掌声、挥动着的双手包括欢呼尖叫，只要不是组织好的，她就能够直接得到回应。

一个话剧，一部电影，一个电视剧，一个指标是票房，当然作家的书也有印数，印数不能代表文学作品的价值。越是有深度的东西，越是不易评价和把握，也就不能得到直接反馈。凡是能够直接得到反馈的基本上是因为它们的浅和俗。那些东西只停留在感官阶段，没有上升到理性的思考，娱乐行业就是这个特点。这个时代正好不需要深，就是一种感官刺激，耳朵听的、眼睛看的，不需要去扩充你的脑颅、拓宽你的视野、饱满你的心胸，使你精神上变成一个高个子的人。这个时代是一个文化侏儒时代，所以文学不可能不寂寞。而它的寂寞恰恰是它值得尊重的记号，甚至是一种荣耀。

刘项之争至今人们都是赞刘邦、贬项羽，虽然对项羽也有歌颂的。我觉得我认识到当中一个最重要的东西，就是项羽身上确实有一些毛病，但是我觉得他们俩之争本质上是贵族的、尚武的、简单的，与平民的、尚谋的、复杂的之争，刘项之争恰恰是两种生存状态、两种精神状态的截然不同。凡项羽的优点刘邦不具备，就是说他们俩各有各的缺点，但是项羽要赢了，中华民族沿袭下来的不是汉族传统，我想会形成一种类似欧洲古代邦国的传统。项羽的失败不仅标志着个人走到了绝境，也标志着贵族精神的彻底失败。

刘邦的那一套沿袭下来，直到今天也能够感觉到处处都有刘邦，有刘邦的谋略和作风，直到今天凡是成功的人都是刘邦，而当今社会罕有项羽。我说过叶文福就有项羽之风。如果这个民族保持着儿童一般的天真、简单，青年一样的勇猛，壮年一样的成熟、理智的话，那这个民族即可百战百胜，跻身世界强国行列。

项羽七十二战，战必胜，攻必克，最后一战却让人灭了，英雄自刎，这家伙是真正的贵族，不是我们这些伪贵族。他做的是欧洲人做的事，他有高贵的品质，他耳根子软，不舍得杀人，这些都是缺点，可是谁能没缺点？项羽之死是英雄时代的终结。西方最后也就剩下一群臭狗屎，也许是社会的进步，也许是扯淡，中国历史上我挑选的英雄就是曹操、项羽。

我对吕布也有好感，凭什么不可以拿政治军事为爱情服务？他稀罕什么，吕布也是一个欧洲骑士型的人，有一点骑士精神，这个东西在中国也是比较少见的。之前，吕布是一个遭人唾骂的人，但是我赋予他新的精神。

在判断一个时代的文学的时候，有一个角度是今天的人们所不知道的——不管他是什么行家、什么专家，他们不懂这个。那就是要和这个时代的整个思路、文风、表达方式保持距离。如果他是一个不受时代文风影响的人、一个能保持自己独立头脑的人，他的价值就越高。

命蹇的长诗

1984年，我去老山前线待了两个月，到老山上各个战区都跑了一下，有一阵子把我们放到十四军一个团，就是主攻老山的那个团，其中一个连在奎魁，远离战区，我和李彦清到那里去采访。那里的蚊子把人咬坏了，一团一团在袖口把手围住了。我们在老乡家堆粮食的阁楼上，晚上被蚊子咬得睡不着觉，从阁楼下来转。

有一次上者阴山，上到半路有一块空地，大家坐在那休息。我坐在一个凹地休息，听到山上有声音，我抬头一看，全是驮弹药的毛驴和骡子，毛驴身上套着铁鞍子，驮的是弹药箱，正往山上送。我就觉得蹊跷，假如掉下来的话不正好砸到我吗？我感到不太安全，就挪过去了。其他人说你在那儿坐着挺好，干什么跑了？我换个地方坐。过了一会儿，真的有一匹骡子从山上翻下来，刚好落在我刚才坐的那个地方，死死地砸在那儿，滚下来时带着铁鞍子，砸谁谁死，没个活，我躲掉了，我还有点先见之明。

在弯刀寨那个连队住的时候，天天和战士们在一个地方睡觉吃饭，那些战士跟着我混熟了，我就问他，当时打仗感觉咋样。战士说敌人炮弹覆盖的时候太可怕了，恨不得钻到地底下去，赶快趴下不说，也顾不上姿势了，没法表述那个恐怖，那是人的意志绝对无法抗拒的，可怕到极点了，简直是人间地狱，能躲过去就不错了。同样可以证明，我们的炮火覆盖人家的时候也是一样的。哪有什么英雄？就是一种困境，把你扔到战争的困境当中了。我当时理解了战士们的困境，知道了所谓英雄也只是无奈困境下的挣扎。

在老山也记不清到了哪个团哪个部队，走了不少地方，后来才发现我们最开始住的麻栗坡落水洞是最安全的，但那附近还有炮弹，震得帐篷晃。那是部队撤下来的指挥部，已经远离战场了。

我和士兵聊聊，了解了解战争的情况，没有听到任何豪言壮语。战士都是小伙子，晚上蚊子咬得我睡不着，他们睡得着，他们觉得那个算啥，根本不在乎，他们皮实。一个个钢盔在枕头边摞着，一个个面孔睡得像雕塑一样，一个个都是从死神手里逃出来的人，月光从阁楼上照进来，可以看到他们沉睡的样子。人在战场上不敢休息。休整时部队战士也闹点事，有跑到人家房东女儿的卧房里了。

在老山，刚开始我们住的帐篷旁边是野战医院，也都是一排一排的帐篷。洗衣服盆里，堆着胳膊腿，截肢卸下来的、炸断的，都在盆里。我一看是一条腿，在和平的时候，每天送到医院十来个伤员，是被炮、地雷、冷枪所致伤残的，在战场上打死的估计就抬不下来了。

我亲眼看着一个人被炸了。我们已经快到山顶的时候，看见三个兵在树下不知道挖什么，树旁边有地雷，距离我们二十米的样子。我看着他们在那儿活动还好好的，轰地爆炸了，一个捂着眼睛就不行了，旁边两个人扶着他赶快往下走。他被炸瞎了眼，是越军埋的地雷。

我和李彦清、李斌奎三个人走着走着，遇到一次炮火覆盖。我们在不可能被炸到的地方，那是削平的山的背面，明知道炸不上，还是害怕，我也恨不得钻到土里，吓坏了，发抖。李彦清稍微显得沉着一些，他比我强，我又比别的人强一点。我就发现这还不是真打，要真打的时候咋办，完全不能承受，人在炸弹爆炸的声音震撼面前，简直连一张纸都不如。

后来到了昆明，大家都感觉到太幸福，走路随便走，在街上走不用想到地雷。我们在老山前线的两个月里，只要到野外都必须小心地雷，根本就不敢随便走。能够不用管地雷随便走，真是太幸福了。

战争确实太恐怖，那个时候你体会到军人这个职业是人世间最悲惨的职业，的确不是人干的活。建筑工人再危险，起码保险系数还高一点，没人专门打死他。军人这是人家想尽办法弄死的对象。军人这个职业真不是好玩的，不是被逼到垂死挣扎，你不反抗不作战就会被别人弄死，谁想作战，那时候要奋不顾身。

战争对人的创伤太大了。我们无非是一些战场的参观者，而不是参与者，仅仅参观了一下，都成了那个德行，你想想亲历战争该咋办。哪有什么正义的战争，所有的战争几乎没有正义，除非是保卫自己，被侵略的时候当然抵抗是正义的。

从越战前线回去以后，算是完成了上前线的任务，当时也没想到写东西，觉得没啥好写的，写不成。只是在本子上开始写着玩儿，写着写着越写越长，写到七百行的时候，先放了一下，又干别的事，隔了半年再写，写到两千多行。自己不觉得好，写得太容易，很随便。是文乐然发现这长诗的好，他看了之后大惊，评价之高出乎我的意料，在《边塞》发了。

到了2000年，我出版《英雄泪》的时候，卢一萍和沈苇才看到完整的长诗，他们以前好像有点印象，零零碎碎看过，等他们全看了以后，说写得太好了，这个诗是慢慢被认识的。我写得非常放松，非常自由，基本上可以把你真正的想法全部写出来，和当时的军事文学不一样，我选择的都是对战争消极的认识多，反正没有什么鼓吹作战的东西。

后来《周涛诗全编》出来的时候，李晓桦也是第一次完整看，他跑到我的房间，我说别的都可以不看，你把《山岳山岳，丛林丛林》给我耐下心来全部读一遍。我告诉他，这才是新诗的顶峰。我那长诗里有画面，有景致，有人物，有情节，有各种人物的命运，有理性的思考。到老山前线写的那么多作品，获了那么多奖的作品中，真正反映老山最伟大的一篇是我那个。

我写了人真实的一面，尤其是那里有一段写士兵的人性的两面性，他是谁，他也是胆小如鼠、面如土色。我还写道，军队大院子里一下子空了，那小孩子正在捕捉蚂蚱，他不知道他在捕捉他爹的命运。丈夫死了，女人说把坟墓里的人还给我，怎么还？

士兵吃人家农民的狗，还有炮火炸过的山林里，暴雨之夜的战争景色，战争之后的山林，我正好坐着车在暴雨之夜穿过战区，胳膊那么粗的竹子被弹片从中间劈开，大雨滂沱，雷光闪电。后来我想，如果把这个诗全文翻译给越南，我坚信会使越南人感动。遗憾这首诗没有翻译成英文。

我还到越军战俘营去了，有个越南兵在弹吉他，唱《血染的风采》。我说你受过伤没有，他说受过伤，伤在哪里，他说在脚踝这个地方，还有一个弹片在里面，我把他的脚拿过来摸了摸，问他阴雨天还有没有感觉？他说阴雨天疼。

可惜这首诗在中国没有造成什么影响，也过了那个势了，没有那个效果了。后面再发就过了火候了，现在只能留此存照，表示我当时达到过这个境界。

一条鱼和它的池塘

一个人来到这个世界上，就像一条鱼苗被投入一个水域里或者是一个池塘里，这个鱼甭管什么品种，适合不适合，投入的那个水域是注定的，没有办法改变。如果投入到正好适合你的水域，它如鱼得水，它在里面生活得很自在，健康成长；如果一个高级鱼投入到污浊的水里，那个水里只有一些泥鳅或者是一些垃圾鱼、劣等鱼可以顽强地生存，它们适应，但是上等鱼不行，上等鱼如果不能伪装成泥鳅，没法在那儿混，那你就完了。相反，劣等鱼到好的水域，也会感到生存困难，无处躲藏，水清如碧，没有淤泥，没有肮脏的东西，没有草根芦苇，往哪藏都会被人吃掉。所以池塘对鱼来说，很关键。

我们老以成败论英雄，这是整个社会的误区。有些非常优秀的人，在中国社会里活不下去，他没有办法成功，他这个鱼种就不适合这个水域。比如我父亲周文杰，解放初曾有到国外任外交官的机会，但他没有去。他要去当一个文化参赞，那老外肯定喜欢他，他仪表堂堂，潇洒得很，能给中国人争光露脸，说不定还能干出一些大事。他那接人待物的方式就是外国人接人待物的方式，外国人无论大人小孩都是一种方式，没有把人分那么多等级，没有那么复杂。当然他也在努力改造，努力想成为这个社会里能行的，但是实际上他的根儿不对，所以很难改变。他这种人很难过。

父亲模样长得好，但他没利用好，他不会半路休妻，早年如果没有结婚，在革命队伍里凭他的外貌，可以联姻一个条件稍微好一点的。我母亲是一个很能干的人，头脑非常清晰，当过干部科长，她身上有一些优点我父亲不具备。我母亲看人准，心大，一天琢磨的就是让她儿子才兼文武，出将入相。我妈个子小，但心大。

我妈对我父亲很无奈，经常开干部会议的时候，我爸在会上一发言，回来以后我妈就告诉他哪说错了。他听不出领导的意思，光按照他自己的意思说，我妈就知道领导的话是啥意思。我妈心里清楚该怎么办，我爸不知道。

在当今社会里，过分地吹捧一些成功者，而不去检查成功的原因和他来路上的脚印，这是个很大的误区，只要他表面上赢了，就一好百好，那是不对的；因为有些人虽然看起来没有成功，但是他一直坚守的东西恰恰是社会最缺乏的，而这个民族不重视这些隐性的坚持，而去夸张地吹捧一些表面的成功，这对民族性格伤害很大。多少人坚守的其实都是最重要的东西，即人的底线，当然也是民族性的底线。

什么叫成功？成功有很多种意义，不是挣了钱就是成功，他挣钱的方式里面有损害他人、行贿受贿或是伪劣产品、偷税漏税，对社会公益有害，这种成功即便上了福布斯榜，也不光彩，他盖的危楼高价卖出去，他制的假药坑人，现在不算这个账，只算你有多少个亿。

你是一个坚守内心的人，那你富不了，你也出不了名，你的本事再大，人们不注意你。我们整个社会树立的表率人物，必须要经得起让人看看你的脚印，看看你是怎么走过来的？

在当今社会，你如果不精明，那怎么活？我们一辈子就是逐步适应社会的过程、向社会妥协的过程，不是用自己的优良品质去影响社会改造社会的过程。很不幸的是，有些所谓的成功是向现实社会甚至向丑恶妥协的结果。

我也在想，我父亲为啥吃不开，为啥活不成，按理说他具备所有成功人的客观条件，他应该能成，又有文化，他是老八路，也有资格，还干过一些非常勇敢的事，日本鬼子轰炸的时候，文件就藏在房子里，别人都跑了，就他跑过去抢救文件。

我父亲到老也没有成熟，而且他看不破，如果玩不转，心里清楚看得破也罢，他还看不破，他迷信从众。那是大量的平庸人的基本状态，他有从众的心态。

我搬到东风路那个房子，那个房子刚开始还显得挺好，我妈去了以后，惊奇我住这么好的房子，她说了一句话，听了能把你笑死，她说国家领导人的房子怕也没这么大吧？这不是开玩笑吗？我说那能比吗，根本就不是一回事，我虽然没去过但是也能想出来。我那时住的是个师级干部的房子，现在住的是所谓将军楼，我妈一看肯定更觉得不得了。公众是容易受骗的，“看破红尘”这四个字哪是那么容易的？包括我们一天在读书琢磨研究这个社会的人，也有很多误区根本看不到，因为你掌握的情况太少了，你看到的也都是一些假象。

能够具有穿透现实的眼光，可不是件容易的事。有一些政治家确实是伟大的政治家，但又有哪一个不是被时间局限的呢。

社会发展到今天，现代化、城市化和社会高度的复杂化，任何一个人不能靠自身生活在地球上，他要依赖的东西太多。古人的生存依赖自身可以生活，不管是陶渊明也好，还是诸葛亮也好，诸葛亮还有那么几个给他干活的人，他的日子可以过得很优雅，现在谁能过那个日子？肯定要依赖社会的各个方面。因而生存方式的改变也使人的心境和志趣发生了剧变，古人所谓那些高洁的品格到今天已经不再有了，高洁不起来，不管是诸葛亮还是庞统，他都需要人请。三顾茅庐，你识我，我认你，这才为你干。现在你再有本事，送上门去，人家都不买你的账。

没有一个人不是一个奇迹。所有的人，包括残疾人和最不起眼最笨的家伙，都是人间奇迹，人类四百万年，中间一个链条不断才能有这么个家伙，要这么看人，充分地对每个生存个体予以尊重。

对人性最大的理解就是，你想这个出现在今天，他身上集中了四百万年人类的进化史，四百万年的履历就在他的身上，他就是个活化，所有的人都是活化石。四百万年，他的先祖们经历的东西作为基因都在他的身上保存着。他的有些言行、举动、怪癖包括他的疯狂、恐惧、痛苦，都应该既有共性也有个性。

尊重个性，就是尊重人类生命的历史。

不能抹杀个体，把所有的人都看成一样的，那就是极大的错误。个性的解放是欧洲文明的基础，你不从这个概念和深度去向现代文明学习，你光去学它的技术和经济方式，解决不了问题。必须从根本上改变，根本就是个人、个性的解放。每个家庭都是一个细胞，他都是这个人类生命留存在这个时期的完整东西，每个细胞不健康了，整个社会怎么能好？事实证明，个人主义是伟大的。

实际我们剖析的是一种个人和社会的关系，就像一条鱼和池塘的关系。

原载《青年作家》2017年第6期

精 英

韩少功

我第二次到美国的时候，小雁开着车来旅馆接我去做客。由于路上堵车，我到她家时已经饥饿难耐，急忙打开冰箱，却发现里面空空荡荡，只有半块比萨饼和几个苹果。“你怎么能这样过日子呢？平时不做饭吗？”我大为不解。

她说：“是的，基本上不做饭，也不会做饭。”

“那我们就随便下碗面条吧。”我表示大度和通融。

但她说家里连面条也没有，真是不好意思啊。她拉着我到超市去买食品，在地下停车场倒车的时候，不小心，汽车在水泥柱子上刮了一下，发出刺耳的声音。我想那里肯定出现了一道惨不忍睹的刮痕。她笑了笑，没打算下车去看看。“没关系，我这辆车是碰碰车，三天两头就要同人家亲热亲热的。”她满不在乎地一扬头，我暗暗佩服她的豪放。我想起刚才第一眼见到她的时候，就被她的那辆汽车吓了一跳，如此伤痕累累和蓬头垢面，像堆破铜烂铁。我心想：这家伙该不是在美国失业了吧？

她把这堆破铜烂铁开得很疯很野，面对着一路上疯疯野野迎面扑来的高楼和立交桥，给我介绍洛杉矶的脏、乱、差，介绍这里华人区的迅速扩展，介绍美国中产阶级喜欢的好莱坞和沃尔玛，当然不忘记把沃尔玛、梅西、Food Lion

这一类超市批了个遍，说这类超市如此工业化而没有人情味，如此全球化而毁灭各民族文化传统，真是十恶不赦。中国大陆可以学美国，但怎么能把美国这么糟的东西学过去呢？中国什么时候变得比美国还美国了呢？她提到什么需要引用的词语时，就两手举在耳边，各用两个指头挠一挠，表示口语中的引号所在。她这样做，有几次两手完全离开了方向盘，眼看着无人控制的汽车朝一辆黄色货柜车迎头撞去，吓得我心差点要跳出来。

我已经在美国多个场合见过这种两手挠耳的小猫姿态了。于是发现美国的人文界精英，或者说美国的人文界女精英，除了对资本主义和斯大林主义一并大举讨伐之外，大概都有这样的特征：

一、笨得不会做饭菜。二、汽车脏了或碰坏了根本不去在意。三、说话时经常像猫一样举起双爪，在耳边挠出引号。四、一般不喷香水——我在香港为小雁买的香水，算拍马屁拍在马腿上，被她收下了，也被她嘲笑了。“穿套装喷香水的，那是女秘书！”她笑着把“女秘书”三个字说得很重，意思不言自明：你傻帽了不是？

这些特征源于什么，不得而知。但你完全可以依据这些特征，把她们与其他人群区别开来，比如很容易与浓妆艳抹、光鲜亮丽的下层打工妹区别开来，与衣色深暗、低调并且从不出入超市的上流贵妇区别开来。美国社会批评家福塞尔在《格调》一书中提到：“最穷的人不赶时髦，是因为没钱赶时髦；最富的人不赶时髦，是因为他们的任何行为、举止本身就会创造时髦。那么时髦是什么呢？时髦不过是社会中层心理焦灼之下，急切而慌乱的文化站队和文化抱团。”

小雁从她十分愤恨的沃尔玛超市买回食品之后，十分谦虚地向我请教如何做菜，包括如何下面条，让我以为自己的耳朵出了毛病。事情怎么可以这样？她以为她是谁？她好像从来没有在中国生活过，更没有在太平墟当过知青，难道她从娘肚子里一钻出来就成了洋教授，连面条也不会煮了？她又请来一个中国学者和一个韩国学者作陪，更加谦虚地向大家检讨她不会做菜，家里也缺少必要的储备，因此主菜只是一些买来的成品和半成品，没有什么像样的好东西，请大家来只是聚聚而已。她快快活活地愧疚着，好像她一旦会做菜，而且家里食品储备颇丰，就成了个假教授，如同中国老妈子，就低人一等了；好像她不长时期这样自我折磨，就要让同伴们大惊小怪了，就负有欺民和扰民之责了。因此这种愧疚成了学院精英之间一道必要的迎宾大礼。

来客也是精英，衣着都朴素和随意。其中一位女士席间说到她有一枚钻戒，是丈夫买给她的，但她一直不知道该不该戴上，总是心怀愧疚地觉得一戴上就是向资本主义或者共和党妥协了。他们把这一类事谈得很认真，就像他们同样把住房升值、波兰会议、学院终身教职、波德莱尔的诗歌、卢旺达的军阀专制等谈得很认真一样，餐桌上荡漾着“左”派的舒适气氛或者舒适的“左”派气氛。不知什么时候，那位钻戒女士对一种形如小粽子的阿根廷菜十分惊喜，重点向大家推荐：“好吃！你们都尝尝。”在一片“好吃”的热烈赞赏中，我差一点也跟着附和了。但我对那些用绿叶包着的半熟米粒或豆粒实在没有兴趣，没嚼出什么味，便斗胆向他们另外推荐油淋豆豉辣椒萝卜——是一个中国留学生前几天送给我的，就藏在我的旅行包里。他们对这种常见的中国菜没有特别的新奇之感，但片刻过去，我发现这盘油淋豆豉辣椒萝卜已经被一扫而光，而他们盛赞“好吃”的阿根廷菜却堆积无减，一直暗受冷遇。

他们在饭后仍然在称赞阿根廷菜，这有点奇怪。

显然，从他们的生理口味来说，他们还没有真正接受那种奇怪的“粽子”。但他们在餐桌上必须发动对这道菜的赞赏，那么他们的赞颂必定不是来自肠胃，而是来自大脑，不是来自欲望，而是来自知识。知识分子嘛，吃也得知识化起来，就像钻戒也得戴出政治感来。阿根廷菜是少见之物，符合“物以稀为贵”的价值原则，符合“越少越喜欢”的上流社会审美品位，因此最可能被有身份的人士喜爱，至少也要被尊重。另一个可能的原因是，在这些亚裔学者的眼里，阿根廷是西班牙语地区，既是高贵欧洲的延伸，可以成为主流的代表，又是一个发展中国家，似乎是一个边缘的隐喻。现代精英以文化的开明和多元为己任，不就是一直又主流又边缘地暧昧不清吗？他们怎么可能对这一盘突然冒出来的代表阿根廷文化的菜掉以轻心？怎么可能因逞口腹之快而涉嫌文化态度上的轻率无知？

看来精英也难当，有时口舌必须服从大脑。

原载《读者》2017年第2期

人民的乳汁

王愿坚

我写的五六个短篇小说，先后被选进中学语文课本后，常收到中学同学来信，同学们问：你是怎样写成《党费》《七根火柴》《妈妈》《粮食的故事》这些小说的？你怎么把人民战争写得那么真实，那么生动，又那么动情？你是如何学习写作的？又怎样成了一个部队作家？面对来信和纷纭复杂的问题，我仿佛看到一些十四五岁的孩子们，也看到了他们那一双双充满稚气和求知欲望的眼睛，于是我铺开稿纸，一封封地给他们写回信。每当我拿起笔的时候，我就想到自己的当年，想到了和他们一样度过的年龄。但更多的，是我在他们那个年龄所生活的环境——山东抗日根据地的莒南。我想告诉他们，是莒南的山山水水，莒南可爱的人民，以及在那里战斗的人民子弟兵，是他们用小米、高粱把我喂大；是他们用全身心的爱，抚育着我成长；是他们用智慧和真诚教导我，使我成了一名战士，成了一名人民的宣传员，成了一名能拿起笔来写一点文学作品的文学工作者。

一

人民军队是我的家，莒南人民把我养大成人。

战火纷飞的莒南，是人民子弟兵奋勇抗战的战场，也是山东的文学家、艺术家纵情驰骋的文学疆场。但对我来说，那里却是我含着奶头、吸吮着乳汁慢慢长大的一个摇篮。莒南的青山绿水、人民的恩情和军队大家庭的爱，把我这个孩子养大。

记得那是1944年7月中旬的一个晚上，一个月明星稀的黑夜。我和我的弟弟告别了当了6年亡国奴沦陷的家乡，跟着山东军区敌工部的老孙，踏上了走向抗日根据地的征途。

7月的夜晚是美好的。我们穿过刚刚秀出穗的谷地，穿过含苞待放的豆棵子，在庄稼地里疾步穿行，一直向西。整整70里路，走了一个通宵，等到启明星亮起来，东方现出了鱼肚白，领着我们走的老孙同志突然喊了一声："你们看吧！"我抬头望去，在一个高高的岭头上，一棵大榆树的上头，飘扬着一面鲜红的红旗。我明白了，我离开了屈辱的沦陷区，走进了一块光明自由的天地——抗日根据地，我参加抗日战争了，我终于成了一个抗日的革命者!

我和弟弟被安置在县委招待所里，住了三四天，没有人来。我们弟兄两个等得不耐烦了，决定去找领导同志，问我们的工作问题。

记得那是一个下午，我和弟弟走进了县委宣传部部长王伯泉同志的办公室。我站在他的桌旁，弟弟王玉坚躲在我的身后，在肩膀上瞪着一双大眼睛。看见我们，王伯泉同志抬起头来问我："干什么？有事吗？"我壮着胆子回答："伯泉同志，我们是来参加抗日的，什么时候给我们分配工作呀！"王伯泉同志摸着他那短短的头发，挠了半天，突然问道："你们能干什么？"我说："抗战打鬼子，我们什么都能干。"王伯泉同志摇了摇头："不！抗战，打鬼子，有这个心是好的。可是要打仗，要革命，那得学本领呀！"我愣了，弟弟也愣了，我们瞪大了眼睛，望着伯泉同志那个光亮亮的脑门，纳闷：抗战打鬼子还要学习？

王部长大概看出了我们的疑惑，严肃地说："是，革命是要学的。你们年龄还小，将来有很多事情要你们做。你们现在还不能顶一个人用，先去学习吧，学到本领，将来工作有你们做的。”弟弟大胆地问：“我们到哪里学？学什么？”伯泉同志说：“这个已经有安排，你们到山东军区，或者进抗大，或者进滨海中学，先学习，然后领导分配你们适当的工作。”我又问：“山东军区在哪？”王伯泉同志略略想了一下说：“现在军区在莒南县，距离这里有200多里路。”“我们怎么去呢？”我有点发愁了。伯泉同志哈哈大笑起来，说：“这好办，你们两个小孩子吗，贴张邮票，就寄去了。”他大概看出我们有疑惑，就开玩笑地说：“反正你们的姐夫是我们战地邮政总局的局长，邮票由他出。”

当天晚上，我们躺在招待所的地铺上，怎么也睡不着。弟弟趴到我的耳边小声问道：“五哥，把咱们寄去，那邮票贴在什么地方？贴在脑门上吗？”这个问题，我也难于回答，我说：“管他呢，总归是有办法。”果然，第二天下午，有一个五大三粗的同志，推开房门进来，大声地叫道：“哪一个是要到山东军区参加革命的小王啊？”我们两个异口同声：“我就是。”那个同志告诉我们：“我是战邮总局的武装交通班的班长，我姓周，你们叫我老周好了。从现在起，你们就是我们的邮件，收拾一下，明天动身。”我们弟兄俩相视一笑：我们两个大活人，居然变成了“邮件”。

第二天一早，老周同志带着3个交通员来了。他们每个人带一支步枪，肩上还背着一个沉甸甸的邮包，老周随手把两个小点的邮包交给我们，并斜着绑到我们肩膀上，一边绑，一边交代：“这是平信，由你们两个背着。要件、密件我们背着，跟着我，我们走，你就走，我们停，你就停。”我们点点头，老周认真数了几个同志肩膀上的邮包，把我们两个肩膀上的邮包也算上，“1、2、3、4、5、6”，然后指着我们的脑袋说：“7、8。”从这时起，我们便成了他的第7个和第8个“邮包”。

我们两个长着腿的邮包，跟着邮政总局的同志，上了南下的路。

走了一天又一天，走过了洪林子，穿过了石沟崖附近的封锁线，经过夏庄，一直走到了莒南县，最后在一个大庄子上停住了脚。大约是第5天的下午，我们走进了山东军区的驻地，莒南县的坪上，在一个空空荡荡的大房子里，见到了敌工部的赵干事。

赵干事名字叫赵东杰，大个子。他热情地拉着我们两个的手，问这问那，问我们会不会唱抗日歌曲。我们当即唱起《我们在太行山上》，还没有唱完，就被进来的周班长报告声打断。周班长多少有点不耐烦地指了指我们两个向赵干事说道："你收到邮件，还没给我打收条呢？"赵干事笑了笑，撕下了一块纸，拿起笔写起来。我凑过去一看，他写的是："兹收到，参加革命的小鬼两名。"签上年月日，盖上图章。赵干事一边把收条交给周班长，一边笑着对我们说道："看见了没有？我已经把你们收下了，你们从此就进了革命的怀抱了。"

革命的怀抱，多么新鲜的字眼，多么富有感情的词句！确实是怀抱，无论从广义上讲，还是从狭义上讲，都是一个温暖的怀抱。

3天之后的一个晚上，赵干事领着我们，来到了坪上村前的大河滩。河滩上用土堆起了一个高高的舞台，挂上了幕布和汽灯。我们坐在舞台前面，沐着盛夏的晚风，瞪大眼睛，盯着面前的舞台。台上正在演着苏联殊科写的著名话剧《前线》。那些化装成高鼻子的人，穿着洋衣裳，还有那些看不懂却又很新奇的苏联的战争生活，可把我们这两个从敌占区刚刚跑到根据地的孩子给迷住了。

刚刚看了个头，有一位身材魁梧的军人走到我们中间。他推开别人递给他的一个小板凳，一屁股坐在地上，把我和弟弟揽在自己的怀里，小声地问我："你是这村的吗？"我说不是，我说我是山东诸城的，刚刚来参加革命。魁梧军人说："好，这么小就知道参加革命。好啊！"他显然很喜爱我们，揽着我们的肩膀，把我们抱得更紧了，我的脑袋偎在他那宽阔的胸膛上，手搁在他的肚子上——好软哪！这位魁梧的军人同志仿佛看透了我们的心思，一边看一边不时地附在我们的耳边，给我们讲哪个是戈尔罗夫，哪个是欧格涅夫，哪个是客里空。他那浓重的南方口音，和他讲出来的那复杂的情节，我听不太懂，可我觉得他的话和他的胸膛一样，软和和的、热乎乎的。他和我一样看得挺开心，当看到客里空写了一篇假报道："老将军的眼里没有眼泪，没有。"这时候，他竟然趴在我的头上放声大笑了。

第二天，在同一个土台子上，这位魁梧的军人同志被警卫员搀扶着，走上了讲台，对着我们上万军人做报告。可以看出来，当时他身体不大好。我问赵干事他是谁，赵干事告诉我，他就是我们山东军区的司令员兼政委、尊敬的罗荣桓同志。

后来，我50年代初来到北京工作，罗荣桓同志已经是总政治部主任了。1961年，为了《星火燎原》纪录片的解说词，我带着影片去送给他审查，罗荣桓元帅热情地问起我是哪个部队的。我就给他讲了当年的这段往事。我说我15岁的时候，你在莒南抱着我看殊科的《前线》呢！罗帅开朗地笑了。那一刻，我再一次感到，我走进革命的摇篮和人民的怀抱。

二

本来，上级是要我们上抗大文化队学习的，因为年龄太小，人家不要，于是我们被送到了当时的滨海干部学校学习，对外的名字叫滨海中学。

一入学，首先学会了一支歌，歌词至今还记得："海边上，敌后方，抗战的歌声到处在高唱。铁血钢枪，奏成了胜利的交响。同学们，同学们，困难的环境要我们去克服，胜利的担子要我们去担当。"据说这首歌就是我们滨海中学的卢老帅谱曲的。这悠扬的歌声，伴随我度过了在滨海中学学习的日子，也伴随我度过了差不多一生。

在敌后的艰苦条件下，学习并不是很容易的事情。我弟弟王玉坚只有13岁，被分到了普通队，也就是第一队。我被分到了师范的第4队，任务很明确，学习完了去教书。

能有这样的学习机会，已经很难得。我们就住在老乡们家里，每天早晨出操，吃过早饭，借来一个小板凳，背上自己的背包，就走进了树林。在浓密的树林里，竖起一块木板，架在膝盖上的背包，就是课桌。

在这个课堂里，我们学习社会发展简史，学习社会科学概论，学习中国革命问题。但我印象最深的第一课，却是生活课。当时，我们4队7个人住在老乡的一个磨房里。白天我们出操上课，老乡就套上毛驴在这里推磨。晚上我们回来，把磨道里的驴粪打扫一下，抱一把麦草，铺在磨道里，就是我们的床铺。

第一次睡床铺的时候，有趣极了。分队长孙振华同志，这个从鲁西肥城来的青年人真有办法，他把几个年龄大的同学分配到磨道里：脑袋顶着脚，围着磨道转一圈，6个人就可以睡下了。还剩下一个我，怎么办？我问分队长。分队长笑了笑说："这好办，你小，照顾你，你上楼去吧。""楼，楼在哪里？"老孙一指磨顶，说："那就是你的床铺。"

我年龄小，个子也小，但再小，盘磨做我的床还是太狭窄了。身子底下冰凉不说，翻个身，一不小心，就滚下来，砸到了别的同学身上。我觉得这环境太艰苦，有点受不了！特别是第二天，又经历了一次惊险。半夜里，我被一个冰凉的东西压醒了。伸手一摸，好像是一个同志的胳臂搭在我的胸膛上。我推一推，说："拿开！"但随即我就发现，它虽然有胳臂粗细，但冰凉，还带着鳞片——不是人的手臂。是什么？慢慢摸去，啊，原来是一条胳臂粗细的蛇，正在我的胸膛上"行军"。我既不敢动它，又不敢吵醒别的同志，只好憋着气，等它从我的身上慢慢滑过去，才松了一口气。

这件事情不知怎么被房东知道了。第二天早晨，我发现，房东老大爷在编草苫子。晚上回来，大爷把一个草苫子递给我，说道："小伙子，给你个东西。"我说："这是什么？""你铺上，睡觉！"他给我把草苫子叠成两叠，搁到了磨顶上。这天晚上，我睡在软软的草苫子上，草苫子是暖和的，心里也是暖和的。

这时，白天讲的为人民服务，人民军队人民爱，这抽象的道理，在这一刻是如此的具体和真实。

三

房东老大爷给予我的温暖，是我人生的第一课。然而，这一课远远没有上完。我入滨海中学学习一个多月之后，1944年的9月，日寇对滨海地区的万人大扫荡开始了。侵略者的铁骑从不同的方向向西进攻，朝莒南的中心区包围，整个根据地军民投入了残酷反扫荡的斗争。我们滨海中学的老师和同学们，也投入了这场战斗。

令人羡慕的是那些大同学们，他们身强力壮，领到步枪和手榴弹，随区中队和县大队参加战斗。我们这些年小的男孩子和一些女同学，被留了下来。

记得那是一个初秋的傍晚，我们在十学路的大街上集中。天下着毛毛细雨。部队集合起来，我们滨海中学教导主任周抗，是一位从延安来的老同志，他严肃地走到了队伍的面前，完全不像前几天教我们唱“什么花开放向太阳”那么和颜悦色。脸色阴沉，略略有些歪的嘴歪得更厉害了。他肩上扛着一支步枪，大步走到我们面前，什么招呼也没有打，就厉声说道：“你们，真到了战斗的时候，都变成了革命的盲肠！”

我学过生理卫生课，知道盲肠是人身上最没有用处的一个器官，如今我们被说成了盲肠，心里肯定有点不愉快。“是盲肠！”周抗主任提高了声音说。“现在，需要拿起枪来，你们拉不开枪栓，需要拔出手榴弹去，你们连20米都投不了，炸不着敌人，还伤了自己。怎么办。只好把你们打埋伏。”

打埋伏，这是我第一次听到的名词。经他的解释，我明白了，是把我们分别地送到老乡家隐蔽起来。周主任具体交代我们：“你们男孩子去给老乡当儿子，女同志把头发改造一下，握成一个小纂，去给老乡当儿媳妇。”队伍里传来了女同学的笑声，周主任却没笑：“有什么好笑的，就是当媳妇！不过，你们的丈夫在哪里，只有天晓得了。这样安全，这样可以躲过敌人的视线，可以保存革命的力量，现在，你们就分别去当儿子、当媳妇去吧！”

接着周抗又严肃地对我们说：“本来你们参加革命，就是给人民当儿子，当女儿的，就是人民的儿女。现在，无非是让你们去开始学着做一个人民的好儿女，去吧！”接着一批农村干部走过来，你领两三个，我领四五个，我们一个中学的男孩和女同志，就这样被瓜分了。

我被分到了张家连子坡张大娘家里，张大爷去支援前线了。

张大娘热情地收下我，把我身上用泥灰涂黑，然后让我穿上了不知哪里弄来的一套男孩的衣服。于是我就成了张大娘的“儿子”，大娘自己还有一个小女儿，不满两岁，是我的“妹妹”。张大娘给我第一个训练，就是说：“王同志，以后我给你起个小名，你就叫蛋蛋。”我说好，大娘笑了。说：“叫一声娘。”我就亲亲热热地叫了一声娘。这一声娘叫出声之后，我觉得和张大娘亲近了很多。但是我真正把这个娘字从心底里叫出来，那是10多天以后了。

那天，突然发现敌情，张家连子坡的老乡们，拖大带小，钻进了一条山沟逃难。张大娘抱着小女儿，手里拿个包袱，然后把一个小牛犊子的缰绳递到我手里说：“跟我走。”于是，我们就汇入逃难老乡的人流之中。

9月末，穿一身单褂，冷风料峭，大娘就把我揽在怀里，用她的体温暖和着我。这样熬过了一天，直到太阳落山，解除警报，我们才回到了家里。

到家一看，院子里大椿树下，到处是马屎马尿，满地是喂洋马吃剩的一些散落的高粱。原来，大娘家里唯一剩下的一点粮食，都被日本鬼子喂马了。我们进了门，大娘什么也没有管，解开放干粮的那个篮子（莒南话叫浅子），把上面的包袱绳解开，里面是两个地瓜面做的窝窝头，大娘抓起来，都递给了我，然后，自己抱着小女儿，到里屋去了。

饿了一天，我也实在顾不上别的了，三口两口就把两个窝窝头吞下了肚子。当我吃完的时候，忽然发现，“妹妹”在里屋哭得那么厉害，嗓子都哭哑了。我心想，会不会是着了凉，生病了，赶快撩起门帘看一看。只见大娘坐在炕沿上，把孩子揽在怀里，顺手从身边柳条筐子里边抓着花生壳，放在自己嘴里，慢慢地嚼烂，又吐出来，用指头抹到了小妹妹的嘴里。我知道，这些花生壳是留着当柴烧和用来喂猪的，又苦又涩又硬，难以下咽，“妹妹”当然吃着不舒服，也就不肯吃，就哭闹起来。她还不到两岁呀！

我明白了，家里就剩下了两个窝窝头，大娘给我吃了，让自己亲生女儿吃这嚼烂了的花生壳。就在这一霎时间，我发现她就是我娘，我真正的亲娘，比亲娘还亲。我喊了一声“娘”，一头扑到她的怀里，哭了起来。

大娘抚摸着我的头，说别哭了，别哭了。我埋怨地说：“娘，你说一声，我给妹妹留一点嘛！”娘半天没有吭声。半晌，她摸我的头说：“小王啊，你是革命干部，你正在学习，你学好了能打日本鬼子。只要打走了日本鬼子，只要革命能够成功，不知能保住多少孩子哪！”

什么叫作人民的爱，什么叫作人民是我们的亲爹娘，什么叫作人民子弟兵，什么叫作为人民服务，在这一刻，我懂了。

留在心头的这种感受，永远不会淡忘。10年以后，在北京一座楼房里，在一盏台灯的下面，我开始写作我的第一篇短篇小说《党费》，当我写到那个女共产党员，为了给组织交党费，不交钱，而交点实用的东西，腌了一些咸菜，交给红军游击队。当她自己的小女儿好久不见盐，想抓一根咸豆角吃的时候，妈妈又从孩子手里夺过来，放进了菜篮子。这个细节，很自然跳到了我的脑子里，来到我的面前，成为稿纸上的故事。它从哪里来，它就是张家连子坡那位亲娘嚼花生壳的形象，在我的作品里变成的文学细节。甚至于连对话，我都原封不动保留了：“同志，只要革命能够成功，不知能保住多少孩子哪！”

原载《解放军报》2017年6月13日

行走在东山

范小青

杨湾古街

杨湾古街在东山西部，是杨湾村内的一条街，这里是集元、明、清各古代建筑大成的地方，其中明朝的建筑最多也最好，所以有“明朝一条街”的美名。踏入杨湾街，就见街面的与众不同，一律用青砖砌成“万人”字形，称之为御道，说是当年为了迎接乾隆皇帝的。

关于乾隆的故事可是不少，有一个说是乾隆不服封山寺的老和尚慧丰，写了两个字让和尚说说，这两字是“虫二”。小小伎俩哪能难倒慧丰，慧丰说你这是“风月无边”的意思，概括了东山的风景呢。反过来慧丰也出了点子让乾隆说说。和尚在那纸上点上许多墨点点，皇帝被难住了，最后才知道和尚是说皇帝“无字（事）可寻”呢，皇帝也只有讪讪一笑了之。当然，是否真有如此大胆的和尚，也是否真有这么好说话的皇帝，这都不是我们可以说了算的。

始建于六百多年前的轩辕宫，雄居山垣，面迎太湖，气势磅礴，壮丽无比。村前港口的演武墩，相传是吴王率兵训练的地方。站在这里怀想当年，真是让人感慨多多。杨湾街上有许多古代建筑，像明善堂，熙庆堂，怀荫堂等都是明朝的建筑。在这里穿行，我们好像也走回到古代的江南去了。

走进怀荫堂去，据说这怀荫堂是体现了典型的明代建筑特色的。在怀荫堂的最后一进，有门楼三间、住宅楼和左右对称的厢屋。我对建筑艺术是一窍不通的，但是就这样站着看看，却也多少看出些味道来。现在的怀荫堂是杨湾的书场，我们去的时候，没有碰上演出，只有一两老人在看着门，十分的清静。出了怀荫堂，又进另一座古代建筑，里面住着平常的人家，房子已很破旧，看上去也没有维修过，一位老太太正在院子里喂鸡。我注意了一下他们家的鸡食盆，因为早就听说杨湾古街的古董很多，说一般的人家就拿古董也不当古董的，做做鸡食盆猪食槽什么的也是很多。我看那老太太的鸡食盆倒也看不出是什么古董，当然即使它是一件昂贵的文物，我也是有眼不识的。但是想起来，时代已经进步到现在这份上，再拿文物作鸡食盆的恐怕也不会很多，绝不是我这么随便走走就能看到的吧。

杨湾古街看到沿街的茶社很多，随便进一家去坐了，泡上一壶茶来。那紫砂壶虽算不上什么上品，却也很招眼，细腻得很，入味得很。喝着茶，看着小街上偶尔走过的乡人，看他们的神情那么悠然那么自在，真是有些感触的。四周没有喧哗，没有吵闹，偶尔的蝉鸣鸡啼，真有些世外桃源的意思了。我问茶室的老板，你们这街上怎么人这么少。老板说，人也不少，早上你来看，人还是很多的，现在都有事情做呢。原来在表面安静的背后，也有着一个忙碌的世界呢，看起来杨湾古街和杨湾古街上的人也都赶上了时代的脚步了。

再看杨湾人的穿着打扮，好像也看不出什么古意了，只看到一两位老太太穿着大襟的士林布褂子，几位老公公，穿着老式大裆长裤子，年轻人也都赶上了新潮一族。至于那些能代表江南水乡传统服饰的内容，恐怕也只能到民俗博物馆或者服饰博物馆去看看了。

从杨湾古街出来，面临浩浩太湖，真不知道这不息的万顷太湖和平静的小小杨湾是一种反差呢还是一种和谐。

湖中小岛

好多年前的一个夏天，我们几个人相约了去三山岛。三山岛是太湖中的一座小岛，与东山隔湖相望，相距四五公里。明朝文人归有光《吴山图记》云：“太湖汪洋三万六千顷，七十二峰沉浸其间，则海内之奇观矣”。三山岛，当是这七十二峰中的一峰。清朝诗人吴庄《三山》诗云：“长圻龙气接三山，泽厥绵延一望间，烟水漾中分聚落，居然蓬莱在人间。”三山岛小而孤绝，山清水秀，风光旖旎，世人称之为小蓬莱也不是没有来由。早就听许多朋友说过三山岛不可不去，究竟感觉如何，在我们出发之前，自然还都是一些未知数。

我们先到了东山，因为往三山岛去的机帆船两天才有一班，都是在下午三点左右开航。我们到东山那一天没有船往岛上去，只能先在东山住一个晚上。等到第二天下午，船终于开了。这是一条很旧的木船，船上有一二十人，大都是岛上的居民，像我们这样的外人不多。我注意到有两个年轻人不大像岛民，但也不像是农村干部什么的，也不像是做生意的，穿着短裤汗衫，随身什么也不带，也不和别人说话，只是坐在船头吹风，实在看不出是做什么的。

船舱里岛民们聊天的内容，都是说的谁家的孩子考了多少分，谁家的孩子报考什么学校，那正是公布高考分数的日子，大家都很激动。我们听了也有些感触，想不到一座几乎与世隔绝的小岛上，岛民们对文化却是很重视。

船开了将近一小时，到了三山岛，上岸的时候，就看到有不少人站在岸边等着什么，原来是在等当天的邮件。邮件由船老大在东山那边取来，各个村民组有人来取，小岛和外界的联系，都在此一举。

根据大家的热情指点，我们找到了村里住宿的地方，其实也就是岛民自己的房子，私人出租。女主人很热情，为我们安排好住的地方，看时间还早，就指点我们，说你们不是想来游泳吗，翻过这道山，那边一片湖滩水好，湖底也平整，大家都到那边游泳。她还说每年暑假，城里有些学生和青年教师，他们就到岛上来住，每天下太湖，过几天回家看看再来，这时我才想起船上那几位看不出身份的年轻人很可能就是住在岛上游泳的学生。

我们翻山而去，一路看到不少人都在往那边去，大概都是去游泳的。到了湖边，人却不很多，有一些岛民在筛湖沙，大概是用来造房子的，看到我们躲躲藏藏换衣服，一点也没有什么别的想法，大概来游泳的人多，所以也就不见怪了。也许因为翻了一道山，体力消耗了，肚子也有些饿，下了湖才游了一会就很疲劳，到了傍晚，风浪渐渐地大起来，把人在湖里冲来冲去，我们就完全放开自己，任凭风浪摆布了，也有一种自在的乐趣。

游过泳再往回走，已是夕阳西下之时，山村绿林中升起炊烟，袅袅冉冉，如云如雾，如果不是此时肚子越来越饿，脚下打软，还真让人以为入了仙境呢，会生出些许忘尘之感。回到住的地方，一看桌上晚饭已经备好，典型的江南农家餐了，一盘青菜，两条小小的鲫鱼，一碗榨菜蛋汤。女主人再三道歉，说明今天时间已晚，买不到肉了，明天一定烧肉给我们吃。我们捧起饭碗，只觉得这是有生以来吃到的最香最香的一顿饭。我和另一位女伴吃了一大碗又去添了一大碗，实在是有些不好意思的。

晚上我们到王老师家去。王老师家的房子很旧，屋里没有什么好家具，但是却有一台彩电，还有许多王老师精心培养的花木盆景。王老师说，别的东西我都可以不要，但是电视我是要买的，小岛闭塞，天下大事就靠它了。王老师又带我们参观他的盆景，他对这些充满生命活力的绿色生灵喜爱之情溢于言表。王老师说，我的生活很贫困，生活中常常有许多烦恼，但是我只要看看这些盆景，真是什么烦恼也没有了。这话说得真好。我们在王老师摆满盆景的家里谈到很晚，天南海北什么都谈，到十一点钟，就停电了，那时候小岛上用的村里的自发电，到十一点就停。我们摸黑回到住处，那一夜，我久久地没有睡着，不知是因为热，还是因为别的什么原因。

第二天一早我们到三山岛另一位老人家去，他姓韦，是三山岛三怪之一。退休回家乡的老韦的故事说上几天几夜也说不完，如今他的名字已经记录在一本又一本的书上，但是老韦仍然是一个普普通通的退休老工人，他自始至终在为保护和发展自己的家乡而尽力。老韦的故事是从上世纪八十年代初开始的，那时大规模的开山采石也采到三山岛这样一座几乎是与世隔绝的小岛上来了，老韦出于对开山采石的一些看法，一次次地跑乡里，县里，市里，跑政府，跑文管会，要求上面出面保护。文管会说，如果是文物，我们倒应该出来保护的，但是一般的石头，我们怎么保护，哪一条也轮不到我们管。老韦回去以后，就满山遍野地寻找，谁也不知道他要找什么，恐怕连他自己也不知道自己要找什么。老韦并没有学过考古，这方面的起码的知识他也都不懂，但是他凭着对家乡的爱心，就是不甘心不服输。一开始大家都觉得这老头子有点不正常，满山遍野地乱跑乱挖，全国各地到处发信联系、呼吁，谁也不相信老韦能有什么了不起的发现，但最后的事实证明老韦成功了。那一些旧石器时代的遗物是不是老韦找到的，是不是老韦发现的这并不重要，重要的是老韦的那种精神，吸引来了许许多多的考古专家，他们终于发现了三山岛上的最了不起的文物，先后出土五千多件经过打制的旧石器，并且暴露了含有哺乳动物化石的裂隙堆积，采集到更新世中晚期的动物化石，计有熊、虎、黑猪、鹿、犀牛、猕猴等二十多个种类。三山天下珍类遗址及古动物化石的发现，把太湖流域人类历史推进到一万多年以前的旧石器时代，从而进一步证明，长江下游、太湖流域同黄河中游、中原地区一样，是我国古文化的发源地，苏州的历史，吴文化的序幕正是在三山岛揭开。对于如此重大的意义，老韦也许都明白，也许并不是全懂，但是老韦那种执着的精神实在是令人感叹的。老韦曾经发现了古溶洞口以后，一个人挖不动，自己出钱请岛民来挖，有些上岛来看化石遗址的人，都是有相当身份相当地位的，却偷偷地把化石藏到自己口袋里，老韦毫不留情地请他交出来，并且总不忘记教训一顿。为了三山岛，老韦结的怨不少，可是老韦并不后悔。

在三山岛，我们见到了三怪中的两怪，老韦和王老师，还有一怪没有见着，有些遗憾。那一怪是一位农业专家，1957年打成右派到小岛上来，从此在小岛安家安心，后来教岛民养长毛兔，发家致富。提起来，岛民们个个都有很多话要说的样子。

在三山岛让我们体会深深的还有岛上的民风。那纯朴那真诚那直率，真是世间难寻。岛上长满枣树，满树的大枣就像马眼一样十分诱人，我们想采些尝尝，又怕被岛民发现挨骂挨罚，站在树下直是发愣。岛民岂不知道我们的心思，他们告诉我们现在还不到吃枣子的时候，这枣子你看上去好吃，吃到嘴里是苦涩的。看我们仍不怎么相信，就随手摘几颗下来给我们尝，一尝，果然苦涩，于是他们就笑，说欢迎你们过一个月再来，那时候满山的枣子尽你们吃就是，我相信这话是真的。在小街上我们看到有新鲜的枣子卖，想买一点吃，岛民们却说，这枣子生吃不行，是要煮着吃的，像你们这样的游客，买了也是浪费。送上门的生意不做，也只有在这样的小岛才能遇到这样的事情。

在离开小岛之前，我们上了小岛的顶峰，站在小岛之巅，遥望浩渺太湖，恍如隔世，愿所有和我们一样到三山岛去的客人，都带回一份深深的记忆。

那是三十年前的事情了，后来的许多年中，我曾经多次去三山岛。今年，前不久，我又去了一次，坐个小汽艇，十来分钟就到了。

许多东西都变了，三山岛上的那一份独特的风情和宁静，始终还在。

东山采茶

清明前的一天，我们去东山的茶村，看茶农采茶。天气阴郁着，时时飘下些细碎的小雨，春寒犹在。而我们中的好几个人，因为今天要来看茶，头一天特意听取天气预报，结果上了当。天气预报说，今天晴天，气温也高，大家便换上春装来看茶了，这就被冻着了，但是情绪却是高的。茶农四散在茶树中，大多是些妇女，年轻的，也有年纪稍长的，穿着随意的衣服，在绿的茶树丛中，点缀出许多色彩。她们灵巧的手上下飞舞，像歌里唱的那样，“姐姐呀，采茶好比风点头，妹妹呀，采茶好比鱼跃网”。将嫩绿的细小的卷曲着的叶子摘下来，扔进背篓，她们对我们提出的问题，笑眯眯地一一解答，她们的笑容和吴侬软语，就很像一杯清香的碧螺春茶。

同行中有一个人在说，从前释迦牟尼坐在茶树下悟禅，苦思冥想难以得道，释迦牟尼就摘了几片茶叶塞进嘴里咀嚼，茶的苦涩清香洗净了心肺的浊气，释迦牟尼顿悟。他说了之后，就有好些人，也将随手摘下的一两片两三片茶叶嚼了起来，品咂着未经烹炒的生茶的天然意味。

有一位朴实的老茶农，带领我们去看他的试验田。他试验的无根迁移栽培法获得了成功，使得碧螺春茶叶的产期提前了，产量也有所提高。他说，现在全村的茶农都跟着他学呢。我们说，全村的人学你，那你又是跟谁学的呢。他说，我是看电视看来的，电视上的农业科学节目，讲的是其他地方，讲的是无根迁移栽培别的农作物。他就想，别的农作物可以，我的茶叶行不行呢，他就试了，试着试着，就成了。后来雨越下越大，我们纷纷跑回停在村口的汽车上，茶农就骑上了他的那辆破旧的自行车，沿着山路下去了。我不知道他姓什么叫什么，认不认识字，或者是文盲？我从车窗里看他的背影，看到他的套鞋上裤管上，沾满了泥巴。

看茶的活动继续着，我们还要去看最精彩的炒茶，去看炒茶前的拣剔，去看茶农的那一双神奇的手，怎么在180度的热锅里将茶叶搓揉成形，搓团显毫，然后，我们还要品茶，要谈一谈与茶有关的文化现象和经济现象。只是且慢，此时此刻，站在洞庭东山的山坡上，放眼望去，万顷太湖碧波浩渺，我们的思绪，也已经飘荡去很远很远了。

洞庭东山在太湖边，这个伸入太湖的半岛上，长满果树，掩隐着许多的明清古建筑，茶叶就生在这些果树下，古屋旁，所以它们悠久，又香，从前曾经被叫作“吓杀人香”。那时候它还是野生的茶树，就长在山壁间，农民经过的时候，闻到它的香味，惊呼地说：啊呀呀，香得吓杀人。后来康熙皇帝来了，当地的官员拿这种香茶请康熙，康熙喝了茶，大加赞赏，但是想了想，他觉得这个名字不雅。康熙说，别叫什么吓杀人了，你们看这茶叶，又是碧绿的，又卷曲如螺，又是早春时候下来的，我看就叫碧螺春吧。

据说，我们看到的，已经是明前的最后一次摘采了。茶树是非常慷慨的，仅明前的日子里，就能供茶农摘采好几批，而且，采得越多，它们就生长得越快也越多。过了清明，在雨前（谷雨前），也依然还能采好几次，再往后，茶叶老一些了，还能做成炒青，浓香，而且经久耐泡，所以有人说，虽碧螺春名闻天下，这里炒青，也是独树一帜的。

就这样，我们常常去往东山，来来又去去，我们行走在东山，我们百看不厌，我们越看越有念想。

东山就是我们心底的念想，是我们时时向往的地方，我们可以在这里尽情地徜徉，在这里恣意地行走，我们可以和古人对话，可以细细鉴赏那些精湛的民间工艺，还可以泡上一杯碧螺春，品尝一道白煨羊肉，到古村的小街上去看一看，感受它在河岸两边展开的东山人千百年来的日常生活。

东山的文化，东山的历史，是广泛散落在民间的，它浸润在每一处历史遗迹中，它渗透在每一个村庄的生活习俗中，它甚至完全地流淌在每一个东山人的血液中。

东山就是这样一个地方。

原载《青春》2017年第1期

我的世界下雪了

迟子建

沿着堤坝向南走，可以看到一带蜿蜒起伏的山峦。春夏时节，那山是绿色的。当然，这绿也不是纯粹的绿，其中仍夹杂着点点的白色，那是白桦树荡漾在松林中的几点笑窝。山脚下，有一条清澈而宽阔的河流——呼玛河。从河岸到堤坝，是一片茂密的柳树丛和几百棵高大的青杨。那些青杨间距很广、错落有致地四散开来，为这带风景平添了几分动人的风韵。初春的时候，残雪消融，矮株的柳树红了枝条，而高大的青杨则绿了身躯，那些青杨就像是站在河岸的穿着绿蓑衣的渔民，而那丝丝柳枝，有如一群漫游在他们脚下的红鱼。

如果是沿着河岸向南走的话，你仍然可以看到山峦、柳树丛和青杨，不过在岸边还可以看到一块又一块的庄稼地和在那里劳作的农人的身影。如果你乐意，可以停下脚来问问他们今年的庄稼长势如何，他们会热情地告诉你，哪种庄稼长势喜人，哪种庄稼缺了雨水，哪种庄稼又遭了虫灾。他们跟你说话的时候，偎在农人身旁的先前还跟你汪汪叫着的狗，立刻就停止了吠叫，它会摇着尾巴，歪着头听你和它的主人友好地交谈。而那谈话始终是有流水声相伴着的，河水哗——哗——地流着，就像一位腰肢纤细、身材修长的白衣少女，正躺在那里懒洋洋地小睡着，而河水发出的如歌的行板就是她均匀的呼吸。

当然，我是从一个漫步者的角度描述我故乡居室窗外的风景的。如果你坐在书房的南窗前观赏山峦、柳树丛和河流，那就是另一番情境了。通常情况下，河水看上去只是浅浅细细的一条亮线，但是到了涨水的季节，而月亮又格外地圆润皎洁的话，河流就被映照得焕发出勃勃金光，明亮得就像镶嵌在大地上的一道闪电。而山峦和柳树丛呢，它们也会因着观察角度的变化而改变了容颜，山显得低了些，山峦与天相接所呈现的剪影也就更为明显，它那妖娆的曲线一览无余；柳树丛呢，它们缥缈得就像岸边的一片芦苇，而那些高大的青杨，由于你看不清它们身上那些纵横的枝丫和漫溢着的鲜润的绿色，则很有点武士的味道了，显得是那么的浑厚、苍劲和威严。

如果把老天比喻为一个画师的话，那么它春夏时节为大自然涂抹的是如梦似幻的温柔之色；到了秋天，它的画风发生了巨变，它借着秋霜的手，把山峦点染得一派绚丽，那灿烂的金黄色成为这个季节的主色调，让人想起凡·高的画。但这种绚丽持续不了多久，随着冷空气频频地入侵，落叶飘零，山色骤然变得暗淡陈旧了。但这种暗淡也不会让你的心灰暗很久，伴随着雪花那轻歌曼舞的脚步，山峦迎来了另一次的灿烂，它披上一件银白的棉袍，于苍茫中呈现着端庄、宁静的圣洁之美。

我之所以喜欢回到故乡，就是因为在这里，我的眼睛、心灵与双足都有理想的漫步之处。从我的居室到达我所描述的风景点，只需三五分钟。我通常选择黄昏的时候去散步。去的时候是由北向南，或走堤坝，或沿着河岸行走。如果在堤坝上行走，就会遇见赶着羊群归家的老汉，那些羊在堤坝的慢坡上边走边啃噬青草，仍是不忍归栏的样子。我还常看见一个放鸭归来的老婆婆，她那一群黑鸭子，是由两只大白鹅领路的。大白鹅高昂着脖子，很骄傲地走在最前面，而那众多的黑鸭子，则低眉顺眼地跟在后面。比之堤坝，我更喜欢沿着河岸漫步，我喜欢河水中那漫卷的夕照。夕阳最美的落脚点，就是河面了。进了水中的夕阳比夕阳本身还要辉煌。当然，水中还有山峦和河柳的投影。让人觉得水面就是一幅画，点染着画面的，有夕阳、树木、云朵和微风。微风是通过水波来渲染画面的，微风吹皱了河水，那些涌起的水波就顺势将河面的夕阳、云朵和树木的投影给揉碎了，使水面的色彩在瞬间剥离，有了立体感，看上去像是一幅现代派的名画。我爱看这样的画面，所以如果没有微风相助，水面波澜不兴的话，我会弯腰捡起几颗鹅卵石，投向河面，这时水中的画就会骤然发生改变，我会坐在河滩上，安安静静地看上一刻。当然，我不敢坐久，不是怕河滩阴森的凉气侵蚀我，而是那些蚊子会络绎不绝地飞来，围着我嗡嗡地叫，我可不想拿自己的血当它们的晚餐。

在书房写作累了，只需抬眼一望，山峦就映入眼帘了。都说青山悦目，其实沉积了冬雪的白山也是悦目的。白山看上去有如一只只来自天庭的白象。当然，从窗口还可以尽情地观察飞来飞去的云。云不仅形态变幻快，它的色彩也是多变的。刚才看着还是铅灰的一团浓云，它飘着飘着，就分裂成几片船形的云了，而且色彩也变得莹白了。如果天空是一张白纸的话，云彩就是泼向这里的墨了。这墨有时浓重，有时浅淡，可见云彩在作画的时候是富有探索精神的。

无论冬夏，如果月色撩人，我会关掉卧室的灯，将窗帘拉开，躺在床上赏月。月光透过窗棂漫进屋子，将床照得泛出暖融融的白光，沐浴着月光的我就有在云中漫步的曼妙的感觉。在刚刚过去的中秋节里，我就是躺在床上赏月的。那天浓云密布，白天的时候，先是落了一些冷冷的雨，午后开始，初冬的第一场小雪悄然降临了。看着雪花如蝴蝶一样在空中飞舞，我以为晚上的月亮一定是不得见了。然而到了七时许，月亮忽然在东方的云层中露出几道亮光，似乎在为它午夜的隆重出场做着昭示。八点多，云层薄了，在云中滚来滚去的月亮会在刹那间一露真容。九点多，由西南而飞向东北方向的庞大云层就像百万大军一样越过银河，绝大部分消失了踪影，月亮完满地现身了。也许是经过了白天雨与雪的洗礼，它明净清澈极了。我躺在床上，看着它，沐浴着它那丝绸一样的光芒，感觉好时光在轻轻敲着我的额头，心里有一种极其温存和幸福的感觉。过了一会儿，又一批云彩出现了，不过那是一片极薄的云，它们似乎是专为月亮准备的彩衣，因为它们簇拥着月亮的时候，月亮用它的芳心，将白云照得泛出彩色的光晕，彩云一团连着一团的出现，此时的月亮看上去就像一个巨大的蜜橙，让人觉得它荡漾出的清辉，是洋溢着浓郁的甜香气的。午夜时分，云彩全然不见了，走到中天的明月就像掉入了一池湖水中，那天空竟比白日的晴空看上去还要碧蓝。这样一轮经历了风雨和霜雪的中秋月，实在是难得一遇。看过了这样一轮月亮，那个夜晚的梦中就都是光明了。

我还记得2002年正月初二的那一天，我和爱人应邀到城西的弟弟家去吃饭，我们没有乘车从城里走，而是上了堤坝，绕着小城步行而去。那天下着雪，落雪的天气通常是比较温暖的，好像雪花用它柔弱的身体抵挡了寒流。堤坝上一个行人都没有，只有我们俩，手挽着手，踏着雪无言地走着。山峦在雪中看上去模模糊糊的，而堤坝下的河流，也已隐遁了踪迹，被厚厚的冰雪覆盖了。河岸的柳树和青杨，在飞雪中看上去影影绰绰的，天与地显得是如此地苍茫，又如此地亲切。走着走着，我忽然落下了眼泪，明明知道过年落泪是不吉祥的，可我不能自持，那种无与伦比的美好滋生了我的伤感情绪。三个月后，爱人别我而去，那年的冬天再回到故乡时，走在白雪茫茫的堤坝上的，就只是我一人了。那时我恍然明白，那天我为何会流泪，因为天与地都在暗示我，那美好的情感将别你而去，你将被这亘古的苍凉永远环绕着！

所幸青山和流水仍在，河柳与青杨仍在，明月也仍在，我的目光和心灵都有可栖息的地方，我的笔也有最动情的触点。所以我仍然喜欢在黄昏时漫步，喜欢看水中的落日，喜欢看风中的落叶，喜欢看雪中的山峦。我不惧怕苍老，因为我愿意青丝变成白发的时候，月光会与我的发丝相融为一体。让月光分不清它是月光呢还是白发；让我分不清生长在我头上的，是白发呢还是月光。

几天前的一个夜晚，我做了一个有关大雪的梦。我独自来到了一个白雪纷飞的地方，到处是房屋，但道路上一个行人也看不见。有的只是空中漫卷的雪花。雪花拍打我的脸，那么的凉爽，那么的滋润，那么的亲切。梦醒之时，窗外正是沉沉暗夜，我回忆起一年之中，不论什么季节，我都要做关于雪花的梦，哪怕窗外是一派鸟语花香。看来环绕着我的，注定是一个清凉而又忧伤、浪漫而又寒冷的世界。我心有所动，迫切地想在白纸上写下一行字。我伸手去开床头的灯，没有打亮它，想必夜晚时停电了；我便打开手机，借着它微弱的光亮，抓过一支笔，在一张打字纸上把那句最能表达我思想和情感的话写了出来，然后又回到床上，继续我的梦。

那句话是：我的世界下雪了。

是的，我的世界下雪了……

原载《散文海外版》2017年第2期

郭沫若为何热爱屈原

洪　烛

“屈原不仅是一位热爱人民的诗人，同时也是一位有远大抱负的政治家。”这就是郭沫若心目中的屈原。据说，在他离世之前，还一遍遍地低声吟诵屈原的《离骚》。

中国人每年都过端午节，端午节的三件大事：吃粽子、划龙舟、缅怀屈原，应该算“老三篇”了。中国人不曾忘记屈原，这还远远不够。屈原不仅仅是一个跟端午节有关的文化符号，他的意义要大得多。中国只有到了最危急的时候，在内忧外患中不能自拔的时候，才能最深刻地理解屈原，才能真正地把屈原作为一种精神来歌颂，来提倡。

二十世纪上半叶，中华民族重树屈原精神，屈原的形象又一次得到复活和放大。应该说在这方面，中国新诗的创始人之一——郭沫若功不可没。尤其是1942年1月2日至11日，郭沫若仅用10天时间，一气呵成五幕历史剧《屈原》。他实际上是借古人之酒杯，浇今人之块垒：借饱受强秦凌辱的楚国，来暗喻正遭遇日寇侵略的中国之现状。国民党《中央日报》，随即从1月24日至2月7日，每日连载《屈原》剧本。文艺界全力以赴，选派金山、白杨、张瑞芳等明星日夜赶排，以使《屈原》尽早出现在舞台。4月2日，《新华日报》头版刊登以“四大空前”为广告语的消息：“《屈原》明日在国泰公演：中华剧社空前贡献，郭沫若先生空前杰作，重庆话剧界空前演出，音乐与戏剧空前试验。”4月3日，横空出世的《屈原》在重庆国泰大戏院隆重亮相，引起轰动，剧场内外挤满热血沸腾、热泪盈眶的观众。由于国民党党报已先期全文刊登剧本，做了预热，《屈原》在国统区连续公演了十七天，座无虚席，掌声雷动。而且每一场，戏剧门外都挤满买不到票的人，直等到演出结束，才跟散场的观众一起离开。重庆各报纷纷报道：“上座之佳，空前未有”“堪称绝唱”。周恩来、柳亚子、董必武、田汉、黄炎培还即兴赋诗赞美。在整个抗日战争期间，若是写文艺界大事记，郭沫若历史剧《屈原》的轰动效应，值得大书特书。不管怎么说，诗人对抗日战争，还是起到了不亚于城墙、不亚于炮弹的作用。

亲爱的屈原，尊敬的三闾大夫，你能看见这一幕吗？你投水时能想到这一幕吗？你虽然写了《离骚》，但你并没有真的离开啊。中国人不让你离开啊。每个时代都在挽留你。每年的端午节都在挽留你。即使在抗日战争中，你也为祖国与人民立下了不同凡响的战功。历史正因为有许多像屈原这样的人，而变得有力量了，甚至能抗衡住现实的困难。

史剧《屈原》应该算郭沫若创作生涯的第二个高潮。在对社会产生现实作用而言，并不亚于他早期的白话诗集《女神》。《女神》借“五四”新文化运动之东风，开辟了中国诗歌史的新天地。史剧《屈原》则代表整个中国文化界在精神上为抗日战争助了一臂之力。

郭沫若写《女神》，气吞宇宙、激情洋溢。写《屈原》时，也仿佛有诗神附体，在超时空的想象中成了空前绝后的大诗人的替身。屈原为天地立心，郭沫若则力图为屈原代言。

郭沫若的史剧《屈原》也相当于史诗啊，他在早期《女神》的基础上，更上一层楼，不仅离大诗人屈原更近了，也离即将成为大诗人的自己更近了。抗日战争中他没有拿枪上前线杀敌，可他拿起了笔，对于诗人而言，笔就是枪啊。正如对于屈原，笔就是他的剑啊，剑就是他的笔啊，把历史都给捅穿了。直到两千多年后，战国时的青铜兵器全锈蚀了，可屈原的笔锋与剑锋，依旧寒光闪闪。

郭沫若对屈原的感情，并不是在抗日战争期间才产生的。早在1920年，二十多岁的才子郭沫若，就写了剧本《湘累》，为屈原的反传统精神击节高歌。1926年，投笔从戎参加北伐的郭沫若随军路过湖南汨罗，在汨罗江畔举行祭奠屈原的仪式，为远征壮行，他还特意写了《过汨罗江感怀》一诗凭吊屈原。

1935年，漂泊日本的郭沫若难忘故国，写了一部长篇学术论著《屈原》来寄托思念。该书注明写于“沪难三周年纪念日”，由开明书店出版发行。后来被称为郭沫若在30年代研究屈原的代表作。郭沫若在书中表明：“屈原是我最喜欢的一位作家，小时候就爱读他的作品。”40年代，是郭沫若研究屈原的高峰期，接二连三发表了《关于屈原》《屈原考》《革命诗人屈原》《蒲剑·龙船·鲤帜》《屈原的艺术与思想》《屈原·招魂·天问·九歌》《屈原与厘王》《屈原思想》等一系列文章。

由此可见，历史剧《屈原》的横空出世并非偶然，既应和了时代的要求，又得益于郭沫若前半生的精心准备。他对屈原情有独钟：“中国有史以来的第一个伟大的诗人要推数屈原。”“我国的屈原，深信有一，不望有二。”他反观案头的著述：“关于屈原的东西写得大概过多了一点。”到发挥作用的时候，就不嫌多了。不然，何以仅用十个日夜，就让祖国的首席大诗人在剧本里复活？郭沫若把自己的灵魂一举投入屈原的形象了。

1941年，郭沫若联合田汉、老舍、茅盾等文化名人，在重庆发出倡议，把端午节定为“诗人节”，专门纪念屈原。此举在文艺界、史学界、教育界等各行各业得到响应，举行了规模盛大的纪念活动。

在此之前，学术界不仅有人认为屈原与端午节无关，甚至彻底否认确有屈原其人。不仅否定《离骚》等作品是屈原所作，觉得是秦博士伪造的，而且否定屈原的存在。大概在辛亥革命及“五四”运动前后，就有人对作为历史人物的屈原表示怀疑，觉得屈原不过是一种传说，是虚构的人物。

清末民初著名经文学家廖平（1852年—1932年），率先提出“屈原否定论”，后来得到胡适的响应。郭沫若1935年应上海开明书店之约而写的长篇学术论著《屈原》，反击了此前经胡适推波助澜而一度浮出水面的屈原否定论，并点名道姓批判了怀疑论者廖平、胡适的观点。尤其针对胡适所谓“五大可疑”逐一反驳，认为胡适对于《屈原》所提出的疑问，骤看都觉得很犀利，但过细检查起来，却一项也不能成立。

上世纪三四十年代在学术界掀起的，其实是一场“屈原保卫战”。和郭沫若一样以论著坚挺“屈原的存在”的，还有陆侃如、游国恩、周而复、姚雪垠等人。

为了证明“屈原的存在”是历史事实，郭沫若根据《离骚》中的诗句，考证出屈原生于公元前340年（楚宣王三十年）夏历正月初七，又依据《哀郢》考证出屈原卒于公元前278年（顷襄王二十一年）五月初五。还确认了屈原的诞生地：“屈原的故乡，据郦道元《水经注·江水注》，是在秭归县境内……乡里的说法大约是正确的。”

“屈原不仅是一位热爱人民的诗人，同时也是一位有远大抱负的政治家。”这就是郭沫若心目中的屈原。恐怕同时也是他自己的理想诉求。

1953年，中国派代表团出席在法国巴黎举行的世界和平理事会。作为中国代表团团长，郭沫若于会议期间大力倡导在世界范围内宣传屈原。最终，世界和平理事会决定将中国大诗人屈原与波兰天文学家哥白尼、法国文学家拉伯雷、古巴作家及民族运动领袖何塞·马蒂作为世界四大文化名人，号召全世界人民开展纪念活动。屈原走向全世界、成为世界级的大诗人，多多少少还得益于郭沫若的推崇。确切地说，郭沫若是代表伟大的中国向全世界推荐伟大的诗人屈原。而跻身世界四大文化名人之列的屈原，已不仅仅代表他自己，还成为源远流长的中华文明之一大象征。中国为屈原而骄傲，屈原亦将为中华文明而骄傲。

1965年，湖北秭归县计划修缮城东的屈原庙及归州城内的屈原牌坊，特邀郭沫若题字，郭沫若热情洋溢地题写了“屈原庙”“屈原故里”，他很乐意自己的手迹出现在屈原的故乡。1977年，郭沫若身患重病，听说秭归县修建屈原纪念馆，仍抱病题写了“屈原纪念馆”馆名。还委托夫人于立群为秭归县乐平里题写了“楚大夫屈原诞生地”“乐平里”“读书洞”“照面井”“玉米田”等屈原遗址的碑名。

1978年春，郭沫若在北京医院治疗期间，想念屈原了，特意让夫人于立群把他早年的《屈原》剧本带至病榻前，一遍又一遍重读，爱不释手。他是怀念屈原呢，还是怀念那个以屈原为偶像的自己？怀念自己赶写史剧《屈原》时充满生命力与创造力的那十天十夜？他告诉于立群：“我风风雨雨几十年，是个即将就木的人了，我也要生得光明，死得磊落。”还让于立群代他记录了集《离骚》原句构想的一副对联：“集芙蓉以为裳，又树蕙之百亩；帅云霓而来御，将往观乎四荒。”

这一年的6月21日，郭沫若离开了这个世界，也离开了他想象中的屈原。据说，在他离世之前，还一遍遍地低声吟诵屈原的《离骚》。他是借用屈原的《离骚》，来跟这个世界告别吧？

原载《当代人》2017年第3期

僜　人

凌仕江

一

你见识过僜人吗？

这注定有待被更多人认知的异数，他们迄今没有被添列在56个民族当中。在僜人的身份证上，民族识别写的——其他。想想“其他”二字究竟能为一个人说明什么？按字面理解，其他分明离主流有着狭长的距离，也可泛指任何一个没有被孵化成形的世界。在没有一个被确定的范围里，什么事情都可能发生。许多时候，尤其是遇到上飞机、坐火车，住宾馆等这类生活要事，如此身份证却什么也证明不了，反而因此惹火烧身。

谁能证明你其他的身份？

其他究竟意味着什么？

扣留、靠边去、让公安局出具证明、你到底从何处来？是外星人吗？把情况说明写清楚等等，一切皆有可能。这令人难以识别的尴尬族群，从何去认同“其他”的文化身份？常常令僜人苦闷摇头无奈，如同一个迷失方向流落他乡却要被人拦截的英国绅士。

我有几个僜人朋友，他们的故乡在中印边境的西藏察隅县。在他们集中生活的村庄，至今没有超出三千僜人。而从细水长流的历史沿途返回，不难发现在一山之隔的所谓麦克马洪线边角印控区，还密集着大量僜人的踪迹，他们的人口数量则要按察隅境内现有僜人的翻倍计算。我没拿到山那边的僜人数据，但追根溯源，山与山之间的僜人，原本有着一脉流通的血缘，而导致他们分离的却是战争的误解。

谁能说清战争的缘由？时过境迁，那一场战争的面孔依然模糊，容不得活着的人去澄清，阵亡的美丽才是战争真正需要的效果。天有不测风云，从古至今，战争说来就来，根本来不及考虑那么多后果了。尤其是科技发达迅猛的今天，谁主沉浮？世界秩序越加混乱，每天都有战争爆发，枪声不断，房屋炸毁，客机被击落，人质被杀光，难民如鼠，流离失所……

二

硝烟早已散去，还是欲借瓦尔登湖，对照我此刻涉足的中国僜人生活领地。可下笔之前，发现自己没有涉足瓦尔登湖的亲历。一个自己没有去过的地方，何以产生挥之不去的印象，甚至存有几分牵念与感情，那就不得不提到让瓦尔登湖永世令名的那个人——梭罗。

十多年前，在拉萨一间小木屋里，捧着一册封面色调泛黄的《瓦尔登湖》，想象梭罗摇船游弋在湖边的样子“从远处看，它又变成蓝色……”阳光与风雪合奏的喜马拉雅组曲，听上去有些狂虐，表面上它伤及不了聆听者的外表，实际它增加的是人内心的孤独感。每天午后三点左右，它们从铁皮屋顶万马奔腾地跑过，风里带着阳光炒过的沙，沙里偶尔夹着雪蛋子，而孤独便在这样的声响里，一天一点地增加，书页一页页减少，孤独的厚度在一层层叠重。

因为孤独，梭罗一无所有，同样，也是因为孤独，一个遥远的湖泊与一个人，获得整个世界。

当读到：“我孤独地生活着，在瓦尔登湖的湖岸上，在我亲手建筑的小木屋里，距离任何邻居一英里以上，只靠着双手劳动养活我自己。”这触及一个年轻人置身拉萨夜晚，把自己彻底放空的想象底线。此刻，我穿梭在被红尘忘却的僜人世界——山峰与密林，河谷与水流，以及隐匿在七公里外的地下小湖泊，虫子在各种落叶铺垫的松软毯子上，爬来爬去。瓦尔登湖的意象再次挡不住地跃出多维度的思想湖面。与梭罗，甚至文学地位远超过梭罗的还有几个名字，他们如同几枚扎眼的钉子，被钉在美国文学史上，爱默生、霍桑、路易·莎梅·阿尔科特，包括梭罗，他们都有一个共同的出生地：新英格兰。

瓦尔登湖隐藏在康科德镇以南约一英里的森林中。湖水清澈见底，有着鲜活的绿意。僜人栖居在世界屋脊密林河谷阳光风声动植物中。月光清凉滴水，太阳在一天里，把果实多看了几眼，芳香便熟透了。

拜访一个地方，容易参考另一个地方，这不仅需要双重的文化认同。我的意思是说，僜人的栖居地西藏察隅，任何地方都无可复制。因为它地理气候的殊异与陌生，尽管是在高原的地理等高线上，它真正的属性却有着热带江南的呈现，背靠缅甸——披满绿意的高山、树木覆盖、随处可见的河谷，流水碧绿泛青花、玉米地、鸡爪谷、水稻田、花生、板栗、油茶、乌鸦与野花、猴子，还有一群裸着身体，整齐划一跳进溪流，被一汪看不见的湖泊清泉，冲过几米远，又嬉笑着跳上地面，趴在石头上沐浴阳光的小男孩。他们双手合十，目色清澈，向着绕过村庄的清凉之水，顶礼膜拜。那黄铜般诱人眼球的胴体，只要看上一眼，就明白什么才是自然界的健康。

当外面的一切顺其自然的时候，女人们却蹲在木质结构的蓝色铁皮屋里，叼一根竹烟杆，看着窗外正在下雾的青山，呼呼地抽个不停。那些出自男人巴掌叠加成条的烟叶，带着男人的体温，成了女人们享用的专利品。或者，能否由此猜想女人在家的地位高于男人？除了抽烟，喝酒在僜人生活中，女人也从不甘示弱，往往沾上风。只有唱歌跳舞时，男女之间难以分个高低。

在僜人村庄漫游的时光，不同地方，遇见过不同的醉鬼，而相同的是她们都生为女人，看样子她们早已不再年轻，甚至可以用苍老形容。女醉鬼睡在葱郁的玉米地边，双手抱住酒瓶子，站不稳，却又坐不住，侧着身，她在向谁央求？是不是无人陪她喝酒？我加快脚步，从醉鬼身边走过。醉鬼欲伸手抓住陌生的我，无奈强烈的阳光，蚕食了醉鬼的软弱。醉鬼狼狈的样子让陪同我的僜人阿嘎阿·美志高先生得出一个结论——每个人的村庄都有几个醉鬼。

只是僜人的村庄女醉鬼比男醉鬼还多。

而男醉鬼总是死于女醉鬼之前。

阿嘎阿·美志高先生指着眼前一座蓝色铁皮房子，说，去年这里的男主人因醉酒死了！女人因此跟了村庄里另一个男人。死了人的屋子，彻底成了空房，只有阳光、雨露、寒风和荒草光顾。

我又回头看了那个女醉鬼一眼。

阳光如同一把梳子，将那个女醉鬼长长的舌头与发丝梳得异常鲜艳惊悚。恍惚之间，又觉得她的舌头和发丝，如同淡粉色的玉米缨。

“别再看了！”阿嘎阿·美志高先生拽了我一把，继而说道：“你以为她真的只会喝酒吗？女醉鬼不光会抽烟、喝酒，唱歌、舞蹈、织布、染布、编织漂亮僜衣，钓鱼也是她擅长的技能。”

只是我不明白，她为何醉得在地上打滚，也无人停下拉她一把？

三

在僜人村，有几位走出过村庄的僜人。他们在那些从未走出村庄，除了察隅县城，西藏任何一个地方都没去过的僜人眼里，早已上升到名人级别。除了心底不断油然产生的敬畏与羡慕之情，他们的每一次出走与归来，在村庄都会引起不小的震动，只要有人打外面世界归来，人们四处奔走相告，如同村庄的节日。与都市里歌迷们关心的哪个偶像怀孕了，哪个唱涛声依旧的歌手真的重复别人昨天的故事了，或者那个谁谁谁性取向发生改变了，谁和谁又分手了，谁要远嫁美国了等花边与热门不同，僜人关心的是那个熟悉的人回来了，他没忘记自己的故乡，更没遗失僜人的身份，他们为一种民族的自豪庆贺干杯。

在这个族群中，走得最远的当是年轻的知识分子阿嘎阿·美志高。与僜人普遍个子偏矮小的特点相反，阿嘎阿·美志高的形象有如日本影星三浦友和的高大与冷峻，遗憾的是，他没有选择留在村庄做僜人部落的王子。作为僜人，他选择了走出僜人部落看世界，先从村子到拉萨求学。在当时，边地到西藏首府的距离何其之远，昨日的漫长是短暂今日难以想象的历程，察隅至拉萨，至少得走半个月时间，路况差自然不必说，关键路上只有大卡车，几十人坐在一个敞篷里，风餐露宿，日夜兼程。

而今日，一辆小车完全可以在一天时间内完成如此漫长的抵达。

后来，阿嘎阿·美志高回到察隅当了一名音乐老师，然后当校长。阿嘎阿是他的姓氏，美志高才是他的名字。这次深入僜人部落体验生活，巧遇南方归来的阿嘎阿·美志高为我向导翻译。在僜人村，若一个不懂格曼或达让（僜语的两种）的外来者，又没有翻译，还想在当地展开工作，这简直就是寸步难行的事情。僜人对于抬头不见低头见的闯入者，常常视而不见。阿嘎阿·美志高懂得多民族地区的语言和文化，他每年利用假期深入西藏更多的地方，直到走遍西藏，他又开始了走出西藏的生活，他走进中国南方最前沿的城市，成了一名传播僜人文化的使者。

每次回到故乡，见到乡亲们，无论大人小孩，不管他钱包里还剩下多少钱，只要遇见都有施爱的举动。在阿嘎阿·美志高的陪同下，我们总是有选择地去一些僜人家，谁家有织僜服的女人，谁家有会打僜刀的铁匠，谁家有酿鸡爪谷酒的好手，他都了如指掌。村庄里随便走几步都会遇到他的亲戚，每落脚一户人家，不管什么时间，僜人都会杀鸡迎客，以示热情。关于鸡的吃法，僜人颇有几分讲究与营养，一只鸡只宰成几块，一律清炖，从不像我们炖鸡要买复杂的作料，结实的鸡腿都是给客人吃的，那美味的汤色与鸡肉，简直比松茸还要鲜香。

后来的走访中，我们尽量避开与阿嘎阿·美志高沾亲带故的人家。因为实在难以拒绝僜人的热情，更多时候我们为了避开短时间内反复吃鸡肉，这来得太密集的幸福，让人有些不忍心，毕竟他们喂大一只鸡要一年以上的时间。

除了长时间在外面交流文化的阿嘎阿·美志高先生，村庄里还有几个赫赫有名的人物，他们完全称得上僜人文化的传承人，听他们口述的僜人故事，既让人深感遥远，又不可思议。但他们深邃的眼神确信，那就是属于僜人的历史。

阿外冷·夏电夏与达波牛·金夏，两位都是村庄里的领导。前者是村主任，后者是村书记。

一头自然卷发的阿外冷·夏电夏抱着同样拥有漂亮卷发的孙子，不停劝我喝酒。而阿外冷·夏电夏的老婆玛忸央·德乐却在与年轻的阿嘎阿·美志高耳语。论辈分，玛忸央·德乐叫阿嘎阿·美志高舅舅。她指尖夹着香烟，耳朵上吊着粗大的银耳环，身上穿的却是普通汉族女人的衣服。她漫不经心吐出几个烟圈后，私下里对我神秘道——她想为舅舅介绍一个女人。他们之间说话，身体挨得紧紧的，生怕风和苍蝇夺走了消息，那亲热的表情，让人感觉近亲的他们完全胜过我们汉族人的血亲关系。

四

我们到达阿外冷·夏电夏家的那个正午，正好遇见国家民委和公安部的人。他们的出现，为僜人带来了一个前所未有的好消息，那就是僜人身份证上的民族问题，将正式以“僜人”出现。僜人终于可以摆脱“其他”带来的困扰了。一个长达几个世纪的问题被宣告尘埃落定，僜人欢欣鼓舞。这消息导致村庄里的人，不断朝着一个地方聚拢来，就连山下开拖拉机的师傅达波纽·雄伟也闻讯赶来。满屋子的人，满酒杯的香，满意的一张张笑脸……

我举起杯向在场的僜人表示祝贺。阿外冷·夏电夏得知我的来历，主动将僜人历经的苦难与喜悦，一个一个地搬上台面。尤其是僜人过去与其他民族的战争，他的讲述如数家珍，仿若一场久远的黑白电影从胶片上一节节闪过，每个细节阿外冷·夏电夏都带有动作与旁白，有时一个人还要扮演几个不同身份的声音。遇到一些拿不准的时间节点，他用达让语与在座的僜人几番商量后，再转换一种语言，转达给我。争执往往就是转达过程开始的，意思是阿外冷·夏电夏讲的故事，在场的有些僜人不认同。这时，他们会找来一些老照片对证事实。当对话再次受到阻碍时，阿嘎阿·美志高就充当彼此的翻译，正反两方都要靠他积极沟通。我看见他一会表情严肃，一会又自然露出笑脸，天真得像个孩子，然后把结果用汉语传递给我，这让我纸上的记录有了靠谱的把握。只有大家的意见终于一致时，他们才开心地相互碰杯，饮尽一杯豪爽。

趁他们争执不休时，我悄悄溜出门，来到几个防紫外线的大棚子里。在这里，我见到了电视上介绍的名贵药材铁皮石斛，它们像竹叶草一样，在适宜的温度与树皮上生长。大棚里挂着温度计，那是阿外冷·夏电夏从云南人那里学来的栽培技术。据说，村子里有不少跟云南人学习种植铁皮石斛，但只有阿外冷·夏电夏种植成功。每年的铁皮石斛将由云南人来此高价回收，这也成了阿外冷·夏电夏家一年不菲的收入。在大棚子里，我感受到了草木的自然本性与神奇功效。

黄昏，阿外冷·夏电夏带着我们在村庄里走了一趟，看到什么讲什么，哪怕一棵陌生的树，一种花，或一只珍稀的鸟出现，他都深知其生命典故。在他个人筹建的僜人博物馆里，每每手指那一具具动物标本，他脸上潜藏的微笑，都像是进入了动物的内心世界，动物与僜人的关系，不是传说，而是一种生活秘密的写真。尽管僜人现在的生活不再依靠狩猎，但僜人与动物的生活秩序在这里保存无损。

哪只鸟是来偷吃僜人粮食的？哪只鸟是来报恩僜人的？哪种鸟是会唱僜人歌曲的？阿外冷·夏电夏讲到曾有一只鸟来村庄盘查路线。在玉米林里，他指着站在电线杆上的长尾巴鸟讲：再等两个多月，它就会带着成千上万的鸟，从这里飞过，它们的下一站是缅甸。那一天，村里所有的男人，都会放下家中所有的事，在这里从早到晚守候它们，给它们吃的喝的，然后目送它们经过我们的村庄。

这样的仪式，禁不住令我动容想象。更为神奇的是，阿外冷·夏电夏还讲到一棵会开花的大树。他掏出手机，翻到那棵树给我们看，是一棵开满了粉红色长花瓣的树，只要善良的人，经过树下，花瓣会自然地撒落身上，而心怀鬼胎的人经过树下，怎么摇树，花瓣也不落。这是多次去看那棵花树的阿外冷·夏电夏得出的经验。而那棵树也成全了他最为精彩最为动情的言说，他说太多外来者去看那棵树了，有的自从头一年来了，年年都会来。我急切地想去看看那棵花树，可天色已经不容走远路了。

但我见到了另一棵同样具有传奇经历的兄弟树。也有人称它夫妻树。过一座索桥的半山腰上，穿过密密麻麻的玉米林，此树在我见过的树品中，实属罕见，难以判断其学名，论体积，它比不上拥有两千多年历史的灵芝巨柏，但它的树根如同一扇敞开的大门，形似央视的著名建筑裤衩，结构繁复、牢固，大门之上，两根合抱直立云霄的树干，它们同树根，不同树身，两种叶子交错在一起，一种宽大，一种碎小，让我想到大地上生长的语言，足以撑起一方天空，它们在这里是安全的，在阳光漏下的缝隙间，叶子闪着晶莹的光芒。阿外冷·夏电夏解释不了这棵树的历史，正如他也说不出那棵花树的名字一样，树与花的生命早过记忆里的一切，这让人无法言说，但凡是来僜人村的外地人，他都会带他们来此拜树。

阿外冷·夏电夏建议我与阿嘎阿·美志高在树前许一个愿，让神树见证我们结拜兄弟。当我们像两个门神站立树下，阿外冷·夏电夏却忽然背对树和我们，双手合十，鞠躬。

虚浮的光从他头顶捕倒下去。

在那个看不清，也听不见的世界里，他一定为我们仨许了共同的愿吧。

五

到了晚上，我们围在一起，一边吃手抓饭，一边喝鸡爪谷酒，继续庆贺僜人身份被确立的皆大欢喜之事。手抓饭被穿僜服的女人，一勺子落在一片长尖尖的绿叶上，旁边是一只硕大的鸡腿，小盘里有一搓辣椒。阿嘎阿·美志高美滋滋地对我说，你的运气太好了，遇到这么丰盛的手抓饭！这是僜人招待尊贵客人才有的隆重。看着阿嘎阿·美志高熟练的五个手指在叶尖上一抓，一口饭很快进了他嘴里，我像一个手足无措的孩子，手指不听使唤，最终只好使用一把小勺解决吃饭问题。这让我找到了一点西式餐厅的异味吃法。

头裹白布，身穿僜服，斜背僜包、横挎僜刀的达波牛·金夏，看我的眼神总是扑朔迷离，他一定是在嘲笑我不会手抓饭。而他讲起话来，更是精灵古怪的样子，中国的一个个经典成语，在他嘴巴里如同落井下石，有一种沉甸甸的响声。之后，只听见他嚯嚯嚯的笑声，像是孙悟空打击妖怪之后的一阵畅快之笑，而当他突然静下声来，望着你的时候，火眼还在冒金星。这时，我眼前总幻觉般的出现远去的妖怪，而趁人不备，达波牛·金夏却已伸出手来，在你背上点了一点：喝起，你干啥子啰？

满屋子又是一阵笑声。尤其是阿嘎阿·美志高看到我被达波牛·金夏戏弄，笑得更是隐秘与夸张。这一句来得太过忽然的四川话，充满诡异，有点传统四川语境中的精句之魅“惊风活闪”的意思。但你却要亲切地接受它。这充分表现了见过世面的僜人善于开玩笑的豁达与乐观，同时也可证明四川人进入僜人生活的历史较早。论面相学的生成，在座的僜人总可以让我举一反三地找到与他们长相无几的人来，如果说达波牛·金夏长得酷似《神雕侠侣》中的裘千仞，他的儿子则特别像唱《卷珠琏》的霍尊，同样的长发与笑容，当他骑着摩托从我们身边几次经过，却显出几分羞涩，阿嘎阿·美志高递给他一张五十元的钞票，他说谢谢的同时，还说，那头发是他舅舅帮他剪的。

月光从天上来到院子里了，水龙头下被冰醒的啤酒，一件一件地少了，屋子里的僜歌僜舞还在继续。如同满屋子与人寻欢作乐的苍蝇，因酒香而久久不肯离去。醉意蒙胧间，我挥起手欲将苍蝇赶走，阿嘎阿·美志高双手狠狠拦下我的手：“你打它们干什么？你不用担心，在这样的地方，其实它们很天然，就像窗外满山的云和绿，何来污染？别担心了！”

我没有力气反驳阿嘎阿·美志高的苍蝇论，醒来，有人还在跳僜舞。可是拖拉机司机雄伟唱的流行歌，让人轻易地忘记了这里是僜人的聚居地，这里是被我借瓦尔登湖比美的地方。实在无法想到，如此遥远又与网络不太接轨的僜人村，居然接受了这样的歌。那旋律极为上口，感觉是在哪里听过，却又想不起具体的地方了。

两月之后的一次深圳之行，当车厢里忽然飘来这首歌，我的思绪全然跑到了遥远的察隅。达波纽·雄伟那动情又有些笨拙得可爱的形象，手舞足蹈来到我眼前，他有天才般的幽默基因，好比英年早逝的藏族艺人洛桑，其夸张又不失诚意的表演总让人哭笑不得。我沉浸在这样的歌声里不能自拔，驾车接我的朋友阿彬多次大声吼我，喂，你是醉氧了吗？

我没有理会阿彬的大吼狂叫。

六

听了我在僜人村的生活经历，阿彬忍俊不禁地笑起来。

那一刻，我们完全没有感觉身在深圳。阳光和热风从天窗灌入到车里，两个男人毫无顾忌的笑声，淹没了窗外标志性的建筑大厦，也淹没了高架路之外开得正艳的三角梅、夕阳、人流与海水。我们笑声的背景里只有唯一的歌声："不是哥哥不爱你呀，因为我是农村的，一年的收入只能养活自己，哪里还能顾得上你！"歌声的原产地很可能就是中国南方某一座现代城市，但它此刻却挡不住我对瓦尔登湖察隅的向往。深圳与察隅是中国地理版图上的两个极端，都处在边境线上，只是一个在边沿，一个在前沿，一个在速度中不断热烈膨胀，一个在边地的风雪中不断沦陷孤单，在这座陌生的城市里，我不敢确定是否有僜人的足迹？但一路上，我们的谈话已被僜人每天像过节一样的生活占据。

阿彬每天在城与城之间穿梭，他约见客户的时间比见故乡福建亲人更多，对于深圳，他的态度没有我想象的热情，提到"世界之窗"等几个著名景地，他居然在这儿跑了好几年却没认真地去过。而对于僜人，显然他的兴趣大于三天两头涉足深圳面对的客户。在我的叙事里，他陷入了无边无际的想象，就像我在僜人的栖息地自然而然地参照想象瓦尔登湖。只是在他的沉默里，我没有问他究竟会把一个没有去过的地方，和一群没有见过的人，想成什么样子？在通过关卡的中英街，他不容拒绝地想着我叙述的那遥远的蓝色铁皮房子。他问我，僜人的蓝色铁皮房子会永远保持下去吗？会不会有一天在他赶到时，我叙述的一切早已化为乌有？

关于如何保留僜人的习俗特色，说实在的，这是我没有考虑过的问题。在我看来，关于民族特色，每个人的故乡都在沦陷。即使这至今住在山上的稀少僜人族群，我从他们身上看到的也只是被岁月长河吞噬的逝去的回忆，那些永不复返的，被光阴遮蔽的蛛丝马迹，唯恐太多太多，他们自己已很难从地下的湖泊里打捞上来，这是一个生意人值得去考虑的吗？

如今，外界去寻访僜人文化的人只会增多，不会减少。一个自己也未彻底弄清自己民族根源优势的人，何以能弄懂他族的来胧去脉？也因此，我理解了作为僜人阿外冷·夏电夏在诉说僜人历史中处处遇到的困惑，因为在他述说的久远往事里，他只是一个聆听者，而非在场者。这种不确定性，增加了一个叙述者的难度，而我们的担忧，早在我与僜人喝鸡爪谷酒时的对谈中也有涉及。

达波牛·金夏的话，时常浮现：过去我们身上穿自己编织的马甲，现在，好多民族差不多都穿成一样的了，如果允许我们恢复过去的僜人着装，说不定会让你眼前一亮。

我不知僜人是否真能回到过去，疑惑者不在场的过去，到底是一个什么样的世界？谁又能替他们找到属于僜人最真实的生活印迹？离别时，我交给阿外冷·夏电夏几百元生活费，他断然拒绝的理由显示出僜人没有被污染的真实情感表达：我理解一个人出门在外的不容易，你是阿嘎阿·美志高的朋友，也是我的朋友，从此你也是僜人的朋友，你是在帮僜人做僜人事呀！

其实，达波牛·金夏说的僜人原始着装，我在布雷阿·夏米龙家穿过。一条洁白长帕裹成的帽子戴在头顶，一件杂色麻线编织的马甲穿上身，左肩背僜包、右肩挎僜刀就算完成一个男人的装扮了。在一个汉人成为一个僜人的样子后，阿嘎阿·美志高笑着给我出了道题——你知头上这白帕帽子还有什么作用吗？我想了很久，只管摇摇头。阿嘎阿·美志高说，这白帕子全部展开来，有两米多长，是僜人野外休息时，用来盖身体的。而女人的着装就复杂了，先要盘一个隆重的头，再戴大耳环，粉红色花裙……这些装束穿在我们汉人身上，僜人都拍手称赞一个劲地好看。但这种好看，在我看来，远不如穿在他们身上好看，因为我们身上即使穿上了他们祖先遗存的色彩与款式，仍然无法摆脱汉人语境所承载的多余与不足，这多少有点不伦不类。

可是这一切美得都不够原始了。真正的原始僜人着装，男人除了一件马甲，一块花布遮住下半身的要害部位，其余全部裸露在外。

原载《创作与评论》（上半月）2017年第2期

一间教室的记忆

徐贵祥

一

2013年9月1日，新学年开学典礼结束后，在明媚的阳光下，学院党委委员检查“三项工程”。在二号楼一层南头教室，时任院长彭丽媛问我：“徐主任，当年你们上学用的是不是这个教室？”我回答：“是的，前几届任职班都用这个教室。”院长望着空空荡荡的阶梯，若有所思地说：“很多著名的军旅作家都是从这里出发的。”检查快结束时，院长又问我：“二号楼重新装修，你有什么想法？”我说：“院长，把南阶梯教室给文学系吧。”院长微笑地看着我说：“你们教室够了，为什么还要？”我说：“我想多要一个，这个教室有……传统。”院长沉思了片刻说：“既然这样，那你就打报告吧。”

几天之后，我们接到通知，院里正式决定把南阶梯教室划归文学系。从装修、底色风格到陈列展示、语言文字、历史沿革定位，院长全都亲自审定，细致程度让我们感到吃惊。经过改造的南阶梯教室四面墙上，群星璀璨，奖牌闪烁，更有历届师生的诚挚寄语，智慧的火花在无声地闪烁。

2016年9月9日，院长当面对我说：“南阶梯教室重新启用，要请文学系的前辈、重量级的作家来讲第一课，全院师生能来的都来听课。”我说可能坐不下。院长严肃地说：“那就站着听。这第一课，我是要来听的。”

老实说，当初要这个教室，我并没有往深处想，无非就是想多个教学场地而已，但是院长的重视引起了我们的思考。这年9月，我带领毕业班学员在部队进行教学实践，结束的前一天，部队领导提出来，让我给他们做一次讲座，谈谈军事文学与军营文化。那天我起得很早，第五次来到那个部队保留尚且完整的老营盘，在那里思考军营文化的含义。晨曦中我注视六排无言的老营房，想象着已经逝去的艰苦而又充满理想和激情的岁月。在那一瞬间，我的脑际闪过一道灵光，我似乎明白了，几年前那个开学典礼之后的上午，院长之所以一再问我阶梯教室的历史，用心良苦，意味深长。这个教室，它不仅是个教室，它承载着文学系的历史与光荣。

那天上午，我给部队的同志讲了两个多小时，就讲三个字：天、地、人——我讲的是大山深处的那座老营盘，眼前却浮现着我的南阶梯教室。

二

上个世纪八十年代中期，老作家徐怀中担纲组建原解放军艺术学院文学系。在这间教室里，汇集了来自全军各大单位的作家和文学骨干。一个时期，中关村南大街上的这个院落，大师接踵而至，中国一流的作家、专家和学者，差不多都坐过军艺文学系那辆老旧的吉普车，出现在南阶梯教室简陋的讲台上。同样，国内一流文学刊物的编辑也成了文学系的常客，约稿川流不息，二号楼学员宿舍里，经常能看见他们匆忙、神秘、忙碌的身影。有时候，他们干脆也到南阶梯教室听课，在那里守株待兔。

我是原解放军艺术学院文学系第三届学员，1989年夏天入学。当时的系主任是王愿坚，他只给我们讲过一课，记得他说：“写短篇小说好比削铅笔，要想笔芯长，就得把外面的木头削短。”

记忆中，这幢楼原本是白色的，一层是当年文学系学员的宿舍，最南头的就是阶梯教室。教室外面，是一棵大枣树。从上个世纪八十年代开始，一批又一批军旅作家在这里集结，又从这里出发。而老树依然挺立，年年岁岁，叶荣叶枯。只是，每到春夏，嫩叶绽放，千万颗太阳滚动在叶子上，玛瑙样的枣果闪烁其间，又是一片蓬勃生机。我曾经听一个同学赞叹，这么老的树，还能结出这么新鲜的果子，简直就是长生不老。

那时候，我们听课听累了，写作写累了，就会出门钻进树荫里，以大树为圆心绕几圈。转着转着，倏忽间停住步子，傻傻的目光空洞地看着一片树叶，突然一拍脑门，大步流星返回宿舍，摊开稿纸，奋笔疾书去了。伴随着跳跃的指尖，那些厚重的深红色的枣子就像无数个精灵在眼前飞舞。不知道有多少灵感、多少顿悟，就是这样跳进了心里。

翻开二十多年前的听课笔记，王愿坚、张学恒、吕永泽、朱向前、黄献国、张志忠、刘毅然……每一个名字后面都有一串故事。那时候他们经常出现在教室里，出现在我们的宿舍里，老师和我们就像哥们儿。有时候为了一部稿子，可以争得面红耳赤。

记得有一次，朱向前老师在课堂上激动地宣布，陈怀国写了一篇好小说《毛雪》，体现了第三届学员入学以来最高创作成就。他这样一讲，教室里鸦雀无声。下课之后，有几个同学到处打听，这个陈怀国什么来头。一打听，什么来头也没有，过去也没有写过什么大部头。大家嘴上不说，心里却不太服气，甚至还有点“走着瞧”的心理。但是此后不久，这个作品不仅得到老师们的共识，在《人民文学》杂志上头题刊出，而且由此出发，引出“农家军歌”现象研究。我等这才暗自庆幸没有非礼质疑，朱老师没看走眼，《毛雪》确实是好作品。

三

时光荏苒，当年的老师大都退休或者临近退休，往事渐行渐远。五年前，也是春天，我调回军艺文学系工作。有一天晚上加班后回家，路过南阶梯教室，刚走到树下，遇见一个老人，原来是吕永泽老师。吕老师患有白内障，三步之外看人都是一个样，而那天居然很快就把我认出来了，连声说："好，好，听说你回到文学系了，好，接上茬了。"吕老师说的这个接上茬，我似懂非懂。但至今我还记得吕老师给我们讲课的情景，他风趣地说："瞻前顾后，左顾右盼，给你们理清了中国文学发展的大致脉络。"他在黑板上画了一个表格，从先秦散文到隋唐诗歌、宋词元曲、明清小说，一路走来，如数家珍。他授课的神态很有意思，仰首看天，如入无人之境，朗读《山中与裴秀才迪书》，抑扬顿挫，宛若唱歌。

同吕老师见面之后，我就谋划一件事情，要尽快把当年的老师们走访一遍。可是没想到，很快就发生一件让我追悔莫及的事情。

1989年夏天，是政工干事林晓波帮我办的入学手续，当时她四十来岁，同学们对她印象极好。我记得，我都毕业回部队了，她还一次一次地打电话，寄毕业证，转寄各种邮件，一丝不苟。我回到系里工作不久，就打听过林大姐的去处，文学系的老职工徐萨平说，林干事已经退休了。我说抽空带我去看她，徐萨平支支吾吾欲言又止。我因为初来乍到，工作千头万绪，也就没有多问。2013年暑假后我再次打听林干事，意外地得到消息，林晓波病逝了。

那是我见过的最美的告别仪式。林大姐躺在花丛中，曾经悬挂遗像的地方换了一个电子屏幕，上面放映着林大姐的录影，年轻的林大姐伴着《沂蒙颂》深情的旋律翩翩起舞。她的舞姿是那样优美，她的笑容是那样的灿烂。这时候我才知道，林大姐曾经是舞蹈演员，11岁就进入军艺学习，她的青春年华，连同她的梦想，全都奉献给军艺了，那些受益者中，也有我。面对林大姐的遗体，我深深地鞠躬，直起腰来，已是泪流满面。

四

这间教室，里里外外，发生过多少故事，说不清楚。

进入新世纪以来，学院盖了新的教学楼和学员公寓，白楼一度弃之不用，而随着教学任务的转型，阶梯教室也失去了往日的热闹。直到2013年那个蓬勃的夏日之后，它才焕然一新，迎来了更加旺盛的生机。文学系重新拥有了南阶梯教室，南阶梯教室回到了文学系——这不是一件小事，而是一个战略意味的回归。

根据学院主要领导的指示，2017年3月1日，我们隆重地请回了老主任徐怀中同志，同时请来了文学系首届学员莫言和朱向前两位学兄。文学系的本科生、研究生、任职培训班学员，以及闻讯而来的系外师生齐集一堂，听老主任和学兄讲文学，讲历史，讲文学系的宗旨和未来。

在同学们期待的目光中，已经88岁高龄的徐怀中老主任精神矍铄，妙语连珠，表达了他对军事文学独特的见解和对军事文学教育的真知灼见，历数了文学系的荣光、南阶梯教室的历史、前辈付出的心血以及收获的可喜成果。在恩师面前，两位学兄似乎也都回到了学生时代。莫言开玩笑地说，有个作协领导说徐怀中这个人哪里都好，就是有一点“护犊子”，主任到现在还是这样，我们也都是“老犊子”了。朱向前说，他见证了两个奇迹，一是徐怀中老主任开创了一种培养作家的最快速、最优质、最高效的模式；二是见证了同学莫言在军艺文学系、在南阶梯教室迈出的第一步。

那天上午，小小的南阶梯教室竟然挤进了一百多人，有些同学干脆坐在过道的小马扎上，我们的院长和政委也坐在学生当中。前辈、大师和年轻一代学子近距离交谈，无拘无束，一起走近那光荣与梦想交织的岁月。从同学们清澈而惊喜的目光中，从教室内外落叶无声的气息中，我们感受到了文学的力量、文学的激情、文学的温暖。往事并不如烟，历史的艰辛与辉煌并存，激励着军艺文学系的代代传人。

也就是从那天开始，文学系南阶梯教室就成为一座纪念碑，它象征着优良传统的发扬和光荣历史的传承，象征着我们博采众长、开放办学的理念。虽然学院原有的名字已成历史，但是，精神是不灭的，它们从一个地方搬迁到另一个地方——我们的心里。

原载《解放军报》2017年8月9日

良性的感觉就是恩

石　英

说起“恩”字，稍有良知者必都会油然心动。自然联想到人生境遇中有益于己的他人之赐之助之善举。大者拯救生命于水火，济以钱帛解燃眉之急，以正义行动使己转危为安，等等都是。令受惠者感恩莫名，乃至终生不忘，纵然有所回报仍觉难达之万一。至于忘恩负义、恩将仇报之类，自为正义人士所不齿，所谓“小人”者恐亦为此类中之一种表现。

而我题目中之所指，从表面上看似乎没有那么重大，或则少为人所知而近于无形，在施予方主观上并无特别意图，在接受方感觉是“润物细无声”的真诚与温暖。在我本人的大半生中，有幸经遇过他人给予的难忘的“良性感觉”，尤其是在我成长期的青少年时期，在故乡解放区，有几个人、几件事，给我的感觉堪称刻骨铭心。

我永远忘不了那只稳稳托住我的大手——

那是上世纪中期解放战争时期，大约是1946年12月吧，北平发生了美军强暴北大女学生沈崇的事件，这件事也牵动了解放区人民的心。我们同仇敌忾，举行各种活动进行声援，与国统区的抗议声浪遥相呼应。记得那天风沙大作，我所在的九里镇完小的师生一早就集合了队伍，高呼口号，在各村中游行，然后直奔县城，在城东门外河滩上举行万人大会，声讨美蒋，鼓动士气，军民以更大的力度投入人民解放战争。我作为小学生的代表，上台演讲，那台子是临时搭建的，其实就是在靠河堤处搭了两张大八仙桌。当时我具体讲了些啥今天已忘记了，无非是满怀激情地声讨、控诉、支援、鼓动，落点是美蒋的阴谋行动一定破产，我们一定会取得最后胜利。

讲完了话，我当即从八仙桌上跳下，却未料到有一只大手托了我一把，使我稳稳地落地，我定睛一看，原来是一位三四十岁的“大男人”，一位穿军装的首长（我在小时候，看任何比我岁数大的人，都觉得人家“老”了），腰扎的宽皮带上挎着“撸子”（手枪），面带诚挚的笑意对我说：“小同学，讲得很好！”我觉得自己肯定是脸红了。这时带队的女老师告诉我：“这是军分区孙司令员。”（其时胶东北海分区地委、专署、军分区的均驻我县）我一时不知所措，只是“哦哦”地说不出话来，更不知与首长握手什么的（因为这是我有生以来遇到的“大官”之一啊）。但孙司令员并不介意，他接着又对我说了一番话，印象最深刻的是其中这样两句：“成长要从少年时代开始，奋发努力才能成为有用的人才！”在我们整队回返的途中，女老师还和校长重叙着司令员的这两句话，她感慨地说：“有人说我们的军队中都是大老粗，才不是呢。”

然而，也仅就这一次，我再也没有和孙司令员见过面。如果说是缘分，也仅只是一面之缘，或者只是“寥寥数语之缘”。但就这一面，这寥寥数语，却使我受用不浅，随后在我身上产生了很大的动力。

在这以后，战争形势继续发展，在我们胶东也曾一度恶化，有相当长一段时间没有听到孙司令员的消息，但我心中始终念着他，偶尔听大人们说他已调至野战军工作，戎马倥偬，自然是不可能有机会见面。直到四年之后，我在某军区司令部机要处任译电员，有一次在收译一份朝鲜战场第五次战役战况的电报中，得悉他任志愿军81师师长，率领所属部队于完成既定任务后，边撤边打，又歼灭敌军数千人，然后完整归建，受到志司嘉奖，他本人也破格地记功

（因为我军高级将领一般情况下是不记功的）。我看后无语，却由衷地高兴，特别特别的高兴，深深感念中的高兴——他是师长，也是我成长中的“师长”啊。

随后又是若干年、若干年，又没听到他的消息，直到前几年，有一次与一位相对年轻的同志一起出差乘火车去外地，听说他手机玩得极熟，我请他“搜”一下关于孙端夫将军的讯息，结果得知他在上世纪七十年代即已逝世。我听后愕然，凝然，岁月何其冷峻！

但作为我精神上终身受益的师长，在我心中并没有因此而逝去。

另一位终生忘不了的人相识与孙司令员大致同时，他就是时任胶东北海军分区政委兼北海地委书记的刘坦同志。1946年秋，蒋军第八军李弥部由胶济线中段的潍县出动，向我胶东解放区腹地进犯，于连续侵占昌邑、沙河、掖县之后，仍有觊觎龙口等地之势。为应对新的事态，军分区及所属部队向接近前线地区移动——由县城转移至西南方向的九里镇。其时我正在九里镇完小读六年级，为了配合形势宣传，我们师生排练了小型话剧等节目。记得是一个星期天，我们正在加班排练，刘政委事前没打招呼就突然来了，李校长忙不迭地请他坐下，他含笑谢绝，自管站着静静地看。等我们排练一遍之后，李校长（兼临时导演）征求他的意见，他才与校长小声说了几句，然后客气地走了。这时校长才对我们说，原来刘政委见扮演被抓壮丁的“老农”那位同学气色不太好，估计身体较弱，要我们注意他不要太累，扮演蒋军连长的演员对他喝叱也别太凶，防止吓着他。我听了觉得刘政委心特细，连这样的小地方都想到了。

也就是过了两三天，我从学校后操场小门进校，正碰见刘政委在操场上踱步，身后好像是警卫员在一定的距离跟随着。他一看到我，便主动叫我的名字，我一惊，站住了，政委这才说：“听你们校长说你特别爱看报纸，我那里报纸比较多，如果你愿意的话，课间可以到我那里去看。”我不好意思地犹豫着：“那方便吗？”他说：“有啥不方便的，只要不妨碍你的课程。”这时我才料到必是校长告诉了他我的名字。

次日下午只有一堂课，我下决心去刘政委那里看报，但其实内心还是有点忐忑。他的办公处就在操场小北门的对面，是一家人在天津的富户，村里临时借用这家的部分房屋驻军之用。我向大门左首的耳房（类似传达室）的一位通讯员说明来意，他态度温和地告诉我政委在第三进西间办公。我进去一看，首长正盘腿坐在炕上，好像在批阅文件，一见我来了，很热情地让我坐在他的对面，中间是一个挺大的炕桌，看来他早已把一摞报纸准备好了，我规规矩矩地坐下来翻看，彼此好像心照不宣似的各不相扰。

就这样去看了有两三次吧，但有一天，我抽报纸时越是小心越出纰漏，报纸的角儿竟带倒了桌上的墨水瓶，钢笔水立即洒出……我当时心情紧张手忙脚乱可想而知。正无措之际，刘政委一面连连说着“没事儿，没关系”，一面拿抹布擦着墨水，然后又用废旧报纸擦拭干净。但他显然担心我有顾虑日后再不好意思来了，又反复叮嘱我：“日后照常来啊。”我虽然点头答应，此后却真的不好意思来了。

然而，人虽未来，心里头的反思和感念久久萦怀。表面上的一桩小事，几个动作、几句话，数十年间挥之不去的影像，这就是我经历的战争年代的领导干部，党政军的首长，对一名普通小学生，平易、平和、平等，爱心、爱护、爱之甚切，不只是讲大道理，更是用细致入微的行动；注意到基层群众演剧活动中演员的身体，关注一个酷爱看报求知若渴的学生；没有壁垒森严的警戒，俨若亲人似的对坐心心交融。成长中的我，感受到的是慈爱、温暖，无尽的感激，抑制着泪水，内心奔腾的热流，最后是积聚起信仰的因子，凝结成回报与献身的精神，这样的一些人代表的主义和精神，为之奋斗乃至献身：值！！！

与孙司令员一样，就这么一段际遇，随后由于战争的变换，莱芜战役之后，蒋军为了收缩战线，自侵占的掖县、昌邑等地后撤，局势出现暂时的和缓，军分区机关和部队又回到县城附近驻地，自那以后，再也没有与刘坦同志见过面。

全国解放前，他升任胶东行署主任，这是战争年代解放区的一级机构，介于大的解放区和分区之间，党政军分别称为区党委、行署和军区，大致类似副省级机构，全国解放后五十年代初期即告撤销。刘坦同志在全国解放前后调南方工作，“文革”中受到严重迫害和极度摧残，“四人帮”倒台后不久即与世长辞，至今已过去三十余年矣。

以下我要说的是同时期的本县县长王佐群同志。在战争时期，我与王县长有过几次接触。他总是穿着一套解放区本地生产和制作的灰粗布干部服，通身上下连帽子都是挺括整齐的。他面色有些黝黑，但身材精干、步履轻快，仿佛时刻都在行动中。平时他的话语并不多，更不啰唆。最典型的一个例子是：有一次他和县教育科李科长来我们完小，好像是视察吧，我们李校长把我叫过去，向二位领导介绍：最近全县高小毕业生会考，我名列前茅啥的。王县长看了我一眼，态度既不热情，也不冷漠，只是很平常地说了两个字：“可以”。但我觉得已经很“可以”了。一县之长，现在不讲了，在旧时代那是“县太爷”呀，对一个毛孩子的评价能说个“可以”还要咋的？后来事情的发展证明他对我的印象其实很深的。

1947年春节刚过，全县召开主要是由青壮年参加的反蒋保田大会，我们的李校长为表现先进积极，带领高年级的五六名积极分子也被破格允许参加了，去往十多里外的南乡城镇。大会由县委书记张竹生同志主持，但在会上没见到佐群县长，经过几天的动员讲话，由蒋占区掖县的受害者声泪俱下进行控诉，张书记站在大方桌上号召青壮年踊跃参加中国人民解放军，上前线英勇杀敌，为受害的父老乡亲报仇！……这时，我们的李校长郑重地问我：“石恒基，敢不敢带头参军？”我当即回答：“敢！”话音未落，早已站起身来，一溜烟儿地就往土台子上跑去。那时我刚十二岁，虽说个头比一般孩子蹿得快些，现在估计也就一米六吧，我在台前挥舞拳头，大声地喊：“大哥哥们，赶快参军呀，上前线打老蒋呀！”随后，“大哥哥”们陆续“咚咚咚”地跑了上来，再过了一会儿，这些山东大汉们将我挤到了后边，遮蔽了我的视线。

最后，这些自愿参军的人们分别乘上几辆破旧的日式卡车奔赴县城。在过

"兵检处"这一关时情况并不理想，人家还是因为我年龄太小，安抚我："过两年再来"。我正与他们争辩，一看我所熟悉的王县长过来了，原来他没在大会上，可能是在县里主持工作，他似乎已经听到了，便开门见山地对我讲："过两年再参军也不晚。"我急着说："晚啦，仗也打完了。"他说："打不完，再说上前线那还不容易，机会有的是。"我觉得他话里有话，反正是被他劝回去了。

果然，也就是三个月后吧（当时我已参加了试建期处于秘密状态的新民主主义青年团），有一天，在学校接到县里指令：全县支前大军即将出发，决定以青年团员为骨干组成"少年儿童宣传队"，随支前大军开赴鲁中前线，云云。我敏感地意识到：这多半是王县长提的名，看来他说话是讲信用的。对于此行，我自然是喜出望外。

我县支前大军一路西南方向，穿过胶东数县，越过了胶济铁路，逐步接近鲁中前线。在这当中，我很少见到王县长，他是总领队、总指挥，上千的担架，胶轮大、小车，人和骡马，肩上的担子不轻，偶尔见到他，我知道尽量不要去打扰他，整天就是跟宣传队的小伙伴为支前队伍唱歌、演活报剧，逗他们乐也是好的。最忘不了的是一天傍晚在昌邑县南部的一个村庄宿营，这里刚被蒋军和还乡团洗劫过，空气中还弥漫着血腥味。村干部中只剩下一位"财粮"与我们事务长打交道，看来连铺草都很困难。这时，王县长突然出现了，他径直来到我们少儿宣传队的大屋子里，连看也没看我一眼，只伸手一摸薄薄的一层铺草，一皱眉头说："这哪儿行！孩子们还是长身体的时候，弄坏了咋办？"事务长正要申明理由，县长一挥手："情况我听说了，咱们不是还有些钱吗？再想法买一些，走以前把铺草也还给人家，我想就没问题了。"果然，这个办法很奏效，新鲜的麦草铺上去，厚度增加了两倍。

虽然白天行军很累，但当晚我还是难以入睡，我在想我们的"一县之长"他这时睡着了吗。一路之上，虽没说上几句话，但他的心完全用在他人身上：想后代人所想，尽量满足后生的正当愿望，心疼离家千里的"孩子们"，真是情如己子，想着，闻着麦草的清香气息，我才渐渐地入睡了……

孟良崮战役之后，已渐入夏季，我华东野战军好像又在酝酿着新的大战、恶战（后来才知道是南麻、临朐战役），王县长与带队领导商定：鉴于雨季即将到来，他们决定先遣支前大军中的老弱病残和“少儿宣传队”返乡，以应对新的战役更加艰难的形势。

谁知我们返乡两个月后，蒋军对胶东腹地空前疯狂的进攻开始，我县终于沦入敌手，乡亲们度过了血腥的七十二天。至于整个支前大军何时回故乡，我一直未获准确消息。

直至我正式参军后，很长时间也未得王县长的真确情况，更谈不到与他见面了。上世纪七八十年代之交，“四人帮”倒台之后形势比较稳定，我才听说佐群同志早已南下在上海工作，我当即致函我的老朋友、上海诗人宁宇兄代为打听，他回信说佐群同志曾任上海市政府副秘书长，现在已经离休居家，目前身体不是太好……八十年代初，我与妻子赴上海和苏、杭等地旅游，去看“老县长”也是此行的重要目的。

仍是由宁宇兄引路，来到上海旧市区的一处旧居宅，幸运地见到了三十多年未见的老县长，他由于身体欠佳，一直半卧在被子上与我们叙话。他还能叫得上我原来的名字，并问：“什么时候改了名？”我告诉他：“是中间上了大学毕业以后，把用的笔名改为真名。”过了一会儿他又问：“我记得你眉头上有一颗蓝痣，怎么没啦？”我说：“早就拉掉了，是在左眉上，有人说蓝色的痣不好，就拉了。”我接着又提起当年的一些事情，他立马做出反应：“我这人就只能是做些服务型的工作，服务，还是服务。”最后，他忽然想起了一件重要事情，提高了声调：“我当时决定先叫你们返回，本来是为了保护你们的安全，可没想到敌人推进得那么快，结果反而把你们推到火坑里，真是对不住，当时还不如留在前方，人多总能护着你们……”

想不到事过这么多年，老县长还在想这一层，叫我说啥好呢。

最后，他舒了一口气说：“还好，总算没出什么事儿。”

我告别他回去后，彼此只通过一封信。终于有一天，又是宁宇兄来信说“佐群同志病逝了”。

他走了，一个生前总是想着、关切别人的人，就连本心出于保护却未料到事与愿违，过了许多年还心存歉疚，还觉得“对不住”那些后生们。这就不仅是一般的“服务”之心，而简直就是生为他人——以心系他人安危为使命。一个很少扯闲话的人（也许少了些幽默），但一句有关我本人逗趣的话，至少我听他说过两次：“那个眉头上有颗蓝痣的小孩”，至今音犹在耳。

到我老了的时候，便更想起他和他们来。因为他，因为有像他那样的一些人，我才更庆幸能够生长在血与火的年代，能够有幸接受到那么多“良性感觉”。也许他们的性格各有特点，但有一点我觉得是共同的，这就是：坚定的信念，忘我的精神，淳朴的作风，再加上丰美的人性。而信仰与人性的自然融合，使之更觉可亲，更富有感染力。

良性的感觉就是恩：表面上的一件件小事，对“有心人”而言却是情撼肺腑的大恩大德。

原载《散文百家》2017年第8期

我多想让他再恨我一回

——与百岁老作家马识途先生的交往

周　明

中国作协“九代会”于丙申岁末在北京召开，这个季节正是北方寒冬。五年前的作协“八代会”时，老作家马识途作为四川省代表团的代表来京出席了会议。那时他已是九十七岁高龄。这次，我想他也一定会来的吧？我期待着和这位健康长寿的百岁老人再次聚会。谁知他没有来。据说亲属不赞成老人家冬季远行。然而我却意外地收到他托人带来的一本新近出版的装帧精美的诗词集，马老虽然是以小说闻名，但他的诗词、书法也成就斐然，令我爱不释手。

最近几年我多次收到马老亲笔签名的赠书。他的长篇小说《清江壮歌》、短篇小说集《夜谭十记》《雷神传奇》《马识途讽刺小说集》、传记文学《我这十八年》及《百岁拾忆》《马识途百岁书法集》等都是我的珍藏。二〇一四年中国现代文学馆曾为老人举办了一次盛大的马识途百岁书法展。在开幕式上，马老精神焕发，神采奕奕地站在主席台上以洪亮的声音发表了热情洋溢的长篇致辞。看到马老如此健康、如此状态，令人欣慰。会前他还特别叮嘱文学馆的年轻人一定邀请我出席。马老一直挂念着我，令我感动和感慨。

那次，我曾到他的住地北京饭店去看望，发现老人依然身心健康、思路清晰、谈锋甚健，并极富幽默感。对于我和他的忘年交的一些往事，他说历历在目啊！难以忘怀。

是啊，我们常说“往事如烟”“往事如歌”，往事如什么什么，我和马老的往事难忘，马老真真是我在几十年的编辑工作中所遇到的令我格外敬重、格外思念的前辈作家之一。

当年我在《人民文学》做编辑，有幸做过马老上世纪六十年代发表在《人民文学》的一批短篇小说的责任编辑。那些小说佳作引起文坛的关注，受到读者的喜爱。当时马老是身居高位的领导干部，并非从事写作的专业作家，然而小说却写得那么好！所以他后来说：“我和人民文学出版社的关系与我和《人民文学》杂志的关系，就是我和文学的关系。”“如果不是人民文学出版社和人民文学杂志社把我硬拽进文学圈里来，也许我的人生道路会是另外一个样子……”他所说的人民文学出版社由于曾出版了他的革命历史题材优秀长篇小说《清江壮歌》和其他几本短篇小说集，而建立了深厚情谊。出生于一九一五年的马识途其实是上世纪四十年代毕业于西南联大中文系，曾受教于闻一多、朱自清、沈从文、李广田、卞之琳、陈梦家等名教授的教诲与熏陶，本来是一个钟情于文学的青年，有可能在文学道路上走下去，成就自己，但他由于加入了地下党，真正的活动是革命工作。他在党的云南工委领导下，担任联大党支部书记，领导学生运动，一直从事党的隐蔽战线工作，及至新中国成立后他陆续担负着繁重的行政领导工作。我结识他时，他已是国家一个行政大区中共中央西南局宣传部副部长，中科院西南分院党委书记、副院长。从这些职务可想而知他的工作是何等繁重而繁忙！而我却还屡屡去打扰他。现在想起来都还觉得抱歉。

我和他的关系，《人民文学》和他的关系，究竟是怎么个文学关系呢？说来话长。在此，我只能略述一二。一九五九年是新中国成立十周年，《四川文学》要出纪念专辑，时任省作协主席的沙汀熟悉马识途同志的革命经历，写信邀他写一篇革命回忆录。沙汀是他的老朋友，又是省作家协会负责人，马识途不便推托，便忙里偷闲地写了一篇回忆录《老三姐》。谁知《老三姐》的发表引起四川文学界的注意。《人民文学》也看中了这篇小说，破格予以转载，又引起全国文学界的注意。这时，思想敏锐的《人民文学》副主编陈白尘希望马识途再有新作亮相《人民文学》。陈白尘认为从小说可以看得出马识途很有潜力，又有艺术表达能力。于是陈白尘立即派我赶赴成都当面表达编辑部的期望，并要求我必须马到成功，能带回马识途一篇稿子。天哪，这可是一项艰难的任务。到了成都，我先拜访了沙汀主席，而后通过沙汀找到时任中共中央西南局宣传部副部长的马识途同志，我向他说明来意，特别告诉他我奉陈白尘主编之命，这次一定要带回一篇你的稿子。他立刻说："这哪行？你不知道我每天工作多少个小时哪，太忙了！哪里顾得上写小说。"同时推说他的生活经历没有多少可写的。他这么推脱，我紧张起来，心想：完不成编辑部的任务，怎么回去。马老在他的回忆文章中关于我这次的组稿有一段记述。他在文章中说："周明对我就是不放手，他趁我休息时来找我闲聊，说想听一听我的革命经历，我就随便向他摆了摆几个过去的革命斗争中的故事。他马上就抓住说：这几个故事多么感动人啊！照你摆的写出来，就是好作品。"马识途想，如果这样写下去就是作品，那他倒可以试试。

我见有希望，便在成都住了下来，耐心等待。几天后我欣喜地拿到了马识途的稿子，一篇革命历史题材的短篇小说《找红军》。小说既有引人入胜的故事，人物形象又栩栩如生。到底是他的亲身经历、真情实感的抒发。当月，就发表在《人民文学》头条，引起轰动。主编张天翼和副主编陈白尘都是当代的文坛大家，他们一致认定马识途是个可发掘的"矿藏"，要求编辑部关注马识途，加强和马识途的联系，争取他更多的作品刊发在《人民文学》，以便扩大在读者中的影响。时任《文艺报》副主编的评论家侯金镜说：我们发现马识途的脑子是一座革命故事的富矿，要好好开发，会有好作品出世。

果然在此后的几年时间，马识途陆续在《人民文学》发表了小说《老三姐》《找红军》《小交通员》。接着他又将计划写作的一部反映四川革命斗争的长卷《风雨巴山》中的部分章节，有七八万字的短篇系列交由《人民文学》发表，让读者熟悉了一个老干部的作家马识途，一个满脑子故事并且会讲故事的作家马识途。马老在回忆文章中说："这些都是《人民文学》编辑部派周明来挖的。"

由于他连续在《人民文学》和其他一些刊物发表了一系列小说后，受到文学界的热切关注，并给予热情评介，一时间马识途声名远播。他的小说不仅写革命故事，而且反映当代生活。由于关注现实生活接地气，他也写了大家都怕触及的讽刺小说，比如发表在《人民文学》的讽刺小说《最有办法的人》《挑女婿》等都是揭露旧社会带来的痼疾与丑恶，讽刺那种损公利己、唯利是图的旧思想、旧作风，在读者中引起强烈反响。小说《最有办法的人》还引起了茅盾先生的注意，得到先生的称赞。茅盾说："解放后最缺的就是讽刺小说，现在开始有了。"

当时评论家阎纲主编一本《幽默小说选》，请王蒙写序，却顾虑：担心把有成就的作家称为幽默小说家，人家会愿意吗？是不是降低了作家的身份？王蒙立即说——"不是降低，而是提高。"

马识途，是位重情重义的前辈。作为作家，马老与编辑结交的友谊，深厚而长远，堪称典范。人民文学出版社在出版他的长篇小说《清江壮歌》的艰难曲折的过程中，他始终感念总编辑韦君宜，感念责任编辑王仰晨、黄伊、于砚章和刘稚。感念他们在《清江壮歌》的创作和出版中给予他的支持、鼓励和帮助。他说："他们多半都能对我的作品起催生作用，和那个时候的《人民文学》编辑部一样，他们有一种诱导创作的办法，使你不成熟的思考成熟起来，不明确的概念明确起来，不清晰的人物清晰起来，帮助你挖掘你潜在的能力使之发光出彩。"因此他认为——"他们在我的文学创作生涯中起过使我不能忘怀的作用。"这就是我和尊敬的马老虽然相隔千里，平日并无密切往来，但却心心相印的缘由。

马老不但常常有新著寄我，还时常牵挂着我。几年前我们中国现代文学馆几位年轻人去成都采访他时，他忽然对那几个年轻人说：“我‘恨死’你们周馆长了。”马老的话着实吓了年轻人一跳！他们说：我们周馆长人挺好的，您怎么恨他？马老说：“你们想想当年我当宣传部部长当得好好的，你们周馆长，那时他是《人民文学》的编辑，却跑到成都来，硬是逼着我写东西，《人民文学》一篇一篇地发表，结果“文化大革命”中我却为此挨了不少斗！那些批斗我的人说，我在《人民文学》发表的小说是毒草！要我交代‘罪行’，弄得我很惊诧。你们想我不恨他恨谁！”年轻人听后感到有些紧张，不料，马老随即大笑了起来，几个年轻人这时才明白原来马老在玩他的幽默呢。

如今，马老已是幸福的百岁老人，当属巴蜀文坛乃至中国文坛的不老松。在此，我深深祝福老人福寿康宁，我期待着与老人的再相见！假如时光可以重来，我多愿马老再恨我一回！

原载《中国文化报》2017年2月14日

三千年遐思

任　蒙

这是一个六月的下午，中原大地的天气有些燥热了，阳光从大巴车的窗户照进来，感觉很不温柔，我顺手扯上了窗帘。

车辆从新乡市出发，采风的主办方安排大家去看比干庙。

每次参加这样的活动，我都变得异常被动，懒得花心事，任他们把自己送到哪里。此刻，我歪在椅靠上，寻思着比干这个颇为古怪的人名，那种没有姓氏的时代，很多古人的名字听起来比较别扭，如果不是小说的传播，比干也会像很多古人一样，让今天的后人感到非常陌生。

我还寻思着前方的目的地，沃野千里，某地保留着一处颇具规模的古代建筑群，很有可能是旧迹已毁，于明清时代复建的。

说不上自己有多少兴致，但也没有不去的理由。

就这么无精打采地胡思乱想了一阵子，比干庙就到了。

一

祭祀古代圣贤的庙宇虽然不是宗教场所，但其景区格局和建筑风格，也能够让人想象个“八九不离十”。不过，比干庙首先出现在游人面前的是一座高耸的仿古牌坊，正中嵌有“赤胆忠心”的匾额，石柱下蹲着一对硕大的石狮，脖子上系着鲜红的绸花。看看那字迹和牌坊与石狮子的成色，就知道是前些年的新建筑。

穿过牌坊，便见一尊新塑的古人雕像迎面而立，高大伟岸，庄严宁静，不用猜想，他就是这所祠庙的主人了。

没有读过《封神演义》的人，或许不知道比干是个什么人，但商纣王却是大名鼎鼎，这个比干就是他的叔叔。

在纣王帝辛的父亲帝乙为王时，比干就高居相位，辅佐其兄，勤政恤民，励精图治，颇有治绩。帝乙病亡后，纣王帝辛继位，比干继续作为相臣辅佐侄儿。由于他一贯主张轻徭薄赋，鼓励农耕生产，重视冶炼铸造，富国强兵，在帝辛继位之初，殷商王朝还能够保持强盛。但是好景不长，纣王很快得意忘形，沉迷于酒色，重用奸佞，拒谏饰非，对内横征暴敛，对外不断穷兵黩武，殷商王朝迅速走上颓败之路。

为了劝阻荒淫暴虐的纣王，比干一次次冒死力谏都不见效，眼看王朝大势渐去，他干脆住进离王宫不远的摘星楼，强谏三日不去。凶残至极的帝辛不但没有丝毫悔意，反而恼羞成怒，杀了比干，还将比干开膛剖心，要看看他那颗心究竟长得是什么样子。据说，今日管辖几个县市的新乡市，最早源于一个叫“心乡”的地名，可见当初比干被帝辛剖心的事件影响是多么恶劣，百姓对残忍的昏君是多么痛恨。

历史流传下来的关于比干的可信事迹并不是很多。

遥远的商代末年，好像是历史目光所及的“地平线”，隐隐约约还能够看到些什么，再往前，基本上看不见清晰的景物了。

因此，比干于历史来说还是幸运的，他生活在一个刚刚被“夏商周断代工程”考证出了具体年份的时代。

正因为以前的历史过于模糊，比干墓才获得了几个“天下第一”，诸如第一庙、第一墓等等，北魏孝文帝盛赞比干是“逆耳批鳞第一人”，所以也有人称比干为“天下第一仁”。

在前往比干庙的路上，我并没有想到他会得到这么多“第一”，只是感到这处古迹是一个历史的开端。

比干作为历史上最早以死谏君的忠臣，像排头兵一样屹立在这里。从他开始，无数忠臣以死相谏，可君王依然昏聩无道，如此悲剧代代不绝，没完没了。

二

比干庙占地近70亩，显然是这些年景区扩大之后的规模。神道两旁排列着石马石象之类的石像生，再往前行，照壁、山门、碑廊、木坊、配殿、大殿等建筑，一应俱全，整个景区看上去颇为开敞，也有几分壮观。

因为这里有比干的墓冢，所以历史选择了千里原野的一角，作为他的纪念地。

前面广场和眼前大殿内竖立的几尊不同时代、不同材质、不同尺度的比干雕像，都是没有体温的，包括他的服饰，你都难以确认这就是三千年前的那个先贤。在更多的游人看来，雕刻一具没人能够辨认的石头人竖在那里，你说是谁就是谁吧。许多名胜古迹这种被祭祀的人物越古老，在游人心目中产生的“对应”概率就越低。

这里游客出入的一座座金瓦红墙的古代建筑，也是明代弘治年间重建起来的，你也很难将它们与几十个世纪之前的比干联系起来。

因为时光遥远，我没法想象出这个充满血性的贵族到底生长得是一副什么模样，他向麻木而凶残的君王进谏时，到底是一种什么样的表情，他那种痛心疾首的情状怎样让人感到掏心撕肺，让天地失色。

我那天游览比干庙的最后一站，是祭殿后面那座越积越高的圆形坟堆。虽在圆丘下面伫立良久，却仍然难以让你坚定地相信，我们所要凭吊的古人比干就长眠在这座大墓之中。

我只是推断，因为听说坟堆里埋葬的是一个被暴君处死的人，当时草草掩埋他时，墓坑里不会有青铜器，更不会有奇珍异宝，所以没有盗墓贼对这座沉重的坟丘动过心事。

走开之前，我特意绕着坟堆走了一圈，试图“靠近”这位可敬的先祖，但始终未能使我找到那种感觉。

时光淡化了他的身影，也淡化了他让日月动容的壮举。今天的人们听说他的故事，远没有听起岳飞、袁崇焕等人的事迹那样动情，那样令人悲愤难抑。

然而，游人来到这里，能否找到“感觉”并不重要。历史保留这座庙宇，就是为了一个人，一个悲壮的事迹，一段让人扼腕的历史。

站在比干庙的古柏之下，倒是让我想到了演绎这段历史的殷商别都——

朝歌，这个三千年前令世人向往的王朝都会，随着商王朝的覆灭而告别了它曾经的辉煌，它那个在今天看来仍然充满生气和诗意的名字，也早已成为岁月尘封的陌生地名。

武王的大军联合众多诸侯的军队，向丧失人心的殷商朝廷杀来之时，纣王的主要军事力量却被他派去远征东夷了。醉生梦死的帝辛这才意识到大难临头，只好以奴隶和战俘为主体，拼凑了一支乌合之众开往牧野前线。显然，这支队伍是他的众多仇人组成的，也没有战斗力，他们尚未与周军交手就一溃千里，还有很多人阵前倒戈，主动为周军带路。

最后时刻，落败的纣王仓皇逃回朝歌。

还是昨日城郭相连的都城，还是那座殿宇高耸的鹿台，但战败的别都已经人去街空，让他享尽了威仪和欢乐的鹿台，也变得死一般静默，妲己早已不知所终。

此刻，几只惊鸟从楼顶飞过，帝辛似乎看到周军正尘土飞扬地杀向他的别都，已经离城门不远了。

帝辛穿上他那件用玉片编制的袍服，然后将其平日所收藏的金银珠宝绑裹在身上，令人把他烧死。他无比留恋的广袤山河没法带走，他让世人惊叹的酒池肉林没法带走，他无比宠爱的妲己也没法带走，但他相信财宝可以随自己而去。

帝辛的坟墓坐落在淇河岸边，远远望去，就是一座孤零零的土堆。估计是近年为了发展旅游，当地才将坟堆加高打围，并且在上面栽植了一些矮柏。让他断送了殷商王朝的牧野大战，也是在如今淇县的一片荒原上展开的，几处相关的历史遗迹，都处于距离比干庙方圆不足百里的地域里。

假如，当时纣王能够听取比干的劝谏，历史就会改写，留在这片中原大地上的就不会是眼前这些古迹和传说了。

三

园区内古柏森森，虬枝老茎，葱郁的枝叶四散而开，仍然显示出这种千年植物强劲的生命力。可是，这里的故事太久远了，即使是生长了十几个世纪的老柏，也不曾见证那段历史。

比干之后，商亡周兴，历史的悲喜剧该变换一个剧目登场了。

成王姬诵年幼，周公受其兄长武王临终嘱托，辅护幼主。同样是“王叔”，并且肩负着同样的责任，但姬旦所享遇的却是与比干截然相反的命运。周公摄政七年，为新兴王朝建立了影响后世的典章制度，融家族和国家于一体，融政治和伦理为一体，完善了宗法体制，其非凡的功绩被《尚书大传》概括为：“一年救乱，二年克殷，三年践奄，四年建侯卫，五年营成周，六年制礼作乐，七年致政成王。”因此，他也赢得了政治家、军事家、思想家、教育家等一堆高帽子，并且被尊为“元圣”和儒学先驱。

与倒霉的比干相对照，周公着实是无比幸运。

然而，这两个“王叔”典型的命运，并没有什么本质的区别。

君主奇妙的权杖决定了它的自私性，君主为了防止王权失落，他们必须防范所有的人。此后有了文字记载的史籍证实，血溅宫闱的骨肉相残愈演愈烈，越是靠近王位的人，越要对他保持警惕。所以，别看成王只是个“儿童团”的年龄，却在政治上比较老到，对他这个摄政的亲叔叔也极不信任，周公只好远离朝廷。即使是在叛乱四起，王朝面临严重危机的紧急关头，成王依然对他高度防备。直到成王听说周公曾经写过一封甘愿代替其病危的父亲武王去死的策书，密封在金縢之柜中，急忙令人打开，见到“白纸黑字”的实物，他才解除对周公的戒备之心，并且亲自迎接周公回来。

读到这里，不禁让人唏嘘。如果不是周人迷信，如果周公没有书写那封策书，如果策书没有被秘密地保存下来，就无法消除成王对周公的猜忌，也不可能让周公创下“旷世伟业”。

历史的进退兴衰和功败垂成，也往往是摇摆于毫厘之间。

比干和周公，原本是君主体制的同一根藤子上结出的两只果子，而西周初年长出的这只“硕果”，没有枯死，没有烂掉，能够成全下来，不过是荒诞政治体制的一次偶遇。

因此，在一前一后两个历史人物“惊人的不同”背面，隐藏的却是“惊人的相似”。

宗法制度的荒诞，注定“忠良悲剧”在政治舞台上不可能谢幕。

干脆说到最后一个王朝的“叔侄搭档”吧，也是在王朝的开端，清军刚刚杀进关内，是“皇叔”多尔衮统军征战，檄定中原，这个摄政王可谓功勋盖世，但是，幼主顺治一直对他恨得咬牙。

多尔衮死后，小皇帝虽然追封他为皇帝，并且按照皇帝规格安葬，可顺治最终未能咽下那口气，几年后令人将其掘墓鞭尸，枭首示众。有专家认为，按照满俗，多尔衮应该是火化后下葬的，那么，顺治的报复就是将他挫骨扬灰了。

多尔衮生前自视功高，表现骄狂，引起少帝忌恨。多尔衮暴死几年之后，被其宠信的正白旗大臣苏克萨揭发他曾经私藏龙袍，以备自己死后悄悄带进棺材，导致顺治下决心实施报复。

其实，多尔衮只是准备死后过一把皇帝瘾，并无篡位自立之心。少帝看不惯他的骄狂，多半是他在一些“小事情”上出了问题，比如多尔衮冠顶嵌珠十三颗，仅仅比皇帝少一颗，每逢朝贺他穿八团龙服，仅比皇帝的龙袍少一条龙。还说多尔衮府第房基高十四尺，楼三层，覆以绿瓦，脊及四边俱用金黄瓦，与帝宫相差无几。

多尔衮并没有打算取代帝位，却因为一些日常生活的“鸡毛蒜皮”激怒了皇上，在升斗小民看来实在不值得。如果是普通百姓，兄弟叔侄一起创业打拼，肯定不会因为这些事情引发矛盾。

说来，还是皇权那个东西太能诱惑人，也太能祸害人。

古往今来到底有没有忠臣？到底有多少忠臣？——他们很多人以自己最宝贵的头颅与脖颈被分割的壮举，证实了他们的赤胆忠心，不会有人认为他们是“作秀”。

可是，君王能够诚心实意听取大臣谏言的，到底有几人？——不妨以所谓纳谏如流而名垂后世的李世民为例，魏征活着时，也有很多次惹恼了他，他几欲杀掉这个“刺头”，据说每次都是长孙皇后劝阻了他。老魏死去不到半年，愤怒的太宗就推倒了他的墓碑，还解除了公主与他儿子的婚约。

无论是唐太宗成全了魏征，还是魏征成全了唐太宗，著名谏臣的那张嘴决不能笨拙。李世民最终翻脸绝情，是因为魏征那张嘴永远合上了。过去，这张嘴不但能够为皇上纠错，还能够有效地为自己辩护，以实现自我保全。一旦这张嘴的功能丧失，别说为皇上尽忠，连自保都不可能了。

换句话说，哪个朝代都不缺乏忠臣良将，世上难得一见的是开明君主。

帝制世袭，决定了皇位继承人没有选择性，加上许多皇帝寿命不长，子孙继位时都很年幼，别说“儿童团”，就是“幼儿园”的皇帝都不乏其人，刚刚过了“小升初”的年龄，已经是“资深皇上”了。他们往往在这个年龄就要独当一面，而普通百姓的孩子这么大时，连耕种撒播都闹不明白，小皇上却要决定天下兴衰。如此“年轻化”的皇帝治国，他们如果听得进大臣意见，并且能够做出正确决断，实为不易。

可以扳起指头数数，过去几千年中，我们有几代先民幸遇到安宁温饱的日子？与其说他们逢遇了好朝代，不如说他们是“瞎猫碰到死老鼠”，碰到了一个多少年难得一遇的明白君主。

四

比干死后能够“高居庙堂”，得益于一个外族帝王。

在比干遇害一千多年后，北魏孝文帝在其墓地建庙祭祀，还撰写了《吊殷比干墓文》，与其说这位主张全面汉化的拓跋族皇帝是感念比干的忠心，不如说作为帝王，拓跋宏自己以及他的子子孙孙，都需要这种忠诚的谏臣。

大约又过了两个世纪，以善于纳谏而名垂青史的唐太宗出现了，他下诏封谥比干为忠烈公。比干贵为王胄，比这个唐初的皇帝年长一千七百多岁，你有多高的德行，能够给这么古老的祖宗加封？可帝王们就这么干了，他们还给所谓文圣人、武圣人反复加封，不厌其烦，从来没人敢于质疑。

——孔圣、关圣，由于被一代代帝王反复吹捧，早已神圣得没有边际。然而，帝王的权力也大得无边无际，世界上的一切崇高和罪错，最终必须由皇权来决定。

正因为皇权大得没有边际，也不希望受到制约，又不甘愿导致重大决策失误，更不能够让王朝落入他人之手，谏言制度于是应运而生，于是便有了“文死谏，武死战”的政治信条。

说到这儿，应该全都明白了：为啥皇帝们那么欣赏比干？

多少个朝代，皇帝们似乎越来越任性，而谏臣似乎越来越认死理，前赴后继，勇往直“谏”，以至于抬着棺材跟皇上“死磕”。

无论臣子多么忠诚，无论臣子多么善意，也无论臣子多么正确，只要他忤逆了“圣意”，或者影响了皇上我此时此刻的好心情，就要杀掉他！尽管他是以自己的身家性命为代价，鼓足万分勇气才挺身而出的，但那只是他的职责；而我想除掉他，比碾死脚边的一只蚂蚁还容易，杀不杀他，就要看我的心情了。

一言不合，或者感到对方说话的样子难看，突生恶感，就想置进谏的臣子于死地而后快，并且不用自己挥刀相向，只需要上下嘴唇挤出一句恶狠狠的“圣旨”就解决了。

伴君如伴虎。可敬的臣子仅仅靠自己一只柔软的舌头，要去劝阻暴怒得像疯狮一样的君王，去面对他随时可能挥来的刀剑，可仍然不知有多少人“愈战愈勇”，最终死于非命，许多年后再被后世皇帝平反、追谥，面对亡者的枯骨加封他们什么兵部尚书、太子太保等等，又给他们的家族带来不尽的荣耀。

远远望去，比干站在中原大地上，那是一个历史的开端。作为忠臣的历史排头兵，他却是那么清晰，那么挺直，那样傲骨临风。

在他的身后，是一眼望不到边的“徒子徒孙”。

五

漫步在千年古柏的林荫之下，随处可见一些低矮的老树枝上垂挂着许多祈祥的红布带。我想起刚刚跨入景区时，看到的那株粗壮茂盛的塑料树，通体金黄，叶似金钱，引得不少游客前往树下照相。

在中国，无论什么人，只要上了些年头就是神，就有人进香叩拜。比干都“三千多岁”了，他肯定是神，还被称为“国神”，那么多人前来顶礼膜拜，一点儿也不奇怪。

比干死于其忠烈肝胆，死后能够精神长存，主要还是因为他的忠烈精神感人。但是，比干庙能够有今日的香火之盛、园内景物之旺，也与周武王当初的一个随口决定有很大关联。

据说周武王灭纣之后，特意召见比干妻子陈氏，得知陈氏怀中的婴儿尚无姓氏，便指着周围葱茂的树林，令其姓林。后来，天下林姓人皆以比干为始祖，比干庙也就成了林氏家庙。

改革开放之后，一些来自南方和海外的林氏子孙纷纷赶来拜谒，并为比干墓园添砖加瓦。管理部门还在园区一角划出五万平方米作为“林氏纪念区”，于是便有了形体各异的功德碑林、林氏族谱墙等，丰富了园区景观。美国、泰国、新加坡、印尼和国内台湾及沿海各省市的林氏后裔，都分别在此建了宗亲馆。

这使我想起进入庙前广场时，在高大的比干雕像一侧的较远处，立有一尊形体较小的塑像，头戴清代朝冠，胸前佩挂着一串长长的朝珠，导游说是林则徐。仔细想想，林氏虽不是小姓，但历史上还真的只有这位晚清重臣能够“站立”于此。后来，虽然林姓还出了个家喻户晓的军事天才，战功盖世，在一场悲剧中结束了他充满传奇的人生，可他不能进入庙堂（包括他“自家”的这座神圣祠庙），也是尽人皆知的。

大巴车已经走出比干庙很远了，我忽然想起自己来逛了一趟连个方位都不知道，问了邻座，才知是卫辉市比干村。

拜神，祭祖，凭吊，观光游览，比干庙似乎都能够满足不同客人的目的。然而，在前来进行文化寻访的游客中，我不知道自己是否通过比干看懂了贯穿中国历史的谏官制度。

正常的言路和健康的上下关系，必须以科学的保障机制为前提。只有现代文明社会才能从制度上保证被咨询者的权益，参谋顾问与决策者各司其职，二者之间本来不存在你死我活的利害冲突和由此引发的相互猜疑。在科学的机制设置下，拥有权力的一方连实施报复的念头都不会产生。

因而，即使是某个时期社会言路不是那么畅通，真话依然十分稀罕，“比干精神”也不再具有社会意义。

——时代已经给比干式的悲剧画上了历史句号，从文化传统和道德教化意义的层面看，进入现代社会的“比干精神”所留给我们的，只有人格感化价值。

原载《天津文学》2017年第12期

学书六十年，而今才知砚

曹乃谦

首先是这个书名就引起了我的兴趣。

《砚的魅惑》，砚，会有什么魅惑呢？

再一个是，我喜欢写毛笔字，文房四宝纸笔墨砚，而这就是本说“砚”的书，我自然也是想看看。

没文化人的特点，有图片总是先看图片。

隔个一两页，就有一幅图片，都是砚台，各种各样。

原来中国的砚台竟有一百多种类，这可是我在以前万万也没想到的。

作者最先提的是“淄砚”。

他说的淄砚就是淄博产的砚台。他有点后悔地说，到了山东没去淄博。我心想我去过，去进见过文学大师蒲松龄。我去是去过，可当时我不知道那里生产名砚。作者还说，山东的临朐，有江北最大的砚台市场。临朐我也知道，我还知道“朐”的读音，不念“句”，念“渠”。临朐检察院还有我一个朋友，叫王乐成。乐成也没跟我说过他们那里有砚台市场的事。想想，我从来没问过人家这事，人家咋能想起跟我说这呢？

他说淄砚“且不输任何名砚，比如端、歙、洮、澄”。

这“端、歙、洮、澄”里面，“歙、洮”两个字认不得，查过字典，知道咋读音。

要这么说，这“端、歙、洮、澄”都该是名砚了？

索性放下手中的书，打开电脑上网查查，一查，查出来了。几种说法，排行不一，但总是这四家。称作“四大名砚”。

再多看看，网上还有“十大名砚”的说法。贺兰呀，松花呀，红丝呀，易水呀，苴却呀，嗨呀呀，写了几十年毛笔字的我，居然连这也不知道。

我得承认，我这是白白儿地喜欢写毛笔字了。

从四五岁时起，我就开始写毛笔字了。

上小学前，我一直是住在应县钗锂村姥姥家。比我大三岁的表哥在村里的大庙书房读书，他不好写仿，说一拿毛笔手就颤。他让我看，果然拿笔的手在颤抖。他说你看看你颤不，说完把笔给了我，还教给我咋捉笔。我把笔捉住，不颤。他说，表弟你不颤，那你替哥写哇。

那以后我就替他写仿。先是描红模，后来拓仿影，再后来是写大楷，最后还要在大楷的竖行之间吊小楷。

后来想起，表哥吃饭拿筷子手不颤，单单是捉笔手颤。他是哄了我了。哄哄吧，写字挺好玩儿的。

替表哥写了几年仿，赶到我上学写仿时，那仿写得好得，比语文老师都写得好。

七岁那年秋天，从村里来大同，我要上学了。我妈领我在西柴市小学报了名。可我要的时候从院里往街上跑，让自行车给撞了，右嘴角里外透了亮，到医院缝了好几针。伤好些了才去学校，可学校说开学二十多天了，以为你们不来了，名额给占了，学校没座位了。后来又联系到大十字小学，才说还有个座位。报到时，把我领到了一个办公室，有个女老师问我叫个啥。我说了我的名字，可因为我说着应县话，她没听清。我又说，“曹”是“曹操”的“曹”，“乃”是“奶奶”的“奶”去了“女”字旁儿，“谦”是“谦虚”的“谦”。

她说呀呀呀，这么说你会写？说着把教案本翻扣在桌子上，找笔让我写。她正找笔时，我已经用她判仿用的红毛笔，把我的名字写在了本子上。她冲着别的老师说，呀呀呀，你们大家快看，这毛笔字写得，真好，比咱们的字都好。

初中时，我的毛笔字不敢说比老师写得好，但也是班里的头一名。

高中“文革”时，我是学校资料组的，我的任务是替“红卫兵”干将们抄写大字报。没完没了没明没黑地抄。我抄出的大字报贴出去，人们都夸说这字好。

上班当了警察后，我喜欢用小楷抄写刑事侦破案例，抄了十多本稿纸。

再后来，单位让学政治理论，还要求做笔记，我又是用小楷毛笔来做。现在家里还幸存下一本，是1984年时学习马列主义哲学的小楷笔记。

除此之外，我还不间断地给人写条幅，横的竖的，大的小的。最大的写过六尺宣纸对开的。这大的小的加起来，少说有百十多幅吧。

虽说我写了这几十年毛笔字了，可从来没有认真地想到过文房四宝里面的砚，更没有想到书里提到“砚文化”这样的事。

我意识到了自己的浅薄与无知。

看书，又有好多的名词术语，“砚体”“砚堂”“墨池”，等等等等，都一一查过，长了不少知识。

思砚也是十大名砚的一种，又称金星石砚。这让我想起，我家有一块不小的砚。这里，不该叫“一块”。看了《砚的魅惑》，我应该称它“一方”才对。

我的这方有金星的砚，是有人让我写毛笔字后，送我的。当时他也没说是什么砚，大概是他也不懂，可我更不懂这是什么砚。但我记得这方砚上有金星，当时我心想，这金星一定很坚硬，如果磨墨的话，那一定是很让人感到牙碜的了。我也没用它，就放起来了。看了这一段，我专门又把这方砚拿出来，看看，有十多处金星亮点。这一定就是思砚了。我赶快又上网查，想查查思砚多少钱。一查，五百到一万元不等。这么说，我这方砚至少是值五百元了，我很高兴。

紫袍玉带，这我可真的知道。也是有人让写字后，给我的一方砚。这方砚还有四条小短腿儿。这次人家明说是“紫袍玉带”，我就记住了。磨墨的地方，对了，叫砚堂。砚堂是淡绿色的，像玉。我也没用过它，放起来了。

据说，紫袍玉带早已经在“去砚之用”的道路上越行越远了，尽都是打造成了摆件。

我这不是摆，我这是藏。

除了小楷，写大些的字，我使用的所谓的“砚”，那就不叫砚，是个水果罐头缸。里面倒了半缸墨汁，拿起毛笔，伸进缸里，蘸了墨汁，在缸的里面边沿上把笔膏膏后，写就行了。哪用得着正经的砚。

不过，要是写小楷字，我也是用砚的。写小楷字，也必须是得有砚。要不的话，没法子把笔膏得尖尖的。

石末砚也就是种澄泥砚。书里说，“澄泥砚，始创于唐，曾列贡砚，至清代工艺失传。1980年版画家蔺永茂成功复活了绛州澄泥砚。”

我家有方澄泥砚，是妻子到晋南出差时给我买的，说是绛州澄泥砚。她说，你老是用个罐头缸，给你个正经砚瓦。

除了石头砚，还有瓷砚、砂砚、陶砚、瓦砚。

我们雁北地区的人叫砚台不叫砚台，都叫砚瓦。原来这称呼“瓦”，也是有出处的。

我妻子给我买的这方砚瓦，本属四大名砚，但当时我有眼不识金镶玉，不知道它的名贵。它的砚堂不大，虽也有盖儿，但盖不严实，头天倒上墨汁，第二天就干了。不如我的罐头缸用得省事又方便，我就把名砚放一边，还用我的罐头缸。

我回想妻子给我买这方砚的时间，是一九八几年。反正是在1980年之后，这得感谢版画家蔺永茂，让我们山西的澄泥砚能够继续名贵下去。同时，也感谢“右文堂石民”。复兴也好，借尸还魂也好，是他复活了青州石末砚。

作为一个喜好书写毛笔字的人，我同意他的这个说法吗？想想，不仅同意，而且是要举双手赞成。

作者说，有些砚，看了不顺眼，于是，购来凿、锉、铲、锥、磨、尺等制砚工具，闲暇时动手改制、修正自家藏砚，并且还上了瘾，并且还称作是“对‘砚以用为上’这一宗旨的身体力行”。

作者对砚的修正，让我想起了我的一方砚。

我说过，我写小楷是要用砚的。

我这方写小楷的砚很好看，也就是我的巴掌大小，只是比巴掌略微窄点，形状是条卧着的牛，牛身上还有个牧童。牧童是趴着的，两手里还牵着从牛耳后拖出的缰绳。那是“文革”时在北京的天桥旧货市场里买的。

我属牛，又喜欢写毛笔字，一看，好玩儿，就买了。才花了五块钱，现在我五千块也不卖。

这方牛砚，整体颜色是黑的，但牧童的头顶和牛角的突出部分，有点发暗红。不过，这得注意观看才能看出，不专门看，一眼是看不出来的。

买的时候，它的外面就是光光溜溜的，现在用了五十多年了，更光溜了。后来我才知道，这种光溜，是该称作“包浆”才对。可惜我不懂得，这是哪种砚石。这要是叫专家看了，或许知道。

我这里要说的是，我的这方砚，让我给破坏过。那是因为倒的墨汁干了，我用小刀往起刮干墨，干墨被刮起了，可我发现，本来是平平的砚堂留下了一道道的沟痕。

好不心疼！好不后悔！

我决定学习色砚楼主，去买砂纸，慢慢地把这沟痕磨平。

书里也提到了墨，说好的砚台下墨快。开始我不知道“下墨快”是什么意思，后来懂了。

其实，他说的下墨快主要是说砚，而不是说墨。可这让我又想起小时候。

小时候，磨墨那是表哥的事。他求我给写仿，他还不给磨磨墨？小时候的墨，都是到乡里的供销社买的，牌子就一种，叫“金不换”。叫的是金不换，可我们尽都是拿鸡蛋去换。小的一颗鸡蛋换一块，大的五颗。

不管是小的大的，磨出的墨汁那才叫香。墨香。

大庙书房的陈先生骂我表哥和一个叫张灵世的表弟说，看看你们两个，一写仿，手也是脸也是，弄得都是墨汁。还说他们两个人，都是肚里没有墨水的笨柴头。

他们两个后来为了不当笨柴头，每人大大地喝了一口现磨出来的浓浓的墨汁。巧的是，喝了墨汁的第二天，表哥答对了一道题，他高兴地说，到底管用。于是又大大喝了一口，可这回好像不灵验，没见什么效果。

《砚的魅惑》作者说他过目的砚台，数十万方，藏砚上百。但说这还称不上是藏家。可我，算了算，统共只有六方。这里面有四方还是别人让写毛笔字给我的。

这时，我倒想起个好主意，以后谁要是想叫我写毛笔字，那好，给我买砚瓦去，而且建议他要到网上去买。网上的砚台各种各样，不至于买重复。

至于贵贱好赖，我不管，你们自己看着办。

我觉得这也公道。

原载《上海文学》2017年第5期

板凳不坐蹲起来

吕向阳

“板凳不坐蹲起来”，是“陕西八大怪”最后一怪，也是最怪的一怪。这一怪，查古籍，古籍鲜少记载；求学者，学者目瞪口呆；问老农，老农头摇手摆。这一怪，流传了千年，真的没有解？这一怪，怪到云天外，实在费疑猜！

午饭的时候，村子的碌碡、土堆、台沿、崖畔与大树下，都蹲着一群端着老碗的男人，吸溜着裤带面，远远看去，就像一群出水的青蛙、一槽贪草的黑牛、一窝梳翅的老鹰，而屋里的板凳却闲着四腿蹬直面朝天。“站着咥饭胃下垂”“坐着咥饭没滋味”，老陕咥饭讲究蹲。

赶会的集市，一街两行的小商小贩齐刷刷地蹲在地上，仰着头伸长着脖子，像等着天上掉馅饼似的盼望着顾客的光顾。羊市鸡市，主人蹲着；猪市狗市，主人蹲着；牛市马市，主人蹲着。主人蹲着，一路受惊的牲畜也不像刚出门时那样拼命地弹跳挣扎，它们似乎知会了主人的无情绝情已到了死心塌地的地步，只好接受屠刀或是其他命运的摆布。挑剔的买家，最懂得蹲着的卖家使的是“示弱术”，装的是“可怜相”，骨子里贩弄的是待价而沽、锱铢必较，因为“从南京到北京，买的没有卖的精”。老陕有一句口前话，叫“立客难打发”，说站着谈生意的急脚客咥不成买卖，做生意的秘诀是磨嘴皮子磨时间。

你看，那戴着石头眼镜噙着旱烟锅的经纪人，总是诡秘地蹲在地上，而眼睛却像锥子一样紧盯着买主卖主的神色与诚意，火候差不多了，便拿出“和事佬”最厉害的一招——生拉硬拽，硬把双方手拉进草帽或袄襟下，口里念着“这个整”“这个零”，“让一点”“添一点”，一边用“买卖不成仁义在”“乡里乡党熟脸鬼”等戳心窝子的话撮合着。一旦成交，经纪人顺手抽上块儿八毛塞进怀里，然后笑呵呵地调侃说，你哥俩都是精明人，以后弄啥事咔嚓麻利些，把老弟我的脚都蹲麻了。

昔日人民公社常开万人大会，除了主席台上有几条板凳，台下众人都蹲在地上，像黑压压的一群老鸹，一蹲就是大半天。那时会开得死长，有时开到半夜鸡叫，而做报告干部的尻子却一直辗在硬板凳上，大概也不是个好滋味，把两个尻蛋子拧来换去，这时候，爱出风头的农民悄悄说，估摸会快散了，你看那我儿的嫩尻子快挨不住了！后来干部下乡问农民，你们的蹲功是咋样练出来的，农民苦笑着说，谁下地还背着板凳，哪有站着间苗拔草打棉花枝杈的，你不蹲下，耳背眼花的土地爷咋知道你三折子窝在地里受熬煎，你蹲实了，汗水流到脚后跟，饿得再放几个空空屁，土地爷闻到味道恶心，才会发慈悲怜悯你，才会拿着皮鞭抽打着庄稼好好长！

看大戏，你站着晃来晃去碍人眼，蹲着的人骂你像个踢货骡子木头桩。上庙会，你站着指手画脚不消停，蹲着的人就怨你三心二意不是敬神的样。即便下地累了坐在地头，闲暇时聚在村口谝闲传，蹲的人也数落你坐相不端，两腿撇得像簸箕一样不害臊，生怕人家不知道你裤裆里长的啥货！蹲在炕头，蹲在墙根，蹲在街头，最有蹲功的要算棋迷，一蹲就是半夜，双脚就像被大耙钉钉在地上。最出奇的蹲姿要数蹲在板凳上，敢蹲在板凳上的多是长者，一副居高临下唯我独尊盛气凌人的架势，若是日子不舒坦、婆娘娃不顺心，那肯定蹲在没人处生闲气哩。农村人打架，下手最狠的不是张牙舞爪挥拳弄棒高喊“来！来！来！”的莽汉，而是蹲在地上一声不吭的“阴头虫”，他找准机会以他那光光颡奋力一顶，像弯曲到极点的弓猛然张开，一下子把对方撞个仰八叉，轻者肚子痛几天，重者断几根肋骨，断起官司来，拿家伙先动手的往往占不上理，倒是让手无寸铁的占了上风。所以农村人说，打架别张狂别扎势，小心蹲在地上的突然站起来，你没听老人说尺短寸长、不叫的狗才咬人么？

蹲下能咥饱。蹲下能解乏。蹲下能安神。蹲下能防病。爱蹲的老陕一般夏不坐木、冬不坐石，木有湿气，石有寒气。老人说四季不坐地，坐地久了，看不见的病菌邪气毒气就上了身，尻子生虫肚子胀，腰酸背痛爱生疮，老人也常给娃娃说怕怕——尻门子是气筒子，在哪坐过潮湿地，就赶急在哪用力拍打沾上的泥土，小心堵塞了生草长树，生草长树还不要紧，天长日久就会长出像大尾巴狼一样的尾巴，男娃休想娶媳妇，女娃休想嫁人家！而尻蛋子像抹了胶似的粘着板凳的凉性子人不长眼色的人，则时常被人冠以“大尻子”“沉尻子”“二亩尻子”的外号。

农人过日子，家当十不全，百样都作难，不是人不爱坐板凳，是因为没有板凳坐。昔日农村缺木料，大多人家置办不起家具，别说配套的高桌子低板凳，就是一两个一条腿的树根墩、两条腿的狗娃板凳、三条腿的单人凳也是稀缺，只有个别富户才有杌子椅子长板凳。遇到红白喜事招待客人，家家都是东拼西凑拼成的杂牌军。有一家娶新媳妇，主人万分热情请亲家坐上席，不料那长板凳一头折腿挑了空，亲家急忙想扶桌站起来，又一手拉倒了餐桌，顿时七盘子八碗都浇到身上，这下人家不依不饶翻脸了，说是故意给难看，难听话说得多了就拉拉扯扯推推搡搡，两家人打到了一起，亲家抹着鼻血火冒三丈，吼叫说跟着穷光蛋没有好日子过，这婚不结了，硬是拉上哭泣的女儿出了村。后来托了几拨人赔情道歉，答应给娃做四把新椅子、二回摆酒席，才把媳妇娶进门。而学生娃上学，自带的板凳高的高低的低，方的方圆的圆，上课时不是前头板凳掉了腿，就是后面板凳咯吱咯吱响。老师苦笑着对学生说，都不要嫌板凳烂，没这烂板凳，就要趴在地上写作业，烂板凳出大秀才，出大将军，毛主席的著作，大多是蹲在马扎蹲在战壕蹲在石头旁边写成的，有了好板凳，恐怕你们都坐得舒服了变成了懒身子，坐等天上掉馅饼了！

动物和人一样，爱蹲的比爱站的更具有攻击性。狐狸豺狼老虎豹子等食肉动物，伏击出击时都把身子压得很低，就像把弹簧压得很紧一样，一旦时机成熟，就弹了出去。长腿子骡马一般都是站着睡觉的，病得不行了才卧槽，它们是食草动物，有怯狼畏虎的基因，随时准备撒开蹄子一逃了之。非洲的长颈鹿也是站功第一的动物，一生都是提心吊胆站着睡觉。好多动物的站姿或睡姿，人看起来怪难受的，也替它们操不尽心，但它们却咋样舒服咋样来。秦人蹲在板凳上，就是图个舒服。能蹲，说明他腿脚利索身体好，要是病得头昏脑涨头重脚轻，病得不行了才会坐板凳。有的人在地上蹲惯了，板凳放了几十年也新新的，像没用过一样。过年待客，一家蹲在炕上围着炕桌吃饭，板凳也用不上。有一老妇被儿子接到城里，样样随心，就是不习惯坐便器那洋玩意，几天也无法排便，肚子难受得转出转入，战战兢兢蹲了上去，结果脚底一滑，一头栽倒，一命呜呼。后来儿子叫父亲到城里住，父亲怒斥说，你娘都死在茅坑了，你还想害得老子早些死！儿子睹物伤心，硬是把上千元的坐便器换成了百十元的蹲便器，但老父亲从此再没有进过儿子的家门。

翻开中国地图，陕西的轮廓就像一个蹲着的武俑。外地人惊叹道："陕人头望着大西北，心脏是陕北是黄帝陵，腹部是大关中，陕南是两条蹲着的腿！"多少年前，《华商报》就发了"陕西版图是蹲着的兵马俑"的消息，陕人也附和道："怪不得呢，咱老陕爱蹲着，这地图上的兵马俑也是蹲着，陕西蹲着，陕西人也跟着蹲呢！这一怪，刻在地图上了。"

凡人蹲着的姿势，极似母腹中的胎儿，陕人把娘肚中的常态固定了下来。陕人来到世间，蹲着就从天地间、草木间吸收着精血和营养。一蹲下来，他们就与天地万物通上了电，也补充了娘胎里需要的一种养料，蹲下来吸地气更近，地上的养分离地近了才能吸到，庄稼不就是扎根土地才旺长的吗？一位医学专家说：蹲在凳子上比坐在凳子上舒坦，原因是血液涌到上半身，心脏、脑子供血充足了，人立马就精神了。但也有专家反驳说，蹲下不利于血液循环，容易患痔疮、静脉曲张，更容易发生脑中风。孰是孰非，各执一词，尚待百家争鸣。陕西民谣说："蹲下吃饱，立起刚好。"蹲着吃就像蛇吞鸟，肚子成了西瓜状，一站起来肚子就平展展。人也是这样，祖先造字，把天象地理鸟兽中人性的绝妙之处都吸纳尽了。一个"蹲"字，一边是"足"，一边是"尊"，难道人蹲着就显得高贵自尊吗？难道脚板是比头脑还要尊贵的器官吗？人生之前蹲在母腹中，生下来蹲在地上，死后也蹲在棺材中。位于凤翔县南指挥村的秦公一号大墓内，有186具殉葬尸体，挖出来后都是蜷曲状，他们在墓中蹲了几千年。考古专家认为，这是典型的先秦"屈肢葬"。人刚一咽气，就用布把下身捆扎成蹲的姿势。秦人在先期都推崇"屈肢葬"，认为这样埋人合乎于休息或睡眠的自然姿态，像胎儿在胎胞内的样子，死后就安然生活在地胎内，大地就成了永远的母亲。我不知道爱蹲的先祖是否托生成了人，但眼前的世人却都是习惯于蹲的，难道这也是一种遗传吗？

上古时期，人们生活条件非常差，畏惧野兽，住树杈，钻石缝，卧土洞，下树拣拾野果要蹲，伏击猎物要蹲，遇见更强的异族也要表示降服一样下蹲。从夏商周直到秦汉，连帝王也没有高桌子低板凳，帝王接见大臣、会见贵宾，都是围着叫作"几"的小桌子，《说文》说："几，坐所以凭也。"《周礼·春官宗伯》载：司几筵，掌五几五席之名物的官员，五几即玉雕彤漆素五样小桌子。所谓的让座与赐座，不是给一个小板凳，而是请你身子挺直跪在草墩或织物上，这种姿势叫长跪，尻子坐在两个小腿上当板凳，叫小跪，《诗经·小雅·伐木》有"坎坎鼓我，蹲蹲舞我"，描述的是舞者以蹲姿随着鼓乐旋转跳挪，就像今天草原民族跳的蹲姿舞蹈一样，蹲着跳、蹲着蹦，更能显示出人的刚健与奔放。而所谓的上席、坐席、吃席、退席，都指跪在席片、蹲在席片或席地而坐。苏东坡在《范景仁墓志铭》中曰："客其家者常十余人，虽僦居陋巷，席地而坐，饮食必均。"这是在表扬范景仁在条件简陋的情况下，平等待客，一方席成了温暖的火炕。明代凌濛初的《二刻拍案惊奇》就记录了席地而坐的这一温馨场景："大家笑了一场，又将盒来摆在红花地上，席地而坐，豁了几拳，各各连饮几个大觥。"猜拳喝酒，蹲在地上，酣畅淋漓，也符合酒徒的性格。“席丰履厚”的成语，道尽了富家人的殷实，“席门蓬巷”的典故，则刻画了穷家人的困顿，“席珍待聘”的传说，反映了饱学之士的渴盼……先前的官人办公茶几很矮，人就像板凳狗娃一样跪在那儿。这种坐姿，显然膝盖受不了，这才逐渐发明了太师椅或高板凳，而这些雅座，只有身份高贵者才能享用，普通人只有蹲或圪蹴的份了。

上等人家的席子是用芦苇编起来的，是炕上或地上最美的铺垫，更奢华的则是竹席，踅的顺的花纹与图案，精细得不亚于一幅锦绣，贫苦人家的席子是茅草谷秆麦秆编起来的，爱钻虫子爱惹虱，唯一的长处是冬天暖和。人躺在席上，从席缝间过滤着光阴。人坐在席上，身份也高了几等，心也格外安静。于此，古人与席结下了深厚的感情。不论身份贵贱、职务高低，席地而坐就显得亲近平等，也省略了许多繁文缛节。农人没有工夫坐席，也无暇享受坐板凳的清福，忙完地里活又要忙院子活，刚蹲下喘口气，又听到母猪哼哼羊叫唤，又想到瓮里缺水灶下缺柴，他也想偷懒，也想一觉睡到日西斜，但一脸神气的门神爷、一脸和蔼的灶火爷却不会替人干一点活。于是，一些人怕冷板凳坐久了误了日子，坐的时间长就成了懒汉，所以很讨厌娃娃坐下，干脆家里就不做凳子。乡间只有上了年纪的人盛夏纳凉时才端来半尺高的、有后背的低板凳，可他们蹲惯了，又怕子孙好样不学学坏样，便挣扎着蹲在了凳子上。

仔细探究陕西人“板凳不坐蹲起来”，绝不是外地人所说的“猴尻子坐不住”，也不是外地人说的“是在表演杂技”。老陕受周秦之风的熏陶，既讲究站相坐相，更注重脚踏实地埋头苦干，由此看来，蹲在凳子上这一怪异姿势，肯定有合法合理之处的。

蹲起来有一种野蛮粗犷的大美。蹲起来有《易经》上“尺蠖之屈，以求信也；龙蛇之蛰，以存身也”的意味。蹲起来像鹰伏在崖上准备捕获猎物，像青蛙伏在岸边要做新闻发言人，像婴儿蜷在胞衣中安闲自在。只有“野蛮其体魄，才能文明其身”。人的各种姿势都是一种舞姿，蹲是一种静美。我们京当镇过去有两个怪人，在外面干事，因不让蹲竟然回乡务农。一个抗美援朝时立下了战功，在南方某县一个镇当上了镇长。他蹲惯了就天天蹲在办公的凳子上，有天县长突然袭击检查公务，说他纪律性差，上班不像上班样子，镇长愤然回乡。他要自由地蹲下来，就放弃了铁饭碗。另一个在县上某局干事认真，很有点子，但嫌吃饭要坐凳子，说是吃下的饭一口也不香，遂回家务农，他一生也爱蹲，去世时也蹲在墙角，勾着头咽气了。让陕人不蹲，实在很难，陕人就是当上了将军，没人了也要蹲在椅子上舒服一下，否则头就昏、胃就胀。

蹲起来是一种英勇顽强的军姿。临潼兵马俑有多种俑，唯有蹲姿持强弓的俑最能给人以震撼，隐藏或彰显着更大的杀伤力。至今，我军队列条令还有一种队列姿势叫蹲姿，部队会操也有蹲姿一项，练的是蚊叮不能打，蜂蜇不能动，与站姿等队列动作共同形成站如松、坐如钟、动如风的军人素养，目的是强化严明的纪律、令行禁止的战斗作风。蹲姿训练基础扎实，蹲姿射击时就身体稳定，一些炮兵装填炮弹就动作敏捷。蹲下是“保存自己，消灭敌人”最高战略的具体应用，也是减少伤亡保持战斗力的重要一环。蹲下是一种随时准备冲锋的姿势，肯定要有健美的躯体，大腹便便者蹲不下，头昏脑涨者蹲不久。

蹲起来有一种悠闲无事的慢拍。城里人很少蹲，生活节奏快得如盖邮戳，钱多了房大了，但催命鬼却上门了。庄稼人一早起来蹲在墙角下晒暖暖，这种安闲是钱买不来的。文人们在诗中呐喊让生活慢下来慢下来，而蹲下来就是慢下来了。慢下来，你就能品尝生活的滋味，亲情的真味，大自然的美味。去什么“慢城”都没有蹲下让你灵魂回归，百愁顿消。蹲下来就不想地位了，也就不想谁说了什么。原来人生也能高能低，能站能蹲。蹲下来你就会看到山有多高，天有多大，你有多低。爱蹲的人都是低调做人的人，也是会享受生活的人。关中人最不喜欢吹牛皮的，也最不喜欢显摆的，认为这些人没真功夫。蹲下来，就让混浊的、发昏的头在澄清水、在退烧呢。他们蹲下来会望着天上的云彩看个不休，也会望着树上的鸟儿吵架到天黑，或是看着一群黑蚂蚁抬着一只死去的苍蝇挪了几百米……他们讨厌手机，认为那是一群老鼠在咬耳朵，让你没法静下来。就是有信息提示他们小麦或玉米涨价了，他们也不抬屁子在晒太阳。他们的一切事都是顺其自然。要是为钱忙得火烧火燎尻子冒烟，乡间人会笑掉牙。乡间人的幸福指数是蹲出来的。

蹲起来是一种沉思、一种潜伏。狗常常把头枕在爪子上，也把耳朵贴在地上，可以分辨出几里路有没有贼娃子。狗有时引着主人去一块荒地，然后用爪子刨深坑，主人赶忙回家扛来镢头，顺着狗的指引挖下去，有时会刨出一个青铜器或一堆银圆。过去土匪来袭，离村子还远，狗从地心就打探出这一消息，村里人一听见狗都汪汪起来，就跑掉了。人蹲在地上也是打探消息。有些消息不是广播上能传得出来的，也不是人想传多远就多远、传多真就多真的。地震时“金牛在地下翻身”，地上的水草走兽飞鸟都有了动静。青铜器要出土时地上总在冒红光，有经验的人就朝冒红光的地方挖，多会挖出大宝。有些地是风水宝地，下了雪雪化了，生草草黄了，爱蹲的人就发现了这一秘密。有时是蹲下来拉屎偶尔发现的，却让这家红火了几代。有眼力的庄稼人蹲下来一看土的干湿，就知道今年该种什么不该种什么。蹲下来谝闲，也让一些灵光人捕捉到了商机，把积压的陈货卖了个高价。有个村子来了一群贼娃子，手里握着亮晃晃的大刀，年轻人扛着铁锨对骂，几个年老的却蹲着不吭声，贼娃子望了望撒腿跑了。他们不把这些年轻人放在眼里，却怕蹲着的那几个老汉。他们不怕吵架声大的却怕不言传的。蹲下的人有主意也有来头，蹲下的人一旦跳起来就伤人。岐山京当镇出了个西府游击队队长冯兴汉，他议事时总是蹲着，端掉国民党青化乡公所时他蹲了半晚上，三下五除二打死了二十多个伪警察。于是乡人说：“不怕冯兴汉站，就怕冯兴汉蹲。”

蹲下去也是党政干部带领群众的大本领。中国革命成功，一个重要原因就是共产党蹲在老百姓之中、蹲在田间炕头、蹲在火线最前沿，什么民心所向、轻重缓急，看得一清二楚，什么危机重重、大是大非，看得了如指掌，这也是共产党夺得天下的一个秘密武器。国民党的高官坐着美式吉普，骑着高骡子大马，穿着呢绒大衣皮靴，吃得油头粉面，他们低不下高贵的头颅，弯不下肥胖的腰身，看不清山沟里草丛里蹲着的英雄好汉，更看不清蹲着的百姓咬牙切齿。所以，毛泽东治党治国的一个重要思想就是让干部定期轮流下基层蹲点，让将军下连队当兵。下去蹲实了，蹲久了，与百姓同吃同住同劳动，就不难掌握百姓冷暖百姓所盼，思路就出来了，政策办法就切合实际了。而像蜻蜓点水蹲而不住，像游狗子蹲而不守，脚底下不沾泥星，人在曹营心在汉，那必定是要“蹲了尻子伤了脸”，更甚者是要蹲班房的。目前，全国都在落实“精准扶贫”的号令，而要在“精”与“准”上发力，无疑就是“蹲在泥里插秧”“蹲在水里捕鱼”，甚至要像母鸡一样蹲窝。只有蹲得干部废寝忘食火烧眉毛，才能蹲得百姓信心满满眉开眼笑。

禾苗蹲不在土里，颗粒无收。练功蹲不好马步，对阵必输。蹲者是一种潜伏，一种思谋，一种蓄势。会叫的狗不咬人，会蹲的汉子喹实活！

原载《宝鸡日报》2017年4月12日

我一直叫你家海

裘山山

家海，你走了，就在我身在异国他乡的时候。虽然这一切都在预料之中，我还是感到异常难过，我没能看你最后一眼，送你一程。作为一个相处了20年的同事，我的心里有着太深的内疚和不安。

家海——我一直叫你家海，从你调到我们编辑部的那天起。虽然你比我年长，因为我们创作室都随了主任杨景民的习惯，每位同事都以名字相称，叫你家海，叫他景民，叫我山山。这20年里，你做过我的领导，后来我又成了你的领导，无论何种情况，我都没改过口。虽然你的性格比较倔强，有时脾气也不好，但我知道你是个好人，心地善良，正直正派，廉洁自律。那年你从歌舞团团长改任创作室主任，走时连团里给你配的手机都退还了，到创作室后你是唯一没有手机的。正因为你的心气太高，对人对己都要求很严，所以活得很累，总是抑郁寡欢。我常劝你不要太在意一些事，不要太好强，可这是你的性格，是你的命，旁人无法改变。

家海，虽然我叫你家海，你却始终很拘谨，一直叫我裘编辑，整个创作室只有你这么叫，我也习惯了。但在最后两年，你改口叫我山山。也许是因为我做了主编？春天的某一天，你打电话给我说，山山，我想用一下车。我胃不舒服，想去做个检查。事后我问你检查情况如何，你说做了胃镜，是慢性胃炎。我松了口气，因为我自己也有胃炎。可是过了一段时间我在路上遇到你，你说还是没有好，正在输液。我马上和编辑部的同仁买了营养品去家里看你，你居然还在画画！你真是太能撑了！

就在这个时候，大地震发生了！你好像忘了自己有病一样，5月14日一早打电话给我，说要去灾区采访。我告诉你驾驶员不在探家去了，你说你自己开车，我请示了领导，领导不允许，你说那我骑自行车去，我说绝不可以的，最近的灾区都有几十公里。后来你获悉解放军报的李鑫主任要来采访，部里给他配了车。你说要与他同行，我马上决定与你同行。我是深深被你的劲头感染了。

在灾区采访的那些日子，你哪里像个病人？比我们跑得还快还远，有时我们在路上与人交谈，你一下子就不见了人影。5月15日在北川，你一个人走穿了北川的新老县城，背着那么重的摄影包，饿着肚子。你还给妻子发短信说，到灾区来我的胃反而不痛了。其实那是因为你的心思完全被灾区抓住了，忘却了病痛。

回想起来，我们在灾区采访的那些日子，对你的身体是一种折磨，每天有一顿没一顿的，吃干粮，喝冷水，大强度的行走，肯定加重了你的病情。而我们，也忘了你是个病人。在映秀的那天晚上，我们住在一个四面透风的棚子里，你冷得睡不着，就爬起来坐在外面和志愿者一起烤火。半夜里，听见有人喊“解放军快来帮帮忙，我们又救出一个幸存者”时，你第一个跳起来说，我们去抬吧。王龙，还有一位海峡之声的记者，马上跟着你一起冲出去抬起担架把伤员送到了医疗队。你根本就忘了自己是个病人。在从映秀出来的路上，遇到了大塌方，我们冒着危险往外走，走了4个多小时，四肢并用，我感到有些支撑不住了，你就抢过我的包帮我背，我不忍心，又拿过来自己背。当我们生死与共，一起走到水库边坐上冲锋舟时，都有一种劫后余生的感觉。

其实我和你一起经历生死，已经不是第一次了。1998年我们一起带领10位作家去西藏走边关，也是历经磨难。当我们到达亚东时，被告知去乃堆拉哨所的路断了。我和多数作家认为就不要去了，尤其是我害怕出意外，毕竟是我请作家们来的，负有责任。可你坚持要去。于是邓一光、李鑫和你一起去了，最后一段路你们完全是爬上去的，李鑫还因此吃了救心丸。你们返回后我依然很生气，冲你发火。这大概是我们之间发生的为数不多的矛盾之一。笔会结束前一天，我们遭遇了巨大的泥石流，车子险些掉进雅鲁藏布江。当我们被困在尼木兵站时，那天夜里你大声地说着梦话，高喊：我们一定要把杜鹃花送到哨所去！因为睡的是兵站大通铺，很多人都听见了，一边笑你，一边又被你的精神所感动。而我还知道，这句话不仅仅体现了你的勇敢和尽职，还体现出你是一个富有诗意的人。我常说，你比我们几个作家更具有诗人气质。你发言时常常充满激情，说出诗一样的语言。西藏笔会时你就说：让我们把句号拉成叹号吧！放心，我熊家海是个有肩膀的人！

灾区采访之后，你马上开始创作大型丝网版画《废墟中——生命的最后定格》和《子弟兵——我们的生命通道》。你高兴地告诉我，我干了两个大东西！真的是大东西，两幅画的长度分别为16米和26米，这令艺术创作成了体力劳动。创作完成后，你马上送到北京去参加“抗震救灾主题展”，之后又回成都参加抗震救灾画展。前一幅被中国美术馆收藏了。整整3个月，你都处于高度紧张的运转中，每天奔波忙碌，比一个健康人还要劳累。而那段时间我们也赶着写作出版长篇报告文学《重兵汶川》，无暇顾及你。直到你再次病倒。

家海，我清楚地记得，8月那天早上，你突然从门诊部给我打来电话说，我撑不住了，让刘成（驾驶员）送我去总医院吧。我吓了一跳，因为你能说出这样的话，表明情况已经很严重了。没想到你进了总医院，就再也没能回来。我从你妻子口中得知情况很严重，或者说就是绝症，真是难过得无法接受。毕竟你才55岁啊，不该那么年轻就罹患如此重症的。

我们一次次地去医院看你，每次去看你都是一种折磨，眼见着生命从你身边一点点离开，可我们却束手无策。因为怕你绝望，我们一直瞒着你，不敢告诉你病情。所以每次面对你都要说假话，明知一切都已无法逆转，还要装出笑容来宽慰你。这样的看望真是一种折磨，我特别怕去看你，又不能不去。有的时候还抱着一线希望，会不会发生奇迹？然而一看到你就明白了，上天是残忍的，没有给我们留任何希望。

而你依然要强，每次去都对我们说，你们那么忙，不要老来了，回去吧。住院的最初一周，你甚至不肯换病号服，一直穿着迷彩裤，你以为你很快就能回家。你总是跟妻子说，我还有好多事情呢，什么时候能出院啊。有时你也问妻子，山山是不是知道什么情况瞒着我？我看她好像有点不对劲儿。

是的，我承认，我做得不好，每次都不坦然，总是不敢直视你的目光，东拉西扯的，想让你忘掉自己的病。直到最后一段时间，我们还问你明年想订什么杂志，我们也确实按你说的给你订上了，总希望奇迹发生，到了明年杂志送来时，你依然能拿在手上翻开……

家海，最后一次去看你，是11月21日上午，我出国之前。早上你妻子突然打电话说你情况很糟，我连忙赶去医院。你说话已经有些接不上气了。看着你瘦得变形的样子，我真是不敢与你对视，宽慰的话怎么也说不出口。可你还责怪妻子，说不该把我叫来。后来你忽然叫我的名字，我走到床边靠近你，你微弱地说，山山，我不能走路了。我听着心里真是无比辛酸。我忍住眼泪，努力找出安慰的话，但发出的声音连自己都无法听到，我说，你太久没吃东西了，有些虚弱，以后能吃东西就好了。

后来你妻子告诉我，在我走后的那天夜里，你和她谈了个通宵，你终于面对了真相，嘱咐她顺其自然，一切从简。还说如果出现昏迷，就不要抢救了，没必要浪费国家的药材。你还跟她说，在家里给我留个房间吧，我想回来坐坐。妻子说好的，一定给你留着。你回来的时候，托梦告诉我，我叫你的时候，你要答应。你说好的，我答应。

你安静，从容，以极大的毅力，面对着渐渐逼近的死神。夜里你疼得无法入睡，情况非常糟糕。可第二天领导去看你，问你有什么困难时，你依然说，什么困难也没有，我的经济情况挺好，孩子也挺好。我知道你会这样说，你永远不会说我不行了，帮帮我吧。你永远不会顾影自怜。你是个把自尊看得比什么都重的人。你是我所见过的最要强的人。

家海，你走了，我想说，有件事我一直没有勇气告诉你，我曾经也伤害过你。好像是3年前，你当主任时，有一次很严厉地批评了一位女同事，女同事哭了。为了安慰她，我就调侃说，你不要跟他计较，他这个人就跟头倔牛一样，每天就知道在地里耕啊耕，结果把地耕得乱七八糟。女同事破涕为笑，把这话转述给你（她没说是我说的），你很伤感地打电话给我说，唉，辛辛苦苦忙半天，他们居然说我像一头牛。我吓了一跳，讪讪地说，是开玩笑的。你还是黯然地说，开玩笑也让我难过。后来的日子，我有几次想跟你解释，却怎么也开不了口。对不起，家海，我不该这么调侃你的。你兢兢业业，勤勤恳恳，尽管有时候效果不理想，但依然应该受到尊重。如果连你的敬业都不被尊重，还有什么值得尊重呢。家海，我还想告诉你，大家都很敬重你，就是你批评过的那位女同事，对你也非常好，在你住院期间她是跑医院最多的一位。我们编辑部几位和你接触不多的年轻人，都在为你的事跑前跑后，尽心尽力。你若在天有知，会感觉到温暖的；还有，你若在天有知，就原谅我的玩笑吧，说一声没关系。

在我知道你离世的那个夜晚，我在异国他乡做了个梦，梦见我和编辑部的同仁们一起在为你办后事，忽然看到你就站在我身边，依然穿着那件很旧的深蓝色夹克，很瘦很小，好像比我还矮。我惊讶地问，你怎么来了？我们在为你办后事啊？你露出难得的微笑说，我没事，大家一起干吧。

家海，我真希望那情景能在现实中出现，真希望有一天你走进办公室跟我说，山山，我又干了个大东西。或者说，我想自己开车去川藏线，可以吗？

我会对你说，家海，你去吧，去你想去的地方。

只是，一定要平安。

原载《解放军报》2017年3月27日

自己和心的距离

葛水平

大雄宝殿的门外，树老了，叶子黄了，贴地的蔓草疯长，麻雀在廊檐下如童年的玩伴，醉人的安静弥漫进骨缝里，一缕阳光贴近，让我感受到了温软、易逝、短暂。寺庙唤醒了身体里的安睡，因为，寺庙里藏匿着时间带给我梦呓的欢愉。我回到自己的内心，安静地享受殿堂里绝好的壁画手艺。

是的。一个人唯一可以对付时间的工具，是手艺。

一直喜欢寺庙里的壁画，喜欢那份安静。画像的脸上照着黄昏的夕阳，被咄咄逼人的神秘包围着，在那样的时分里，人显得那么弱小和无助。佛关切地俯瞰着，四下里缄默无言，人又显得那么生动不加装饰。庙外，牛羊永远悠闲着一种姿态，庄稼轮回着节气，物质的世界醒着。庙内，手艺人把恒永的快乐定格在墙壁上，任岁月风云变了又换，任人生来了又去，一概不惊，拈花微笑。

神灵的存在。是从人类原始思维的原始信仰中传承、变异而来的，来自崇拜祖宗、信奉自然、迷信风俗中。乡土社会里相互依赖的生存方式使每个人都不会独立承担人生苦楚，或自享人生甘美。享福之人是在收获自己或前世清白人生的成果，而身处逆境则是在为自己前世的恶孽赎罪。在宗法制度和小农经济的价值观念中，万事万物都有无形的手笼罩，那双无形的手对民间永远是功利的。

也许是由于地理位置和独特的气候，上党地区保存着大量的壁画。这些壁画向世人展示和诉说着佛法无边的如来王国当年在民间的辉煌。

上党，古时对晋东南的雅称。《荀子》称为“上地”，高处的、上面的地方。因地势险要，自古以来为兵家必争之地，素有“得上党可望得中原”之说。《释名》曰：“党，所也，在山上其所最高。故曰上党也。”上党地区主要指今天的长治市和晋城市，它是由群山包围起来的一块高地上的两座城市。

在中华史前神话传说中，上党神话以其源流之原始、密度之集中、内容之详备，占据着举足轻重的重要地位。中国社会大多数壁画与宗教关联，基本上存留在寺观庙宇、风雨祭坛。壁画的兴起与佛教进驻寺庙有极大的关系。佛教属于亚洲的一大宗教，它诞生在喜马拉雅南麓的山脚下，古代印度北部、现今尼泊尔境内。那依傍着河流而产生的宗教故事中，那个叫迦毗罗卫城被描绘得庄严神圣、和平安宁，为烘托释迦牟尼抛弃一切荣华富贵、矢志不渝的高贵品格，佛教更把这片土地描绘成花团锦簇、物产丰饶的仙境。从社会发展的角度，释迦王子当年所在的迦毗罗卫国。是一个半农半牧为生存方式的土邦部落。即使王族，除了衣食无忧，以车代步，似乎并无多少优裕可供享受。举目世界，贫穷的地区和人群中似乎更适合生长美丽神话。释迦牟尼故去千年之后，当唐僧玄奘朝觐佛诞生圣地兰毗尼时所见已是颓败景象：“空荒久远，人里稀旷”。

物质匮乏之处，往往只剩下了精神世界。哲学家汤因比总结人类文明起源的动力时指出过：“优秀需要苦难”，这一“逆境的美德”。在不超越限度的艰难环境的刺激下，应战的后果即是文明与创造的结果。

最早，生活在高地之上的上党民间，他们不为外物所动，自信富足，也认同超自然的力量存在，因此，把日常社会关系准则也带进了因果报应之中。壁画的出现具有多重复合性和实用性，和佛教进入民间有很大的关系。

一座寺庙里佛道儒三家逐渐合流，和官家意识形态对这种合流的默认与鼓励有关，似乎彼此之间的差异并没有不可逾越的鸿沟，民间也没有感觉特别的心理不适与精神约束，对求什么得什么只是一种兴趣。一种欲望，一种消闲雅事，一种依靠，一种在生活中解困脱厄祈福得祐的对象。他们找送子观音求子，去道观乞长生不老的秘诀，拜龙王以得雨，叩菩萨保平安。神的出现不可去探讨真与假。融与离，因为民间对神的谱系的理解都是具体而实用的，崇拜者与神灵只是单独的心灵交流和依赖，神不说话，人只是形式的付出。实用观念使农民相信，所有的神都可能带来诸如此类的好处，神是无所不能的，都不该轻慢。天、地、门、财、土地、灶王等神祇，不管从哪里来的，都使得民间生活于一个相互依赖的多重需求中。

寺庙中的壁画，是一个真实、自信的文明存在，它并非幻想的乌托邦。

江上清风，松间明月，壁画艺人，手中一支笔，指点山河，激浊扬清，怀抱的虽是“致君尧舜上，再使风俗淳”的治世经国理想。私底下怀想的却是群山中的奇峰，激流里的风墙，开合的云涛，奔走的鸟兽，把一个简单的手艺人的风骨转化为笔底风光。看庙宇遗留在山门、大殿墙壁上的麒麟、凤凰、龙虎、山林、旷远，你会想到，只有把笔墨与信仰熔铸在一起的人，才会把生命对自然的渴望转化为笔底风光。

仰头望去，风铃不因鸟的鸣叫而消失，许多的时尚原本就是从古时开始的呀。

壁画的最主要功能是教化世人，人造的神被赋予了人性，他们不仅具有超自然的力量，也有凡人一样的衣食住行和七情六欲，既是超凡脱俗的又是入世随俗的，既然佛是可以帮助自己的无所不能，为了获得帮助就要心甘情愿地把自己置身于佛教故事中，如神仙会盟、佛祖尼连禅河边修行、老子骑青牛出函谷关、汤王桑林祈雨、舜王孝敬盲父、关公古城斩蔡阳等故事，其核心就是宣扬忠孝节义。在壁画所指出的生活境界中得到人生的情趣，在宗教的仪式里感受到天理与人心的沟通。大量佛本生的故事，表现了释迦牟尼佛前生无数次轮回转世中，或做国王、王子、婆罗门、商客、仙人、苦行者或各种动物时，为了授法和救助他人，不惜抛弃自己一切的行善画。

在我的印象中，壁画的题材，好像都是依据佛经得来的，但奇怪的是，同是壁画，同是佛的故事，不在同一个地点讲述出来的就大不相同。例如敦煌壁画中有一个“五百强盗成佛”的故事，而上党地区提到的五百罗汉故事似乎有着相同的命脉又似乎大不相同，但是有一点它们是共同的，那就是放下屠刀立地成佛。

传入上党的佛教壁画内容受大乘佛教的影响较深。大乘佛教也是唐玄奘历尽千辛万苦去西天取来的“真经”。在佛教文字和美术上最为生动的表现，是描写佛的前世无数次牺牲为善的故事。例如“二十四孝”故事等等。民间，起源于以血缘观念为中心的家族意识，使得民间始终生活于一个相互依赖的多重社会关系中。唯上的向心观念使他们难以主动地变更其对于权力的从属关系，而孔孟的中庸观念又使他们追求宁静祥和的田园生活，世俗社会生活观念历久弥远，民间的佛经传播受到知识认知的限制，壁画故事产生便充满着丰富的想象力和艺术性，所带给人们心灵的震撼，比简单的说教更具感染力。

尽管上党地区农民敬神目的是追求神的帮助，但他们并不想和神灵保持过于密切的关系，这与农民与政权间关系的若即若离一样。他们只愿在空间上与神接近，在规定时间内，进入寺庙表示一番敬意。信仰对于信徒没有特别心理震慑和精神约束，信仰者可以根据自己的理解、兴趣和知识构成来理解和兴趣，这样的状态下，墙上的壁画只是一种知识、一种情趣、一种生活的消闲雅事。如是，山水画、花鸟画、动植物画多以高远为主，云烟四起的笔墨语境中，能看到山间草露之润、鱼虫嬉水之乐、旷谷潺溪之悠、崇山长岚之逸、孤山幽居之静，超然于人间的理由和缘起。

壁画里同时又融入了部分戏剧故事。戏剧故事让人们明白了凡俗人间真实生活的再现。壁画中的戏剧故事，基本上都是以能被人理解的人物出现，劝人向善，劝人重情。抓住一点真实的、最基本的东西，尽量让不识字的乡民一看就懂。

戏的世界就是现实的世界，被神赋予了福报。神不仅具有超越自然的力量，也有凡人一样的衣食住行和七情六欲，即是超凡脱俗又是入世随俗的。既然现实生活不由神来主宰，也就可以在一定范围内予以改变。因此，他们寻找神、仙、佛和其他能提供帮助的神祇和精灵，效仿人际交往原则，常许下某种心愿作为回报，诸如：重修寺庙，重新粉刷庙墙，重画壁画故事。

我在沁县一处破败的村庄高地上看见一座破败的旧庙，寺院的规模很大，有旧的石碾和石磨，三进院，荒草丛生，有半壁墙还在，我留意它的墙体涂层很厚，果然，一层一层剥落时，我看到了宋元时期、明代、清代的壁画。四层重叠，会发现一个有意思的历史现象。

最里层是宋元时期壁画，裸露出来的一角有一张人脸，半个身子，头戴官帽，手持马鞭，马头已经剥落，像是正策马奔驰。描绘的应该是萧何月下追韩信，动静结合，寂静的山谷仿佛回荡着战马的嘶鸣声，寥寥数笔，可发现宋元画风。画匠不是在画画，而是在用笔支撑自己的人格，负载苦难的重压，告示生命的追忆。宋元之后是明显的明代壁画。明太祖朱元璋出身布衣，有佛教背景，提倡简朴，反对奢华。明代官场简朴之风弥漫。明代绘画基本重复宋元，崇尚淡雅，不尚重彩，引入禅意，构图简洁。剥落下最上一层，能依稀看见画的是一妇人与一童子，一位官人立在马旁正向妇人拱手施礼，妇人作回头状。我猜可能是《秋胡戏妻》。“秋胡戏妻”的故事最早出现于西汉刘向的《列女传·鲁秋洁妇》，但这一故事能在民间广为流传，得益于元杂剧《鲁大夫秋胡戏妻》在舞台上的常演不衰。在男子外出征战，女子持家主内的战争年代，对于维持社会稳定起了一定作用。明代的这幅壁画中最重要因素就是政治力量的介入。这个进程虽然从明代隐约有了苗头，但是，结果却是从清代看到。

清代壁画是中国美学的凝冻期，一方面传统还在惯性中运行，另一方面古典美学显然处于衰减期。清代乾隆时期，经济高度繁荣堪比开元，却难以掩盖美学的贫乏。于是枯寂就不能成为美学的格调，乾隆朝唯一可说的是戏剧，把原本是娱神的形式变成了忠孝节义的图谱。艺术家们不敢面对现实，训诂成为时尚。隐约能看到时代流风所带来的端倪。山水是枯寂了，了无魏晋和隋唐的生动自然，人物虽然是写实的，但是已经缺乏了艺术的典型化，明显感觉到了手艺过渡到经济利益中来，壁画勾勒线条不注重比例，调出的色调看上去丰富充足，其实讲究的只是华丽浮躁。更有甚者把“佛”画成“人”，已经彻底抛开了“画从经中来”。因为经历了风吹雨打，表面已经模糊不清，似乎是佛教故事，有一只手翘着兰花指，那翘依然少了生动传神。

有几个农民坐在荒草中间烧香，望着我发一会儿呆。我抬起头来，白石灰中掺和着的头发还看得见，雨水冲刷下来的黄泥像珠子一样挂在那些头发上，成为引发我思绪最为简单的色彩。天空有多大，大地就有多大，这些农民看样子从来就不想求得荣华富贵，喜欢的只是面对寺庙烧炷香后的去病消灾。已经找不到画者当时那种无垠的空间、和那种缓缓涌来的吉祥如意了。

绘画艺术是自然界和人们心目中一切美感的具象化表达，再严苛的宗教戒律也无法压抑画者对美的创造。从绘画的兴盛来讲，六朝的绘画讲究神韵，宋代的绘画崇尚寒荒，元朝的绘画追求逸气，明朝的绘画体味禅意，清朝的绘画钟情空寂，画的灵魂都在精神层面徘徊。壁画艺人从历史深处走来，他们身上没有书斋文人的那股酸劲，画是他们的生存之道，来自民间的青山绿水养育了他们的性子，艺里艺外皆是艺，不媚俗，不肯降格以求，感情上一直信守着一个“艺”字，每一次提笔都有自己的原则，在安宁的温馨里孤寂地体验人生的喧嚣和繁闹，墙上的风景就是他们心里的风景，那种沧桑的美和随意的意境，朗照一切并洞穿一切，让世人顿悟人之与人的修行。

人就如季节，走过了留下了名声，生命消失后，名声长青。剥落的壁画中朝代更迭告诉了我社会一路走来的浮华风尚。

上党地区历史上处于战乱频发，也是历代兵家必争之地，大量流民迁来此地，当时在此地称王者也多为汉人和匈奴人，所以，汉文化和多种其他民族文化糅杂在一起，使得上党地区的佛教艺术具有极为不同的风格。

壁画的兴盛为后世的人们了解当时社会的政治、经济、文化提供了极为宝贵的资料。从这些壁画中看到了释迦牟尼尚为成佛前的“供佛图”，这位佛家大师竟然虔诚到头朝地，以倒立的方式拜佛，表现了心诚则灵的处事学。有的壁画中还出现了蓝眼睛，黄头发的波斯商人。这些壁画里，我们还看到了当年突厥人的兴盛和他们崇拜狼的痕迹，生性好斗并且骄傲的突厥人曾一度成为西域霸主，然而，应了“盛极必衰”这句话，最终在威胁唐朝的西域统治二百年后走上了灭亡之路。但是，历史却公正地在某个角落里会顽强地显现出突厥文化当年的辉煌。面对这些壁画，我们不难得出“全世界的美促成了全世界的文明”的结论。

所以，一个健全的世界必然是共同发展相互交流的世界。这点在上党地区的壁画中随处可见。

文学，一个引领时尚的标尺，它无形地影响着画匠们的绘画风格。绘画是艺术创造过程，但是，艺术从来就是极具个性的劳动。上党地区汤帝庙多，有个庙宇里的壁画，画的背景上有两扇书法屏风，一扇是唐代诗人刘禹锡的《陋室铭》，另一扇是王羲之的《兰亭序》。匾额是“敬之”。“敬之”一词出自《诗经·大雅·文王》：“穆穆文王，於缉熙敬止。”说明画匠有相当的文学水平。

寺庙墙壁上的时间是稳定的，光明永在，时间的味觉，时间的停滞，时间作为第四度空间，让你在那个切近的空间中，告诉你万物有灵论，因为，世界是活着的，活着的万物，风和雾，雨和雪，所有东西都具有生命力。

在这里我想说的是，佛教传入西域后，一位生于西域龟兹国的僧人鸠摩罗什又将佛教典籍系统地介译到中原地区。佛教史上有四位做出贡献的翻译家，他们是真谛、玄奘、来自西域的僧人鸠摩罗什和不空。他们的贡献不仅对佛教思想的发展有重大影响，而且通过经文翻译传播，对于扭转当时片面追求辞藻华丽的形式主义文风，也起到了推波助澜的作用。

真谛（499—569），梵文Param ā rtha。原籍西天竺优禅尼国，出身婆罗门族。少时博访众师，学通内外，尤精于大乘之说。于梁中大同元年（546）八月十五日到达南海郡（治今广州）。又由南海郡陆行北上，翻山越岭，走走停停，共经两年，于太清二年（548）闰七月抵京城建康，真谛虚龄五十岁抵达汉地。

鸠摩罗什（梵语Kumarajiva），公元344至413年，后秦僧人、译经家。鸠摩罗什他的名字不仅在西域各国广为人知，而且也传到了长安。公元382年，前秦的皇帝苻坚派遣大将吕光征讨西域。临行之前，苻坚特地嘱咐吕光攻克龟兹之后，将鸠摩罗什带回来。吕光俘获鸠摩罗什后，带着他撤回内地。军队走到凉州，就是甘肃的武威，长安的苻坚就被杀死了，吕光便留在了凉州称王，鸠摩罗什也只好滞留在后凉。公元401年，后秦打败后凉，把鸠摩罗什迎请到了长安。这时鸠摩罗什在凉州已经滞留了十六年。前秦和后秦的皇帝都虔诚地信仰佛教，由于鸠摩罗什的到来，佛教在长安或者说整个关中地区盛况空前。

不空（705—774）译名不空金刚，梵文阿目祛·跋折罗（Amoghavajra），原籍北天竺，一说狮子国（今斯里兰卡）人。唐代高僧，幼丧父，随叔父至中国，师事金刚智，奉命至天竺及狮子国求密藏，玄宗天宝五载再入唐，加号智藏国师，居京兆大兴善寺，译出密部经七十七部。自玄宗迄代宗，皆为灌顶国师，官至鸿胪卿，封肃国公。不空为中国密宗创始人之一，与善无畏、金刚智并称“开元三大士”。

随着佛教思想的传播，上党地区有了“善恶必报”的因果观念，有了上天堂和下地狱对灵魂的善恶之分。这样便出现了一些因果报应的壁画，此生的灾难源于前世的作孽，而今生的富足则是前世善行的报偿。人死后要依据其生平或奖或罚。受奖者的灵魂被送往西方极乐世界，来世会博得荣华富贵、光荣耀祖。

壁画是一门高深的学问，以我对其浅显的了解不敢妄下雌黄。但是这并不影响我对于壁画的热爱哪怕仅仅是好奇。

壁画是立体的电影，站在这样的一幅幅历史巨片跟前，人的浮躁，人的狂妄是否可以立马灰飞烟灭？

我看到观音头戴镂金的尖顶宝冠，面部造型近似笈多佛像，表情宁静、悲悯而温柔，右手优雅的手势轻捻着一朵莲花；他佩戴着宝石项链，珍珠圣线和臂钏手镯，丝绸腰布纹饰简朴、呈现女性优美的三屈式；周围的爱侣，孔雀、猴子、棕榈、山石，五彩斑斓，构建出繁密幽深的背景，衬托得菩萨的形象格外丰满明丽。我第一时间是想到了手艺的美好，接着那些花明月朗的愿望就诞生了。超凡出尘的灵性、德行、韵致和姿容之美，常叫我对悲凉的世道，凋敝的人心，增加暖意，且光华曦曦。

事实上，早期的佛教壁画中并没有佛像，信徒们只是以脚印、法轮、宝树、舍利塔来象征佛陀。民间相信大地深处与神灵有某种神秘的联系，因此热衷建庙，主要用于修行及信徒进行宗教仪式。多以本生故事为主，以象征手法作表现形式，如法轮、莲花、小白象等。以人像和建筑图案配合，构图富于变化，线条流畅，笔法洗练，色彩绚丽，内容多为佛教宣传。

壁画还有一个重要部分是世俗性题材，其风格中国与波斯混杂，社会生活的各个方面都有所体现，如帝王宫廷欢宴、狩猎、朝觐的场面，飞禽走兽、奇花异草等等，构图活泼，栩栩如生。这些久远的艺术已成为古代印度宗教、艺术、社会生活的重要留存，也是后人了解过去的最直观的索引。

在一所破败倒塌的寺庙断墙前，我看到了戏剧杂子戏《杀庙》。这是《秦香莲》中的一场戏，居然也画在曾经的庙壁上。韩琦属恶人之鹰犬，却天良未泯，心怀正义。行凶之前，陈世美唤他前来，先是备了酒，又在盛酒的盘子里放了五十两银子，然后吩咐说："城南土地庙内，有一秦姓妇人，领着一双儿女，是我的仇人，今派你前去除我心头之患，不得造次。"这出杂子戏《杀庙》，无论是啥剧种，都因这折戏成就了一个又一个好须生。杀手杀人是不犯忌的，不为啥原因，只见刀头带血。他唱了这样几句："她母子把我心哭软，刀光霎时不放寒。背地里我把驸马怨，心比虎狼更凶残。你和发妻有愁怨，我和他结的哪里冤。把他的银两我赠予你，你母子逃走莫迟疑。"韩琦犯忌了，做了一个杀手不该做的事。秦香莲似有恍惚拉着一双儿女要往庙门外走时，韩琦突然大喝一声。走与不走之瞬间，杀手韩琦考虑到了自己的性命保障。秦香莲这时也明白了江湖规矩："要杀就把我杀了，留下这儿和这女，权当是大爷你亲生。"这一场戏是人性的自我"肉搏"，终于，韩琦决定以自己的死，换取她母子三人的生。

壁画上画韩琦赠秦香莲银子，地上跪着两个孩童，韩琦一身皂衣，人显得很文气。秦香莲也是一身黑衣，台词里有“破烂罗裙”之说，一个穷愁贫贱的善良妇女，所有的积蓄都省下供老公进京赶考了。我想当年的画匠一定是一个忠实的戏迷，几千年传统的封建社会，呻吟在漆黑一团的生活中的弱势群体，从韩琦这里看到了活的希望。

民间有正义的心跳，这出折子戏发生在寺庙，土地爷没有出手，杀手舍身了。现在他们又出现在寺庙的壁画中，不知道是否还能给民间活着的勇气和生存的希冀？当寺庙不在成为民间的精神栖息地，谁又会在乎那庙墙上画了什么“东西”！

这是一个没有声音的世界，但这些历经千年的壁画却仿佛在诉说着什么。那是连接眼前的神界，往来在俗世之间的桥梁，循着这条公路，我将回到那个红尘纷扰的地方。

只要置身于静谧的壁画空间，我便体会到一种无限自由快乐。我心里从来没有像现在这样失掉了任何抵抗。

在生活泥沼中闯出一条获得内心感受的道路，这条路归结为一句话“为艺术而艺术”，一切之外已经是自作自受的苦修。我再不想看那些具有高超演技竞相登台的人表演了，我只想让艺术的幽灵统摄我们的生活，来抚慰心灵并点燃活下去的信念。

生命充满了生与死、爱与恨，充满感知又处在未知，在精神底蕴无比深刻的荒芜之上，生存之外，循迹攀升，我能够找到声音的旋律，找到白天与夜晚交替的节奏和韵律，找到解救、释放、安稳，然后进入神奇之境。

寺庙，把我和现实社会拉开了一段距离，有个歇处，歇着，看自己和心的距离。

原载《解放军文艺》2017年第3期

生死杨村

袁　方

生

二十世纪六十年代初的一天，临近年关，滴水成冰的时节，杨村的一户人家里，女人早就起来了，扫完院子，看日头已高，就开始给去下地的男人做饭。锅里没有多少粮食，稀得能照见人影，尽量加些荠荠菜和白菜帮子。日子再难熬，也要想方设法让下地的男人吃饱。饭很快就做熟了，她觉得肚子痛起来，就挣扎着回到房间。一会儿，一个婴儿出生了，是个男孩。犹豫了一下，她还是挣扎着把那个男婴扔到了院子里那棵石榴树下。很快，男人收工回来，刚进家门就觉得有些异样。他听到石榴树下那个肉块儿发出像小猫一样的叫声，他就什么都明白了，走过去拎起双腿就把那个冻成紫色的男婴提回了房间。女人见了，说：还提回来做什么？又多了一张嘴！男人说：也是一条命么，能活着是他的命大。

二十多年后，女人来到一座城市看望在那里工作的儿子。晚上，母子俩挤在单身宿舍里，不知是什么话题把母亲又引到了当年她扔掉的那个儿子身上，她很平静地讲述了二十多年前的那个早上所发生的一切，最后，母亲说：要不是你爸回来得早，那个娃早就没命了！儿子听了后笑了，纠正道：妈，不是那个娃早就没命了，是我早没命了！母亲听了，愣了半晌，看了看儿子，也笑了，有些愧疚地说：那时候，大人都吃不饱……儿子说：妈，这我知道。

那个儿子，那个在滴水成冰的日子被母亲扔到石榴树下又被父亲拎着提回房间的紫色肉团就是我。

多年以后，想起当年的情景，我确实后怕过，也庆幸过。想想那个年代，在杨村，在中国，还有多少个婴儿并无这样的幸运。当年，我稍长一些，能够跟着那些大哥哥们一起去地里挖猪草、捡牛粪、拾柴火的时候，不止一次地看见野地里被狼、野狗拖出来咬得稀烂的弃婴。他们的身旁，往往有一块破席片，或是一片蓝色的花布。那些弃婴更多的是溺婴！

“生”在杨村实在是一件大事。你想，这个世界上从此就多了一条生命，而这个生命将来有可能做出惊天动地、轰轰烈烈的事情，因此，绝大多数情况下，杨村人都把“生”看作是喜事。只有那些“生不逢时”的小生命才会被剥夺生命的权利，这在杨村历史上是很少有的，因为杨村人虽然不懂得基督教义，但他们都懂得“所有的生命都有生存的权利”这样的道理。但是，并非所有的生命都能够生存下来，在那样一个人们连吃糠咽菜都不能保证、树皮都被人们剥光吃净，要让所有的新生命都能够获得生存的权利，无疑是一件十分奢侈的事情。所以，几十年来，在杨村，很少有人提起过弃婴或是溺婴这些话题，只有他们的父母，在日子一天比一天好起来、衣食无忧的时候，会说，要是那个孩子还活着……

剥夺新生儿的生存权利的现象并不仅仅发生在那个时代。从上个世纪七十年代开始实行计划生育政策，这种现象便有增无减。之所以如此，就是那些父母总是想养一个或几个男孩，在大姐、二姐之后出生的女孩，要么送人，要么杨村田野里会出现一块破席片或一片蓝花布。二十多年前，杨村一户人家迎娶回一个漂亮得惊人的新娘，婆婆为娶了这样一个令全村人艳羡的儿媳妇半个月合不上嘴。一年以后，那媳妇生了个女孩，婆婆脸上便没了表情；两年以后，又生了一个“赔钱货”，婆婆的脸便长了许多……十年之后，她生下来第九个女孩，婆婆就疯了；终于，在第十一个年头，她生下了一个男孩，而她的婆婆在第一时间听到这个消息后撒手人寰。十多年过去了，那个当年鲜亮无比的新媳妇也油尽灯枯，一脸的憔悴，佝偻着腰，驼着背，邋遢得像一堆枯草。她生的九个女孩，自己养活的有两个，有两个送了别人，其他五个在这个世界上连眼睛都没有睁开就被送到了村东的田野里。

几十年来，“生儿子传宗接代”这种思想被当作农民的落后观念在主流媒体上反复批判，直到今天在杨村的墙面上依然能隐约地看到白灰刷写的“该扎不扎，房倒屋塌；该流不流，扒房牵牛”这类标语。其实，几千年来农耕社会的特点决定了农民的生育观念。就说上世纪六七十年代吧，生产队去粮站交公粮，一麻袋小麦，两百多斤，你能指望你家如花似玉的姑娘抡起来背上它爬上几十米高的粮库入口？风高月黑的凌晨，水库里放水浇地，你放心让你家水灵灵的丫头去几公里外的玉米地里挽起裤腿开闸放水？汉字的“男”，就是在一个人在“田”里下“力”气，这才是问题的关键。

如今，杨村年轻一代终于不再像他们的祖辈、父辈那样认为多子多福，也不再强求媳妇一定要生个儿子。除了目前各类学校高额的学费大大增加了生育成本之外，耕作方式的变化是其改变的根本原因。因此，在如今的杨村，儿女成群的现象没有了，更多的人家只有一两个孩子。过去“国策”在杨村执行起来如行蜀道，而如今光学费二字就能够让那些打算生一堆孩子的杨村农民望而却步。这可能是高额学费所带来的“正效应”之一，尽管这有些让人啼笑皆非。然而无论如何，杨村人“生”的观念的改变是千真万确的事实。

“我们的出生是容易的，但活着却不易”。这是杨村西邻的一个叫杨母村的村子走出去的一位诗人写的诗句。这其中的道理杨村的人或许懂或许不懂。但是，随着时代的变迁，弃婴、溺婴的现象在杨村已近乎绝迹，如今很少听说过在田野里再发现破席片或蓝布包的情况。经过了几百年、上千年痛苦的经历，杨村人终于明白：要让孩子出生，更重要的是要让他活着，而且还要尽可能地活好。祖辈、父辈们孩子一大堆，老了无人赡养的现实教育了他们要好好“活着”！

这年的农历十月一，寒衣节，我回到了那个给了我生命又差点让我失去生命的杨村，给父亲、母亲上坟烧纸。吃罢午饭，走在杨村的街道上，看到的是一个个满脸皱纹、老眼昏花的老人坐在太阳下打盹儿，整个村子里静悄悄的，偶尔会有几声狗叫传出。这不是我记忆中的杨村，记忆中的杨村永远是孩子们的天下，一年四季、从早到晚，杨村上空飘漾的是母亲唤儿的叫声，是孩子的嬉闹声；杨村的两条街道，充斥着箭一般窜来窜去的男孩和笑嘻嘻哭啼啼的女孩。大人们见了，高声地骂一声。那骂声里，充满着疼爱和慈祥，充溢着骄傲和希望。

“孩子们呢？孩子们哪里去了？”走在杨村的街道上，我这样问自己。

老

2011年央视春晚，《春天里》被两个民工唱红了。当“如果有一天，我老无所依，请把我埋在春天里”被那个一脸沧桑的民工从心灵深处吼出，确实触到了我心中最柔软的地方。我想到了杨村，想到了那些老无所依或老无所养的老人们。

1985年秋天，淫雨霏霏。在杨村村口的一个麦草垛旁，我看到了一个活物：一个七十多岁的老人蜷在洞里，身上凌乱地盖着破棉絮，身旁还放着一个破碗，周围四散着颜色不一的秽物。大概是听见有响动，他探起头看我，眼里放出一种攫取的光，让人惊悚；随后，那种光芒又熄灭了，他又继续蜷在了那里。回到家我问母亲，母亲看了看我，说，那是村西头你三爷，在麦草垛里钻了半年多，谁家有残汤剩水就端一点。三爷有三儿一女，当年为儿为女没少吃苦受罪。我就问母亲：三个儿子，何至于到这种地步？母亲又看了看我，说：没人管，儿子再多有什么用？我理解母亲说这话的用意，但不想接她的话头，就又问：那几个儿子为什么不管老人？母亲说：良心让狗吃了呗！说完，母亲想了想，叹了口气，说：唉，还不是因为穷！

按中国的传统，人生在世，看重的是老了之后的生活，在一些经典著作里，有关的内容很多，诸子们对此都有过论述。那些宣传因果报应的古典小说里，也不乏这方面的内容。也难怪人们看重老了之后的生活，你年轻力壮时，什么事都能干，什么活都能做，什么苦都能吃，如果没有如战争、瘟疫之类大的意外，要吃要喝要生要存是不成问题的。然而，人生就是这样，你生，意味着你会死；你年轻，意味着你会老去。而老人单靠自己衰老的身躯是无法生存的，需要帮助才能继续生存下去。暮年的巴金老人曾说：长寿是生活对我的惩罚！这其中蕴含的无奈与无助，大概是年轻人所无法体会的。

我看过许多老人的眼神，慈祥的，邪恶的，麻木的，空洞的，漠然的，深邃的，焦虑的等等，但在这些眼神的背后，有一种共同的东西：无奈与无助！活到七八十岁甚至更老，所有的器官都已经像一架磨损了七八十年的机器，到处都是毛病，你甚至都无法动一下，喝口水也需要别人的帮助，这时候就需要子女、他人和社会的帮助。这也是人所以为人，人类社会所以为人类社会的关键。在这个问题上，杨村人或许说不出更多的道理，但他们自有做人的标准和评价人的准则，他们会指戳那些不肖子孙的脊背。而对父母孝顺，在杨村人看来，只是在做着不让别人指戳脊背的事情。

在我们姐弟送走的三个直系长辈中，爷爷去世时七十多岁，卧病时间不长，而且我们上有父母，头顶有天；母亲去世缘于一次意外事故，年仅五十五岁，可以说没有给子女添任何麻烦。父亲去世时八十多岁，算是高寿，而父亲卧病的时间也最长。可以说，我是眼看着父亲一天一天从中年到老年到去世的。我出生时父亲36岁，童少年时期，感觉父亲如山，有着使不完的力气；父亲60岁那年，母亲突然去世，他既当爹又当娘，才没有使我们家散伙。待到子女都成家立业，用杨村人的话说就是翅膀硬了之后，父亲老了，无可挽回地老了。先是在家里的新房盖好不到半年，父亲就因沉疴做了一次手术。手术之后他以为自己又回到了年轻的时候，走很远的路去赶集，甚至还想下地干活。然而不到三年，因为骨折又做了一次手术。这次骨折彻底使父亲老了：除了一次乘车去县城参加外孙的婚礼，一次小弟推着轮椅去了趟王乐镇外，直到去世父亲再没有离开过杨村半步。

父亲一生最怕麻烦别人，老了之后这一习惯还保留着，自己行动不便，但只要自己能做的事情，都要挣扎着自己去做。骨折手术后，每天他自己拄着双拐，一步一步地挪到门口，坐在圈椅上一坐就是几小时。后来，拐不能拄了，他就挪着圈椅，一寸一寸地移到门口，望着来来往往的杨村人。再后来，圈椅也不能坐了，他便只要求弟弟把他抱到轮椅上，自己转着轮子坐在门口，望着老老少少的杨村人。在这个过程中，小弟想帮他，他总是严词拒绝。父亲年轻时脾气不好，老了之后却好了很多，连说话都不再大声，对此我们还很不习惯。父亲这样做，是不愿意老去，是对生的留恋，然而他终归老了。等到父亲去世的前几天，他已经不能说话，他看子孙们的眼神活像一个无助的孩子。

杨村人都知道，总有一天自己会老，他们也都希望自己会有一个还算幸福的晚年。自己老了，怎样算是幸福，他们说不清楚，但他们看见过别人晚年的幸福。

说到老，说到晚年幸福，有一件事给我的印象十分深刻，也让我见识了杨村之外的另一种老人是什么样子，他们过着一种怎样的生活。七岁那年，我上小学二年级。一天早上，我们停课紧急集合在门口列队，准备夹道欢迎“白部长”。队排好了之后，我们翘首以盼，却等来了一个骑自行车的男人，一进门腿还没有蹁下来就发火：白部长不让夹道欢迎你们偏要欢迎！于是，我们就又紧急地四散回到教室上课。过了一会儿，听到有小汽车沙沙地驶来的声音，听到有人小声却紧张地说着什么，然后就见一干人在雷鸣一般的掌声里进入教室。为首的是一个老人，白发，胖，穿一件白色的短袖上衣，浅色裤子，黑色凉皮鞋。这应该就是“白部长”了。他也鼓着掌，微笑着，很慈祥。当时我坐在中间第一排靠边的位置上，看见老人微笑着向我走来，心咚咚跳个不停。老人过来摸摸我的头，然后问我几岁了，上几年级，我机械地微笑着作答。老人在教室停留的时间很短，很快就离开了，我们又接着上课。而老师那节课对我的关注超过了我学生生涯的任何时候，我被“白部长”摸了一下头的消息也迅速地传遍了杨村的每一个角落，成为杨村人多年茶余饭后的谈资。

我印象最深的却是白部长身上的味道，那绝对不会是杨村老人身上的味道，杨村老人身上的味道实在不好闻，首先是土炕味，其次是烟熏火燎的味道，还有汗味、剩菜剩饭的味道，甚至还有尿臊味、屎臭味、牛粪味等等，那实在是五味杂陈。而这位老人身上是一种淡淡的肥皂味，甚至还有股淡淡的清香味。我无法知晓甚至无法想象“白部长”的生活，但从他身上的味道来判断，这位老人肯定过着一种杨村人可望而不可即的幸福生活！什么时候杨村农民老了之后身上也是这样的味道呢？当然，等到杨村的那些身上五味杂陈的老人们有一天悄然离去，被葬在春天的田野里，他们身上的味道也会从这个世界上彻底消失，真正的悄然无声，如同他们活着的时候。

病

在杨村，如果你问一个农民：怕死吗？回答是：不怕。怕苦吗？不怕。怕累吗？不怕。怕穷吗？不怕。死不怕受苦不怕受累不怕受穷不怕，那么，杨村人最怕什么？病！杨村人最怕的就是病，尤其是那些久治不愈、拖着等死的病。

2007年暑期，一年中最热的时候，有天中午，杨村的街道上走过了几个一字排开的僧人，敲着各种响器，听到响动的杨村人就走出家门看热闹。我见那几个僧人后面跟着早就出嫁的远房堂姐，就问身边的大妈是怎么回事。大妈说：给你五伯安顿安顿，烧些纸。“安顿”是杨村的一种习俗，老人去世之后一般都要做，大概属于醮禳，祈求亲人在那个世界里无灾无难。可问题是，五伯虽长年卧床，可他还活着呀！我就又问大妈，她看了看我说：就是想让他走得快一些！十几年了，谁能撑得住？也就是这一次，我知道了杨村的“安顿”还有这样一层意义：希望自己的亲人早早升天，尽快到那个世界去！

不孝吗？残忍吗？杨村人不这么想。就说五伯吧，六十多岁上患了脑血栓，到七十多岁去世十几个年头。这十几年，除了吃，其他功能全部丧失或失控，一见有人来，嘴里就发出呜呜的叫声。五伯有三儿两女。开始老两口跟着小儿子过活，时间一长小儿媳不答应了，说弟兄三个，不能只拖累小的。于是就开始在三个儿子家里轮换，一月一换。就这样轮换了十多年。村人私下里说：幸亏老伴在，不然……有一年年三十，我去给两个老人拜年，五妈那天说得最多的一句话是：我就盼着你五伯早早死了！我相信五妈说的是真话，你想，瘫在炕上十几年，甭说治病花的钱，单是吃喝就不是一个小数目。这十多年，两个老人不可能有哪怕一分钱的收入，儿子都是土里刨食的农民，没有多余的钱给父亲治病，但病又不能不治。所以杨村人说：一个病人，就把几家都拖垮了！

所以，杨村人最大的愿望就是期盼全家老少健康地活着。而为了达到这一目的，他们不能寄希望于医院，因为当今的医院对于金钱的渴望与攫取超出了历史上任何一个时期；甚至，你也不能把希望寄托在儿女身上，农民的儿女多是农民，他们能做的都已经做了。于是，杨村人就只能把希望寄托于神灵，祈求神灵保佑他们全家老少四季平安、一生平安！

对于杨村人来说，理想的状态就是健康地活着不要生病，而且最好是一辈子不生病。得病以后杨村人怎么办？扛！能扛着绝不去治病。小病如此，大病也如此。治一场大病，几千块钱、几万块钱，土里刨何时能刨这么多？于是就只能扛着，能扛多久扛多久。在扛的过程中，最痛苦的也许不是病人而是家人，你想，眼睁睁地看着亲人忍受着病痛在等死而自己却无能为力，这该是一件多残酷的事情啊！老年人病了，似乎还好接受一些，毕竟岁数大了，病上几年就到头了。但年轻人就不同了，他病了，你不知道他会拖多久。

2006年春天，父亲腿部骨折，当时我正在重庆公干，接到电话后我迅速赶回杨村。弟弟拿着片子说，爸的腿应该不要紧，只是碎了一点点骨头，已经让县医院的医生看过且做了牵引。当时我不大放心，就拿上片子去城里找到一个相熟的骨科大夫，他一看说是股骨头骨折。我当即打电话给弟弟让送父亲来城里做手术。当时，包括大姐在内的许多人都反对做手术，说爸八十多岁了还要挨一刀！我知道他们的想法是善良的，但我想着不做手术就意味着父亲要在炕上瘫到他去世的那一天，就坚持着为父亲做了手术。出院后，我送父亲回到杨村。那天家里来了许多人，都说父亲要了好儿子，要是换别人就肯定不做手术了。他们话里话外的意思我都懂：并非别人家的儿子不好，而是别人家的儿子大多拿不出或者舍不得拿出做手术的那笔钱；父亲也不是要了好儿子，而是他有个儿子不是农民，能够拿出那笔钱。

钱！钱！钱！都是因为钱，杨村人才不敢生病，生了病才不敢去治疗，宁愿用命扛着。2007年，农村合作医疗在全国试行，杨村农民自然也是受益者，终于，杨村人得了大病才敢去城里的大医院治疗了。作为一个“城里人”，我由衷地感谢国家这一政策的出台，也由衷地为杨村的父老乡亲感到了一丝丝的欣慰。

不过，这种欣慰里似乎夹杂了些许苦涩，因为在杨村那些因为不敢治病而早早去世的人当中，不光有垂垂老人，也有我的同龄人。我不敢设想，如果我没能走出杨村，而是在杨村那一块土地上做农民，也是在土里刨食……

幸亏，这一切只是如果！

死

孩提时节对死亡的记忆也和兴奋联系在一起。在杨村，能够回忆起来的第一个死亡的人是三爷。一个春天的早晨，下了一点雨，空气中弥漫着泥土的芳香。孩子们被叫到了已换上一身簇新衣服平躺在棺木中紧闭着双眼的三爷身旁，一位女性长辈说：摸摸你三爷的手，以后就不害怕了！三爷的手是冰凉的。随后，我们兴奋又紧张地来到街上，争相诉说着自己刚才的感受。说完，又很快进入到孩童的世界之中。过了一阵子，我回到家中，家里静悄悄的，有点害怕。听见爷爷的房内好像有动静，我蹑手蹑脚地进去，看见端坐在炕边的爷爷竟然在流泪。看到我，爷爷有些不好意思地抹了一下眼睛，什么都没有说。

这是我对死亡的最早记忆。当时应该是两三岁吧。两三岁，实在是个什么都想懂却什么都不懂的年龄。但爷爷那天的流泪，一直在我幼小的心灵里留存着。三爷是爷爷的堂兄，大爷、二爷我都没有印象，如今三爷死了，爷爷行四。

从没有想到自己总有一天也会死，直到五岁那年的一天晚上。那时候，杨村村东的那一座座崭新的坟头告诉我，人总有一天都会死的，都会埋在那一抔黄土中，谁都不能例外。死了，你就会陷入无边无际的黑暗之中，尘世上的所有一切都跟你没有了关系，哪怕是田野中刮过的一阵风、天空中飘过的一片云，都和你无关。那天晚上，“死”让我陷入一种巨大的恐惧之中，想睡又不敢睡，脑子里挥之不去的始终是那个黑色的字眼！最后，巨大的恐惧让我跑到了爸妈的房间。爸妈问明原委，都笑了，说：屁大点就想这个事情，赶紧睡！然后爸妈岔开了话题，然后我就睡了。

杨村有一个最没有尊严的男人，那个葛姓矮个的老年男子的年龄和我爷爷相当，辈分很高，但由于他手脚不干净，于是老少均唤他“刘（流）二”。杨村不大，人口也不多，两条不长的街道一根烟的工夫就走遍了，村人几乎无隐私可言，东家长西家短，一顿饭工夫村里的老少就都知道了。虽然我成年之后在外谋生，但距离杨村只有一个小时的车程。父亲年纪大了之后，我经常回家，父亲和我聊得最多的话题都是杨村的事情，哪个老人死了，谁家的媳妇生了，东家的儿子上了大学，西家的女儿嫁了个有钱的人家，等等。但是，将近二十年，父亲从未谈起过刘二的死。

那天傍晚，刘二想在村西那口“辐射井”（关中地区的一种大口井）跳井自杀的企图被人发觉了。那个人走过去，劝住了他，拿出一包烟，说：二爷，有啥想不开的，抽烟！刘二看了看来人，又看了看那包烟，于是就开始抽了。抽了几根之后，刘二只是反反复复地说：我养了个狼娃！我养了个狼娃！那人就明白怎么回事了。刘二婆娘不能生养，有一年，杨村来了一个小要饭的，刘二就收养了他。不想，刘二省吃俭用给那个小要饭的娶妻生子之后，小两口对老两口的死活都不管不问，那媳妇还常常指桑骂槐，嘴里很不干净。至于最近又发生了什么事情，杨村人并不十分清楚。那个人陪着刘二一边抽烟一边劝说。一包烟抽完了，刘二的眼睛直直地盯着天边那如血的残阳，嘴里还是那句“我养了个狼娃！”当那个人回头朝村口张望的当儿，刘二一头扎进了那口直径超过十米、深度超过三十米的井里，伴随着他一同坠落的，还有一声绝望而无助的号叫声。

刘二的死让杨村人很难接受，尽管他生前在杨村活得相当于一条狗，尽管他活着或者死了对于别人没有任何意义。杨村人开始表达自己的愤怒：面对那个不愿意下井打捞养父遗体的“狼娃”，他们群起而攻之，要将他推下井去；他们参加了那草草的葬礼，但无人去赴刘二养子举行的答谢宴；埋葬刘二之后，杨村的绝大多数人十几年不理会他那个养子。他们的逻辑是，刘二该死，但你作为养子把老汉逼得跳井，那就是你该死了。

杨村人能面对人生的必然结局，但他们却十分在乎死的方式，追求“好死”。所以，杨村人最狠毒的一句骂人话就是：你不得好死！像刘二这样大头朝下跳进几十米深的井里而死就不是“好死”。所谓的“好死”，其实就是“寿终正寝”或者“无疾而终”。如果能够做到这一点，那无疑就是人生最高的境界了。

有一年过春节回家给爷爷上坟，我突然又想到几十年前三爷死的那天，爷爷流泪的事情，至今我也不知道爷爷那天到底是为三爷的死流泪还是因为别的什么事情流泪。但后来，我曾经不止一次地问过爷爷关于死亡的话题，问爷爷怕不怕死？爷爷笑了，说，老了就要死，谁也不能老活在世上。上世纪七十年代中期的一个暑天，家里给爷爷做寿材，我原以为爷爷知道了这件事会很伤心，但那一段时间却见爷爷整天地笑着，和那个做棺材的爷孙俩又说又笑。1980年年初爷爷去世时，弥留之际的爷爷很清醒，说：这一辈子，没啥放不下的事情了，可以安心地走了。于是，爷爷就走了。比爷爷更达观的是他的大弟。爷爷行四，他的大弟行五，我叫他五爷。五爷是个生意人，旧社会一直开着铺子经商，手里攒了一些钱。五爷老了，棺材做好了，五爷说：这是我的房子，我要在里面睡觉。于是，他真的在棺材里睡了一个晚上。第二天起来，他连声说好。五爷是在1995年夏天去世的。那一天早上起来，他吃过饭，来到街道上，儿媳妇把躺椅拿出来他躺在上面。就在这时候，街上来了一个卖豆腐脑的，儿媳妇就问五爷吃不吃，五爷就说了句“不吃”。等儿媳妇再回过头，发现五爷已经去世了，前后不到两分钟。二十多年过去了，五爷的一生，包括他的死，仍是杨村人经常谈到的话题，人们都说五爷这一辈子活得真值，死得也真好，一点罪没受。

写这篇文章，不得不撕开我心灵上的最深的一道伤口：母亲的死。将近三十年了，“不思量，自难忘”，母亲的死一直在我的心上悬着，但我实在没有勇气去面对，经常是一想到母亲的死就强迫自已想别的事情。母亲去世于1986年夏。那是个下午，刮了一阵狂风，下了一阵雷雨，然后雨过天晴。母亲在家里忙着染布，染料配好了布泡在了锅里，母亲看看天色还早，就去了杨村东北的自留地里。平日里很细心的母亲没有发现，井边的那根电线杆被风刮倒了，而电线就横在她面前的玉米地里……母亲被人发现时，手里还握着一把玉米苗，同时还有那一根电线……

这么多年我之所以一直不愿意面对母亲死亡的这个事实的原因是，母亲为了我们姐弟几个受了大半辈子苦，好不容易家里的光景有了一点起色，而一天福没享过的母亲却撒手人寰，而且死得那样意外，实在不能接受。母亲非常善良，也非常能干，很会做人，很会说话，加上会接骨，而她帮人接骨从来不收一分钱，所以，母亲在杨村甚至邻村口碑都很好，直到现在杨村或者邻村人见到我，还时常说起母亲。

母亲去世了，眼睛紧闭着，但我想，母亲是不会瞑目的，因为在她看来，几个儿子都没有成家立业，丈夫又是一个老老实实的农民，这个家如果没有了她的操持，还会是一个完整的家吗？没有她的遮风挡雨，儿女们能顺利成人吗？

安息吧，可怜的妈妈！瞑目吧，杨村那些故去的人们！活着的时候，你们虽然处在这个社会的最底层，但杨村人会记住你们，永远！因为，这片土地上有你们流下的汗水，有你们流下的泪水；这片土地上，还生活着你们的亲人！

大杨村，这个关中平原上极为普通的村落，这个生我养我的地方！三十多年前，为了离开这个贫穷落后的村庄，摆脱祖祖辈辈土里刨食的命运，我曾经“三更灯火五更鸡”地寒窗苦读。终于，1980年9月，那个秋雨绵绵的季节，我打好行李，坐上了开往省城西安的公共汽车。我清楚地记得，当时，我并没有回头看一眼雨雾中的杨村。可是，多年后，每次当我再回到杨村，看到一天天改变了却似乎并没有改变的村落，看到那一张张熟悉和陌生的面孔，看着父老乡亲们依旧为了衣食住行在奔波劳作，看着杨村的一代又一代人在经历着生老病死，我的心灵却是安宁的、熨帖的，有一种找到根的感觉。

是的，杨村就是我的根！杨村的父老乡亲依旧在那里生活着，而我的父亲母亲，就埋在杨村村东的坟地里……

原载《咸阳日报》2017年10月12日

林中小木屋

谢德才

想去看林中的小木屋，缘于一位诗人的话。他看过我的散文《团坪的早晨》后，打来了一个长途电话，“主席，团坪有乡村的哲学，你再往深处走一走，一定会走出一幢小木屋来。它，诗意地生活在那里。我听人家说，外地人去了那里，不肯离开。”

诗人的话简练如诗。我冲着这诗，选择在一个晴朗的周末，一个人踏上了去小木屋的路途。

我拄着一根木棍进山。听人说，去那个地方，必带这样的“武器”，因山里有蚂蟥和五步蛇。行走中的我，扎紧裤管，在木棍的试探下，蚂蟥的确在我腿上沾了一些便宜，但它们一条都没活下来。蛇却无影无踪，算是天的照应。

正欢愉时，小木屋出现在我的眼前。

大清早，鸡鸣犬叫。我也听到了云雀和其他鸟雀在林间鸣唱欢聚。这是令我舒心的。这些鸟在风中飞翔，从来不留下翅膀的痕迹。它们从早到晚，叽叽喳喳地叫个不停，飞这飞那，飞高飞低，似乎没有一点儿疲倦。虽然我没看到鸟儿编写的优美词曲，但聆听到了“您好，您好，您好啊”的有趣的谐音和韵味。

山坳上，雾忽聚忽散。又矮又小的木屋，头上顶着茅草，茅草上又生茅草。这些茅草，不知繁衍了多少代，子子孙孙和谐相处。屋中，有两张床，一大一小，一新一旧。但，干净，整齐。一把椅子，依偎桌边，像是从未离开过。板壁上，布局着书画。木屋的主人拉着我的手说，“这些画，画的都是我们这里；这些字，也是赞美我们这儿。画画的，一来这里，就是十天半月。”我像阅读小木屋一样，阅读着这些作品的朴素和单纯，感受着艺术作品在时间与空间中存在的价值。

这幢小木屋里，住他一人。妻子缠他出门，他生死不肯，说要照看这小木屋。说木屋是他的命根子。

赏完作品，他叫我坐，自己却跑到屋后，摘来一脸盆李子叫我吃，我不吃。他说：“这李子，其貌不扬，但好甜的。”我尝一个，真的脆而甜。

趁他做饭的时候，我转到那棵李子树下，在那石凳边坐了许久，发现李子树的果叶同色，出奇的绿，风梳着叶子哗哗作响，李子树上，挂有一块小木牌，上面写着：“谁能告诉我，哪个更圆，哪个更脆，哪个更甜？”在小木屋的周围，树木葱郁，静站那里，无论你从哪个角度去看都好看，看了之后还想看。这些树，不喜欢城市的生活，它们听说进城的树，安排在公路边，一天到晚，吃苦灰尘，听厌吵声，有的还用稻草捆绑住大腿和小腿，恨不得跑进城把它们喊回老家。因此，山里的树，不提进城的事，也不想进城。它们宁愿终身与小木屋为伴，死都要死在这大山里。

大山里，很少吃早餐，即使吃，也要挨到上午九十点钟。如想在早上搞点什么稀饭、馒头、包子和面条的事，甚是罕见。早餐即中餐，中餐即早餐。早晚都是正餐。中午的时候，他把饭做熟，喊我吃。毫不夸张地说，在城市里，是很难吃到这样的味道的。

吃饭时，蜜蜂不停地在屋子里转，“嗡嗡嗡”地飞叫。他家屋前屋后，大大小小的蜂桶几十只，全扑在屋檐下。一年下来，可取蜜糖几百斤。听着他的谈话，一只小鸟又飞进他家屋子。我说，您家来鸟了。他说，常事。他家的板壁，是由大小长短不一的木板围成，小鸟的进出大有空间。鸟，聪明，伶俐，趁他出门做工，飞进屋子，不停地啄炕架上的腊肉吃。他告诉我："林深了，什么鸟都有，让它们啄一点也无所谓，反正我们吃不完。鸟不喜欢的话，也不会来我家。"

山里的月亮是个急性子，天还没有说起黑，它就从山那边翻过来挂在树梢上，仿佛踮脚就能摸到。月亮好像能避邪，它一出来，这木屋边的阴森感觉一律消失。在这淡淡的月光下，鸡睡了，狗睡了，鸟睡了，山里的一切似乎都睡了，但，桂花的香味和溪水还醒着。我支开准备好的帐篷，在桂花树下过夜，享受林中小木屋般的生活待遇。一躺下，浅浅的水声，就开始寻找我的耳朵。在月光的陪伴下，我循声漫步来到溪边。这里的景色，让我想起朱自清，和他的荷塘月色。在溪水边，我笑，水中的月亮也在笑。我的手，往水中一搅，月亮不见，一会儿，月亮又回到水中。我捧起一掬水，向空中一抛，水变成若干雨点散落下来。这时候，"雨点"似乎在问我："你听见林中的静了吗？"

林中的小木屋，有味！

原载《湘声报》2017年6月17日

邦达兵站

杨献平

邦达位于昌都地区三江流域，四周都是高山深谷，中间则是方圆80多公里的高寒草原。邦达兵站，坐落在海拔近5000米的怒江山上，号称川藏线海拔最高、冰冻期最长、条件最艰苦的兵站。

时任川藏兵站部政治部主任左西南、康定大站政委肖勇先后在这里任职和帮带。两人不约而同和我说起一件事，就是在邦达兵站种树。一群人，守着一座兵站，除了为执行运输任务的汽车运输部队服务，一到冬季和雨季，除了必要的操课之外，就是上山打柴，然后把一个个的硬木头劈开，摊放在山坡上，风吹干后，再抱回院子里放起来，冬天用来做饭和烧炕。2004年之前，川藏线上大多数兵站，都还比较落后，土窝子和干打垒房子大都是当年张国华、乔学亭等率领的筑路部队留下的。冬天气温零下50多度，睡床板，不要一夜，就把人从里到外冻透了。

刮风时候，土尘跟水一样，强行往五官里面挤；夏天大概是最好的，但时常有惊雷在头顶炸响，暴雨好像天河决堤，敲得人头发都像是透明的。

从建站起，邦达兵站就是一个不毛之地，几乎寸草不生，种活一棵树更是难上加难。曾经有一个战士，喜欢养动物。有一年，他休假回来，到雅安买了

4头小猪，跟着上线的运输部队到了巴塘，以前在笼子里乱啃乱叫的小猪忽然安静下来。再辗转到邦达，他把小猪放在屋里养，晚上放在自己脚底下。可小猪们一个个像是被催眠了一样，眯着眼睛，只是发出类似地鼠一样的吱吱声。第二天一大早起来，一只小猪死了。他抱了好久，才拿着一把铁锨，到外面把小猪葬了。一周后，那3只小猪也先后死去。那战士躲在房间一天一夜，谁叫也不出来。

2004年，邦达兵站修建了保暖房，并顺利入住。这一年，肖勇到邦达兵站任教导员。对于这里，他再熟悉不过，当年，他从昆明陆院毕业后，就被分配到邦达兵站。肖勇是个才子，当兵时候就喜欢写一些诗歌。正因为诗歌，他和远在新疆哈密的女孩相识，二人书信往来，一年后就转为恋爱关系。

两人到了谈婚论嫁的地步，可女方父母反对的态度比巴旦木的外壳还硬。可是，父母再反对，也阻止不了两个年轻人绵如江河的情意。肖勇的私心是，毕业了，就留在雅安，和心爱的人结婚，过小日子，没想到自己被分到了邦达兵站。肖勇整个人一时被困惑和无奈的情绪笼罩，甚至想到了就地转业。这当口，肖勇收到了女朋友从新疆寄来的信。她在信中说：不管他在什么地方，她都会和他在一起。并对肖勇说："当兵的，就要听命令，人人都想留在好地方，那不是乱套了！"

第二天，肖勇就乘上飞机。到邦达机场，坐了四五十里的拖拉机，又步行十几公里，到邦达兵站报到。一年后，女友从新疆来到雅安。他们就在当时的雅安兵站土房子里举办了婚礼。钱是干部战士你十块我五块地凑起来的，一共八百多块。说起这段往事时，肖勇眼睛里全是泪水，语气哽咽。他说："我对兵站有感情，这些战友，不管是牺牲的，还是离开的，继续留在这里的，他们都是我感恩的人！"

再次去邦达兵站任教导员，已经是十多年以后了。面对修建一新的营房，肖勇心情舒朗了很多。光有房子的兵站不像个家，更不像营区。有一次，他在一户牧民家院子里，看到几棵柳树，虽然低矮，但也是一道风景。肖勇心想，他这边能种活柳树，兵站为什么不能？

第二年春天，肖勇给院子里有柳树的藏族老乡送了一袋面粉、一袋大米，请求从柳树上折几根树枝。老乡爽快答应了。肖勇带着战士先松土，又到附近的羊圈里挖了一些土，再用水浇灌一遍后，把折来的柳树枝插了进去。夏天快过完的时候，独有一根柳枝长出了新叶，其他则干枯了。尽管如此，这就是成功。一下子解决了邦达兵站种不活树的“历史性难题”。

第二年，肖勇又如法炮制，到夏天，又有几根柳枝成活。有了柳树，也便有了一片小小的绿荫。这一年秋天，川藏线又是一阵繁忙，物资运输进入了新的高峰期。9月份以后，暴雨减少，泥石流、塌方比夏季时候少，正是完成上级任务的大好时机。第一批车队到达后，时任川藏兵站部政治部宣保科科长的左西南也到了邦达兵站，他的任务是下基层帮带。一上来，左西南就看到了院子当中的新柳树，满眼新绿，也满心惊讶。

深秋，气温骤降，整个川藏高原呈现出一种肃杀气氛。左西南对肖勇说：“你们能把柳树种活，也能种蔬菜吧。”川藏线上，几十年以来，官兵吃得最多的食物是盒装罐头、腌制的肉制品、咸菜和压缩干粮，只有在春秋两季，才有上线的车队带些蔬菜上来。可几天后，再新鲜的蔬菜也都成了蔫的和烂的。官兵们常年吃这些东西，吃得想吐，满身都是罐头和烂菜叶的味道。

说干就干，趁着大雪还没降临，土地还没有冻结，左西南和肖勇带着战士们在兵站一侧抡起镐头，铁锨紧跟而上，两天时间，挖了一片小田，然后弄来塑料薄膜，搭在棚子上，翻耘了好几遍。左西南和肖勇亲自刨坑撒籽，他们种韭菜，还有小白菜。菜籽埋进去第二天，左西南和肖勇就去看。两人蹲在大棚边儿，一边抽烟一边盯着泥土看。看了一个星期，泥土还是一副我行我素的样子。到第10天凌晨，左西南睡到5点钟就醒了。起来在兵站转了一圈，抱着一种侥幸的心理，到大棚，打着手电一看，竟然有几个绿色的东西，像是针尖一样从泥土中刺了出来。

左西南大叫一声，撒腿就往宿舍走，边走边喊说：“肖勇，你快起来！”

肖勇早就醒了，听到左西南的喊声，赶忙穿衣起来，出门，跟着左西南到大棚一看，哈哈大笑说：“这叫兄弟齐心，其利断金；战友种菜，心诚则成！”两人调侃了一阵，像小孩一样，走到院子里，把所有人都喊了起来，让每个人都去大棚看看。

从种树到种菜，半个多世纪过去了，原先一毛不拔、寸草不生的邦达兵站蓦然有了绿色，也有了可以在冬天的罐头和腌菜当中加点绿色的自产蔬菜。现如今，邦达兵站的土地，每年都会绽放出迷人的新绿……

原载《解放军报》2017年2月22日

老之将至

舒晋瑜

是从镜中发现第一根刺眼的白发？还是不断停下来，等待步履蹒跚的父亲？或者，是突然感觉手心里握着女儿的小手，变得厚实有力起来？

日子就是这样在不觉间把我们一步步带至衰老。岁月在额头的皱纹里葱茏。

1

是从什么时候开始惧怕死亡？是第一次看到父亲糖尿病诊断书时因为无知产生的巨大恐惧？还是得知父亲重病时如天崩地裂的悲痛？

那年四月，父亲在北京小住。清明那天，我准备了祭祀的物品，就在家附近的火车轨道旁，朝着老家的方向，纪念我的爷爷奶奶。父亲为什么不让我陪着？是怕我窥到他心底的悲伤？还是不愿意让我看到他在父母面前孩子般委屈的眼泪？

父亲从山西退休后回到祖籍，已有30多年。霍州煤电集团来信，说有些事情必须要他亲自回去处理。我送父亲去车站坐高铁，因为怕堵车，我们提前动身，不料到车站时还有近两个小时才发车。我不知道父亲拖着庞大的行李是怎么穿过漫长的天桥走到候车室，也不知道他在嘈杂的车站怎么熬过两个小时。怕我停车不方便，他急急地下了车撵着我快走，坚持不让送进站台。挂念可能一瞬间就过去了，我哪里还再想父亲的艰难？

返回时，我打电话问父亲是否需要接站，他坚定地说不用。可是见到父亲的刹那我就后悔了。他所带的东西，哪里是一个人的力量带得动的？父亲告诉我辗转坐车的经过，语气里没一点儿抱怨，可是我听后却难过了很久。我为什么偷懒，哪里找那么多理由？

2

跟父亲在一起，从来都有说不完的话。我从小是个乖女儿，可是在婚姻上却假装强大叛逆了一回。父母见我坚定，便尊重我的意见，父亲说，哪怕你嫁个农民，只要他踏实肯干，对你知冷知热，我们也就不惦记你了。可是后来母亲告诉我，私底下父亲每次提起我都要掉眼泪，比母亲还要脆弱，好像我将要踏入的是婚姻的沼泽，而不是殿堂。

我的婚期定在四月，婚纱穿在身上不免单薄。喧嚣热闹的锣鼓，对父母大约是不肯停歇的沉重的击打。在先生带我出门的瞬间，父亲看到我露在婚纱外的胳膊，大声说：冷啊！

他的声音很快被嘈杂淹没了。

在后来的日子里，我时常想起父亲的声音，是暗示我人生中将要面对的冷暖无常，还是提醒我未可知的婚姻中并非全部温馨的日常？

父亲上知天文下知地理，工农兵学艺样样精通，喜欢海阔天空地聊天。可是我的先生，似乎和父亲没有共同语言。我直觉中，父亲在我家生活并不快乐。可是他又依恋我，希望能帮我做些事情，至少能按时接送孩子，减轻我一点负担。但我又做了什么？每天晚上6点，父亲看养生节目，再看完新闻联播，就主动把电视让出来。也许这时候他希望和我聊聊天，可是我除了在电脑前没完没了地写文章，就是去健身游泳。我和父亲共处的时间，算起来也就是早饭时短短的十几分钟。不错，我很忙。忙碌有时是最好的借口。

临回老家之前，父亲亲手拆洗了他睡过的被罩床单。我正好有事回家，撞见父亲戴着花镜，坐在床上缝被子。见我突然回来，他有些不好意思，笑着说：“寻思着悄悄洗了再缝起来，不想让你知道……”我知道了又怎样？除了责怪父亲不必这么做，我并没有接过他手中的针线。

送父亲回老家之后，我突然觉得无比孤独、失落。住过的小屋被他收拾得整齐干净，被褥也缝洗得清清爽爽，甚至连他用过的毛巾，也洗净晾好。当过军人的父亲，来到女儿家里，生怕有一丝邋里邋遢招我厌弃。可是这时候，父亲，我宁愿您留一个乱七八糟的家让我收拾，这样我的眼泪不会那么汹涌，我的自责可能会减少一点。

那天看蒋雯丽导演的《我们天上见》，从小跟着姥爷长大的晓兰，在暴风雨之夜，起身去姥爷身边试探他的呼吸。我的眼泪夺眶而出。从什么时候起，我也像电影里的晓兰，恐惧身边的亲人离我而去？老之将至，伤感和悲哀都可放下，我们要做的，也许只是需要抓住今天。

窗外灰蒙蒙一片。严重的雾霾阴沉沉地裹住这城市的每一处角落，我们戴着墨镜、捂着口罩，冷漠着别人，也封闭着自己。只有亲情是温热的血液，流淌在我们的身体里，温暖着孤单的心灵；只有亲人的笑脸，胜过耀眼的阳光，足以穿透厚厚的云层。

3

手机的聚光灯缓缓地扫过，一寸寸照亮父亲的口腔。

饱经磨难。右侧的牙齿全被拔光了，右上颌、右下颌都做过手术，恢复不久的创面比别处显出新鲜；左侧上面的大牙，只剩下孤零零一颗，再往前，是一颗晃晃悠悠的虎牙，尽管自身难保，仍和恒牙担负起挂靠假牙的重任。

没有发现“敌情”。

我说。父亲笑了，满脸皱纹堆起，本来不大的眼睛挤成了一条缝。

心里却轻叹，假如我早一点知道检查父亲的口腔，该省却多少苦痛和折磨!

4

那年从北京返回后，父亲再没有离开过老家。2014年底，对父亲来说备受煎熬的冬天，一是牙痛，二是口腔内的肿瘤已发展到张不开嘴。即便如此，他也咬着牙没告诉我。

我回老家照例要找固定的牙医看牙。70后一代的四环素牙很不坚固，加之我酷爱甜食，便理所当然成为牙医的常客。口腔科张主任对我说，你父亲有颊膜炎，回去带他再好好检查一下。也别表现得太突然。

我当时心慌意乱，再进一步仔细询问时，原来是张主任帮父亲装假牙时才发现的状况。父亲的牙齿不好，从来都是自己去看牙，那些不熟悉的牙医即便知道父亲的病情，自然不会找到我。

回到家，我按张主任教的，自以为表演得天衣无缝，一下被父亲识破了。他硬朗朗道："要不是张主任告诉你，我还不和你说！"

我发现父亲口腔里长起一大片菜花状的肿瘤，张嘴已经有些困难了，用餐的小勺都难以入口。

还等什么？2015年春节前，我和哥哥带着父亲去市中心医院。

口腔科主任只略做检查，找个机会把我约到外屋，说，是癌。"以他30多年的行医经验，十有八九的确定的答案。"旁边的院办主任说。

我和哥哥相视无言，泪水瞬间涌上来，我问："怎么办？"

方案有两种：一是约济南的专家来淄博会诊手术；二是可去北京口腔医院手术。这个商量过程只有两分钟。

父亲还在就诊台上躺着。他目不转睛地看着我。我知道这时候任何慌乱都是在传递答案，就笑着对父亲说："看你还硬撑着吧？这下要有大动作了，去北京看看吧！"

父亲也就顺势坦然道："去就去吧！"

5

去北京。

直到坐在车上了，父亲还心有不安："咳，带着这个老头子去干啥？给你添乱！"

我说："地球上70多亿人，不就只有一个父亲吗？"

父亲笑了。

按专家指点的，一是去北京口腔医院，一是去301医院口腔科。唯一不同的，是北京口腔医院的医生在目测之后，认为需要做个穿刺。医生先让父亲出去，把我留下。

"你是病人的……"

"女儿。"

"你父亲得的是癌。怎么不早点来看？"

我的心已经被无边的恐惧紧紧揪住，无力地辩解道："他没告诉我。"

——后来我在反思，真的没告诉我吗？妈妈两年前就先跟我说过，你父亲嘴里长了个麦粒大的东西。我马上百度搜索，查了比较接近父亲的情况，说是息肉。父亲说，不疼不痒，由它去吧！这种东西就像韭菜，割了一茬又一茬。

我们都没重视。就这么轻易地被父亲"安慰"过去了。

穿刺需要第二天再做。口腔医院就这么规定的。这个空当，有朋友推荐我去301医院。

在我打电话约朋友见面的工夫，父亲在医生介绍栏里找到了目标：口腔科主任步荣发。

6

被诊断为口腔癌晚期后，父亲在五分钟之内做出决定：不做手术，回家！

我不敢面对因手术需要已被剃了光头的父亲，忍不住心酸。

本来，我们可以顺顺当当住院手术的。邢医生为我们做术前动员，他把我们全家叫到医生办，目光扫视每一个人：你们要听真话还是假话？

我立刻对他产生了一种轻微的抵触。当着病人的面，难道还要我有第二种选择吗？

我没有退路地说，当然是听真话。

“病人得的是癌。”他面无表情地说。

我早已知道，并无太多异常反映，只对他的直言不讳感到一百二十个不满，恨恨地想：即使病人有知情权，难道你们不应该事先征求一下家属意见吗？难道对病人说话不讲究一点儿技巧吗？

父亲平静地问：手术之后是什么情况？生活质量是不是受到影响？

在得到肯定的答复之后，父亲说：回家，不做了！多活个三年五年有啥意思？

遇到大事一向没有主见的我，恳求父亲再想想，哪怕明天再走也行啊！

父亲说，明天第一台手术是我，逃不掉了！赶紧走！

赶在医院下班之前，我们离开了。

7

我们第一次面临生死抉择。

以往，总觉得这个问题太过遥远，现在，我们不得不面对了。

我能让父亲就这么离开吗？必须找到口腔科主任和他面谈，手术的做与不做，在此一举。

步主任个头不高，说话做事干脆利落，一脸和气。他说，做的话，需要扩大切除，恢复顺利的话一周左右可以出院；如果不做，后期肿瘤的扩散会越来越快，后果无法预料。

我仍然不敢拿主意，看着父亲犹豫。哥哥动员父亲说，做吧，做了总还是有好的希望。

父亲终于被说服了。

8

我不知道自己那么不中用。

术前要求家属献血。我和妹夫建龙排在拥挤的人群里等待叫号。一个病人至少要有两位家属前去献血，这也是医院的规定，谨防血库的存储不够。一个排在我前面的小伙子转过头来问我："紧张吗？"

有什么可紧张的？我劝他，尽量放松好了，也不会疼。

但是轮到我的时候，只抽了100CC，我就开始头晕，心跳加速，只得暂停。在输液室里间的小床上休息了一会儿，我惦记着如果输的血不够，父亲的手术就做不成了，赶紧起身说："我休息好了，再接着来吧！"

医生面无表情地说："你这样的身体，抽了血也不敢用。"

她不顾我的再三请求，把我打发走了。

建龙献血顺利，回到父亲的病房，他还谈笑风生，豪迈地说："再抽400CC也没问题，要多少我给他多少！"

好在管床医生并没有提出额外的要求，手术将正常开展。

9

三年了，我依然深深地记着那个日子。

3月9日。是父亲上战场的日子。

送父亲进手术室之前，照例是进行谈话、签字。有哥哥在，我顿时觉得有了依靠。

8：00进手术室。手术准备。正在手术……

我们在手术室外，等了整整六个小时。我闭着眼睛，不停地在心里为父亲祈祷：保佑我的父亲，一定要平平安安地出来！

在我们的心目中，父亲是正义和力量的化身，是能工巧匠的化身，他当过军人，不论面对多大的困难，他的一生都以坚强不屈战士的姿态昂扬着斗志。他的性格耿直，热心助人，四邻八舍遇到困难甚至打官司的事情，都来找他帮忙，我从未听他推托过。仗义执言，不惧强势，所有熟悉父亲的人都知道他是个好人。下煤矿时，他一定是挑最苦最累的活儿，轮到奖金福利，他永远都是最后一个。我们家的大堂，挂着《朱子家训》，他要求我们节俭用度，别人需要帮助时，他却恨不能把家底端出去。父亲没学过一天木匠，在80年代却能自己设计、制作躺椅和沙发、高低柜等一系列当时最新潮的家具，在亲朋好友中引起一番轰动。父亲也没学过厨师，却能将那些普通的食材变成美味佳肴。他在退休以后才有时间拉京胡，却很快就成为“领衔主演”；他着迷《易经》，对中医也颇有研究，有个头疼脑热，自己开点中药就解决了。父亲是个全能，战无不胜，可是这会儿，我无往而不能的父亲倒下了。

在手术室外度时如年。

六个小时之后，手术的门再度打开，父亲终于被推出手术室，头上裹满绷带。我们的泪水奔涌而出。

手术一切顺利，还有比这更鼓舞人心的吗?

10

父亲的头上仍缠满纱带。他的右手输着液，左手用劲地攥着我的手，疼得我直咧嘴。父亲笑了，他冲我挥挥手，让我走。这一天，是我应该去鲁院报到的日子。

2014年底，得知鲁研第二十六届评论家班招生的消息已经很晚了。我几乎是在最后一天报名，鲁院却以最快的速度接纳了我。

然而，我只来得及参加了开学典礼。开学典礼后，我回到房间。门上贴着我的名字，打开房门，灿烂的暖阳从窗外映射进来，顿时觉得心里敞亮起来。我将在这里度过两个月的美好时光了，我幸福地环视房间。平时总是太忙，这下可以拿出整块的时间安排自己的学习和生活，这是多么高的礼遇啊！我打开抽屉，意外地发现一个硬壳本，打开一看，原来是历届学员留下的手迹。她们无一例外都曾住过这个房间，有的留下了生活用品针钱包，有的留下了美好的祝愿，更多的是温暖的记忆。

我想，我一定要记录下自己在鲁院的每一天，最后就起名《我在鲁院××天》。

我带着鲁院发下来的校徽和纪念册直奔医院。

父亲不能说话，右手打着点滴，他用左手在纸上写下几个歪歪扭扭的字，我看清了，是让我说说鲁院的事儿。待我说完，父亲又在纸上写："安心上学。"

我是在课堂上接到哥哥电话的，说父亲大出血，正抢救。我来不及等那节课上完，匆匆赶往医院。

父亲刚被打了麻醉。病房里很安静。究竟怎么回事?

事情因一名护士操作不当引起，而引发的后果，比手术本身更可怕。口腔突然大出血，父亲被几名医生按在病床上，插鼻管、胃管，几次都插不进去。父亲是个对死都不怕的硬汉，可是这一次却饱受折磨，他痛苦得想拔掉那些让他生不如死的管子，从嗓子里发出反抗的怒吼。那声音撕心裂肺。哥哥心疼得直掉眼泪，步主任和几名管床大夫都来了，可是无济于事。好不容易插管成功，父亲筋疲力尽。

安静下来的父亲，像蜘蛛般被各种管子包围着，引流管、导尿管、胃管、鼻管……眼看过几天就要出院了，却又要从头再来，而这时的父亲，身体大不如刚入院那会儿，已是元气大伤，无法正常走路。

我问清了那位护士的姓名，执意要去投诉。父亲仍不能说话，却坚定地按住了我的手。

难道父亲就这么白白忍受这么多的痛苦吗？我不甘心就这么息事宁人。此刻躺在病床上的父亲，那么虚弱，那么无力又无助，难道我不应该担起做女儿的职责，去捍卫父亲的尊严吗？

父亲冲我摆摆手。我只得压下胸中怒火。

我后来回想，听父亲的话是对的。事情已经发生，即使讨个说法，也无法代替父亲遭受的痛苦。而最大的可能，是护士甚至护士长都会受到相应的惩罚。以父亲的为人，他断然不会允许我去节外生枝。我最后悔的，是关键的时刻不在父亲身边。此后，我长期向鲁院告假。是的，鲁院的课很重要，我很珍惜这样一个来之不易的机会，可是，我只有一个父亲，我的父亲再经不起任何意外的打击。

11

我一直主观地以为，是父亲怕耽误我时间主动放弃放疗。因为我没有拿到鲁院评论家班的结业证，向院方申请后，特批我“留级”，跟着下一届的编辑班上课。事实证明，我仍然很看重鲁院的学习，关键时刻怎么能半途而废？而在编辑班培训的时间，正好是父亲该放疗的时间。

究竟是否要做放疗，我们纠结了很久。我带着父亲先后去了两家肿瘤医院，又再三询问了主治医生。做的话，杀死癌细胞，可是伤敌一千，自损八百，而自身所受的痛苦，因放疗而起的若干副作用，年近八旬的父亲是否能抗得住？不做的话，是否还会复发？如何能有效控制肿瘤的生长？

所有的疑问都是无解的。每一个选择，都无比艰难。我几经周折，向远在美国的朋友咨询，向身边的朋友了解，找到做郭林气功的师傅，又跑到其祖上曾给慈禧太后把脉的中医世家，各种方法都找遍了，然后把各种信息集中起来反馈给父亲，还是得由父亲定夺。

父亲决定不做了，他说，你安心再去鲁院上课吧！我回老家，养好身体，比做什么放疗更有效果。

我有些后悔把再次去鲁院学习的消息早早告诉了父亲，他一定有了后顾之忧，才断然决定回到老家。只隔了半年，父亲又复发了。

第三次手术，父亲没让告诉哥哥姐姐。我知道父亲最怕给别人添麻烦，便尊重了他的意见。在手术通知单上签名，我第一次觉得自己的责任重大，父亲的生命之重落在我一个人肩上。尽管妈妈一再地安慰我，和护士一起将父亲推向手术室时，我仍然忐忑不安。好在手术只用了二十分钟，父亲平安出来了。术后不允许病人睡觉，父亲又不能说话，他实在是困了，举起没有输液的那只手。我笑了，这是我经常和女儿做的拍手游戏，先对拍再反拍，再对反各击一次。父亲深谙游戏规则，我们玩了一局又一局。享受和父亲在一起的时光，我似乎回到了童年。

2015年和2016年的11月，父亲因复发两次手术，都正赶上我的生日。母亲说起来时总觉得很对不住我，可是，她哪里知道，有父母陪伴的生日才是最值得纪念的。我们在父亲病床支起的小桌上摆上生日蛋糕，这个记忆足够温暖我的一生。

12

有一段时间，我觉得自己不会笑了，人生变得无比灰暗。

老天为什么让父亲承受这么大的痛苦？为什么是我们？我总想找个没人的地方痛哭一场，不论走到哪里，眼前老浮现出父亲裹满绷带的脸。吃饭的时候，想起父亲只能通过针管输到胃里去的五六管所谓营养剂，我的咀嚼就是一种罪过；走路的时候，想起父亲连去洗手间都要扶着墙无力地移步，我的双腿就是一种罪过；我还能说话，父亲不开口都往外淌血水……换纱布的时候，我看见父亲的脸，里外是通着的。因为患有糖尿病，医生说，这个伤口有可能永远合不拢。

我听了大吃一惊！难道父亲这一侧永远都这么开放着吗？吃饭喝水都往外漏？父亲如何能接受这一现实？

父亲倒没有太当回事，他能简单地说几句话了，虽然因手术切除了部分舌头，我仔细辨别，听见他一字一句地说：我死都不怕！

父亲注意到我情绪的变化，说，多看点书吧，你不应该这么悲观。

大概就是从这个时候，我开始反思自己。这种浅薄，一是对癌症认识得不够，二是对生命认识得不够。孔子只言“四十不惑”，但是，如果不经历这些，我又如何“不惑”？

过去从未探知过生死。偶尔特殊的时候需要说出“节哀顺变”，也觉得显得轻巧而不够坦诚。略知皮毛的是庄子“妻子死而歌，已死不哀”。在《庄子外篇·知北游》里，生与死如同春夏秋冬的自然变化一样，生命本来就只是气的聚散：生也死之徒，死也生之始，孰知其纪！人之生，气之聚也。聚则为生，散则为死。若死生为徒，吾又何患！生命如草木——可是哪里就比得上草木那么坦然自如?

但是领悟也就一瞬间。至少，我知道父亲不希望看到我忧愁的样子，而且我的忧伤不但于事无补，更增加父亲的担心。他可以坦然应对生死，但绝不希望女儿因他的变故饱受心灵的折磨。

13

我开始频繁往返于北京和老家，陪父母出去走走，陪父亲喝茶、闲聊。近三年来往老家跑的次数，抵得过前十年的总和。我只恨自己觉悟得太晚了。父母心疼我奔波太辛苦，我屡屡劝慰他们，高铁多么方便，一路看书，什么也不耽误。工作永远都忙不完的，可是和父母在一起的时光有限。最关键的，回家是一种享受，叫声“爸、妈”听到屋里响亮的答应，还没等开门心里就乐开花了！好在我的小家有坚强的后盾，先生和女儿支持我的行动，让我就毫无顾忌地承欢父母膝下。

父亲看到好文章，总是给我留起来，打上记号让我看，有时候会和我交流看法。我们常有不同的观点，辩论起来，往往是我败下阵。

看完庄子《马蹄》，我深以为然。在庄子的眼里，当世社会的纷争动乱都源于所谓圣人的“治”，因而他主张摒弃仁义和礼乐，取消一切束缚和羁绊，让社会和事物都回到它的自然和本性。父亲说：《史记》中说，孔子本来已经准备去晋国，走到半路上听到晋国的两位贤人窦犨、舜华被杀，非常伤心，说，君子最忌讳伤害同类，连鸟兽都懂得躲避，何况我孔子呢？孔子到晋国的目的本来是想宣仁复礼，恢复晋国原来的秩序。不“治”怎么行？老子《道德经》里就说“治大国若烹小鲜”，清代大臣张廷玉也说“治国无法则必乱”。军不治不严，法不严难制众——最后，父亲得出结论，《马蹄》与当前的形势不合，够不上与时俱进。

作家铁凝有一篇谈论幸福的文章。为“你最幸福的时刻是什么？”找答案。父亲等我看完，问我：你说“幸福的时刻是什么”？我说，简而言之一句话：珍惜当下！

父亲补充说，有的人认为升官发财最幸福，有的人认为买房购车最幸福，也有人认为父母双全最幸福。过去的事来不及想，将来的事情没必要想。幸福就是现在用心享受面前的好茶——父亲接着说，文章里“和我谈新叙旧的你们更是我的幸福之源”才是主旨。

父亲说得对，我赶紧自我检讨，说，好读书不求甚解，说的就是我。

父亲哈哈大笑。

北京大学教授吴小如生前最后一次接受我的采访，说起过一件往事。他的父亲吴玉如先生壮年时，双臂有力，可将幼时的同宝（小如）、同宾（少如）兄弟抱在手中同时抛向空中后再稳稳接住，小兄弟俩对此不以为惧，反而特别高兴，因而小如先生与其父掰手腕一辈子没有赢过；吴老临终时，年过花甲的小如先生为了博老人一笑，再次提出掰腕子，其时老先生手腕早已无力，小如先生装作再次输给老先生，意思是：您还是那么有劲。小如先生对我说：那是我平生第一次说假话。

此时突然想起这个故事，并非是指我说假话为了博得父亲的高兴，实事求是，父亲的评价确实比我到位——感念吴小如先生的真和孝，够得上我学一辈子。而此时和父亲讨论幸福，又多么恰如其分。是，和我谈新叙旧的父母，更是我的幸福之源。

原载《美文》（上半月）2017年第7期

我把母亲抱在怀里

吴克敬

我把母亲抱在怀里，就像母亲曾经抱着我一样。母亲抱着我的时候，是我的新生，我攥着拳头哭声嘹亮……我抱着母亲的时候，母亲即将撒手远去，她悄然不语……在我昨夜的梦里，我梦见母亲了。

这一夜，我即将步入我生命的六十四岁，而我的母亲，离开我也已有二十二年。

二十二年前的七月，我从咸阳报社调入西安日报社三月有余，母亲在我租住的家里，三番五次要我把她送回老家。母亲跟我说，我父亲想她了，要她去陪他。我嘴上答应着母亲，却没有任何举动。我坚持认为，母亲是说胡话，她虽然八十五周岁了，但身体很好，能吃能喝能走动，抱着我三岁的女儿吴辰旸，还能坐在阳台上的阳光下，教我女儿说口谱。母亲记得的口谱很多，在我小时候也给我说过。我还记得，我女儿也记得的，就有一大堆。但记忆最为清晰的，是这几句：

蜂蜜罐罐，油馍串串，

肥肉片片，臊子面面，

额娃额娃福蛋蛋。

我抗拒着母亲，没有立即送母亲回老家，母亲竟悲伤地哭着给我看。我拿母亲没了办法，就把母亲曾经说给我，也说给我女儿的这四句口谱说给母亲听。我不说母亲说给我和女儿的口谱时，母亲只是潸潸地啜泣，我把这四句说出来，是想要引母亲开心而停止啜泣——过去的日子里，我这么来哄母亲，总能把母亲说得笑出来，可这一次，我失败了。母亲不仅没有高兴起来，反而把她的暗自啜泣，演变成了大声的哭诉。

母亲哭诉我是不听话了。她说她没有说胡话，她说她不会说胡话，真的是父亲想她了，她要去陪父亲了。

我父亲在我十四岁时，就被迫无奈地辞世而去。那一年是“文化大革命”如火如荼的1968年，要面子的父亲，不忍自己被戴上一顶“村盖子”的高帽子，在父老乡亲和儿女子孙面前，游街示众，父亲把一根绳子，趁着黑夜，挂在如钩的月亮上，就自己攀着去了天堂。这么算来，父亲离开母亲和我，已经二十六个年头了。在这二十六年里，我在扶风县北的闫西村种了十年的庄稼，此后又在扶风县城做副业工和合同制国家干部，再到西北大学读书，《咸阳日报》《西安日报》工作，母亲和我，相依为命，我到哪里，母亲跟我到哪里，她突然地说出那样的话，我是不能接受的。

我惶恐畏惧，胆战心惊，我奈何不了母亲，也奈何不了我自己。

我答应了母亲，并找来一辆小车，抱着我的母亲，和母亲一起回了扶风县北乡的闫西村。

坐在小车里，我想着母亲的过去，有些是母亲说给我的，有些是我亲历亲见的。母亲说给我最多的话，是我的父亲。母亲在说父亲时，起头的话，总是一句“短寿死的”。我初听时，以为母亲跟父亲结着什么大怨大恨，听多了，才觉出那是母亲对父亲的一种思念，而且还有点儿母亲自己的骄傲。

不过，母亲来说父亲，总是特别不客气，我忘记不了的还有母亲说的这样的一句话。她说：“我就不该嫁给短寿死的。”母亲最早说的时候，父亲还没有离开我们儿女而去，母亲那时候说这句话，她会说得咬牙切齿，父亲离开我们走了，代之而来的，就像母亲骂我父亲“短寿死的”时一样，依然怨中带恨，却也不失自己的骄傲与自豪。

母亲被父亲娶回家来，因为一个游方道士的话语，父亲坚持要母亲给他生育五个儿子。母亲是争气的，一个接着一个，给父亲连着落草了四个儿子。到母亲分娩第五胎时，生出一个女儿，父亲面对他的大女儿，也是喜欢的，可是等到母亲又生下二女儿、三女儿时，父亲不能容忍了。他的二女儿和三女儿，在刚刚落草下来，都没能睁开眼睛哭出声，就被父亲按进盛满了水的脚盆里，溺亡了。还好，父亲见不到那个给他算过命的游方道士，就去了我们村口的小庙里，向小庙里唯一的老和尚求教了。老和尚对父亲已有的行为，早有耳闻，在父亲向他求教时，老和尚双手合十，什么话都不给父亲说，只是一个劲地数着他的念珠，口里喃喃自语。

老和尚的自语是：罪过……罪过……

就在老和尚自语“罪过”后不久，母亲又给我父亲落草了一个女儿。这一次，父亲接受了他的这个女儿，至此两年以后，母亲再次分娩，产下了我，完成了父亲所希望的“五条汉子”。

母亲开口即骂父亲“短寿死的”，与父亲溺死他的两个女儿是相关的。再还有什么呢？母亲没有说，我也就不知道了。

可以想象，一对农家夫妻，要养活我们兄弟姐妹七人，是怎样的不容易，仅一个吃，仅一个穿，就让父亲母亲作难了。母亲说过，为抚养我们，他们夫妻是做了分工的，吃是父亲的事，穿是她的事。对此，我有最为深切的体会。

先说吃吧。二十世纪人民公社后的“大跃进”，父亲以他一个庄稼把式的智慧，预知了后来的大饥饿。他在生产队参加集体劳动，过些日子，总要缺工一两天。父亲之所以缺工，是独自钻进了我们村北的深山，在山林里开荒种谷子。父亲的这一举动，以当时的政策而论，是反动的，可是正因为父亲的反动，到大饥饿突然来临，且蔓延全国时，父亲又隔三间五，天黑时悄悄离家，半夜时悄悄回家，肩背上他耕种出来的谷子，在家熬了稀饭给我们喝，让我们一家的九张嘴，在饥饿岁月里，没受大的罪。

我问过母亲，父亲在山里为啥只种谷子。母亲就在我头上拍了一巴掌，要我去问父亲。父亲给我说清楚了。父亲说荒山地谷子好长。

我没说我藏在心底的小九九，其实我是想吃母亲做的面条的。我不是夸口，我母亲的臊子面，做得是很绝的，为此我写过一篇《想起老饭店》的散文，发在2009年的《美文》杂志上，因此还引起了一场小风波。当时，我在西安报社工作，市委宣传部的一位副部长，是我的同乡，他看过我的散文后，打电话生气地质问我，你怎么写文章说你妈做的面是你们村最好吃的！他这么质问我，没能使我沮丧不满，而是让我更加理直气壮，我对上级的副部长毫不客气地说，我才说我妈做的面是我们村上最好吃的，我这么说是不够的，我还要说，我妈做的面是世界上最好吃的呢！

我电话里的回话，把部长说得哑口了。他在电话那头喘着粗气不说话，我就想了，他大概和我一样，是吃不着母亲做的面了。

我没有让同乡太难受，在电话这边说，对不起，我吃不着母亲做的面了。听了我的话，他在电话那头，一改刚才气愤的语调，很是低沉地回了我话，说他也吃不到母亲的面了。

母亲就在我们的舌尖上，当然还在我们的身体上。分工我们穿着的母亲，于此是把夜熬深沉了。在我童年的记忆里，母亲的辛劳，无分四季，总在炕头的一角，嗡嗡嗡嗡的风旋着，好像是越到寒冷的冬季，母亲的纺车越是摇得急迫，摇得夜深，我们兄弟姐妹后来说，无人不是蜷缩在母亲摇着纺车的怀抱里睡过去的，我们听惯了母亲纺车风旋的嗡嗡声，仿佛那持续不断的声响，就是一支催眠曲，在我们闻听不见时，还可能睡不踏实。

我们兄弟姐妹七人，倒是在母亲的纺车声中睡鼾了，睡足了。可是我们的母亲呢？她摇着纺车，一日一日又一日，一夜一夜又一夜，她就不困了？她就不乏了？肯定不是的，我们听母亲说过，每到换季的日子，或单或棉，我们高高低低七个人，加上身材魁梧的父亲，都能体体面面地换上新衣服，她所有的困乏就都值得了。特别是大过年的时候，初一的清早，泛滥着新棉布、新棉花特有的一种气息，包裹着我们兄弟姐妹和父亲的身体，母亲走过来转过去，把我们穿在身上过年的新衣，伸手这里拽一拽，那里抻一抻，母亲的脸含着笑，特别的温和，特别的温暖。

母亲还要给我们兄弟姐妹和父亲织毛袜子和毛手套的。

母亲把给我们织毛袜子、毛手套的希望寄托给了她养的那几只绵羊身上了。要养好养肥几只大绵羊，是费时费力的，青草长上来的季节，可以牵着绵羊到田野上的墩坎上去放，入冬后，就只有关在圈里喂养了。而喂养绵羊的饲草，却也要在青草摇曳的时节，割回家来，晾晒干了，堆积起来，等入冬了喂给绵羊。父亲忙着庄稼地，闲暇了，就去割青草。但这是不够的，母亲知道几只大绵羊卧冬时的食草量，她也是要提上镰刀，拿上担绳，割青草而冬贮的。我们村西，离家三里地的地方，有条名叫草沟的深沟，是母亲割草冬贮的最佳去处，也不知母亲在草沟割了多少回草，偏偏在一个傍晚时分，母亲在草沟割了一捆草，那天的草捆得有点大，母亲用带着钩子的担绳，把草捆子捆紧，就半跪半蹲，把肩膀套进绳捆子里，想要背起草捆回家，可她使着力气，背了几背，都没能把草捆背起来。

母亲奇怪了！想她怎么就把草捆背不起来了呢？

就在母亲奇怪的时候，有几只小狼崽，蹦跳着跑到她的面前，睁着圆溜溜乱转的小眼睛，看着母亲乱吱哇……母亲因此更为奇怪，她抬了一下头，看见了一只大母狼，两条前爪踩在她的草捆上，吐着一条鲜红的大舌头，不偏不倚地搭在她的头顶上。母亲被吓昏了一刹那，紧接又清醒过来，母亲想着家里的孩子们，她给大母狼诉说起来，说你是个母亲，我也是个母亲哩！母亲都为自己的孩子好，你能忍心你的孩子好，而让我的孩子哭吗？母亲把这几句话，车轱辘似的说着，说得她面前的小狼崽都跑得没了影子，她再抬头，也不见了前爪踩在草捆上的大母狼，母亲使了一把劲，把草捆子背起来，背上壕沟，背回了家。

母亲给我说她经历过的这件事，已经是几十年后了。

这个时候，生活在关中道上的人们，谁还能见到一条野生的狼呢？见不到了，狼几乎绝了迹，而母亲不忘她曾经的经历，母亲问我了，说狼都到哪里去了？怎么就见不到狼了呢？特别是在我父亲“文革”时被扣上顶“村盖子”的帽子整死后，母亲不止一次要怀念到狼。

母亲说：狼是通人性的，狼听得懂人的话。

母亲说：而人通人性吗？人怎么就听不懂人话呢？

父亲过世二十六年，一直跟着我生活的母亲，从老家闫西村进了扶风县城，从扶风县城又到咸阳市，从咸阳市再到西安城，母亲的身体向来不错，除了一时半会的头疼脑热，没有什么太要紧的病。她说我父亲想她了，她要去陪我父亲了。然后坚决地要回老家去，我不能不顺着母亲的意，陪着母亲回老家了。几十年离家在外，回到家的母亲，引来村里人相看问候，母亲精精神神，什么事都没有，我给家里大哥、二哥、三哥，还有大姐、二姐交代了一下，并给母亲问了声安，就又回西安自己的工作岗位上，编稿子写文章，过去了两天，二哥打电话给我，让我火速往家里赶。二哥说母亲清早起来，自己烧了锅热水，把自己洗干净了，又在脚盆子里腾净了自己身子，自觉地翻箱倒柜，把她给自己准备的老衣都找出来，满面笑容地穿好，在老家的院子里，前前后后走了个遍，就要大哥二哥他们给支床，说她要走了。

母亲是要去见我们的父亲吗？大哥二哥他们吓坏了，打电话给我，我没敢迟疑，在回家的路上，拐进扶风县城，叫上在县医院当院长的一位李姓同学，回到家来，看见我的母亲，已静悄悄地躺在支着几块木板的床上。

我回家来，让在县城名气很隆的医生同学，给我母亲做了全面的诊断，心电图、脑电图地做了一遍，然后跟我说，老人没啥病，老人就是老了。我听得懂同学说的“老了”，也就是说没病的母亲，她全身器官赶在同一个时间，老得没有用了。我没有流泪，更没有哭诉，我爬到给母亲临时支起来的木床上，轻轻地把母亲抱起来，紧紧抱在怀里，我把我的脸，贴在母亲的脸上，我听见母亲给我再一次说着她说顺了嘴的口谱：

蜂蜜罐罐，油馍串串，
肥肉片片，臊子面面，
额娃额娃福蛋蛋。

原载《散文》2017年第8期

神女泉

王宗仁

牧民追着羊群游走了，草坡上留下了两顶黑帐篷。它不在坡顶也不在坡根，而是在坡顶靠下一点的一个山阶上。那独特的地理位置浓缩了山坡的一个侧面。一条无名小溪铺展着，无声，平静。唯远处天边一朵白云，静谧地移动着，也许千百年前它就如此静谧地移动着。如果找个恰当的位置透视，那朵白云就好像成了特意在两顶帐篷中间装饰的一朵花。一圈密密麻麻的石块，不规则地码砌着它的围墙，石缝间偶尔蓬勃出一丛也许是苔藓也许是索索草之类的植被。

两顶黑帐篷孤独却不寂寞。太阳落了月亮照着它，春天的草谢了冬雪伴随它。它包藏着一个新诞生的藏村的雏形，还有一个初建的军人之家有苦涩也有甜蜜的历程。

黑帐篷是藏地很普遍的民居建筑，俗称牦牛帐篷。它有相当久远的历史，据记载出现在人类住洞穴时代。最初它是以树枝和兽皮做简单掩体搭建而成。随着畜牧业的发展，牦牛的数量不断增加，牧民便以牛毛编织为主建造适合游牧生活特点的民居。营建黑帐篷所需的木材不多，只有三种木质材料，即梁、柱子与木橛，主要用料是牛毛。一般用五根或六根牛毛线编成扁平状毛绳毡，将其缝合在一起，再用六根牦牛绳子牵拉起来，即成帐篷。帐篷相当结实。转场游牧时，将帐篷一卷让牦牛驮着游走四方。黑帐篷给生活在严寒极地世界中的藏族牧人赐予了极大恩惠，不管是风霜雨雪的日子，还是风狂日曝的天气，它总是以看似柔弱的身躯遮挡风寒，为牧人营造一个温馨舒适的家。

此时，我们看到的这两顶具有青藏高原牧区特色的黑帐篷，是在长江源头即沱沱河兵站后面的草坡上。如果那是牧民的住家，我见得多了，多次走进去双手接过了阿妈递来的酥油茶，一仰脖子抿得吱噜儿响。不，不是这样的。这两顶黑帐篷是两位军人的婚房。

从黎明就飘起六月雪的这个早晨，站在昆仑山下格尔木转盘路口的女人是你吗？童玉梅。你的心，三年前就属于长江源头那个只有十八个兵的沱沱河兵站了。今天你站在这个东到西宁、南上拉萨、北通敦煌的转盘路口，等候顺路的便车返回长江源头属于你的那间婚房——黑帐篷。沙沙沙飘落的雪把这个早晨洗白，西行上山的汽车明显比往日稀少了许多。你一次又一次举起手臂拦车，却没有一个司机停车。你并不是一个人搭车，身后还站着一个姑娘。两个人捎脚，落雪的天气在这高海拔空气稀薄的路上行车，哪个司机不提心吊胆！

我没猜错的话，这个姑娘是你的妹妹，而且我知道她的名字，童玉娟。昨天我到格尔木一落脚，就听到你姐妹俩的故事像长了翅膀似的到处飞传，都是纯洁美丽的赞扬，当然也难免有几声缥缈的嘈杂。很快，玉娟就不仅是你的妹妹，还是和你同住沱沱河兵站小院里的军嫂了。她大概还要在你的那间婚房里住几天，适应一下高原的气候、环境，才由你当伴娘护送到另一间婚房。玉娟的丈夫和你那位是称兄道弟的亲密战友，一个是排长，另一个是副排长。

从亲姐妹到同为高原上的军嫂，世界怎么变得这么窄小，而且美好奇妙！

那年盛夏，玉梅随舅舅到昆仑山下观光、避暑。八百里秦川的气温已经达到了三十八度，还在往上攀升。可是昆仑山下，飕飕的北风中还夹杂着冷着面孔的雪片。“我虽然到了昆仑山下，可如果不遇到张志群，那么我的人生肯定就不会是今天这个样子。会是什么样子呢？谁知道！”童玉梅说这番话时，眼眸子亮亮的，你一时弄不清她是在看山还是看河。

舅舅是驻扎在昆仑山下格尔木某汽车团的副营长，肩上的军衔一杠三星。在他的眼里，全天下没有一个地方能与青藏高原媲美。那里的蓝天像镜子一样能照见你的头影，用那里的泉水洗脸可以褪掉你眼角的雀斑，望一眼那里山巅的积雪，你立马洁净得能融进雪里。你相信这些比喻是出自那位撂下镢头扛起枪的大老粗舅舅之口吗？千真万确是他！难怪有人说昆仑山的水土能长出诗画能养育诗人，敢情没错！那年舅舅回到西宁探亲，他简直成了昆仑山美景的义务宣传员。他用随身带的傻瓜照相机拍下的那一摞高原风光照片，见了人不管人家情愿不情愿，就摆出来叨叨个没完。每张照片都带着他早就准备好的一个新鲜故事：不冻泉是当年文成公主进藏时思乡的眼泪滴成的一眼泉，格尔木河的源头瑶池是远古时期统治青藏高原的西王母会见周穆王的地方，还有“青藏公路之父”穆生忠将军在白蛇娘子盗灵芝的崖下修架起了昆仑桥……舅舅是看图讲故事的，很抓人心。末了，他还总少不了这么客气几句：“我是个业余摄影爱好者，手中的傻瓜照相机拍的这些片子上不了档次，如果有专业相机的话，效果会更好。当然，你们如果能有机会去看看真实的昆仑山，那才叫真正的美山呢！”

童玉梅就是这样被吸引来的。当时她刚从一个中专学校毕业，在家闲待着，上高原观光旅游不单是打发时光，还开阔眼界呀！

凡是舅舅说到的那些风景点，玉梅都仔仔细细地看了一遍，而且留影存念。有的景点她还看了两遍，比如昆仑神泉，那清洌洌的水日夜不停地咕噜咕噜冒着，却不往外溢出一滴，神了！她第一次去没看够，第二次又去，特地从泉里灌了一瓶水，要带回西安长久留念。舅舅说的，神水能治百病！昆仑山的情韵，天的高远，山的纯净，滋养、丰富着关中年轻姑娘的胸怀。还有高原人，尤其是那些外表质朴得甚至有些木讷、内心却很灵秀的战士，不可阻挡地走进了姑娘的视野，弥漫在她的心间。他们一个个像茅盾笔下的那些高原上的白杨树……

张志群，则点燃了玉梅的心火。

张志群是舅舅所在营的一位排长，常年带领一个排的车队驻扎在沱沱河兵站，为可可西里自然保护区以及西藏执行后勤保障运输任务。最初，玉梅并没有怎么留意他，那实在是一个朴实得不能再朴实、简单得无法再简单的高原大兵。他的话语永远那么少，可一旦和他搭上了话，尤其看到他开车或摆弄汽车，就再也不会忘记他了。他的智慧和才华似乎在他的双手上才可以大放光芒。

一个周末，他从沱沱河兵站回到格尔木给团部汇报工作，完毕，顺便到家属院看望舅舅。玉梅正好在舅舅家，坐在一旁一边看书一边时不时听他们聊天。开始她并没有太在意他们的谈话，汽车部队的那些事关她什么痛痒，后来她听到他们并不是在谈工作，而是一会儿东家一会儿西邻地侃家常，甚至扯起了团部一位参谋的老婆生了一对龙凤胎，把那些军官和妻子眼馋得都流口水了！玉梅想，原来军营里的男子汉也有家长里短，好新鲜！于是她把书一合，腾出双手撑在下巴上，听他俩聊军营中那些她平时难得听到的趣事。舅舅见外甥女对他们的聊天有了兴趣，便有意无意地把话题引到了张志群身上：

“玉梅呀，你别看这个张志群的样子长得像个庄稼汉，矮墩墩的个头，黑黑的脸膛，走起路来像台压榨机。可是他外粗内秀。他是我们团为数不多的一级技术能手。他当驾驶员时安全行车十二万公里。那辆笨重的从东德进口的依发牌汽车，到了他手里开起来可轻巧了。爬雪山，蹚冰河，过险桥，从来都是他在前面探路开道。后面的车队跟着他蹚出来的路走，没错，不会出半点麻烦！”

玉梅暗想，他张志群是个开车的，不把汽车摆弄好，怎么能当上排长！当然啦，他这个排长肯定表现得很出色，要不营长能当着一个生人的面那么起劲地夸他吗？玉梅只是这么想着，又打开书，把视线埋进那一行行密密的小字中间了。

场面一时变得冷清。后来，倒是玉梅有点按捺不住了，抬起头冲着舅舅无话找话地说了一句客套话："人家张排长登门看望你，还不改善伙食招待客人！"

不能排除这个提醒也许带有逐客令的意思，没想到舅妈在内室接上话茬了："吃饭的事，玉梅不用操心，十一点钟到望柳庄饭庄就餐，预订好了。玉梅，到时咱们都去！"

原来人家早就有准备啊！

舅舅又把话题引到了张志群身上："玉梅，你们女娃娃绣花难不难？当然难！可是，没有姑娘绣花的耐心和技巧，是很难在世界屋脊上开好汽车的！"

听得出舅舅是在无话找话。哪跟哪呀，绣花，开车？

玉梅呢，怎么也变傻啦，竟然跟着舅舅无话找话地问了一句："男子汉大丈夫，绣花？那就让他提针穿线绣一朵花，让大家见识见识！"

舅舅笑了："我是打个比方嘛！你真要让他绣花，那可就难为他了！"他一转话题："这样吧，今天下午志群在礼堂给全团新驾驶员上技术课，讲在高原怎样开车和保养车，到时候你列席去听听！"

玉梅没有吭声。那天她没有去听张志群讲课。但是，她很后悔没有去。为什么没有去，又为什么后悔，她自己也说不清楚。

舅舅舅妈的良苦用心渐渐浮出水面：他们要牵针引线让外甥女嫁给舅舅这位下级张志群。挑破这层窗户纸，是在发生了一件事之后：

那天，玉梅从路边小摊上买了一小碗凉皮，三下两下填到了肚子里。好久没吃家乡这档小吃了，一碗不解馋，又要了一碗。夜里她就闹起了肚子。舅舅到西宁办事未归，舅妈陪伴着她，但舅妈还要照看儿子，顾了这头便顾不了那头。这时玉梅想起了张志群，他来格尔木学习，住在招待所。她对舅妈说，你给志群打个电话，让他帮忙送我到医院挂号看医生。舅妈说："玉梅，这个电话你打比我打管用，不信你就试试！"玉梅没有犹豫，按照舅妈说的电话号码拨了过去，志群跟声就过来了，给她找出租车，背着她上车下车，到医院挂号就诊，陪着她输液。忙完后又送她回到住处。这时已经是凌晨两点多了，玉梅心里很过意不去，但不知为什么她没有说更多感谢的话，只告诉他，以后需要我帮忙的事，只管开口就是了。张志群憨憨地一笑："我一个身强力壮的大小伙子，吃穿部队都包揽着，你就放心好了！"说罢，志群伸出手，玉梅稍微迟疑了一下，才把手伸了过去。

被张志群背着出出进进于医院、宿舍时，玉梅感到那真是战士的肩膀，坚实而温暖。她真想永远靠着这副肩膀去开拓自己的人生之路！她还想把从门前流过的那条格尔木河的水揣在怀里，她想让自己在昆仑山下度过的这个夏天再长一些！

姑娘的心，已经被一个兵带到了远方。

八百多里外的沱沱河到底是什么样儿，童玉梅实在想象不出来。但是她知道海拔四千六百多米，空气中严重缺氧，天气寒冷，一年四季人都得穿棉衣。她还知道那里有个兵站，有个叫张志群的排长带着一队汽车兵忙忙碌碌地执行给西藏运送物资的任务。那么一个粗粗壮壮、有宽厚结实肩膀的年轻军官，牵去了玉梅姑娘的心，她希望有更多的机会和他在一起。当然她不是想让他背着自己进医院，她再也不愿意到医院去了，在高原上得病的滋味她算是受够了。那天要不是他背着她跑跑颠颠地找医生看病，她真不知道怎么熬过那个痛苦的黎明。那副肩膀实在太让她向往了。靠着那副肩听他讲沱沱河军人的故事，她是听不够的。因为她相信发生在那里的每一个故事都会与他有关，甚至他就是故事的主人公。不是吗，谁让他是排长呢？排长就是兵的头头嘛。

可是，格尔木离沱沱河太远，八百多里，踮起脚尖也望不着呀！

也许张志群把玉梅姑娘也放在了心上，他常常在节假日请假到格尔木来看望战友。其实每次都要去营长家串门，说是汇报请示工作，但准能见到玉梅。玉梅难道傻呀，能看不出来志群是冲着她来营长家的？有时志群邀上几个战友在昆仑小吃店聚餐，也要通过"曲线救国"把玉梅叫上一起参加。战友们都心知肚明，乐于当"隐形红娘"。他跟她或她跟他搭话的机会多了，话脚也密了。原本少言少语的张志群在童玉梅面前竟然变得能说善道，玉梅也少了往日的羞涩，提出一些她想知道的关于沱沱河的问题。有意思的是双方提出的话题有时明明是没话找话，可对方还总是有问必有答，答必引起提问人的兴趣。

这天，张志群终于搜肠刮肚地找了个文绉绉的词儿，作为对话的开始：

“你可不知道，长江源头的蓝天透亮透亮得像能照人的镜子！”

玉梅差点笑出声来，舅舅回西安探亲时不也是这么说的吗？高原上的军人都背熟了同样的词儿夸赞他们的高原吧！不过，她还是接上志群的话，说：“我真想到那儿去照照自己！”

“你可别去，千万别去！把你照到天上成了仙女，人间少了个美女，营长会找我算账的。”

玉梅爱听这话，笑笑，没吭声。没想到，志群马上口气一转，坏坏地说：“其实，那面蓝天镜子有时还能把美女照成丑女，万一这丑女轮到你头上，这一来，营长就不是找我算账了，他会建议上级开除我军籍的！”

玉梅真想伸手打志群一把，只是她现在还没有这个勇气。

张志群马上又说：“长江源头的云朵白得耀人眼睛！”

玉梅说：“我要采一朵白云回来插在花瓶里！”

“白云插到花瓶里它就变成水了！”

“那我就把这瓶水倒回沱沱河去！”

这种看似无话找话的对白，其实是他们最想说的话。双方仿佛都很平静，可是各自的心里却翻腾着波涛。谁也不去说出那句对方盼着听到的话。时候不到？

一次聊天中，志群说兵屋里整天都很寂寞，特别是到了节假日，闲得人心涩慌涩慌，总想找个人说说心里话，可没有人呀！玉梅听着，一句话也不吭。

什么都想说，什么话也出不了口。这大概就是爱情发芽的时候吧。

就在这时候，妈妈从西安给玉梅来了一封信，要玉梅回西安，说是在城里给她说了个对象，是个转业军人，人挺实诚的，让她瞧瞧去。信上还有这样一段话：老大不小的女子了，该成个家了，不能成天老是嘻嘻哈哈东跑西颠的不着家，总让老人为你操心！这回呀回家相亲后，如果合适就把证领了。

瞧这当妈的，八字还没一撇呢，就领证！

玉梅丝毫没有违背妈妈意愿的意思，但她觉得这件事不应该瞒着张志群。她把一切如实告诉志群。她望着志群，看他啥反应。沉默许久，志群才说：“你要是回去结婚了，我们还是朋友，别忘了我就行。以后我从高原回家探亲路过西安，也有个落脚的地方。我爱吃陕西的臊子面，你就端一碗臊子面招待我！”

玉梅显然很不满意志群说这样敷衍的话：“男子汉大丈夫，说的婆姨话！”说着拿出早就准备好的自己两张在不同时期拍下的照片，送给他，说：“想我了你就看看，如果不想我，你再把它退还给我！”

说罢，她转过身，给了志群一个脊背，却没有走开。她还生志群的气呢，为什么提着灯盏走夜道，你傻呀！

志群怎能不明白，他一步走上前，站在玉梅对面，说：“这两张照片我不会退给你的！”

玉梅回到西安后没有见那个转业军人。既然心里已经装上了所爱的人，她就不愿意再打扰那个小伙子的平静生活了。她站在盘腿坐在沙发上的母亲面前，拽着老人家的手，给她讲了那条盘绕在世界屋脊上两千多公里的青藏公路多么重要，讲了志群带着汽车兵在那条公路上跑车的艰苦生活，甚至把志群给几百名战士讲汽车技术课她没去听课、后来找到实况录像看到志群站在讲台上那么帅气的形象都给母亲复述一遍。还能说什么呢，女儿的心里已经被她所爱的人占领了！但是妈妈还是把自己的担忧说了出来：

“梅儿，你找什么人陪伴你终生，我和你爸都不会干涉的。但是我们的担心你也应该理解，结婚这件事毕竟不是捏泥娃娃玩耍的事。志群是个军人，我们都相信他的人品不会错，可是你不能不想到他在那么远的地方当兵，你们结婚后会有许多困难。你总不能跟着他常年生活在沱沱河吧！”

妈妈说出这番话，在玉梅的预料之中。她的回答也是早就想好的：“志群他们当兵到了艰苦的青藏高原，一干就十年八年，有的甚至是更长的时间。他们把一生中最美好的青春年华献给了边疆，为的是谁呀，还不是为了我们这些人过上安宁生活！”

妈妈说：“这些道理妈都懂，我是为你着想！”

玉梅说：“妈妈，你知道吗，他们身在高原，没有条件谈女朋友。不少女孩一听说他们在高原当兵，吓得直吐舌头。妈妈，你应该记得我舅舅的事吧，他当时都快三十岁了，还没有对象，谈一个吹一个，人家都叫他‘吹灯连长’，要不是我现在的舅妈主动跟着他上高原，保不准他现在还是‘吹灯营长’呢。高原军人应该享受爱情的幸福，他们值得姑娘们去爱！”

妈妈没有想到，女儿会抬出她弟弟当年找不到女朋友的事，把她在这儿挡住了！作为姐姐，她这一辈子都要感激弟媳妇，要不是她当初不顾家人反对勇敢地来到她家，说不定弟弟的“吹灯连长”还要当多久呢。此刻，妈妈突然觉得她的玉梅姑娘长大了，明事理了，成熟了。女儿成熟了！女儿的懂事，让母亲反省自己：我为什么不能像女儿那样去认识孩子的爱情？

回到西安短短的二十天里，玉梅收到了张志群从沱沱河寄来的三封信，信上说，春天到了，繁忙的运输开始，西藏需要大量的物资，汽车兵展示本领的时候到来了！他们的车轮白天黑夜追太阳赶星星地忙碌转动着。信上还说，战友们好不容易盼来的休息日聚会时，总会提到玉梅，都说少了玉梅聚会也不热闹了，希望她早日重返高原。玉梅看罢信，暗笑，心里对自己说，你个张志群还真会拐弯抹角，自己有心事不直说，拿着战友们当挡箭牌。小心点，看我回去揭发你！

玉梅又回到了格尔木，时间是一九九八年春节过后不久。一个月后，她就和张志群办理了结婚登记手续。他们的婚礼是在汽车团家属院食堂办的。几张饭桌并起成为招待来客的座席，每人面前摆一盘柴达木自产的枸杞子代替水果点心。由志群的同乡战友、被人戏称“吹灯红娘”的刘大个，介绍这对小夫妻恋爱经过，成为整个婚礼最让人期待的亮点，雷鸣般的掌声和嬉笑声几乎能把食堂的茅草顶篷掀翻！

从结婚之日起，童玉梅就萌生了一个无法遏制的想法，跟上志群去一趟沱沱河。她要亲眼看看志群他们在那个艰苦的地方怎样生活和工作。还用说吗，她现在成了他的妻子，就应该到那里去经风雨见世面，夫妻同苦同乐嘛！自己年纪轻轻的，不吃一番苦那才叫虚度年华呢。可是志群心疼她，总是不松口，不让她上山。她故意刺激丈夫：“你就这么心甘情愿十天半月下一回山见见我，过这种牛郎织女生活？”志群笑笑：“你不是现在有情况嘛，等孩子出生后，你差不多也适应高原生活了，再考虑上山。”

玉梅轻轻摸摸腹部，自言自语：“瞧你这小人儿，还没出世就挡住了娘上山的道，娘记住这笔账，以后要算的！”

直到二〇〇〇年八月，他们的儿子张玮晨已经两岁了，玉梅才带着儿子，花了四百元钱坐上一辆桑塔纳出租车到了沱沱河。儿子想见爸爸，妻子想见丈夫，一坐上车他们的心就飞到了山上。可是，踏上了上山的路后玉梅却是喜忧参半，喜的是她和志群可以在一起了，忧的是儿子的高山反应太严重，这让她实在揪心。离开格尔木上路不久，玮晨就哭叫着头疼，到了昆仑山上，他的头疼加剧，上吐下泻，整得司机时不时就得停下车。在青藏公路上跑车的不少司机都学得油嘴滑舌，爱取闹，尤其是对乘车的女同胞，荤的素的都说得出口，但没什么歹意。这位显然也是爱凑热闹的角色，说：“大妹子，你这是何苦呢！想老公了，打个电话或捎个话，让他下一趟山，他巴不得长上翅膀飞到你身边呢。这不就啥问题都解决了！儿子的命要紧呀！”玉梅无心辩解，只敷衍了一句：“大兄弟，你就别闹了，是我想上一趟山，没想到让娃儿遭这么大的罪！”司机不吭声了，只想着把车开得快些，还要尽量稳当点。

车过可可西里，玮晨头疼到了难以忍受的程度，哭叫了一阵子后，蔫头耷脑地躺在玉梅怀里，身子不时地抽搐一下。玉梅焦急得鼻梁上渗出一层汗粒，心脏都快蹦出胸膛了。她不时用手摸摸娃儿的鼻子，试试他的呼吸，还不时将自己的脸贴紧孩子的额头，恨不得让儿子的痛苦一下子全转到自己身上才好。

没想到她自己的头也不争气地疼了起来，像针尖戳似的，一阵一阵地疼。

司机停下车，该他显灵了。他常年在青藏公路上跑车，这样的高山反应他见多了。他给玉梅递宽心话："大妹子，别着急，初来乍到上高原的人谁都要过这一关，孩子只是缺氧头疼，过会儿总会好些。"说着他一打方向盘，把车靠边停下，拿出一块毛巾，从五加仑桶里倒些水蘸湿，让玉梅敷在娃儿的额上。玉梅照着做了，孩子果然安静些了。

司机快速开车，提前半小时到了沱沱河兵站。停车后，他对玉梅说："嫂子，到了，快喊大哥出来迎接你娘儿俩。"玉梅听了心中暗笑，他一路上大妹子大妹子地叫着，到站了才舍得喊了声嫂子。她正要喊丈夫出来接娃儿，只见志群和一帮战友迎了上来。奇怪的是，一直闭着眼睛的玮晨这时意外地睁开眼睛，奶声奶气地叫了一声"爸爸！"就向志群扑过去。

孩子的高山反应来得猛也去得快，小玮晨很快就适应了山上的气候和环境。他好了伤疤忘了疼，竟然天不怕地不怕地在山上跑来颠去玩得好快乐。

上山第二天，玉梅就对兵站后面半坡上的一棵树生发了极大兴趣。说来好奇怪，在这个树丛草木从不落户的地方，却孤零零长着一棵树。树身不高，树叶奇异，树冠上半部为杨树的叶子，椭圆形；下半部有一部分叶子像红柳的叶子，刀尖形。一树长两叶，实属罕见。玉梅问志群："这树是咋回事，杨树不像杨树，红柳不是红柳，奇了怪啦！算哪一家客？"志群说："管它哪家客哪门亲，它在这地方能给咱这些大兵长活一棵树，让我们的眼里飘来一丝绿色，我们就给天老爷地菩萨叩头作揖！其实它长起来可不容易了，那全是我们副排长龚顺祥的功劳。这样吧，我让他给你讲讲这棵树在沱沱河落地生根的经过，你也开开眼界！"

世上任何事情都有它的来龙去脉，这棵奇异的树是怎样落户沱沱河的？

那天是个汽车兵难得遇到的不用出车的日子，志群把玉梅领到连队棋牌室一角落座，对早就等候在那里的龚顺祥说："你嫂子对咱们高原军营的什么事都好奇，你今天先给她讲讲种树的事，其他的故事随后慢慢说，有的是时间。”

顺祥见了玉梅脸都红了，站起来很客气地问：“嫂子，上山这些天还习惯吧？”

玉梅按着他的胳膊让他坐下，说：“这不已经来了快十天了嘛，好多了。开始几天真受罪，端起饭碗吃不了几口就反胃，想吐。夜里睡觉净做噩梦。走起路来头重脚轻，直打晃。”

顺祥笑笑，说：“这就叫高山反应。不要说人，在我们这里种树，连树也有高山反应。”说着指指窗外。

玉梅看见了那棵奇异的树。

冬天的积雪没有化完，一片白皑皑的雪原连着天。正是那棵长在山坡上的奇异的树，使积雪的山野睁开了眼睛。这样的树，怎能没故事？在它的头顶，天空更蓝，更干净……

那年七月，龚顺祥从内地探亲返回沱沱河路过格尔木时，正是这个高原新城的人们挖坑种树的时节——不用奇怪，昆仑山下的六月天空还飘着雪花。七月，才是这里真正意义上春天的门坎。当时，顺祥看见那些嫩鲜鲜的树苗，他按捺不住心头的诱惑，就买下了十棵杨树苗。买下树苗后才意识到沱沱河是不能长树的，从古到今，人们在那里没见过一棵树！管他呢，过去不长树不等于现在不长树；过去那里没有人居住，现在不是有了兵站吗？世上的事哪个不是从第一次开始的，咱们就给他来个在沱沱河第一次种树！

探家归队的当天，龚顺祥就把十棵小白杨树栽在兵站后面还带着冰碴的向阳山坡上。从埋下苗儿那刻起，他和战友们就像侍奉自己的娃娃一样操心着杨树的冷暖饥渴。当时不时有夹带着雪粒的寒风从坡顶吹来，他就脱下大衣给树苗穿上，夜里气温下降，战友们就给树娃娃们再增加一件衣裳。看到翠生生的叶芽，个个都兴奋得想癫狂起来。大家排着班次轮流给树苗浇水、施肥、保暖。还好，十棵树苗排成一行队伍直挺挺地站在兵屋一旁，它们也像战士啊！夏天走了，秋天也随之逝去。进入冬季后，十棵树只留下了两棵。寒冬把它的枝干磨炼得壮实了。顺祥实指望春天回到沱沱河时，它的枝头再爆出叶芽，可是没有想到春风倒是吹走了山坡上的积雪，那两棵走过冬天的杨树苗却也僵死在了春风里。顺祥摇着树干不住地呼唤它回来啊回来！

在沱沱河硬硬的寒风变软的又一个夏天，不肯服输的龚顺祥又到格尔木林场买回了杨树苗，这回不是十棵，而是二十棵。他就不信沱沱河这么辽阔的荒野上容不下一棵树！人都能在这个所谓"生命禁区"落户，树为什么就扎不下根，难道它比人还金贵？瞧，他就这理论，可贵的犟劲！这回他学得聪明了，买到树苗后他没急着返回沱沱河，而是到格尔木林场向技术员请教。技术员问清了他们种树的经过后，笑笑说，种树这活像办其他事情一样，也要学会化繁就简，你们只知道冬天给树苗"穿棉衣"，这当然有必要，防冷冻嘛，可是你们却忽视了树苗冬天既需要防寒的棉衣，更需要吸收阳光。太阳是万物的神父，它给这些树苗温暖、活力。这一点"棉衣"是代替不了的。技术员这么一点拨，龚顺祥心头豁然开朗。这二十棵杨树苗在走过夏天和秋天后，到了雪漫千山的冬季，顺祥和战友们每隔三五天就揭去"棉衣"，让它们晒一次太阳，当日头偏西天气开始变凉，又给它们穿上。

二十棵小白杨第一年成活了五棵。

第二年又有三棵僵死在寒风里。

第三年，只剩下了那棵独苗——就是玉梅看到的那棵杨树不像杨树柳树不像柳树的奇异的树。

玉梅自有疑问："杨树是活下来了，可是它却变成了另外一种树，这是为什么？"

顺祥回答："沱沱河缺氧，树像人一样，为了适应这里的环境就得改变自己，不变是无法活下来的。"

玉梅回味顺祥这话，心里自语：是这个理儿！

顺祥接着说："树和人是一个理儿，嫂子，你想想，你嫁给我们排长后，是不是也变了？一个白净秀气的西安姑娘，变成了高原军人的妻子！嫂子，是不是？”

玉梅默认。没想到顺祥还问：“嫂子，你变了没有？”

玉梅只好回答：“变了，当然变了！”

顺祥再问：“怎么个变了，表现在什么地方？”

玉梅当然知道顺祥要的答案是什么，故意答非所问：“变得更热爱沱沱河这个地方了呗！”

顺祥朗声一笑，说：“我替你回答吧，变得更爱我们的排长了！”

玉梅开始用一双发现真善美的眼睛看沱沱河的这些兵了！

这天，她回到自己的帐篷，志群已经做好午饭，小桌上两个碗里放着两双筷子，等候着她。她确实饿了，却没有动筷子，对丈夫说：“你手下的这些兵，首先是你的那个助手龚顺祥，都是很不简单的人精！”

志群光笑：“简单不简单，咱们另说。现在要紧的是解决肚子的问题，你饿了，我也饿了，该吃饭了！”

玉梅端起饭碗，才想起儿子，问：“娃儿呢？”志群说：“几个战士带着他到草滩上看藏羚羊去了！”原来这个季节正是分散在可可西里各处的藏羚羊成群结伙地奔向草原深处的卓嘎湖、月亮湖产仔的日子。羊们云彩一般涌动着，远远看去很是壮观！每天都有好几拨藏羚羊从沱沱河兵站旁边自然形成的藏羚羊通道上蜂拥而过。遇上这等稀罕景观，玮晨怎会放过，几乎每天他都让叔叔们带上他去瞧热闹。这孩子自从适应了沱沱河的气候以后，可野了，成天不回自个的家，一个兵屋一个兵屋地串门，见谁都亲，见什么都新鲜，有时还捧着个小脸盆说要给藏羚羊送水送吃的呢！战士们可喜欢他了，轮流着抱上和他亲热。因为有了玉梅和孩子，沱沱河兵站这个平时寂寞得空气似乎都凝固了的军营里，格外地有了生机和色彩。能不这样吗？遥远的兵站，自打建站之日起，就是清一色的几十个兵，没有女人，更没有小娃娃来添热闹，要多清冷有多清冷。而今玉梅带着儿子住在兵站，这是历史性的喜事！

谁也没有想到，整天快乐得像兔子般跑来窜去的小玮晨，一夜之间变得蔫头昏脑。高山反应又袭击他了！玉梅也随之昏昏沉沉像喝醉了酒，茶饭不思。大部分人都经过了这样的事，高山反应“二进宫”是最危险的，有的战士咬牙切齿地称其为“资本主义复辟”！怕娘儿俩发生意外，志群赶紧在公路边拦住了一辆军车，要把他们送回格尔木家属院。战士们依依难舍，送了一程又一程。尤其是龚顺祥，抱着玮晨坐上车待了好一会儿才下的车。大家多么希望嫂子在山上多待几天，可又不忍心让她和孩子承受高山反应的折磨。有几个兵竟然偷偷抹起了眼泪。大概只有在这依依不舍的惜别时刻，玉梅才比其他任何时候更能感觉到，自己和儿子不仅是属于志群的，也是属于沱沱河兵站的。山上的官兵们需要她呀！

回到格尔木，住进自己的那间房子，像一粒尘埃归于静寂，却是暂时的。啊，沱沱河，这遥远的小天地，虽有高山反应，但来来往往的志群和他的战友的背影，多么让她向往。那个龚顺祥，为什么总在眼前飘过？噢，这个已经二十七岁大家齐声称好的军官，还没有找到对象……

龚顺祥和张志群是同年入伍的山东兵，因为丈夫的关系，童玉梅也对他有了较多的了解。龚顺祥是那种性格内向、聪明好学的年轻人。因为质朴，他这个毕业于解放军后勤工程学院的大学生，常常被一些人误以为是个没多少文化的乡下青年。他不善于交际，再加上家里有实际困难，婚姻大事一直未能解决。他的母亲两年前就患了直肠癌，病情严重，长年卧床不起。为给母亲治病，家里花掉了所有积蓄。给小龚介绍女朋友的人倒是不少，可是女方一听说他家瘫着一个身患癌症的老母亲，一个个都摇头走开了。小龚自然很苦恼，但他顶顶重要的是尽最大所能治疗母亲的病，他节衣缩食每月拿出工资的一半作为母亲治病的费用。凡是他千方百计打听到的偏方土方，都会寄回老家让母亲试用。母亲的病痛牵着顺祥的心，再加上部队运输任务繁忙，他每月都要带车队跑几次西藏，也就渐渐淡化了找不到女朋友的苦恼。

童玉梅是在知道了顺祥的母亲患癌症后不久，才了解到他的终身大事还悬在空里。这位热心又善良的嫂子要管这个闲事了。她从四处八方打寻到给顺祥妈妈治疗癌症的藏药。当她把用一块白净的布包得四方四正的藏药递到顺祥手上时，这位壮实得像头小牦牛的汉子，一边伸出颤抖的双手接过，一边流着热泪说："第一，我要感谢嫂子你。第二，我还要感谢我们的好排长张志群！排长爱兵，你爱关心兵的排长，我们也爱你！"

玉梅嘱咐顺祥快点把药寄回家给老母亲治病，同时留下一句话：你的终身大事还没解决，嫂子既然知道了，就会插手过问的。

她开始给妹妹穿针引线。

妹妹童玉娟从西安某幼儿师范学校毕业后，分配到一家幼儿园当老师。年轻姑娘的心像长了翅膀，西安的地盘拢不住她了，她梦想到更广阔的天地飞得更高。那年舅舅回西安探亲，逢人就描绘青藏高原的美景，打动了姐妹的心。玉娟拽着舅舅的手恳切地表示，愿意到青藏高原为幼教事业贡献一份爱心。舅舅说你再慎重考虑考虑，我也好好想想。他真实的想法是要带着玉梅上高原，童家有一个女儿参加西部建设就够有贡献了，怎么能把姐妹俩都挖走？他万万没有想到，姐姐在格尔木落地生根后，妹妹要来高原的决心更迫切了。玉娟还专门给舅舅写了一封信，再次表达心愿。

玉梅趁机把沱沱河兵站龚顺祥这样一个好军人的形象推到了玉娟面前，好比在本来已经燃起的心火上泼上一勺油，这让妹妹怎能不动心呢。

为此，玉梅专程回了一次西安，一天一夜，姐妹俩贴胸搭肩地畅谈，说的全是私房话。玉娟辞掉了西安的工作，来到格尔木，她要把美好青春献给西部建设事业。

童玉娟与龚顺祥从相知到相爱，用了不到半年时间。一个春天的傍晚，在静静流淌的沱沱河旁，一丛红柳花拦住了两人的脚步。

那天是个周日，玉娟约顺祥一同外出游玩，顺祥却无心应约，他刚接到家信，得知母亲因癌症恶化引起眼睛失明，他正为母亲的生命前景揪心担忧。玉娟得知后，两人抱头痛哭。泪眼婆娑中，玉娟向小龚吐露心迹，愿意和他相好百年，愿意让病榻上的小龚老母早一天见到儿媳。她要尽力尽心地孝敬老人。

爱情的果子熟了，孕育、结果都在长江源头沱沱河。战友们将原先存放汽车器材的库房打扫、修整得里外干净、通亮，作为小两口的婚房。此房正好和姐姐姐夫的房子是一椽相连。

婚后不久，玉娟就跟着丈夫回老家淄博认了婆婆。她给婆婆洗衣洗身体，熬药喂药。最神奇的是那天玉娟给婆婆擦洗身体，通身上下，擦了洗，洗了再擦，老人一下子觉得周身清爽得几乎能飘起来了，先前沉闷的眼睛也好像有了光感。她按住儿媳的手，说：

“娟娟，我身上太脏，你别擦洗了，快入土的老身架，活不了几天啦，脏就让它脏去吧！”

玉娟忙把婆婆的手压住，说：“娘，可不要这么说，我还要好好伺候你呢！”她一边继续为婆婆擦洗身子，一边说：“娘，不脏的，这是神水！”

“神水？”老人抬起头，不解。

玉娟随手提起身边一个暖水瓶，拉起婆婆的手摸在暖瓶上。她告诉老人，当年唐朝皇室女儿文成公主为了藏汉两家和谐相处，远嫁藏王松赞干布。公主走到今天的日月山下，思念故乡长安，回头东望家乡，乡愁袭身，不慎摔碎了陪嫁的日月宝镜，那宝镜的碎片随即变成一座山，后人称为日月山。公主愁嫁的眼泪感动得山下的河水也倒流了，陪着公主西行而去，这就是今天日月山下的倒淌河。倒淌河流经的许多地方，溢出了不少清泉，那是能健身治病的不冻泉，是神泉。

婆婆听了玉娟讲的这些神奇传说故事，一直喃喃自语：日月山，倒淌河，神泉……她拉起儿媳的手，说：“娟娟，娘看见了，看见我儿媳的心了！真的，我看见温泉了，那是神女泉！”

原载《人民文学》2017年第8期

杨柳依然青青

侯健飞

一

我一直想写写天津的杨柳青，却一直没有写。前些年是没有时间，目标也散漫，不知道是该写初恋呢，还是该写写那条冰冷的子牙河，结果，从20世纪80年代到二十多年后的2011年冬天，都没有写成。

2011年12月30日凌晨，手机铃声把我惊醒，来电显示：海峰。摁下接听键，却是海峰的妻子宝红的声音。宝红叫了一声哥，然后说："海峰今天夜里走了……"足足有十秒钟，我都没反应过来。

海峰姓贾，是我的同乡战友。

天津到北京，只有半个多小时的路程，然而，二十多年来，我却忙工作，忙家事，很少回到那个刻在心壁上的地方。

三天后，海峰的丧事办完了。当天深夜，我坐下来想，是该写写杨柳青的时候了，但刚写下杨柳青青四个字，却有一团东西忽然堵在胸口，我写不下去了。

二

写不下去的原因，一是因为心痛，二是自责，三是费解。今年元旦一大早，我再次收到海峰遗孀宝红的问候短信：“祝愿大哥新年快乐。”我回复：“弟妹吉祥如意。”我没有告诉宝红，两天前的2016年12月29日，我开始动笔写海峰与我的点滴往事，这一天，正是海峰去世五周年忌日。

海峰走后前两年，每逢重要节日，我都会接到宝红的问安电话。那短短的一两分钟，既是我的伤痛，也是我的安慰，可是我也知道，这也是宝红的伤痛和安慰。然而，几年里，我却很少主动联系他们母子，不是不想联系，而是不知道该说什么，该做什么。近两年，宝红改用短信问安了，我的心也慢慢平复下来。

心痛就不说了，这是一言难尽的感受。

自责的是，在海峰去世前一个多月，他给我打了个电话。声音是正常的，却没有像往常那样笑嘻嘻地说话。

他说：“老哥，来天津待两天吧，很想你，真的，很想你，来待两天吧。如果来，要穿着军装来啊，新式军装很威武，但我一直看不明白那些符号，就想和你照张相，永远留着。”

我因为开着车，什么也没想就说：“哪有时间啊。等过几年退休了，再回杨柳青看你，好好待几天。”最后我问了一句，还在开饭店吗？生意怎么样？他说是，生意也可以，因为自己胃病犯了，前段时间做了个小手术，饭店主要是妻子在打理。我问手术没大事儿吧？他说没大事，一个小手术。

其实，海峰这个电话，主要是告诉我，他得了大病，而且做了手术，甚至离大限不远，他很想和我见一面。然而，我天生心性愚钝，头脑简单，根本没有意识到这层意思，或者说，我平时太相信海峰，完全想不到，一个刚四十多岁的汉子，竟与死神握手了。

所谓费解，现在看来，事情绝不是多么严重和了不得。不过，当时的心境太糟糕了，消化这个不良反应，需要很长时间。但是，这件小事，却关乎一个军人对战友和战友情的理解和认知。我现在如实写出来，与大家共勉也好。

那天凌晨，宝红电话里告诉我，海峰临终前几天嘱咐她，他归天后，希望我这个战友能来看看他，并帮助料理一下丧事。宝红说，海峰只让通知我这一个战友。

这算是遗嘱吗？我想是的。遗嘱不是一个概念，而是一个有思想的生命，是一个人留给这个世界的最重要的遗产；我认为遗嘱的意义与这个生命的意义是等同的。

至于后事具体安排，宝红在电话里没说，只希望我尽早赶过来。她说海峰老家离得远，父母兄弟最快也得晚上才能到天津。

那天，虽然是正常工作日，但我所在的部门工作尚不算太忙。我一口答应，早晨上班请假后就赶过去。

放下电话，窗户刚刚泛白，那个冬天的北京，雾霾已经很严重，要是天空晴朗，太阳已经在楼缝之间了。

当我拿着《离京报告表》走进领导办公室时，领导还是惯常的领导表情。这个领导原本不是这个表情的，没成为领导之前，他素来以与群众打成一片示人，而且和蔼可亲。一年前他成为单位的主要领导，同事们私下说：是群众手撂手把他抬进这把交椅的。

领导看了请假理由后，一脸严肃地说："一个战友去世，还需要你去奔丧吗？我们谁没有战友？又不是直系亲属，上班期间请假出京奔丧合适吗？"

我一时愣住了，大脑一片空白。

短暂的不知所措后，血一下子冲上了脑门，我似乎闻到了自己鼻腔里有一股血腥味儿。

"我只请两天事假。这个战友就像我的亲兄弟。"这是从我喉咙里发出的声音，却像来自遥远外空的另一个人的声音。这古怪的声音，像在冰雪中冷得发紧，有微微的颤音。

“要不，我下午下班后赶过去。”我的语气并不是坚定的。

“我看不合适，你还是再考虑一下吧。下班后干部出京，也要特殊情况才行。这样吧，你先去征求一下××的意见。”××是单位另一位领导。

我伸手接过请假表，在转身向外走的时候，我感觉自己像个陈旧的木偶。

请示了另一位领导，换填了一张表。给宝红打了个电话，告诉她我只能晚上赶到了。

下午6点多，我在北京南站准时登上了开往天津的城际列车。晚上7点多，已经转业在天津市工作的战友刘长海在站前接我。上了长海的车，谁都没有心思说话，直接驱车赶往天津西郊杨柳青。

三

我并不赞成作家把同事与自己和他人间的纠葛付诸笔端。因为，作家的笔保持不了中立立场；尤其不赞成利用文学作品对曾经的上司或长官进行挞伐，甚至恶意丑化。近期，我读到汪曾祺先生一篇创作谈，他说自己的小说和散文之间，也许并没有太明显的界限，所以难免对生活中的一些人和一些事加以主观描述，以表达自己的主张。汪先生说，只要是客观真实的，善意的，即使写到亲友、同事或上司的某种缺憾，如果对方还是个听得进别人观点的人，也是无妨的。我觉得汪先生不愧是智者，短短两句话，道出了文学的功能之一，那就是惩前毖后，治病救人。如果，你明明知道某个人的某件事情不好，或者做人出了问题，不论这个人是领导还是朋友，哪怕是有血缘的亲人，你不指出来，这是你自己的心出了问题。现在，我接受了这个观点，所以如实写出海峰去世时，我请假奔丧遇到的一件小事儿。现在想来，领导当时也没有错误，清朝为官有丁忧之规，那是旧朝，封建朝规。而当今军队条令条例中，并没有规定战友病逝可以奔丧。中国军队很大，人人都有亲密战友，如果奔丧之风盛行，部队肯定要出乱象。我服从了命令，这体现了军队和军人职业的特殊性，官兵必须遵守“令行禁止”这条准则，有规矩才有方圆，这是一个军人要融入血脉的原则。

说到军队的特殊，当然也要讲到战友情谊，这是一个事物的两方面。以我所见所闻，全人类的友情当中，战友情是最令人刻骨铭心的情谊，如果和战友在战火中劫后余生，这种生死交情会世代相传。心平气静地讲，之所以当时有一种屈辱感，也并非完全是因为我和海峰私交笃厚，情同手足，而是觉得，椎心泣血的战友情受到了某种侵害。领导也是军人，从职务、军龄和思想层次上，领导难道真不理解战友情深吗？非也。那为什么会有这个插曲？我必须在自己身上找问题了，平时的工作表现、为人处世、尊敬领导、团结同志等等方面，我做到位了吗？

就拿和海峰的交往说，北京和天津如此之近，我却和亲密的战友海峰十多年没有见过一面。

我离开天津杨柳青是1986年年底。五六年后，海峰写来一封信，说他退伍了，在杨柳青的青光镇找了对象，结了婚，就不再回故乡回鹿山了。

又过了两三年，海峰夫妇带着一岁大的儿子回乡探望父母，路过北京时，到我家住了一个晚上。那时我的现状不好，儿子也就三四岁，爱人没有工作，自己工资又低，暂借的一间平房四面漏风。那几年，坏情绪昼夜占据着我，也没有多大心情坐下来好好叙叙旧——事实上，从我和海峰第一次见面，不知为什么，就有了主次之分。海峰在我跟前，很腼腆很被动，总像低我半头，说话办事总要顺着我。起初，我以为海峰就这种性格，后来发现，他对其他战友却不这样。他是一个很有主见的黑脸勇士。代理排长五年下来，他所带的排成为全团军事训练尖刀排。看来，友情和爱情很像，喜欢一个人，服从一个人，是说不清理由的。

有了儿子的海峰不像过去那样爱笑了，人也发闷。我把这种变化归结于海峰的心结未解。海峰当兵七年，五年代理排长，最终没能提干，连志愿兵也没有转成。一家三口从我家走时，我努力凑了几百块钱。海峰没有推辞，默默地接过钱，抱着儿子上了去火车站的公共汽车。

又过了几年，天津老乡武叔家给孩子办喜事，我回杨柳青住过一晚。那天晚上是别人请客，在座的除了老乡一家，还有退伍或转业后留在天津的几位战友。

海峰很快就喝高了，临散时，非闹着要结账，把几个战友惹得不大高兴。他为什么要闹着结账呢？按他语无伦次的说法是，他当时在天津开了一家饭店。意思很清楚，这个在战友们眼里一直比较穷困的人，如今开了饭店，挣到了钱，他要好好请我和其他战友喝回酒。

喝酒前，大家在饭店门前等我。我下车，一一与战友握手寒暄。海峰最后一个上来，握住我的手，半天也没有撒开。就在大家往饭店里走的时候，海峰突然一把抱住我，呜呜地哭出声来。我略有难堪，只能和海峰相拥着拐到门边一角。我感到海峰很瘦，浑身都在颤抖，他的泪水是冰凉的，一大片泪水濡湿了我的脖子。其他人都站在门里望着我们，他们像我一样认为，海峰见到久别的战友，太激动了。

海峰去世后，当年在场的阿姨说："怎么也想不到，海峰是个短命人，当时大伙儿也奇怪，一个大男人，刚一见面，还没喝酒呢，就抱头哭起来了，是不是他自己有预感？我当时就觉得不太吉利。"

现在我想，没有人知道海峰那天为什么泪如泉涌，他自己都说不清楚。事过之后，我想海峰会回想此事，他认为，虽然他连自己都不清楚为什么如此失态，但他认为我这个战友能懂他。其实，当时我也不懂。如果我真的懂他了，当时就不会有那种尴尬感。回到现在，我才懂了——海峰在生活和精神上都承受着巨大压力——严重胃炎是当兵第二年就确诊的，但什么时候恶化成胃癌的呢？还有，海峰一个人背井离乡，虽然在杨柳青留下来，成了家，有了儿子，还开了一家饭店，但他遇到了什么困难，内心有何痛苦？我能不能帮助解决一下？这一切，海峰生前一字也没有向我提起过。

四

20世纪80年代初期，南方战事未决。隆隆的炮声似乎就在我们心里响着。尽管应征体检时没有人提到还在进行的边防战事，但我们知道，那几年，很多家境好、吃商品粮的青年不那样热衷当兵了。

天津的老百姓，都知道西郊杨柳青有个代号52914的部队，这就是隶属原北京军区的舟桥团。之所以驻军杨柳青，因为此地有一条著名的河，叫子牙河，江河是舟桥兵的阵地和战场。

杨柳青之名，因为太过诗意，还因为年画，那是我最早记住的外乡地名。大约在我小学毕业那年春节，父亲从镇上揭回一张杨柳青年画，是两个粉嫩粉嫩的胖娃娃合抱一条大鲤鱼。那年春节，多少个夜晚我侧躺在炕上，借着微弱的灯光，一心一意地欣赏这张年画，我甚至记下了鲤鱼有多少鳞片，有天晚上，竟发现鱼嘴动起来，一张一合的；哪怕父亲灭了灯，我仍不愿意闭上眼睛，幻想着有一天，能去看一看这个印年画的地方。谁能料到，十年后，梦想实现了，绿色运兵火车就在画一般的杨柳青停住了。

子牙河，一条传奇的内陆河。北源滹沱河，源自五台山；南源滏阳河，源自太行山。两河交汇于河北省献县，东流直下进天津市区，最后入海河，长七百多公里，流域面积七万多平方公里。子牙河流经的天津市静海县，有个子牙村。子牙村边有个土方台，传说就是姜太公的钓鱼台，子牙村又叫钓台村。无疑，子牙河的确是因与姜子牙存在某种历史渊源而得名。

1985年11月中旬某天，一列绿色的火车把五百多个新兵拉到天津杨柳青火车站。火车站很小，也很破烂，列车停下时正值傍晚。那时大家谁也不认识谁，我们这些从北方南下的新兵穿着并不合体的的卡棉军装，一个个歪歪扭扭，千姿百态。因为绝大多数都是农村兵，都没有见过世面，人人都很紧张，整个小车站乱哄哄的，只有接兵的军官可以大声喊话，不停地发出各种指令。

我们下车列队，歪七扭八，不成队形。按军官点名顺序登上罩着篷布的卡车。半个多小时后，新兵被送到舟桥团北营房。不巧的是，那天晚上赶上停电，整个营区黢黑一片。当我把背包放到指定的区域铁架床上，一转身，发现一口雪白的牙正对着我笑。

这就是我和海峰的第一次照面。记得当时只分了班排，床铺并不指定，完全是自由组合。那时的铁床是上下铺，等我转身时，海峰把自己的背包毫不犹豫地放在了我的上铺。

第二天号声响起，天也亮了。这时才正经看清一个排战友的模样。当年这批新兵共有三个连，我所在连是二连，我和海峰分在一排一班。

海峰身高与我相仿，说话声音不高，嗓子有点儿粗。最令人过目不忘的是，他的皮肤黑得吓人。应该说，海峰是几百名新兵中最黑的一个。按说，从北方来的农村兵，没有几个白净的，除了县城和林场吃公粮的几位战友是正常肤色，剩下的全是麻皮土豆一样的手脸。

我长海峰一岁，他十八岁，我十九岁。虽然出生在同一个地方，但因为故乡地广人稀，如果不是一起当了兵，直到老死，我们也未必见上面，更别说友情了。

新奇而紧张的新兵集训开始了。开训日，我们这批新兵第一次看到最高长官团长，他高高地坐在主席台上。团长在训话中说：

“也许，你们这批兵，三个月集训没完，就得开赴前线。为什么？轮战。当兵就是为了打仗，我们舟桥团是军区里的特种兵，一个军区只有一个舟桥团，其他兄弟军区舟桥团都上过前线了，只有我们一直是后备。这对于一个有着光荣战史的英雄团是一种耻辱。”

应该说，备战的气氛是特别的。不论新兵还是老兵，人人都会有自己的想法。我因为有父亲的参战经历，虽然只是一知半解，但心却是定的。那个冬训最令人难忘的，也是我到今天都弄不明白的，就是天津杨柳青的冬天，为什么比一千公里外的家乡还要寒冷。

春节前后，整个北营房，除了伙房不时冒出的热气让人温暖，到处是冰天雪地。那时的老旧营房之寒酸，以及艰苦的集训生活，真是不堪回首。走队列半天下来，汗水浸透棉衣，队列一解散，十多分钟后棉衣就要结冰。来不及喝一口热水，开饭的号声就会响起。战士们立即列队，唱歌，然后依班次进入食堂大厅。

各班在饭桌旁立定，人人后背像驮着一块冰。肚子的咕咕声响成一片，只等新兵班长一声令下："打饭。"大家个个像百米冲刺奔向饭桶。霸气和手快的，会抢到两个馒头，其他的，只好吞咽半生不熟的大米饭，或者二米饭。

北方人喜欢面食，因为从小习惯了。虽然后来知道，比家乡更北方的东北三省也生产大米，而且，有的地方还产一流的优质大米，但我的家乡回鹿山地区，地处内蒙古、河北和辽宁三省交界，这个地方不产稻米。由于几个世纪都贫穷落后，穷人吃大米，那都是过大年的时候，也只是偶尔吃一两顿而已。

我和海峰都是穷人，虽然吃不惯米饭，但毕竟是大米，不能说不喜欢。但那种掺了高粱米的二米饭，因为常常蒸不熟，简直难以下咽。还不到两个月，我的胃痛就难以支撑了，常常在夜里疼得睡不着，可我谁也没有说。

某天深夜，海峰从上床悄悄下来，小声在我耳边说："肯定是胃坏了，天天喝凉水，米饭半生不熟，你又不去抢馒头，胃不坏才怪。明天你不能再训练了，向排长请个假，去254医院看看吧。"

我没有同意。第二天，海峰背着我找过排长，我知道后很生气，为什么生气？我自己当然知道，主要是怕影响进步。其实海峰也明白了。从此，海峰再不提看病的事儿。每当开饭，他就不顾一切地去抢两三个馒头。我还没有盛上饭，他已经把馒头硬摁到我碗里了。因为我同意海峰对病因的判断，虽然有点儿不过意，也就接受了。为了不让其他战友说什么，海峰自己再也没有吃过馒头。

大约也是从那天开始，我泡在床下的衣服，总是还没动手，就被海峰抢先端走了。他说，胃病最怕冷，一冷就疼得厉害。我当时并没有想一想，这个病痛的体会，他是怎么知道的呢？

那是一个多么寒冷的冬天啊！一碗温水泼出去，还没有落地，已经冻成冰粒儿。泡在脸盆里的的卡军装，十分钟后就结了冰碴儿，用手一提，硬得像一块浸在冰水里的塑料布。

现在我敢断定，海峰的胃病，是和我同一时期落下的，而且比我严重得多。

五

曾几何时，我对军队魔鬼化训练是有微词的。然而，兵当久了，年岁大了，中外战争的实例和影片看得也多了，终于领会，新兵集训乃至平时训练，教官如果对部下不够残忍，那就是对家国和部属的不负责任。

按惯例，新兵集训教官由全团选调，一般是骨干老兵或正副班长担任。

一班长是一位舟桥连的副班长，姓程，来自南方某省。行伍出身的人都有体会，新兵要过新兵班长这一关是非常难的。第一难是语言关。过去部队有一句著名的话：大家从五湖四海，为一个共同的革命目标，走到一起来了。既然来自五湖四海，乡音乡情就在所难免。特别是乡音，我们这些从来没有走出过大山的农家子弟，哪有机会接触外乡人外乡语！结果，一个叫徐俊的同乡战友，因听不懂南方话，第一个当了活靶子。

徐俊说他上过初中，实际也就是一个小学文化。文化水平低，理解能力就差。走队列是新兵集训中最基础部分。几天下来，徐俊同志除了听懂了立定、稍息、解散和齐步走、跑步走之外，程班长的其他话，他好像都听不懂。在走队列这个基础课目上，徐俊出尽了洋相。大家向左转，他向右转，大家向前一步走，他莫名其妙向后一步走。

几天下来，虽然战友们意识到，这个程班长相当狂躁了，但谁也没有料到以后的日子会是这样。

徐俊挨打，是在大家都没有任何思想准备的时候发生的。

某天上午，天空飘着雪花儿。在新课目“向后转走”这个环节上，“啪”

的一声，程班长的手掌掴在徐俊的左脸上。声音很响，挽起耳朵的棉帽一下子甩在我的肩膀上。全班十个人，按身高列队，我排在徐俊右侧。徐俊下意识地哼了一声。帽子从我肩膀掉到地上，大家谁也没敢动。

“捡起来！”程班长吼了一声。我不知道其他人听懂没有，反正我没有听懂。徐俊肯定听错了，他晃了一下，竟向前跨了一步，出了队列。啪的一声，这回抽的是徐俊的右脸。徐俊又下意识地哼了一声。

“我让你捡起来！”徐俊还是没有听懂，他向后退了一步，站回队列。这回，排在徐俊左侧的海峰听懂了，他回身捡起徐俊的军帽。就在海峰刚直起身子时，程班长跟上来一脚，正踹在海峰胯骨上。

“谁要你管！”这句带有浓重南方方言的话，我不知道有几个人听明白了，但我这次听明白了。海峰趔趄了一下，恭恭敬敬地向程班长举起徐俊的帽子。气急败坏的班长突然喊了一声“立定！”就走到一边生气去了。

雪下大了，全连只有我们一个班在风雪中被罚立定站姿，海峰就那样一直平举着徐俊的棉帽，一动不动。不知过了多久，嗵的一声，一个姓刘的战友直挺挺地向后摔倒在雪地上，他晕过去了……

好像就从那天开始，海峰在训练中的差错也多起来。于是，程班长的注意力，时常从徐俊身上转移到海峰身上。实在说，吼叫和打人也是需要力气的，常常怒不可遏的程班长把打笨徐俊的力量，一半用在海峰身上。因为，在程班长看来，有些错海峰根本不应该犯，但海峰却常常犯得恰到好处，犯得正是程班长很狂躁的时候。很快，整个新兵连都知道，一排一班有一个大迷糊，还有一个二迷糊。这两个迷糊像一对难兄难弟，常常结伴罚站，在冰天雪地里面壁思过；在训练场上踢正步；在熄灯号吹响之后，一前一后慢跑在空无一人的训练场上。

某天下午，队形散开训练，徐俊更是五迷三道。这次，他的双颊被程班长用手套连抽了十来下。每抽一下，徐俊都下意识地哼一声。可能这哼的一声被班长视为挑衅，所以班长每抽一下都要喝令一声：“别吭！”

就在这时，海峰突然大声报告："报告班长，我要撒尿……"

"啪"的一声，这是海峰那张黑脸上发出的脆响。

就在那一天，一股仇恨悄悄涌上我的心头。也是从那天开始，我对南方某省的人永远是敬而远之。几年后，家父去世了，临终前最后一句话是"不要仇恨"，被我作为散文《回鹿山》的最后结语。但是，在我当新兵那一两年里，即使之前我听到过类似的教诲，也根本理解不了。那个时期，我心里常常涌动着仇恨的暗流。特别是在新兵集训三个多月的时间里，常常是既后悔当兵，又仇恨这可恶的教官。

快过年了，思亲想家的情绪像传染病一样在新兵中蔓延。一天下午，分列式训练。忘了因为哪个地方不对，程班长的大棉手套又狠狠地甩在徐俊左脸上。徐俊这回没有哼，但一股口水却从他冻僵的嘴唇里甩出来，甩在我的左脸上。我没敢擦脸，却分明看到徐俊昨天被打肿的脸和嘴唇，像气吹一样鼓起来。也许，那是我瞬间的幻觉，但在那一刻，泪水突然像决堤的江河，从我双眼滚滚而下，在那短暂的一两秒内，我几乎控制不住自己而号啕大哭。

这次班长却没有吼我。他在队列前愣了一下，突然换了一种口气说："你！你哭什么？"

是啊，又没有打我，我哭什么呢？在以后的日子里，我常常为那次哭泣羞愧。其实，整个新兵集训期间，班长没有打过我一下，可我并非是十全十美的新兵。做错动作，动作不规范、不认真、偷懒时常有，但我为什么没有挨过打？有时候，我真想让班长抽我几下，以减轻我内心的疼痛。或许，程班长是爱才的班长，我不过是文化程度高一点儿，平时会写几句短诗，会画鲤鱼、荷花和月季，新兵连的黑板报由我和另一个战友来主办而已。

后来我明白，打人是极其容易上瘾的一种行为。就像一个人突然犯了罪，他会想，反正是罪犯了，犯一次也是犯，犯两次也是犯，所谓的破罐子破摔就是这个道理。而被打者好像也上瘾，越打越蒙，越蒙越气人，这时候的打人者和被打者成了同谋。

客观地说，过去部队练兵，老兵打新兵，也算个不好不坏的传统吧。在越来越难练的集训课目里，徐俊每天都会挨打。现在我常想，带兵之道，并不是父子之道；即使父与子，过去棒打出孝子之说，也早就被当作文化糟粕摒弃了。那么，像徐俊这样比较迟钝的战士，用什么办法取代体罚和打骂呢？令人欣慰的是，听说如今的部队大大改变了作风，依法治军将彻底根除旧时的打人陋习。

大年二十九，全团新兵用相当漂亮的分列式结束了三个多月集训。我记得海峰是二号标兵。大家知道，分列式一号至五号标兵可不简单，是在全团新兵汇操中，直接由作训股长和参谋长选拔出来，不是全能高手，绝对是当不上标兵的。由此，可见海峰在训练中故意出错的良苦用心。

不出所料，徐俊没能参加新兵集训结束的分列式会演。作为军旅人生的第一步，这真是个天大的遗憾。但我永远记得，全班十名战友，只有徐俊和海峰两个人，踢碎了三双黑布棉鞋。分列式结束时，海峰的第二套的卡军服已经千疮百孔。

第二年，我从天津借调到北京军区机关工作。后来知道，徐俊像绝大多数战友一样，三年义务兵期满，退伍回了家乡。程班长也早两年退伍了。从此，我再没有这两个战友的消息。我不知道，其他战友会不会时常想起那段新兵生活，他们怎么看徐俊这个大迷糊和海峰这个二迷糊，但是今天，当海峰已在天国的今天，一想到那个冷暖相交的冬季，海峰陪着徐俊挨打受罚，像一对相依为命的落难兄弟，我的双眼就会蓄满灼热的泪水。

六

南方轮战仍然没有消息，新兵连生活快结束了。很多新兵都开始活动，想方设法分到汽车训练大队、修理连，或者技术连。那时的基层部队，除了特别优秀的代理排长，士兵已经不能直接提干。当兵的出路一是考军校，二是改转志愿兵，三是学一门将来退伍回乡能用得上的技术。我们这批农村兵，不论学历高低，学一门技术是第一愿望。在舟桥团，最大的热门技术是开车，或者汽车修理，而且，能学这两种技术的概率很大。即使是舟桥分队，也有一半是开车的，扛桥板的兵大约只占兵员的百分之五十。

这时候，就要过新兵班长的第二个难关。因为，除了极少数出类拔萃的优等兵被团部内定，绝大多数新兵的分配，主要靠班排长的大力推荐。

程班长先是暗示我，两天后把我叫到背人处，明确告诉我，我可以分到汽训队，但是，需要花点儿钱，给各方面送送礼。我家太穷，当兵走之前两年，在七里八乡给人家玻璃窗和箱箱柜柜上画过油漆画，挣的钱到临走时也花光了。那时，新兵每月只给六块钱津贴费，我烟抽得厉害，一分钱也没有攒下。没办法，只得给姐夫雨生拍了加急电报，请求他无论如何寄一百块钱给我。可是，直到新兵分配头三天，我也没有收到雨生的钱。

当天晚上，海峰在食堂帮炊事班杀猪。看我单独上厕所，就半道截住我，迅速塞给我一卷钱。他说："去给班长买两条好烟，要不你分不到汽训队。"我说："那你呢？"海峰说："我没多少文化，分到哪儿都没用，我身体比你好，要是你分到舟桥连，扛桥板你吃不消。"

在厕所我数了一下那卷钱，零零碎碎的，却有三十块。第二天中午，我请假到营房附近小卖部，给程班长买了两条好烟和一副单皮手套——到今天我都不明白，当年为什么要给班长买一副手套。

新兵分配那天，一辆辆卡车庄严地开进北营房，依次停在操场上。我们三个新兵连几百名新兵，背着像模像样的背包，昂头挺胸，队列齐整。那时我们已经戴上了领章帽徽，经过三个多月的严酷训练，成了标准的军人，与在杨柳青火车站上的我们判若两人。

临近中午，突然狂风大作。为了让大家听清点名，军务股长找来一个手持扩音器。那个场面绝对令人难忘，不论风多大天多冷，每个人都屏住呼吸，生怕听漏了自己的名字。之前已经听说过，按往年惯例，越后叫到的越是好连队，汽训队是最后才能叫到的。

终于要开叫了，军务股长先对着扩音器吹了两下，试试声响。然后喊道：“点到名字的，跑步出列，上一号车。”

随后，操场上空回响起三个字：“特务连。”股长又重复了一遍。连队名称确定后，开始点第一个分到特务连的新兵。因为怕有重名重姓的，所以点名时，要报出新兵所在连、排、班。

即使再过一个世纪，我都不相信，那个冬天，全团第一个被点名分配的新兵竟然是我。

“新兵二连一排一班……”军务股长喊出我的名字。接着又重复一次。第二遍真听清了。真是我呀！要不是旁边的海峰架了一下我胳膊，我几乎要栽倒了。

客观地说，分我到特务连是非常合适的。我是同批兵为数不多的高中学历。特务连三个排，分别是警卫排、侦察排和通信排。应该说，特务连就是团首长的眼睛和耳朵。能写能画，正是特务连需要的特长兵。

海峰退伍后，有一回在电话里说到这次分兵，笑着说：“这是命啊，就像御前点状元，要不是第一个点了你的名儿，哪有你今天。”想想也是，五百多同乡战友，我是唯一一个考上军校的，要是当年开了车，一定会走另一条路了。

然而，我当时却很难接受分到特务连这个现实。痛苦程度不堪描述。一周后，海峰来特务连找我，我才知道他果然被分到舟桥五连。五连和特务连都在南营房，相距只有几百米。

那天他安慰我说：“特务连多好，住楼房，有暖气，是全团第一连，是最有前途的连。”海峰又说：“这多好，咱俩可以天天见着面，要是你分到汽训队，在北营房，指不定多少天才能见回面呢。”

那天，我特别注意看了一眼海峰的双手，手背还肿着，冻疮裂着一条条血口子。那是新兵连生活的烙印。

又过了几天，终于收到了姐夫雨生寄来的八十块钱。后来知道，那是父亲在家卖了一对羊母子。羊卖得贱，就卖得快，但姐夫雨生办事磨叽拖拉，八十块钱拖了好多天才寄出来。后来雨生说，那些天家乡下大雪，道路不能走，没有办法去镇上寄钱。

七

到特务连才一个多月，我的精神已经极度萎靡，胃痛再也坚持不住。每天凌晨三四点钟开始疼，吃上点儿东西会好一点，一两个小时后又疼；再吃点儿什么，又减轻一下……

我被批准到天津市区的254医院检查。胃镜诊断结果：胃溃疡和十二指肠球溃疡。是两个溃疡而不是一个，其中胃溃疡十分严重，医生担心胃穿孔后大出血。

254是军队设在天津最大的医院。那时的军医院，没有对外创收这种事情，对军人是很负责任的。门诊医生没有让我回部队，要求立即入院。

入院后第三天，赶上周末，海峰一大早来看我。医生说，上午还要再次做个胃镜检查，最终确定是否马上做胃切除手术。

听到可能切除胃，我绝望得不行。海峰劝我往好处想，不能悲观。他说，新兵连米饭生，凉水凉，训练又累，住上大医院，养些天就会好。他说他的胃也不好，情绪不好时，胃疼得就更厉害。这是海峰第一次向我说起他的胃病。

海峰陪我到胃镜室。嗓子先后被喷了两次麻药。几分钟后我躺到诊断床上，年轻的男军医却怎么也插不进镜管。小灯泡似的胃镜刚入喉咙，我就呕吐不止，浑身抖个不停。

医生说我太紧张了，紧张得整个食道在痉挛。一个毛毛眼女护士过来，俯下身用半个身体压住我。医生再试，这回伸进一截，但我干呕，呕得撑起下半截身子。医生有点儿生气，命令我下来平静一下。几分钟后，又喷了一次麻药，再躺上去，还是不行。医生一手举着像条蛇一样的胃镜管，一手捋下口罩，有些恶狠狠地对我说："最后再试一次，还不行，直接下胃切除医嘱。"

我整个脖子都被麻药麻木了，里里外外麻木，但耳朵却出奇地灵敏。听了这话，泪水忍不住在眼里打转。这时，医生喊门外的海峰进来说，你压住他上半身。对毛毛眼说，你压住他双腿。这次我尽全力张大嘴配合，但小灯泡还是停在喉咙下的两三厘米处。医生转了几个角度，停下了。

这时我感到海峰像一个磨盘一样，死死压住我的前胸，一只大手摁住我的额头。我听海峰对医生说："下吧，没关系，他没事的，他能挺住。"

这次胃镜检查，终于以医生失败告终。我被送回病房。海峰临走时却悄悄嘱咐我："千万别同意胃切除，就是不同意，医院就不能切。"

他说他打听了，254医院自己生产了一种溃疡散，治胃病疗效很好，就是住院周期长一些。最后他说："大不了穿孔了，穿孔后胃出血，反正在医院住着，那时再手术也不迟，就算赌一回命。要是切除了，在部队的一切前途都切了，将来退伍回家，连农活都干不了。"

"咱赌一回命。"海峰又重复一句。

第二天，医生果然决定手术。

"只切除三分之二，不会影响以后生活，胃是能再生的。"医生说。

但我坚定地摇头……我再三请求医生开恩，让我先住两个星期院，保守治疗后，再做胃镜看看。看着我的泪水，医生心软了。一周后，胃镜检查成功。医生反复看了片子说："还真有明显好转，先保守治疗吧。"之后的每周一次胃镜检查，其痛苦让我终生难忘，但每次结果都有喜讯：好转，更好转。

这是我平生第一次住院，竟住了三个多月。胃保住了，我体重竟增加了八公斤，身高也增长了四公分。

海峰和另一个战友来接我出院，欢欢喜喜的，回到杨柳青已经是夏天之末。

八

海峰在连队显然干得不错，还和炊事班建立了非常好的友谊。他第一次用挎包提着一大碗面条跑来找我时，是我出院的第三天晚饭前。那是一碗放了肉丝和芫荽的手擀面。我以为他调炊事班了，他说不是。舟桥连夏训苦，病号多，每天都要做病号饭。

“没事儿，放心吃，我没事就帮厨，和炊事班好得很，他们少浪费点儿都有了。你这胃是保住了，但得养，少吃米饭，多吃馒头和面条，养胃这可不是一天两天的事儿。”海峰安慰道。

以后，海峰常常送面条过来，次数已记不清了。

1986年中秋节，连队会餐，各班可以自行组织。那时我在侦察排防化班。大家刚坐下来，海峰敲门进来，手里端着一个用盘子盖着的大碗。他对大家笑嘻嘻地解释，说我胃不好，特意下碗面送来。战友们当然觉得我这个老乡好笑，平时就算了，今天不同。大过节的，满桌子鸡鸭鱼肉，谁要吃碗面？我也觉得有些难为情。那碗面一筷子也没动……会餐结束后，一个战友顺手把面条倒进垃圾桶，这时我看到有两个剥皮的鸡蛋，圆圆的，像一双明亮的眼睛，在垃圾桶里望着我。

第二天，我和海峰说，我的胃病完全好了，不用再这样麻烦。其实我是有点烦了。海峰却笑着问我：“你没吃出来？那可是精粉挂面，是偷副连长的，两个蛋也是他的，他老婆来探亲了，有人孝敬精粉挂面和鸡蛋，咱也尝尝……”

谁都知道，在连队，骗吃病号饭是违规的，偷拿长官鸡蛋，事情也可大可小。但我知道，说什么也没用，就只好骗他；精粉挂面真不一样，好吃，那俩鸡蛋肯定是柴鸡蛋，更好吃。

过了中秋节没几天，全团突然暗流涌动。原来，到广西边防轮战的动员令终于下达了。随即，舟桥团正式得到一级备战的命令，所有休假探亲的官兵，三日内必须归队。团政治处开始有组织地安排特殊士兵给家里写信。那几天，子牙河两岸昼夜戒严，夜训也开始了。我是侦察排防化兵，由于住院三个多月，要加紧补上训练课目。

在这样紧张沉闷的气氛里，任何一次老乡聚会和私下谈话都被视为重要风向。某个深夜，我穿着闷死人的防化服，正在野地进行管剂侦毒训练，全副武装的海峰突然出现在侦毒现场。

我脱下防化服，与他并肩靠在一棵大树上。皎洁的月光下，海峰的白牙亮得耀眼。周围是半人高的杂草，树上的蝉叫成一团。海峰问我，是否给女友和父亲写了家信？我说写了。他说他也写了，可惜没有女朋友，只给父亲写了信，昨天挂号寄走了。因为我要训练，不便多聊，告别时他说：

"还记得新兵时，团长说，当兵总是要准备打仗，真要打了，好像连空气也不一样了。但是不用怕，我们是舟桥部队，万不得已，不会冲锋陷阵。你耳功好，打起来时，判断好炮弹落点就行。要是真打成地面战了，你就跟着我，紧紧地跟着，记住了吗？"

海峰这回没有笑，黑白分明的大眼睛认真地看着我。这时我才发现，皮肤黑得吓人的海峰，有一双极其明亮的大眼睛。

但是，直到11月底，全团还在一级战备，轮战的正式命令一直没有下来。在我当兵一年零十六天的那天，我提着简单的行李，上了一台白色伏尔加轿车。这是北京军区某部首长的专车，不久，我在北京开始了另一种生活。

九

离开杨柳青三年后，我考上了军校。毕业后走上以笔墨为业的文字道路。我不知道，海峰生前是否知道，我在以后的两个中篇小说中，都以他为原型塑造了舟桥兵形象。其中《迷糊》的主人公是徐俊和海峰的混合体，而《兵屋》则是讲海峰本人的故事。

去年，一家出版社编一套鲁迅文学院学员文丛，选了我一个小说集，我特意拿掉了《迷糊》一篇。不论海峰生前是否读过这篇东西，我都认为，当年发表这篇作品，是我一生的罪过——为了博读者眼球，我有一种嘲笑的意味在小说里，被嘲笑的主要是海峰和徐俊的混合体，尽管也嘲笑了程班长，嘲笑了新兵连，嘲笑了我自己。

还有，《兵屋》的内容来自多种信息渠道，道听途说的故事并没有生命力，海峰的军旅人生应该是另一番样子。

海峰在舟桥五连很快成为骨干。第二年当班长，第三年代理排长。在某次破冰架桥训练中，他第一次荣立个人三等功。因为冬训，子牙河北岸，长期设立了看管舟桥器材的小屋，这个没有营区的营房，是条件最艰苦的地方。海峰和一个战士坚守了三个冬天。当然，谁也想不到，就在这个毗邻青光镇的小屋里，海峰意外收获了自己的爱情……

超期服役第四年，代理排长第五年初秋，一年一度的退伍工作又开始了。海峰是走是留，既是海峰的苦恼，也是连党支部的苦恼，延宕了几天，仍然没有结果。

最后一次退伍动员会当晚，海峰把一份退伍报告送到了连部。连长安慰说，支部最后还没有确定退伍名单，只是不知道团里今年能不能给五连一个志愿兵名额，如果给，怎么着也该是海峰的。

指导员说："要不，再拖两天，摸摸团部的底。"

海峰却平静地对连长和指导员说："我想好了，还是让我走吧，我再不走，挡着别人的路，压了好几个技术骨干，连队的工作不好做。"

连长和指导员沉默了一会儿。指导员说："你评残的事情，也还没有准信儿，好在评残不受走留影响，咱们舟桥兵，腰腿坏了的，每年都不少，今年也是超额申报评残人选，能不能评上，你心里要有个准备……"

退伍走的头一天早晨，海峰独自来到子牙河兵屋。11月的天空，正飘着星星点点的雪花儿。海峰穿着摘掉了领章帽徽的旧军装，单腿跪在地上，最后一次给兵屋的小门涂抹绿色的油漆。这是保证器材小屋来年不受风雨侵蚀的必要措施，每年都要重新刷一次……

我从来没有过问海峰退伍前后的细节。只知道，海峰当兵七年，退出现役时，三次被评为优秀士兵；六次受团嘉奖；两次荣立个人三等功；连续四年被评为舟桥团优秀共产党员。他同时带走的，还有一个破损严重的胃，和他七年寒暑落下的腰椎间盘突出，以及严重的膝关节炎。

十

2011年12月30日晚上7时许，战友刘长海的车拐上了天津西郊的西青大道。开车的长海侧脸看了我一眼，突然说："咋还穿着军装来了？多不方便。"

我没有告诉他，一个多月前海峰那个电话。也没有告诉他，电话里海峰想让我穿着新式军装合个影的要求。更没有告诉他，"合个影永远留着"，竟是海峰一生对我的唯一一次要求。

二十五六年后的杨柳青镇，早已今非昔比，高楼林立，霓虹闪烁。找到杨柳青北郊的青光镇，长海多绕了不少路。在海峰妻子宝红的手机引导下，我们终于来到村口。

宝红和儿子建军在村口等着我。我以为海峰会在某个医院和某个殡仪馆，但宝红却说，没有，一直在家里等着。

车开不进去，步行过一条小胡同。在前面一大间平房门口，高挂着几盏灯泡，隐隐有歌声从平房里传出来。

这齐声合唱的歌声，缓慢，悠扬，既似曾相识，又很陌生。我愣了一下，终于意识到，这是一首赞美诗《圣歌》。

宝红这时拉住我的手：轻声说："哥，千万别难过，海峰信了耶稣基督，他没了痛苦，主接他高高兴兴地去了天堂。"

……我一下子不知所措，笔直地立在门口，我不知道，一身戎装的我，此刻该以怎样的方式面对即将会面的战友。我对基督和天主知之甚少；我甚至不知道，该从一个教友怀里，拿几支带梗的菊花。当宝红拿起一支白色的菊花递给我时，我怎么也抑制不住自己——难道，这就是我要献给海峰的礼物吗？一支小小的菊花，难道真是生者与亡灵相见的信使？曾经的金戈铁马，曾经的铁骨铮铮，曾经想血洒疆场的战士，怎么会信奉了耶稣？

只有宝红一个人陪我和长海走进灵堂。

只见一群统一着装的教友，在为亡灵祈祷。祈祷的《圣歌》正接近尾声。不一会儿，歌声停了，教友们安静地一一退出。

我慢慢揭开盖在海峰身上的归主单。他的面孔，在昏暗的灯光下完全暴露出来——这是令我意想不到的面孔，一副我从来没有见过的面孔。即使再过多少年，我也不愿意用文字描绘这副面孔。还有，海峰瘦小得令我震惊，像才几个月大的婴儿。但是，正如后来宝红一再重复的那样，我相信海峰最后是安详地离去，没有痛苦，没有挣扎，他平静地接受了主的引领。

在那一刻，我知道，那个尘世中的海峰真的走了，他像个干干净净的孩子一样去了天国。

我重新盖上海峰的脸，希望一个人陪陪他。宝红和长海很理解，他们刚一走出灵堂，我的眼泪再次流下来。

宝红在门外告诉我，按基督教习俗，吊唁亲友是不能掉眼泪的，但我就是控制不住！控制不住！怎么努力也控制不住！

就这样，我和海峰单独相处了有三个小时。这三个小时，真如基督教义所说，是做尘世的朝圣旅程，且怀着希望，聆听了亡人的永生之言。

按丧事计划，海峰31号要火化入土。为了能让我第二天早晨9点赶回北京上班，最后的送别仪式提前到早晨5点钟。

海峰的遗体被移到门外的灵棚里。他仍然盖着信徒子民的归主单，但整个面容露了出来。

海峰安卧在玻璃棺中。在众教友一遍遍赞美声中，看上去，他比昨天夜里魁梧了许多。

告别仪式要费点儿时间。我和长海被教友们非常友好礼貌地安排在离海峰最近的地方。年老的人可以坐下祈祷，他们在我身后放了一把凳子，但我不想坐，尽管几乎一夜没睡，我的大脑却异常清醒。

信徒的告别礼，是教会最后一次把亡者交托于天主。借着这最后的致敬，那些教友们，为海峰的去世和分离、也因与他的共融和重聚而再次一起咏唱《圣歌》。

一曲诵毕，另一首赞美曲响起，我已经与这里的情境融为一体。事实上，不论是俗人还是教友，此时都坚信，死亡决不能把亲人彼此分离，因为我们众人都要走完同一条道路，将在同一个地方重逢。

……

教会司仪开始用他平缓的声音致主祷词：

“全能永生的主，海峰兄弟活着的时候善待生命，努力劳作，要离开的时候从容不迫，又满怀喜乐。永生的主，海峰曾受你的照顾和安慰，如今送他上路，死亡只是一个变化的门槛，跨过那道黑暗的门，将进入另一个光明的世界。所以，我们恳求你，收纳他到你天上圣徒的居所，并求你垂顾哀恸的亲友，恩赐大家永生重逢的希望。因主耶稣基督之名，求你俯听我们的祈祷……”

全套仪规完成后，全体教友起立，大家面对逝者，一排排站好，集体诵读一首长长的赞美诗。

最后一首告别曲奏响，司仪宣读结束语：

“全能的主，你是圣善的，是生命之主。求你接纳我们为你仆人所作的祈祷。你善察人心，亦知道海峰兄弟愿意承行你的旨意，求你满足他的心愿，以你的仁慈，恩赐他加入天上圣者的行列。正如他在世时，曾加入你子民的行列一样。因主耶稣基督之名，求你俯听我们的祈祷。”

……这是一场多么独特的葬礼！我永远不会忘记这个场面！那是多么祥和平静的场面，没有我曾经历过无数次的生离死别，没有哀伤的风，没有领导歌功颂德的悼词，没有抱头痛哭。逝者安卧于此，亲人们手持一支白色的菊花，安静地注视着他。那些教友们，以兄弟之情，合唱一曲曲舒缓、悠扬的送亡曲。大家环绕着逝者，一圈圈缓慢地走。他们的表情如此平和，他们的目光如此真诚，他们的歌声如此直达心灵。

十一

在海峰遗体运往火化场时，我如期登上了开往北京的列车。我必须兑现我对领导的承诺，由此看来，我这一生，真是俗人一个，注定是要戴着紧箍苟且地活着。列车开启那一刻，泪水又涌出来，原来，俗人的眼泪是流不干的。

后来我知道，海峰去世前七个月做了胃癌手术，胃整个切除了。但已经晚了。海峰知道自己得了癌，虽然看似平静，但心有不甘。他告诉妻子，不要把这个消息告诉如我一样的亲友，他怕麻烦别人，也怕给别人增加负担。手术不久，癌细胞转移到胰腺，这一转移妻子瞒住了海峰。眼见海峰昼夜疼得厉害。早已经信了耶稣的妻子，再劝他皈依基督，但海峰还是坚决地拒绝了。

当此文基本完成后，2017年元月5日下午，我打通了宝红的电话。我虽然对各种宗教充满敬意，但毕竟是陌生的。因要写到海峰的最终信仰，所以我很想知道，海峰何时接受了洗礼。

宝红说："哥，你知道海峰这个人，那么刚直强硬的人，他什么都不信。我也一直想，等你有空了，能来天津待两天，我好好给你说说海峰活着时候的事儿。他过得苦，我也苦。结婚时，连张床也买不起，四个板凳支块木板。孩子上小学了，还没有一件家具。海峰太要强。一个外地人，举目无亲，一张口说话就让人瞧不起。他当兵当的，一开始和社会融不进去。他看不惯一些社会现象，也不接受人家的思想和好意。他一直没有工作，啥烂活都干过，连去捡破烂的想法也有过。后来借钱租个门脸，说是开个饭店，其实就是一个小门脸儿，几张桌子。海峰好客，不心黑，小饭店几年下来没赚着钱，还借了外债。他老家穷，七姑八姐听说他开了饭店，啥事都找他借钱。娶媳妇盖房子，没有一样他不管。他这个胃病，当兵时就落下了，我和他结婚时就疼得很厉害了。一直说上医院检查检查，他就是不去，怕花钱。临去世前一年多吧，实在挺不住了，去医院一查，都晚期了……哥，你想，这样的日子我们咋过来的？我是从那时信了耶稣的。自从我信了基督耶稣，觉得日子好过多了，精神也好了，穷富不都是个活？为这事，我们老打架，还差点儿离婚。可直到他手术后卧床不起，我喂了他五六个月饭。癌细胞还是转到胰腺了。他疼得厉害，我看他疼就掉泪，平时我都不会掉泪了。临死前一周吧，我说，求你信了耶稣吧，信了就不疼了。要不你试试看，信了准不疼了。即使你不怕疼，就是为了我和孩子不难受，你也试试……可能为了我再不难受吧，那天他说信了，受了洗礼。果然就说不疼了，也能咽下饭了。一周后，他平平静静地走了，是主接走了他……”

我插不上话，听着宝红自顾自地诉说，我一阵阵心如刀绞。是啊，这是一对多么恩爱的夫妻啊，这是多么真实的一个普通退伍军人的生活啊。我想起来了，在海峰刚结婚不久，他电话里笑嘻嘻地说：“老哥，说了你都不信，咱这种人，从来没有撒过谎，更不会骗人。这回为了能娶这个媳妇，我说我属鸡，只比她大一岁。你以后见了面儿，可别说漏嘴啊。”我说，那你到底大人家几岁？他嘻嘻嘻地笑，像怕被别人听见似的，降低声音说：“五岁呢！”

电话那头的宝红，听说我要写一篇关于海峰的文章，就说：“其实，我也一直希望你写写海峰。他活着时，经常提到你，就总想见着你。海峰的生活过得虽然不大好，但他人是多好啊。他要知道你写了他，他在天堂准会特别高兴。”

我听不下去了……放下电话，就在正伤心的时候，宝红发来短信：“哥，来时提前告诉我，我好安排时间陪着你。”

我知道，关于海峰的故事，我其实还没有写，可是，我能写好海峰吗？

我说了，不论生前还是死后，海峰一家从来没有得到我实际的帮助。海峰死后，我为他独子读书和工作的事情，也主动询问过，也求过几位天津的朋友，但都因为孩子学历低，或者是孩子自己不愿意，没有找到一份特别满意的工作。一年前，天津的战友对我说：“你该劝劝宝红，她还年轻，有合适的再成个家吧。”听了战友的话，我好像打个愣儿。但我想，海峰是一个重情重义的人，宝红也是。如果宝红后半生有个着落，海峰一定是高兴的。今天和宝红通电话，我仍然没有勇气，说出劝她改嫁的事儿。于是又问到孩子。宝红说二十五岁了，有份工作，是在一家医院当保安，是他自己愿意干的。我想起来了，1993年八一建军节，海峰打电话向我报喜："老哥，儿子生了，挺白净的，不像我这么黑。咱就叫他建军怎么样？长大了也让他当兵。"我说："八一是咱当兵人的节日，这天得子，可谓双喜临门，小名建军，最有意义。"

最后，我问到海峰老家的母亲，宝红说还健在，跟大姑姐一起过。

十二

杨柳青是美的，依然是美的，美得天下闻名，不论是在年画里，还是在生活中。我与这个地方的感情是特别的。我常常梦到这个美好的地方，梦到那条子牙河，以及子牙河河面上，一群群飞舞的红蜻蜓。听说近年来，天津环境治理得好，子牙河的水涨了，河道也宽了，水也清了。我听了特别高兴。因为大家知道，以滹沱河和滏阳河为代表的子牙河水系，也是海河流域的标志性水系。在人们普遍感到华北地区水资源紧张的情况下，它们的现状将具有某种不可替代的典型意义。应该说，子牙河是华北人民的母亲河，有子牙河在，我的老部队就在。过去叫52914，现在叫66319。据说舟桥团完全是机械化作业了，部队伙食也大大改善了。我想这回好了，再也不会有那么多战友落下腰腿病，再也不会有那么多年轻官兵伤了胃，每年，也不用为了评残而你争我斗了。我准备今年开春就去一次。那时，天津西郊野花盛开，杨柳青青。我要到青光镇的海峰墓，去给他唱一首家乡小调。

我要告诉他："海峰，杨柳青真好，它从来没有嫌你黑，嫌你穷，也不嫌你太过耿直，它以杨柳之美完全接纳了你，还把当地最美丽贤惠的女儿宝红嫁给了你。宝红为你生了个儿子，为你送终。这是你的福分。"

另外我要告诉海峰："我的胃保住了，当年254医院自制的溃疡散真好，要是我早点儿像你关心我那样，关心一下你的胃，说不定也能治好，也不至于癌变。”

最后我想对海峰说：“海峰，看来我上不了战场了，太老了，又面临军改后，可能脱下军装。你不用再担心我单薄的身体扛不住子弹，其实呢，我和你一样，也舍不得这身军装。如果有一天，祖国还需要，以我这样老旧的身体，还在乎几颗子弹吗？海峰，请你在那边好好的，等着我们战友重逢那一天。”

原载《前卫文学》2017年第3期

冬 季

冯秋子

二〇〇八年十月八日傍晚，我从内蒙古回到北京。

人回来了，心还留在那儿。

内蒙古已经上冻，回去那天夜里，车停在院子里，水箱就冻住了。早晨地上结了冰。气温继续下降。

离开内蒙古的前一天，先下雨后下雪，然后是冰。

我父亲呼吸困难，拖到不能再拖，他才同意转院。一大早护送他去呼和浩特住院，从背部先后抽出五斤多积水。我利用“十一”长假，赶回来看望病重的父亲，看望不顾病痛一直照顾父亲的母亲。现在随父亲转战到了呼市。医生说父亲的一个关键手术不用做了、不能做了。父亲问我们几个儿女：结果是什么，跟我说一下。大哥说出医生讲的全部话里的一小部分。父亲问：还有什么？又说出一小部分。没有啦？大哥说没啦。父亲说：没啦，出院。父亲、哥哥和我，听到父亲的命令，一股气驾着车开回我们旗。

晚上，向父亲报告晚间时事播报的新闻，美国“倒萨”事态，西方各国、各方面的反映，南美洲政变，亚运会，国际象棋大赛人与机器对垒等等。父亲临睡时问我：还有什么要和他讲。我说了三点。关于饮食问题，父亲一直比较讲究。咱们继续，再接再厉，食物控制好了，糖尿病的指标还是能控制住，好迹象还是能表现出来，这是咱们能做的，不要放弃努力。关于跟母亲说话，要有耐心，母亲耳朵背，听不见、听不清的时候，不要着急，不要大声喊叫，看把母亲吓着。现在，医生把治疗、恢复的主动权交到咱们手上了，我看，咱们天生的强健体魄，健康的内脏功能和循环系统，到了发挥作用的时候了。是不是，爸爸。我讲了一个小故事，在抗美援朝战争时期，志愿军伤病员，别管受伤程度深还是浅，总是恢复得又快又好；那些被俘的美军伤兵，即使比负伤的志愿军战士伤情轻得多，他们都是使用当时能有的相同的药，伙食也相同，但是恢复的效果截然不同。美军伤兵不少人，原本只有一处小伤口，医药处置很及时，但也竟会出现伤口感染、溃烂，因为他紧张、恐惧呀，无法消除焦虑，没有安全感，生活不习惯，语言有障碍，总之，猛虎落入猎人之手，身陷敌方，那种惶恐和不安没有一时不搅扰他、挫伤他，他们的情绪处在悲观、绝望之中。反过来，志愿军伤病员负伤严重，竟愈合得出奇地好。为什么呢，因为处在心宽的地方，是自己的同志主持下的战地医院，使用的是从祖国调运来的设备、药材，听和说的是自己的语言，一句话，他是在自己的地方。那种感觉完全不同，情绪平稳，心理正常，思维活跃，精神状态积极，主观能动性调动和发挥出来了，这些积极因素，帮助身体分泌出良性的元素，客观上起到帮助治疗和恢复的作用。

这一类简单明了的道理，跟父亲说，在以前是不可以想象的。在他面前，什么都不用摆，他就是一个讲道理的大王，他讲的道理，过去曾经覆盖了小到一个家族，一个单位，一所学校，一家工厂，一个村庄，大到一个区、一个人民公社、一个旗的大会现场，人们听他讲话，没有一个人离开会场。我们跟他在一起，永远差着距离。但是现在不同，当我就要离开家、离开父亲和母亲时，他会对我说：你还有什么话要跟我讲。哈哈，我真应该骄傲，父亲和我，和我们兄妹们之间，有了这种形式的交流。父亲把我们当作成人看待。说实话，我们还是有一个接受过程、习惯过程的。

我们和父亲有一种厚实的情感，但谁也不直接表达它，触碰它，好像在这个家里，都没习惯表达情感，但情感没有一天感觉不到。唉。心里又幸福，又有掠过骨质的酸楚滋味。我能怎么做呢，瞬间遮掩起莫名的滋味那一类东西，嘿嘿嘿地笑出声来。好，两个问题——或者三个问题，我对父亲讲。你知道，这些个问题，也是经过了挑选说出来的，又得有，又得是轻重的分寸恰当，还得轻松一些，有点玩笑式的。总之，绕过感情，不触碰到感情的丝线，如果不小心挨着了，赶紧跳出，离开那块地带。

他笑呵呵地说，好，谢谢你。我想，可以采纳，照办。你放心，好好工作，照顾好自已。你那边的事情，我都放心。好的，走吧。他哈哈地笑着，让你轻松地走掉了。

离开他们，我的眼泪怎么流，是我的事情。

我是觉得父亲老了。对儿女有了一些不舍。

想当初，我去北京上大学，第一个寒假快到了，写信给父亲，顺便告诉他，学生处帮助订了回内蒙古的车票。他写来一信，说了这样的意思：离开家才半年不必着急回来。建议留在学校多读几本书，或者跟同学结伴到别处看看。出了门，对门外的世界应该多作了解。总想回家，没有出息。要有准备，多锻炼自已。

那时候，不像现在，我还是很怕他的。回到家，我等着他和我谈，担心挨说。他好像忘记了在信里表达的意思，多次和我谈论学校，学习，生活，和同学们的相处，老师的教学情况等等。谈完话以后，一如既往地，他对我放下心来。这之后，他一概放开，从不干涉我的学习、生活，包括后来我的恋爱。他只是注意了解对方是一个怎么样的人，他认为把握了对方的“人”以后，就不再说什么，由他们两个人自己去相处吧。他对我母亲讲。要我母亲不用过多问询这件事。孩子愿意讲的时候，自然会对你讲，不需要讲，就说明她能自己去处理。

他很喜欢那个从我听来的青年。若干年以后，当他听到我母亲说：XY（他的小名）脾气挺大的。母亲是看他对我说话时候表现有点急躁，对父亲有感而发。当母亲的，不愿意看到女婿对女儿耍脾气是自然的。当时家里只有我父母和我三个人。父亲接起母亲的话，说：男人没脾气还像个男人了？父亲竟替他说话。那个话题没再继续。父亲喜欢他。再者，父亲不觉得那么一个细节，跟他的“人”相比，有什么重要。一般情况下，他认可的人和事情，在心里给出的宽敞、能有的包涵，比一般人宽大而且长远。父亲病危、去世前，我回内蒙古照料父亲。他因为正在和我冷战，对婚姻有了不同的想法，为了好不容易确立的意志不被动摇，就没来看望我父亲，没打电话致以问候，没和我父亲道别。父亲没有一句抱怨，尽管他那时还是他的女婿。父亲临终前对我说了这样的话：沟通不够，好好谈一谈，相互多理解对方……在那之前几天的一个下午，父亲竟然做了一个梦，梦见他打电话了，跟他说，要开车回来看他，问询父亲的病情怎么样啦。父亲说，我让他跟你妈妈讲，我听不清。母亲告诉我，是你爸爸做梦梦见的。那时，父亲时常处于昏迷状态。我母亲说，你爸爸想XY了。

高声说话，父亲能够听见。我尽量说得轻松一点，不让他感觉到异常。我自己嗓子疼，也不让他感觉到这些。这个家，谁也不说摇动感情的话。

整个上午，草地里全是白色，草上是霜。开垦的土地，也全是白，和慢慢露出来的发黄的绿色，在视野里慢吞吞地转化。午后，太阳清照一片戈壁草地，一会儿一块浮云挡住太阳，那一大片地方一下就变得黑暗无比，阴冷没有商量。

傍晚，西边的太阳映照出赤烈的红色，天渐黑，红色柔和下来。太阳红红的，非常亲，非常近，也非常快地消失。多次见识，但是还会有悲伤掠过。人孤立无援，永远地生活在空洞的、凛冽无言的深处。

黑夜，许多狗在叫。父亲的盲表也不失闲，凌晨时呻报出公鸡叫鸣。

母亲照顾不动父亲，我上次回家时，我们一起把父亲和她一块搬到我哥哥的院子去住。哥哥全家照顾我父母亲。

我父母住进了我哥哥家的新房。后墙，通火炉的烟道，天冷以前住进一窝麻雀，大鸟小鸟早晚叫唤。这些鸟们有了两个通道，一个朝向一米以外的天空，一个朝向我父母的新家。于是，一家人不知道该怎么生火炉，怎么解决走烟问题，怎么重开烟道，开在哪里。我哥哥想出一个不是办法的办法，生灶火，烧热做饭的大铁锅，炙烤房子，为父母取暖。

我踩板凳上去看鸟，小鸟全部挤卧在草木垫里看我。它们的屎尿拉到墙洞边缘。我看见了母亲放进去的那块叠衲了好几层的布。其实她知道鸟不会使用她的布，把她的布当作褥子或者床单，只会在上面拉一些屎撒一些尿，她还是往进乱放东西。她怕鸟受冻，想不出给鸟取暖的更好办法，跟我哥哥一样，被鸟难住了。

母亲担心小鸟掉下来，让人移走了放在墙根底下的水桶，她在地上铺了一块大棉垫。

母亲搬离自己的院子，院里住的几窝麻雀就搬迁走了。

她养的牧羊犬半个多月不吃东西，只喝一点点水。我哥哥院子里有一只比我母亲院里的牧羊犬更壮、更大的牧羊犬，他们想把我母亲院里的牧羊犬接过去。我哥哥去了一次，孩子们又去了一次，均无功而返。母亲院里的牧羊犬，死活抠着院子的地，身体向后坐下，不愿意跟他们走。我哥哥回来讲，院里没人了，它想守院子。母亲回去给它续水、喂食，它吃了两小口食物。自此，牧羊犬再没有进食，备下的食粮和饮用水，没再动过。一星期后，牧羊犬倒下了。

我们一起去埋葬那条淘气的狗。它的历史结束了。它只活了一岁半。它把我母亲的用具撕毁，比如扫院子的大扫把，还有压在纸箱子底下的羊皮裹腿……把黄太平果树的皮扯下来，把柴草房里的耗子一只一只捉拿出来，整整齐齐摆放到果树下。夜晚，母亲常忘记锁院门就去睡，它一直在母亲的门外叫，实在叫不出效果，就起身趴在家门旁的玻璃窗户上，对着屋子叫。直到母亲起来，出去锁上大门，它才回到自己的柴草窝棚躺下。

这个冬天，不那么好过。

原载《红岩》2017年第4期

隐逃的倭瓜

蒋建伟

人会隐藏，瓜，也一样。

可能是长得不好看，圆圆的扁，弯弯的长，也就是圆不圆、扁不扁、弯不弯、长不长的，一副窝窝囊囊的样子，就叫它“倭瓜”。也可能它有自知之明，从夏天的开花结果开始，一直隐藏在浓密肥大的叶子丛中，时刻寻找着逃跑的机会，不想让你逮住它。然而当冬天快要来了的时候，万物开始枯萎了，掀开这一丛那一丛的瓜秧，“呀”，瓜秧上、黄叶子背面的许多小刺儿一下扎住了手，接着是阻挡不住的突然的惊喜：“倭瓜！满地跑的大倭瓜！”瓜秧上的倭瓜们胆小，立马现出原形，大小老少，慌不择路，东西南北地满地乱跑。黄灿灿的，橘黄黄的，黄绿绿的，那一丁点的绿啊，过不了几天也会变黄的。摘倭瓜的当儿，如果怕遗漏掉，只要你猫下腰，找到老根子往上一拽，“啪啪啪啪”，瓜蔓下的嫩根子一阵乱响，叶子也乱响，黄的绿的“窸窸窣窣”的尘土惹了一身，直直腰，阳光正毒，大汗“稀里哗啦”地乱淌，湿漉漉的衣服和皮粘在一起，有点痒痒，可一看见瓜秧上悬挂的金灿灿的灯笼们，这点脏算什么？只是纳闷：它们，到底是如何隐藏了一夏半秋的？

倭瓜的狡猾远不止这些呢！它常常藏在叶荫浓密处，也就是倭瓜叶子最浓密的地方，一动不动，一直潜伏，悄悄地长大，悄悄地……让你找不到，或者让你找得失望透顶，彻底放弃不再寻找了，只留下它一个个暗地里傻笑。直到摘的一刻，它们不得不哆哆嗦嗦站出来，老的，半老的，少的，嫩的，小小的，大拇指一般大的，从许多肥肥大大的叶子当中出列，集结。好家伙，收获了六十多个瓜，沉甸甸而归。老的、半老的摘了也就摘了，但，剩下那些小小嫩嫩的，它们可是还能长大的呀，它们头顶的叶子还积蓄大口大口的营养，太阳还可以勉强毒辣十几天呢，它们都是可以长大的、长老的，唉，太可惜了。除了发黄的叶子，单单看绿得淌油的倭瓜叶子这么多，一片片闪烁着希望，将来，这瓜一准小不了。

倭瓜的叶子，是瓜果类植物中最大的。夏天里，瓜秧有节，蛇似的向前爬呀爬，一条两条许多条。节只要贴住地皮，都会伸出五六个嫩根子，像脚，像手，牢牢抓住一小团一小团的泥土、腐草，一节节地获取更多的营养，支持上边的叶子生长。奇迹天天都在发生：一枝发四个杈，吐叶，开花，结果。叶子们长得更不像话了，迎着各自方向的太阳，一片片唱着歌儿，昂起脑袋，扯直嗓子唱，从倭瓜秧上拼命高举起一枝，爬过其他的枝枝蔓蔓，再被别的竞争者爬过去，自己再爬上来，如此反复，一只一只的绿色大手，捧出了一个浩浩荡荡、郁郁葱葱的天下。这是怎样的一只大手呀！朝阳的手面上，是“心”形，七个角，相当于两个手掌加起来的面积大，长满了密密麻麻的小刺儿，好像谁谁身上的毫毛；朝阴的手背上，凸起一根根墨绿色的经脉，和主脉络交织成一个网、一棵树、一条爱情船，网结上的每一个点，也长了一根毫毛，只不过有些纤细，不扎手，好像刚刚从某个女孩脸上掉下来似的，有一点点的害羞。正因为这样，你不敢随随便便去摘倭瓜花儿，想想看，哪一朵花下边不是一大片叶子？哪一片叶子浑身上下不是长满了小刺啊？

可是，你咬咬牙决定，哪怕扎手也要摘花儿，一种谎花——说谎的花儿。花儿为什么要说谎呢？这因为，倭瓜开两种花儿：第一种花叫谎花，只开花、不结果；第二种不说谎的花儿，先结果、后开花。所以呀，谎花要想假装成一副不说谎的样子，打开自己的花蕾，怒放全身的金黄色，释放出满世界的暗香，一下子抓住蜜蜂们的眼球，吸引它们纷纷前来采蜜。当然，你也会来采花儿。下厨热水焯一下，小葱蒜泥凉拌，下酒就饭；也会把谎花儿掺和粉芡鸡蛋，油炸，放进冰箱冷冻储存，留到过年时，做一盘反季节的烩菜；也会把谎花儿直接晒干，放到厨房阴凉处，该吃了，就拿热水泡开，跟肉块、排骨一起烩炖蒸炒，横竖都叫一个好吃。也有吃倭瓜叶子尖儿的，叶子尖儿就是朝着太阳昂头最厉害的那一枝，嫩，鲜，滑润，热水一焯，精制凉拌，那些个小刺都软了，细细嚼起来，脆、爽、香、咸、苦、辣、涩、甜各味逐个叩开心门。大自然的这类纯绿色食材，就在眼前，你还上哪儿找啊？

不说谎的倭瓜花儿，其实就是小倭瓜，瓜纽纽儿，纽扣一样粗的小小瓜儿。大自然讲究优胜劣汰、弱肉强食，并不是所有的瓜纽纽儿都能坐果，长个儿。倭瓜也一样。无论是哪一条的秧子上，结的瓜纽纽儿的数量都差不多，但哪一条瓜秧上的叶子肥厚且稠密，嫩根子扎得多且深，就决定了倭瓜的大小、多少。有时一条秧子发四五个杈，能各自结两个瓜，有时一条秧子的几个杈之间只有一个大倭瓜，一个瓜抢走了整条秧子上的营养，有时一个杈上的瓜纽纽儿长着长着就没了下文，有时一个拳头大的瓜纽纽儿头顶上突然长了个黑心，好瓜变成了坏瓜，实在让你接受不了。真正坐果之后，那些瓜纽纽儿哟，好像吹小气球似的，从瓜屁股开始长，从大屁股开始长，从细腰、粗腰开始长，一鼓作气长到头顶，一天比一天大，十来天的工夫就可以变成一个篮球、一只暖水瓶、一条土豪胖子的大腿、一个弥勒佛的大肚子、一个有着喜怒哀乐的梦中人。它们，该会做什么梦呢？

是绿意萌动的春天？那，是它们小时候的梦呢。

三四月里，童年的小倭瓜们，身上弥漫着叶子的味道，春风春雨春光，随便做一个深呼吸，满肺腑里都散发着浅浅的甜甜的空气。刚刚钻出大地上的叶子，起先是小小怯怯的两片——鹅黄嫩绿，再是小小而后变大的一片——油绿，然后是一片一片，一片比一片变大，变肥厚，墨绿墨绿的，大口大口地喝着阳光，喝着雨水露水和风，大手拍着小手，赞美着每一天的幸福生活。这当儿，瓜秧子是嫩嫩的呢，叶子还是小鼻子小眼睛的呢，连浑身上下的小刺儿都那么水嫩，风吹来，步子不稳，细细的腰儿怎么也站不直，满世界的嘲笑声一下灌满了两个耳朵。可是，有什么可嘲笑的呢？大地上万物复苏，绿意星星点点的，不成什么气候，大家都在生长，理想起起伏伏，谁笑谁都没有什么意义，那么，干吗老嘲笑某一个人？这样一想，它们开始争气，男男女女变得有了骨气，有了思想，有了理想。它们的理想就是长大，长高，把自己所有的叶子都高过嘲笑者们的头顶，让阳光从此只拥抱它们！才几天，无论或抢或扛，或挤或爬，还是彼此擦肩而过或者拥抱取暖，生生抢走了周围瓜果和小草们的阳光，它们做到了。

太阳底下，倭瓜秧上的最上边几片叶子在鼓掌。然而，并不是所有的叶子都鼓掌，也并不是所有的叶子都高兴。果然，几片当中的一片突然朝下边看了看，一惊，它看见了倭瓜秧子最初的两片叶子，还是那般大小，微微有一点枯黄，甚至是枯萎。它们俩，为什么这么苍老呢？那可是我们的老大哥啊！有一天，它们俩会离开我们吗？

这个小精灵呀，仿佛看见了那两片叶子出生前的一幕：

一个下午，南风寒，零下二摄氏度的天气，一个人在北京某小区的一小块空地里，种下了二十多粒种子。

原载《人民日报》2017年5月6日

翠亨村的深处

陈亚军

人世间，无论是一个大人物，他挥斥方遒，指点江山，使一个国家改头换面，更改扭转一个时代的运行机制，或者一个小人物，他为维持自己的一个吃喝拉撒愁云惨雾，只拘泥于个体的喜怒哀乐，都有始末缘由。来到翠亨村，让我有同样的思悟。这里是伟人孙中山的故里，他作为中国伟大的民主革命开拓者，中华民国的缔造者，三民主义的倡导者，创立《五权宪法》，终结了中国两千多年的封建帝制。之前，这种伟业和伟大，之于我，总恍若磅礴在书页和荧屏上，有种高远地渺悬于天际的感觉。当我实实在在地走在翠亨村的土地上，一百五十年的老树古屋虽寂静默然，却勃然散发着一种栩栩的烟火气，把那个激昂、忧患的少年推呈在眼前。这块天地间，必是隐匿着某种非凡的基因，一草一物都使人凝神聚气，从中或许能窥察到孙中山的成长屐痕，那是他精神和思想的注脚。这块土地，何以能孕育成就出孙中山这样伟大的人物?

穿越到历史的深处，在那个久远的年代，今天的中山古称香山，古代香山是珠江口外伶仃洋上的孤悬岛屿。从地理环境上看，翠亨村处于促狭的海隅，生活在孤岛上的人们，面对四周茫茫的大海，身家安危常受到威胁。当时，村人为防海盗劫掠，晚上睡觉时将房地契都藏在瓷枕里，枕在头下，盗贼来了，他们抱起枕头就跑。正是这种生计生存的危境，让这一方的人们生就有一种忧患意识。其实，这种忧患意识是一种岛上人的共性，因为岛屿资源有限，所以在那里生活的人很是居安思危，向外发展的欲求很强烈，向外就要有包容的心态，所以他们性情多平和。而生活在陆地的人总有地大物博的优势，少有对外扩张的心态，爱在原地谋事，也包括内斗。

在故居博物馆看到少年孙中山的照片，相貌俊朗，眉宇间有一种掩不住的英气，但那眼神终究透着一种深邃的忧郁，甚至忧患。或许我们可以解读为地域基因带给他的内质。

翠亨村头的那条小路直通辽阔的大海，海的对面就是外面的大世界，大海把有理想的人带向远方。在当时的两广和福建一带，为生活所迫，成千上万的人背井离乡到海外谋生。经过沧海桑田的变迁，偏僻海隅上的村庄已与大陆连为一体，而随着外出谋生的人们把财富和新思想带回村庄，中西方文化也在这里交汇融合，昔日的村落逐渐变得现代前沿。

孙中山故居可视为一个注脚，故居是混搭的建筑，中式欧式结合的风貌。外表仿照西方建筑，赭红色装饰性的拱形门呈欧式，厕所的砖马桶是孙中山亲手所砌，屋檐正中饰有灰雕光环，环下雕绘一只口衔钱环的飞鹰。楼房内部设计是传统的中式，中间是正厅，左右分两个耳房，四壁砖墙呈砖灰色勾出白色间线。在翠亨村，有多栋这样中西合璧的深宅大院，他们既讲究中式传统的雕梁画栋，也有拱形门窗等欧式风格呈现其中。

有什么样的见识，就有什么样的生活。可以说，孙中山很早就接受了西方先进思想的熏陶洗礼。父亲孙达成十几岁在澳门当鞋匠做裁缝，后来回到村里，虽然他依旧贫穷，靠租种土地和兼任村里的更夫养家，但他在孩子的心中朦胧地描绘了一个不同的社会图景，这是一种启蒙。同时，孙中山的两个叔父和长兄孙眉也很早奔赴海外觅生计，勤勉孝敬的长子孙眉闯荡美国檀香山，开商店，办牧场，几经打拼，终成雇工过千、拥有两万亩牧场的一代富侨。按照兄长的安排，孙中山十二岁便随母亲远赴檀香山就读。小小少年第一次漂洋过海，使他“始见轮舟之奇，沧海之阔。自是有慕西学之心，穷天地之想”。五年的海外求学，见识了一个全新的社会，催生了这位少年的壮志情怀。孙家的长子孙眉改变了一个家庭的命运，最小的儿子孙中山改变了整个国家的命运。

行走在翠亨村，你可探究、意会到许多造就孙中山的成因。在故居的庭院前，有一棵三百多年的老榕树。小时候，孙中山和村里的孩子们常常聚集在这里，围坐在一个老人身旁，听他讲故事。这位老人是一位太平军老兵，他讲的多是洪秀全英勇抗击腐朽清朝统治的故事。听完故事的孩子们在玩打仗游戏的时候，不自觉地就把其中的情节复制到游戏中。孙中山幼名叫帝象，名字的由来缘于他出世前，母亲梦到了北帝菩萨，他出生时天庭饱满，民间俗称福相，因此得名。小帝象由于平时乐善助人，很得伙伴们拥戴，是自然的“领袖”，被起绰号“洪秀全”。如果说，故事在他幼小心灵中启蒙了他的革命意识，而在游戏中他的领袖才智得以践行。同时，他也有着领袖概念中的必然素质，血气方盛，邻居做豆腐家的兄弟总是欺负他，他愤而砸了那家的锅，紧着要害处给予还击，敢作敢为。十七岁那年，他看到村民迷信愚痴，用香炉灰治病贻误病情，便和从小的好朋友、后来跟他一起闹革命的陆皓东一起来到村里的北帝庙，这里几乎是村里的最高权力标志。他游说人们不要迷信，不要把希望寄托在一个木雕泥塑的神像身上，这是落后之源。香客依然叩头如捣蒜。此时，孙中山拉住这位真武大帝的手用力一拽，北帝的手断落了，稻草、泥块掉落下来，人们面露惊慌。孙中山接着掰断了北帝的手指，剪断他的胡须，直至把神像推倒，并说，你们看我这样做它还是对着我笑，他连自己都保护不了，能护佑你们吗。这一举动透出了他受洪秀全故事影响的影子，因之同样被父亲和村民逐出村子。这种胆魄在他的革命生涯中却磨炼为一种智勇多面的品质。

“洪秀全”虽是绰号，内里其实聚散着诸多的民风世情。那时，很多人过着食不果腹，衣不蔽体的穷苦日子，小帝象降生的家庭也是一个贫寒的农家，从祖父孙敬贤起就靠租种他人田地为生，缺吃少穿。作为“领袖”，他童年最大的理想就是希望伙伴们都有鞋穿有米饭吃，这种理想自是超乎了一个平常孩子的境界，可谓生来“已摒忧患寻常事”，甚或可以解读为“天下为公”的天赋。这个童年的理想，后来成长为他思想体系中重要的民生主义。另外，当时的广东从地理位置上堪称天高皇帝远，三合会等反清帮会长期在那一带活动，民间对于清朝统治一直不满，大家对反清的活动和言论都持默许的态度。这样的生活氛围使孙中山从小就萌发了反清意识，而清政府的种种倒行逆施，又使这种意识被强化。在海外挣了一点钱的乡亲，叶落归根的华侨用以生命和辛劳换来的财富建设家园。可是，昏庸的清政府不但不鼓励保护华侨，却将他们视作“弃民”，歧视欺凌，搜刮迫害。小帝象就亲眼得见清军抢掠本村华侨财富并打死人的事件，这一切都强化了他的反抗意识。

同时，纵向历史的更深处，广东的传统文化积淀和经济前沿发展也对成就孙中山举足轻重。

自秦朝起，中原文化和海洋文化开始逐渐碰撞融合。秦朝修建灵渠，沟通了长江和珠江两大水系，以及在岭南设郡，都极大方便了南北文化的交流和融合。两晋南北朝，中原战乱，中国政治文化中心南移。以后到了南宋时期的战乱，北方大量民众南迁，给南方融入了中原文化的新语言、新制度、新技术以及新的生活方式，丰润出独特的南方文化，尤其是岭南文化的雏形。传统文化的规定性与海洋文化的开放性，富实着人的精神构成，而海外华人在商业上的成功，以及和母体千丝万缕的连带，使得沿海地理位置的优越成为一个平台，外在文明自然涌入。可以说，翠亨村就是这样一块中西文化精粹融合的土地，孙中山心智成熟的过程，都离不开这块土地的滋养，这从他精神遗产中的心性文明之说也可见痕迹。

而经济发展的优势，比如，在上世纪二三十年代，被认为是开启中国百货现代化先河的中国四大百货公司，即先施、永安、新新、大新由于经营店铺之大和生意影响广泛而名噪一时，带动了中国百货业和其他商业的振兴，他们在百货业取得成就后，涉足金融、服务、娱乐、股票等领域，从而把近代新式的商业运作模式带进了上海和广州乃至更广泛的层面，这四大公司的创始者都是中山人。一斑可窥全貌，经济发展一直走在前沿的广东包括中山，给孙中山的伟业提供了有决定意义的支持，若没有哥哥孙眉乃至包括广大华侨的经济资助做后盾，轰轰烈烈的革命拿什么做成本呢。

良善、发达，可算中山人本就有的习性。中山因诞生了一个伟大的人物伟大的灵魂格外著名，我对中山的了解，却因另有一个小机缘而留下特别印记。那一次，我参加一个出访团从印度孟买飞往孟加拉首都达卡，机舱里，满是棕黑肤色目光幽邃的南亚人。此时，任何一张黄皮肤出现，都会让人产生一种天然的亲切感。当中午的餐食发到手上时，我打开一看，又是一张颜色煞白的薄面饼，卷着一些馅状的咖喱制品，咬上去，险些硌牙。在这个弥漫着各种暧昧奇怪味道的机舱内，这个正宗的印度饼实在难以下咽。就在此时，从前排两个座位之间的缝隙中，有人递过一袋榨菜咸菜，随后，缝隙中又挤出一张中国面孔，微笑着说，请就点咸菜吧。聊起来才知道，前排的三位年轻的同胞都是中山古镇人，来这里是推销他们的灯饰产品。因一袋咸菜聊开去，让我深深感觉到，中山人，一个灯饰厂家，能把经济的触角伸到了印度、孟加拉这样贫穷的国家，这才是中国经济发展的魅力和强势的最好佐证啊。

翠亨村，精神的酝酿处，思想的启蒙地，革命的出发点，我不止一次来到这个让人敬仰留恋的地方。那条古意幽然的小路已湮没在通衢的大道中，历史的背影越发朦胧，历史的人物却渐进清晰。

翠亨村的深处，依然引人探往。

原载《中国作家》2017年第1期

谁为失去故土的人安魂

吴佳骏

一

初秋的傍晚，晚霞似农妇身上穿褪色的红薄衫，被风刮到了天边。几只鸟雀在田野上空滑翔，仿佛几个迷路的孩子，徘徊在漫长的回家路上。不远处的村落里，草房顶上冒出的炊烟，柔软而洁白。像一挂被风提拽着游走的丝线，在苍穹这块幽蓝的大幕布上，绣出各种漂亮的图案。那是天然的“民间工艺品”，带着泥土的气息和干柴的味道。

地里干活的人，都陆续回家去了。大地顿时变得空旷起来。只有我和奶奶，沿着杂草蔽膝的田间小路，慢慢地走着，观察着。我希望能赶在日落之前，陪她找到一块令其满意的“风水宝地”。作为她唯一的孙子，我有义务帮她完成这个心愿。

早在几年前，奶奶身子骨还硬朗的时候，她就开始在为自己的“归宿地”大费周章。她曾叫我父亲陪她去山坡上的向阳处选块地方，被父亲拒绝了。那时，父亲正年富力强，有太多的事情等着他去做。父亲认为奶奶身体健康，却成天担心身后的事，纯粹是无聊。可奶奶并不这么看，她说父亲根本不了解她，不了解她内心的想法和衰老的过程。她是大地上一棵孤独的树，一条干涸的河流，寒冷地带经年不化的雪，从金秋过度到隆冬的庄稼。我每次从城市回到乡下，奶奶都要向我倾诉她的苦恼和委屈。看到骨瘦如柴和饱经沧桑的她，我无法做到内心平静如水。我知道，这个老人是我生命的源头，我不能伤害她。遵照她的意愿，我陪她在那些熟悉的阡陌间穿行，一如散步在记忆的旷野。我回多少次家，我们的脚印就会在土路上出现多少次。遗憾的是，奶奶的寻找每次都是徒劳的。长久以来，她都没有找到一块让她放心的土地。

我每回陪奶奶寻找墓地，她都要跟我讲述那些正在消失的事物，满脸的忧伤和怜惜。讲到动情处，她常常眼含泪水。没有什么能比一个风烛残年的老人，面对千疮百孔的故乡时流下的泪珠，让我更生恻隐之心的事了。

近些年来，我目睹了故乡的沉沦。原本热热闹闹的一个村庄，如今到处是破败的房屋。荒草像入侵的敌军霸占了良田，少有人迹的石板路上铺满青苔。即使在白天，整个村子也是死一般沉寂。要不是几只黄狗偶尔在村中窜来窜去，你会怀疑这里是否还有人烟。

除狗之外，最常见的，唯有留守老人们那衰弱的面孔。他们像一张张飘零的枯叶，在黄昏暗淡的光线笼罩下，怀想曾经绿意盎然的季节。

天气晴好的日子，他们会蹲在村头池塘边晒太阳。伛偻的身影倒映在水中，仿佛记忆或梦境里的人物。时间漂白了他们的年轮，光阴把深藏在他们心底的秘密盗走了，却把寂寞留给了他们。这些老人憨厚、质朴，像沉默的土地，承受着时令馈赠的风霜和雨雪。只是他们的身体都靠得那么近，想借助彼此微弱的力量来支撑点什么。即使在阳光的照耀下，他们也感到寒冷。谈话或许是他们抵御寒冷的最好方式。他们谈春雷和冬雪，谈往事和未来，谈活着的人，也谈死去的人。末了，自然不忘谈在外打工的儿女——那一群群在城市里迁徙、流浪的候鸟。日月轮转，春秋更迭，他们有些年头没在一起团聚了。年轻的人在外忙着生，年老的人在家等着死。无数的父子和母子，就这样在各自的求生路上阴阳睽违，留下永久的遗憾和悔恨。

村里有个姓王的大爷，78岁了，老伴早逝，儿子长年在深圳打工，饮食起居全靠自己解决。每天天刚亮，他就扛把锄头上坡干活；直到夕阳西斜，才收工回家。回家后，热点冷饭吃了便躺在床上睡去。有好几次，我从他家路过，发现他吃的剩饭都已经馊了。遇到天下雨，他就一个人拄根木棍，戴个草帽，站在通往村外的那条山路上向远方眺望。没有人知道他在望什么。自从他的儿子离开家那天起，眺望就成了他的生活习惯。直到有一天，王大爷在山路上行走时旧病复发，从路旁的土坎滚下去，永别了人世。好心的乡人们干脆把他埋在了那条山路旁边。安葬他的那天，雨出奇的大。水流把他坟上新垒的泥土都冲垮了。帮忙培土的人怕雨水淋着老人，就把他平时戴过的那顶草帽放在了他的坟头，替他遮雨，也算是对这个以生命完成了守望的老人的尊重。

王大爷的死对我奶奶的打击是沉痛的。她说："我要到了那一天，希望不会死得像王老头那么不体面。"

奶奶说得对，死亡也需要尊严。

二

我奶奶今年80岁，一个人住在山间破旧的瓦房里。历经岁月洗涤，屋檐早已坍塌。房顶挂满蛛网，墙壁上爬满霉斑。仿佛只要躺在床上的奶奶一声咳嗽，房子就会摇摇欲坠。自从我爷爷离世后，奶奶一直坚持独立生活。父母担心她的身体，曾强行让她搬来新建的房子一起过，她死活不愿意。父母拗不过她，也只好随其心愿。每个月，父母都将柴米油盐给她准备好。遇到吃肉，就铲一碗给她端去。2001年冬天，一场罕见的狂风将奶奶的房顶掀掉半边。父母再次请求她搬出老屋，一起生活。可奶奶态度强硬，依然要求留在老屋。父亲与她争吵之后，不得不请人买来石棉瓦，重新将奶奶的屋顶修缮。奶奶说："我在这间屋里住了大半辈子，舍不得走。我老头是在这间屋子里走的，我也要把自己留在这间屋里。"

对奶奶而言，衰老本身或许并不可怕。真正可怕的，是那种伴随衰老而来的空虚和落寞。这间衰败的屋子，浓缩了她太多的人生记忆。她熟悉这间屋子里的气息，熟悉爷爷遗留在屋子里的歌哭和悲欢。这间屋子，是奶奶在这个世界上最重要的生存凭证之一。离开这间房，她的灵魂将无所皈依。一个老人活到最后，必须抓住一点什么，才能使其晚年生活不至于那么恐惧和苍白。

奶奶是要做一个乡村最后的守望者。

也不只是奶奶，在乡下，坚守土地的人历来存在，只是守望的方式不同罢了。

我们村里的赵婆婆，老伴两年前去世了。她唯一的儿子，30多岁还没讨到老婆。眼看村中比自己岁数小的青年早已成家，他整天忧心如焚，责怪赵婆婆没能耐，不能给他一个相对宽裕的家庭。赵婆婆面对儿子的责骂，心如刀绞，眼泪都哭干了。她曾四处托媒人为儿子提亲，结果总是无功而返。儿子一气之下不辞而别，去了福建打工。一年过后，赵婆婆的儿子传回消息，说自己已经在外安家，讨了一个福建本地妹子做妻子，妻子已经怀孕，怕是不能回来看她了，望赵婆婆自己多保重。赵婆婆闻讯，悲喜交加。

但不管怎么说，多年来压在赵婆婆心上的大石头到底落了地。那段时间，她的脸上露出少有的平静和淡然。一次，赵婆婆来找我奶奶聊天，紧紧拉着奶奶的手说："老姐姐，这辈子，我总算可以闭眼了。"说完，浑浊的泪水从她沟壑纵横的脸颊上滑落。

2009年秋天刚完，初冬的天气已有一丝微寒。蒙蒙细雨落在暗绿的树叶上，发出轻微的声响。赵婆婆冒着细雨，在她的屋前房后转悠。目光始终盯着那几株高大、笔直的楠树。那几棵楠树，是她刚生儿子那会儿栽种的。几十年过去，自己老了，儿子大了，树也长高了。其中两棵树的浓荫里，各藏着一个鸟巢。那些鸟年年都来树上打情骂俏，传宗接代。它们认识赵婆婆，赵婆婆也认识它们。唯有树沉默不语，它们同时见证了人和动物的哀愁。

这些树，赵婆婆原本是要留给自己打制寿材的，可现在她的想法变了。在这个充满肃杀气息的冬季里，她将这几棵在风雨中日夜陪伴她的大树，以3500

元钱的价格，全部卖给了镇上一家木料加工厂。

卖掉树后的第二天，赵婆婆把钱一分不剩地汇给了远在福建的儿子。

冬天将尽，眼看下一个春天已经梳妆完毕，正要蹁跹地来到人间的时候，村里人在一棵楠树兜旁，发现了赵婆婆的尸体。赵婆婆平躺在地上，走得很安详。她特意给自己换了身干净的衣裳，衣服上落着几片被风刮来的楠树叶子。

三

守望是要付出代价的。

每天清晨，村人们最重要的事情，是挑着桶去村头唯一一个地势低洼的水坑里取水。我奶奶自然也在取水队伍之列。父母让奶奶别去取水，由他们给她取回来，可奶奶执意要去。她说："我就是要看看村里的水到底是怎么没的。"奶奶挑不起两桶水，就找来一个装过酒的大塑料壶，用麻绳搓了两根背带，一壶壶把水背回来。

自2006年大旱以来，重庆下属的大部分区县至今缺水。我们所处的村庄，海拔高，住户多在半山腰上。故缺水尤为严重。曾经水量充沛的稻田，几年都没开过镰了。田里龟裂的缝隙，像一些流干血液的伤口，撕扯着大地的皮肉。昔日金灿灿的稻谷不见了，夏夜聒噪的蛙声销声匿迹。靠天吃饭的农民们，无不望天兴叹。叹息过后，只好扛着锄头，去旱地里种点麦子和高粱等耐旱的农作物，维持活命的口粮。

村中原本有一口池塘，因干旱太久，根本蓄不满水。所蓄的少量水源，长期浑浊不堪，水面浮满残渣，人是不能饮用的，只能满足牲畜使用。为尽量节约用水，村里人洗衣和洗澡，都用池塘里的脏水，致使村里大多数人都患有皮肤病。

能供人饮用的那个水坑，水量也极其有限。从地底浸出的山水本来就小，全村近20户人家，都指望这个水坑。去得早的人，尚可取到清亮的水。跑到最后的人，就只能挑到两桶带着泥浆的黄水。因此，天还未亮，各家各户的人就打着手电筒去水坑舀水。那情形，好似一群做贼的人，在盗取自然界的宝藏。

2010年夏，我曾专程回乡，就当地村民的饮水问题写过一篇调查报告，将情况如实向当地政府部门反映。政府也曾派人前来实地调研过，但问题始终未得到妥善解决。后来，我又多次鼓动村干部向上边反映情况，仍无济于事。

我深深地为生活在底层的老百姓感到难过！

雨季是乡村的另一种灾难。

西南山区，多属丘陵地带，气候变化大。每年夏季，都会遭遇洪涝灾害。密集、汹涌的暴雨，像疯狂的子弹，铺天盖地射下来，冲击着干渴已久的地表。树木被风雨折断，甚至连根拔起。村中不断有土崖塌方，随处可见滑坡的山体和泥石流。那些巨石和泥层从山上垮下，捣毁农作物不说，怕的是砸毁房屋，造成人员伤亡。

奶奶住的那间老房子，背后即是一面山体。一到雨季，我们全家人的心都揪紧了。雨水常常在夜间下，让人来不及防范。噼噼啪啪的雨水，像无数头小野兽，直朝屋顶的瓦上撞击。奶奶本就残破的房子，仿佛开了天窗。冰凉的流水顺洞而下，不大一会，地面就湿透了，水能淹没脚踝。整座房子，犹如一艘浮在河面被风雨吹打得漏水的破船。屋外电闪雷鸣，好似战场上冲锋陷阵的敌人，已经攻破城池，正向着主营摇旗呐喊而来。每当这时，父母就会冲进屋来，把奶奶救出“营垒”，背去他们的石头房子避难。尽管，父母住的石头房屋，并不比奶奶住的老房子牢固多少。

我的奶奶毕竟是幸运的，在危难之际，她有个儿子在身边可以依靠。村里更多的老人，他们举目无亲，孤身一人，没有人在乎他们的死活。近几年来，我们村里先后有五名老人在雨季丧生。其中，两名被洪水卷走；两名被山体滑坡埋葬；一名被躲在家里避灾的毒蛇咬伤而中毒身亡。

我的村人们，就这样在旱灾和水灾的双重煎熬中顽强地活着。大地也在这种水与火的炼狱中，被蹂躏得疲惫不堪。

故土，已先于我的奶奶衰老了。

四

寒来暑往，秋尽春归。奶奶依旧拖着她那老迈的身躯，游走在故乡的山水间，寻找能让她的灵魂获得安宁的地方。每寻找一次，她的惶恐和焦虑就会加重。有时候，她还会去王大爷和赵婆婆的坟头转转。向先她而去的人，说说内心的苦闷和彷徨。也顺便问问他们：不知到那边有没有故乡。如果有，会不会跟这边的一样。

奶奶是希望她在活着时失去了一个故乡，死后能够找回一个天堂。这是一个丧失了故土的不幸之人的心愿。

谁来为这些不幸的人安魂?

选自散文集《谁为失去故土的人安魂》北岳文艺出版社2017年7月

在虚拟中到达

范晓波

描绘上帝

我意识到父母即上帝，是因为近些年来，周边一直有人在唠叨发福这个词而我充耳不闻，似乎它离我的距离，比月亮离我的距离还远。

有人揭露我晚上吃得比较少，近年还坚持游泳。我咪咪笑着认错，其实我做这些并非要和发福这个词过不去，我有时也乱吃乱喝不锻炼，和发福也没扯上任何关系。

有次在饭桌上被朋友夸张的演绎弄得难堪，就辩白了一句：我不多吃肉不是怕长肉，是不爱吃。就是天天吃肉也不会发福的。我爸就这样，活到七十岁还是标准身材。

然后，就从一圈人的眼神里发现了话语里的骄傲。

正是在那瞬间，我第一次明白中年不发福也是一种令人愤恨的天赋。

忽然意识到，我爸我妈在我身上贮藏了不少这样的天赋。

比方说身高。在平均身高不到一米七的南方，我从来没为身高犯过愁。每见一些矮个男生被内增高皮鞋弄出怪异的走姿，就庆幸我妈当初选择了我爸这样的高个子而没嫁给某个矮个子远亲。比如说，我也庆幸我爸当初爱上的是能歌善舞的我妈而不是某个憨厚朴拙的农村姑娘，否则我这个羞于言谈的人怎敢当众放歌？

不不不，不能用这种颂歌体语言与逻辑罗列父母留给我的私货。我必须多运用一点我爸的理性以及我妈的自省，因为不少私货也令我自卑且难堪。

很显然，我身上的自私和粗暴一点不比我爸少。即便在恋爱期间，我也是爱自己胜过爱他人，就算是当了父亲，学会了不时充当爱这个动词的主语，但迄今为止，我仍没看见自己在这方面有质的飞跃，还总是试图以中性化的“自我”和“自爱”掩盖自私的本质。

如果有人觉得我貌似谦逊温和，那一定是在公共场所，走近过我的私人空间的人都知道，这厮自负得粗暴，缺少倾听的热情，缺少对不完美的包容和耐心，并因此喜怒无常，常因小小的不悦破罐子破摔毁掉一些大好局面，负面情绪总是比正面情绪多一秒钟。

更多的是无关优劣的气质型遗传。

敏感而文艺，这毫无疑问是我妈给的，我高中刚在报刊发表作品时，她主动认领了这份功劳：这点像我，如果像你爸，你一个字都写不出来，写出来也是干巴巴的。

我只是略有些困惑，我小学和初中写作文都极像我爸，怎么高中后突然就像我妈了呢？

可见遗传的线路是复杂而多变的，有时还会重叠和融合。

比如非主流择业观，比方说爱体面，这是我爸和我妈最一致的地方，恐怕也是他们吵了一辈子也没分开的症结。我妈做了一辈子教师，我爸兜兜转转许多年还是把职业固定在讲台上，还成为县里当年唯一的物理特级教师。

我虽没坚持当教师，履历表貌似驳杂，谋生法则其实和他们并无二致：以不求人为体面，以不被人求为自在。

我爸的幼稚和我妈的成熟在我这得到互补和融合。我有着很长的浪漫和幼稚期，中年后对人性的幽深与社会的繁复却豁然开悟。因为两种力量的相互掣肘，我没有从一个极端走向另一个极端。

比例搭配得不够好的是我爸的简单和我妈的多思。

我爸五六十岁后还会张着嘴看《西游记》《水浒传》之类电视剧中并自得其乐，我妈就撇着嘴说：你爸头脑简单得像个小学生。

作为中学教师，我妈很少接触深奥的哲学和社会学原著，但她对人间事却有着极深邃灵敏的洞察。这让她的性情不可遏制地一步步走向忧郁和悲剧感。

最初我曾跟着我妈一起嘲笑我爸的简单，在我妈的多思多虑毁掉了她的健康后，我本能地向往起我爸的简单。

我近年最大的快乐，是不断在言行中找到我爸简单而乐观的影子，我要靠这心理暗示帮着自己远离心理的黑洞。

上帝造人的故事是基督徒的信仰，对于非教徒们而言，这上帝其实就是自己的父母。

意识到这点后，也理解了许多事。

比如励志者总爱说：三分靠先天禀赋，七分靠后天努力。可实际呢，成功者永远是十分之三或更少的那些人。

三七分的不妥之处是，把先天的禀赋和后天的努力二元对立起来。其实，凡能做到后天努力的人，也是基因里有了促成这努力的性格与能力基础，能努力本身也是一种重要天赋。它们实际上是一体的，就像一个药方里的两种不同成分。

懂教育的人都心知肚明，好学生大多不是被老师和家长管出来的，需要管和逼的，很难学到特别优秀的程度。

话说到这份上就太不心灵鸡汤了，甚至有点残酷。

基于对上帝造人手法缺乏全面了解，也基于我妈遗传给我的自我反思习惯，我必须给自己的观点留点活扣。作为上帝的作品，我们无法改写基因，却可以依据外部环境编写适合自己的运行程序。

这也是基因图谱相近的双胞胎却走向完全不同命运的缘由。

尊重上帝的基因设置，对人生进行合理规划是每个人都可能做到的事。那样，就能最大限度地削平上帝的不公平给每个个体带来的痛苦。所谓成功者和幸福者，不过是程序编排得最高效最恰当的人。

但是，这世上的矮个子想当篮球巨星的肯定很少，雄性资本不足却执意风流倜傥的男人却比比皆是。

这说明，读懂上帝的编码，仍是大多数人需要认真面对的课题。

从已翻译出的基因密码来看，我的程序编写难度远大于其他人，运行难度也是如此。我出生时难产三天三夜，差点害了我妈性命似乎就是警醒。这几年中年危机来势汹汹，不断把我逼向暗崖以探测终极底线，也是一种佐证。这使得我发自内心地羡慕大多数发福忧患者。

但我仍会对上帝的关照心存感恩。

上帝给了我漫长的青春期，给了我绵延至今的对抗孤独的骄傲，给了我对美与爱的强烈感知与渴望。

上帝让我即便在最深的绝望中，眼底也有隐隐的热泪。

虚构一张床

如果我要刻意安慰自己，就跟失眠者比睡眠。

这话透着底气，也略有些心虚，好像我是睡眠大师似的，好像我是我弟弟似的。

我弟弟当然也不是睡眠大师，我甚至不了解他每天的睡眠到底是不是貌似坚固的豆腐渣工程，我从没问过他。他弧线动人的脸型和光泽喜人的肤色应该就是答案，如果这些证据都会骗人，这世界的表里不一就太令人担忧了。

弟弟还有一项让我望尘莫及的本领，他的睡意像天使般无邪，即便在魔兽管辖的地带，也会安然降落。

那些在火车、公交车上酣然熟睡的面孔，不说是猛兽群里突然探出头来的梅花鹿，也像是岩石堆里开出的鲜花，令人意外，担心又感动。

我弟弟就有这本领，不管身边的岩石多拥挤多锋利多冰冷，他都能在它们的环伺之中安然小睡。有些时刻我也在旁边，困倦已把眼皮变成了两片沉重的破轮胎，但它们就是无法把我的思维关闭其中。

我比弟弟大四岁，不过在睡眠的本领上，同弟弟侧靠在火车靠椅上酣睡的红润脸庞相比，我至少要落后一二十年。

我不怎么可能在公共交通工具上入睡，和陌生人同居一室，也会遇上困难，总觉得那影子会拦在通往睡眠的路上。

睡眠的本质是放松。放松神经，放松血管，放松肌肉，只有把身体的硬组织、软组织所构成的零部件全部放松，才能达到休息和恢复的目的。

放松的过程是舒服的，甜的，后果则可能是苦的，危险的。

野生食草动物基本都是站着睡觉的，斑马、驴、鹿、长颈鹿等，猛兽和家养的牛羊则习惯于躺着睡觉。

基本可以肯定，前者的睡眠质量不如后者。它们一生也不敢贴着地面踏踏实实放松一次。据说马群在特别安全的地带也会让少数马匹享受一下躺姿睡眠。只是这待遇不知通过什么方式分配到个体身上呢？是轮流？还是关照羸弱者？或者像人类的某些族群那样让某些马享受特权？

站着睡和躺着睡的差异也映照着人的差异。

特别自信和被保护感强的人睡眠时会特别放松，处于弱势、安全感不强的人容易发生睡眠障碍。

身边有陌生人就睡不好，在乱世提防的是他人，怕人谋财害命。正常情况下提防的是自己，怕睡姿、呼噜、梦话破坏形象。

外公常从《水浒》和民间传说里找灵感，给我编强人潜入屋内行窃的故事，这导致我小时候每次睡觉前都要检查床底是否躲了蒙面人。他因此收获了不少恶作剧般的快乐。

我不愿和他人同宿一室，提防的正是自己。谁的形象经得住睡眠时的无限放松和敞开呢？

结婚前还因此遭到女朋友的误解与谴责：你跟我好却从不想陪我过夜，你不爱我！

中年之后，我仍会因需与他人合住谢绝一些笔会。别人的呼噜和自己辗转反侧时的响动都会把我拦在睡梦的门口。

这些足以表明，我和睡眠的关系只是过得去，离铁和亲密距离尚远。

我年轻时皮肤就不好，黄且有暗斑，这显然不是睡眠高手应有的表现。我只敢和那些经常睁眼到天亮的人比睡眠。

他们在自家卧室心里也像揣了许多小松鼠，必须服安眠片麻醉它们。

一开始我以为失眠的都是老年人，40岁之后发现身边很多同龄人都有这毛病，每次见面就围在一起交流对付小松鼠的新办法。

有一次看资料，发现中国成年人失眠发生率已达38.2%，其中老年人失眠症人数高达60%。

这时我就觉得，至少在睡眠的能力上，我还没出现衰老的迹象。正常情况下，我入睡的速度、深度和二十岁时几乎没有差别。几分钟内就能入睡，一般也不会被夜尿中断，也基本不做噩梦。早晨醒来就像充饱了电的手机，目光带电脚下生风。

这表明我的身体状况是不错的，也似乎能证明，我每晚睡前的精神按摩起到了安眠的作用。

这点我从未和任何人交流过，许多年来，晚上关灯后我都会在脑子里虚构另一张床，然后乘着它远离现实时空。

依据心情的不同，它被安置到诸多不同场景当中。

有段时间我爱虚构在亲人的聊天声中入睡的场景。

外公、外婆，父母和他们的朋友在床前围坐闲话。聊国家大事，家长里短，聊天气，聊某家主妇炒菜的手艺好，哪家的男人昨晚又打了女人。时节一般是冬天，烤火盆里坐着搪瓷缸，酒糟在搪瓷缸里噗噗冒着香气，他们的话题也像缥缈的热气，散漫且缓慢地散发，时而浓时而淡，最后把他们的身影和我的意识都弄模糊了。

这样的场景在童年不时发生。那时我被鬼故事折磨得心力交瘁，惧怕夜晚，更惧怕一个人走向黑暗。亲人的声音成为屏障，把我和鬼魅世界远远地隔开。

外公外婆逝去多年了，我现在怕的不是鬼魂而是活人，惧怕人性中一遇上合适土壤就茁壮生长的恶。我只有在虚构中才能重返那样的夜晚。他们的影子斜映在墙壁上，像是头顶上多了一层屋顶。一想起那场景神经就松弛下来，像紧绷了一天的橡皮筋，忽然失去张力回缩跌落在地。

有段时间我把床安放在一艘古代的木战船的内舱里，风雨不侵，船舱门口还安装了厚厚的棉门帘，寒风也透不进来。门边还有人把守，不用担心熟睡时遭行刺。大船顺着江水低速夜航，漆黑的江面白雪飞舞，室内炭火不灭，温暖如春。

我静卧木榻细听遥远的风噪和水波与船底温柔的摩擦声。

有时也把床安放在军帐的里间，外间是升帐议论事的地方，火烛噼啪燃响，凸显着夜晚的寂静。值班的校尉睁着眼校枕戈待旦。地毯把草地上的湿气和臭虫隔开，军帐外还有重重帐篷众星捧月般地拱卫。锯齿形远山之上的夜空高冷漆黑，一轮弯月寒冷如马刀。

就像窗外的风雨能让人倍感被窝的温暖一样，这种虎口边的和平让我特别安心。

近两年，睡前去得最多的地方是一个远离城郭和现代社会的村寨，我无法确切描摹它的样子，因为它压根就没有确切过，我每去一次都要修缮一些细节。

最初在一座湖区孤岛上，和最近的村落也隔着几十里水面。我和数十户彼此友善的朋友一起在岛上筑寨隐居，平素以捕鱼、耕作为生，闲时读书习武，每季度派人外出置办无法自给自足的生活用品。

后来一想，岛对于湖来说是个太显性的存在，中国也没那么大的淡水湖，足以让人的视线忽略一个岛的存在，便将村寨挪到了某座大山中的一块大盆地。田地整饬，溪河清澈。宜农宜居。屋舍集中的区域以石墙围拢，防止土匪侵扰。

最重要的是，连接山下世界和盆地的是隐秘的一线天通道，一夫当关万夫莫开的那种，这才是盆地最重要的安全保障，山外人一般不知这个通道，即便发现，每日派五人在此值守就足以保证其他人高枕无忧。

这村寨的诞生，陶渊明的《桃花源记》和黑泽明的《七武士》都有所贡献。

每天晚上，我一点点修改丰富村寨的细节。有时把石墙改成木栅栏，有时把一线天改为天然隧道；有时让屋舍按徽派建筑格局摆布，中间设祠堂作为公共活动场所；有时又把全体居民安置进三座互为犄角的围屋中，之间暗设地道以备不时之需。

那近百户村民，我也一户一户加以想象落实，人丁部分来自现实朋友圈，部分来自嫁接和想象。这工程繁复而细致，是重点中的重点，实施多年仍进展缓慢，因我现实中可信赖的朋友从未超过二十人，每当我从山脚徒步穿过一线天，过桃林、水田、旱地，刚到石寨前，瞌睡虫就压倒了眼皮……一切只好留待明天。

这未完工的部分，也成了每天睡前最迷人的欠债，欠得越多，心里就越踏实。想还，但一点不着急，充分享受准备还债却一直没还净的快乐，还了这笔又欠那笔。像写长篇时每天收工时给第二天留的活扣；更像某些做生意的人，最慌的是手头没欠银行的钱，欠的钱越多，生意和人身安全就都越有保障。

以上是我能记起的若干场景中的几个，也是我能找到感恩对象的部分。许多年来，我给自己虚构过各种各样的床，它们像渡船一样把我载入夜色中最安宁最甜蜜的部分，然后自动隐退不见踪影。

它们填补了我性格的窟窿，让一个睡眠天赋并不很好的人拥有了富足结实的睡眠。

天赋不好，除了对环境过于考究之外，还有个例证，即便在自家卧室里，以上虚构仍有失效的时候。

如果第二天需修改生物钟起早去开会或赶火车，我也会沦为睡眠的弃儿。如遇上了特别喜剧或特别悲剧的事，我也像把一群小松鼠揣在了心里。我只有和它们比耐力，等它们累瘫了，才能慢慢入睡。

熬到朝阳临窗小松鼠还在蹦跶的情况也不是没发生过，我因此特别理解失眠症患者的痛苦和绝望，如果连续十多天都这样我也会想跳楼。

毕竟，跳楼比通宵和一伙小松鼠比耐心更容易些。

常有人说，活着都不怕，还怕死吗？

这话貌似夸张和玩噱头，对于睡眠崩溃的人来说，其实准确而形象。

睡眠的本质是放松，放松的前提是遗忘现实与自我。

跳楼是永久性抛弃自我。睡眠，则是不断暂别现实，回到现实，暂别现实，又回到现实……

一生两三万次地折返跑，哪可能程序一点不出现混乱？我想，所谓的睡眠大师，要么是智障者，要么是机器人。

只有这样想，我才能更彻底地安慰自己。

魔幻人生

对于现实，梦是一种尴尬的补充。不可控，不必须，不可信，也不可全不信。这使得它面目诡异，处境微妙。即便周公和弗洛伊德这样的解梦大师，也无法对所有梦境自圆其说。那些与梦相关的成语把人对于梦境的复杂态度暴露无遗：美梦成真，南柯一梦，飞熊入梦，浮生如梦……

不过人类的意愿一点不影响梦在夜晚的蓬勃长势，美妙也好，尴尬也好，荒唐也好，就像人无法清除自己在阳光下的影子，人也无法改变梦境的寄生与伴行。

生命科学尚且幼稚，但科学家在这点上还是有把握的——多梦有害健康，完全无梦则肯定不健康，要么脑子受了伤，要么是发生了病变。

梦和意识之间的隐喻关系，梦对现实和未来的预言意义，是我们留意钻研的核心部分。

梦见发大水会发财，梦见自己被蛇咬是好运……人们总是选择性地摘取梦境有利于自身的寓意，只要不是特别凶险的噩梦，我们都能找到安慰自己的解读路径。

我在对自己不特别有信心时，也曾尝试去这种民间智慧里寻求启示和安慰，而自信一旦恢复或对未来彻底绝望，在梦的启示面前就无所畏惧了，对一切都能一笑了之。

与过于玄乎、摁倒葫芦又起瓢的心理解读相比，我更确信的是梦与生理的关系。

小时候常梦见尿急找不到厕所然后尿床；青春期梦见滚烫的女性身体然后遗精；梦见高空坠落或被追赶跑不快，结果证明睡姿有问题。那种意识清晰而手脚无法动弹的梦魇，被证明和睡得太晚时肌肉的放松与神经的兴奋之间失调有关，睡前拍打按摩后脑勺便会缓解。

那些过于离奇、混搭的梦境，不管是日有所思、所见导致的，还是潜意识中的欲望引发的，还是所谓神秘的暗示在敲门，我统统不期待，不抗拒，不深究，也不刻意记录。

还是那句话，我把梦境看作自己投在地面和水中的影子来接纳。

人届中年，该自信的部分牢固得像水泥碉堡，无法自信的部分脆弱得像太阳出山前的露珠。既然如此，一切顺其自然好了。

因不刻意记录，近些年做过的许多梦，像近些年度过的许多日子，我只是记得它们来过，却说不清它们的样子。

能记起的，是最近刚刚来串过门的，或是来的次数多的。

比方说考试，此类梦境一直从中学、大学往后延续，像薄瓦片在水塘上飞出的波痕，一波波地减弱，却几乎波及了大半个水塘。

三十多岁后这类梦渐渐少了，前段时间因要参加一次计算机能力测试，再次被它绊了一跤。

这次最焦虑的还不是考试本身，而是早起。

早晨八点半就要开考，住处离考场的车程顺利的话要半个小时，但那个点道路多半稠得像糨糊，功率再大的汽车都使不上劲，又没有地铁到达，为此最晚七点要出发，六点要起床，生物钟完全陷入混乱。

花费了二十多年时间才摆脱的恐慌又乘乱潜了回来。

前半夜支离破碎，后半夜薄若蝉翼。然后梦见离开考还有二十分钟，赶紧开车赶路，汽车却在半途变形成自行车，公路也变成山间小路。那山还从本市飞到了我二十岁教书的县里，离考场有数百里之遥。

可能是久病成医对这种梦有了一些免疫力，梦中就觉得事情也没多了不起，这种考试的合格证对我并非必需品，一切说不定还是个梦。只是忽然想到手里还拿着一位朋友的准考证，我可以放弃人家年轻可耽误不起，然后拼命踩踏自行车。

第二天一早，我提前半小时到达考场，那位朋友开考后二十多分钟才赶到考场外，不紧不慢打电话叫我拿准考证去门口接人，说是昨夜玩得太晚了早晨起不来。

中年后的梦境，比过去多了人际交往的内容。

刚做了一个梦，白天一直犹豫着说不出口的拒绝的话，在梦中极其自然地说出了口，地点回到了朋友年轻时教书的中学，回到了我去做客并吃过饭的小瓦房，炭火还在炉子里红艳艳地燃着。朋友并未因我的不便帮忙而生气，一直陪着我在蛙声弥漫的山路上散步，因我穿着绒拖鞋，路过一处水洼时他还背了我一下。他个子比和我小，这举动让我感动良久，抬眼望天，星斗亮得像是无数银钉。

他问我最近写了什么作品没有？我说不想写了，下半辈子准备画画，一辈子只干一件事太遗憾了。这确实是我近期时常想到的命题，只是并未对人谈起过。我一直爱绘画超过文字。

对我不友善的人也偶尔会梦见，梦中我们居然抱头痛哭，我掏心掏肺地表达善意和相互爱护的愿望，对方也用言辞响应，就像一些人醉酒后的表现。

四十岁后我体会到每个人在生存面前的卑微与艰难，也理解了各种迥异于自己的人生选择。我一年比一年宽容温厚，不愿以骄傲的观点伤害他人，甚至不愿自己的才华伤到他人。见别人难堪比自己遭遇难堪还难受。更不想与他人为敌，万一形成了我的存在对他人就是伤害的死局，也尽量通过行动释放诚意减低伤害的程度。

但我从不酗酒，更不可能和同性互抱肩膀流泪。梦中的场景把我自己都感动了，醒来仍心里暖暖的久久不能出戏。

异性偶尔也会梦见，不过从来不是陌生人，是现实交往中对我特别友善的好朋友，因这年头男女关系的俗套和不堪桥段太多，我特别珍惜那种清纯的关系，以至于彬彬有礼得近乎生分，生怕杂质会玷污交往的纯度，即便面对比自己小很多的异性朋友，我都尊重多于亲近，不乱开玩笑，不主动走近对方的私人空间，也不在交往中凸显过多的性别色彩。

我明知有些矫枉过正，让旁人觉得无趣和虚假。只有在梦境当中，对他人和自己的戒备才会完全消失，朋友有时会突然摇身一变成为亲人。

这些年重复频率最高的梦，都和母亲有关。

母亲离世后的这些六七年，每年都会梦见她许多次。场景在我们共同生活过的多个地方不规则地切换，人物也多是家里的亲人。父亲，妹妹，弟弟他们都会以配角的方式轮番出场。

她刚去世那一年梦得倒少，之后就频繁梦见。在我小时候住过的黑瓦平房、青年时住过的县中宿舍楼和中年后我自己的小家里。

在陌生地方见面的梦境并不多见，唯有一个场景历时四五年仍历历在目。

那次见她在国外一个阳光泛滥的热带小岛上，岛上的居民懒散惬意脸上都盛开着笑意，不像是靠拉网捕鱼谋生的土著，都像是去观光度假的游客，衣着鲜艳，气质新潮。我穿过人群找到她，她说在岛上很舒心，有好些朋友。

不知是她不愿意还是别的什么原因，她没跟我一起回来。

我傍晚时乘坐最后一班长途飞机飞回，庞大的喷气式客机居然是从松软的沙滩上滑行起飞的。飞机飞起来后，我望见那岛是弧形的，像是远在地球边际的一抹金色的地平线。

在其他的梦里，总有一个核心情节反复出现。她的面庞完全恢复了生病前的饱满。我每次见她都开心地叫：妈妈，你现在不是好起来了吗？脸上都有肉了。然后用目光向身边的妹妹等人求证。她们也都点头确认。

她手术后消瘦得太厉害，而她恢复体型的愿望太强烈，因为体重和健康指数呈正比关系。那些在现实中始终没有发生的事，在梦境中不断得以实现。虽然每次醒来都很懊丧失落，梦中的惊喜却依然让我眼湿。

在梦境里，我居然从未见过她病后的样子，她永远是病前的模样，生活也仍像从前那样和平美满，质地闪亮。

我能想象心理学家对这些梦境的各种解读，对此我并无了解的兴趣。

按照睡眠专家的检测，人类每个夜晚都会做二至六个梦，大多数发生在意识尚存的异相睡眠中，少数发生在睡意更浓的正相睡眠里。

人一生在睡梦中度过的和在现实中度过的时间其实是差不多的。

既然如此，为什么一定要把梦看作意识的衍生物而不把它也视作一种人生呢？我们在梦中付出的心跳和泪滴和白天并无什么不同。

如果再有点庄子的执念，凭什么不能把所谓的现实看作梦中那个自己做的梦呢？只是这个梦太遵循逻辑和现实主义创作手法罢了。

我更愿意这样认定，我们所谓的梦境，其实是我们的另一个风格更魔幻的人生。

原载《人民文学》2017年第6期

甲居藏寨

郭　伟

几年间行走看过一些藏寨，在甘南的迭部，卓尼、夏河等藏区，最近，看了“甲居藏寨”后我又有了新的发现。虽然都是藏寨，但它们之间也有着极大的不同！甘南的卓尼“百年藏寨”和甘孜的“甲居藏寨”就有着本质的不同，它们虽然都是依山傍水而建，规摸气势宏伟。但是，甘南卓尼的百年藏寨是用木材建造而成，而甘孜甲居藏寨却是用石料建成，两者在用材上确有着天壤之别。

车在曲曲弯弯的山上盘旋，转过一个弯，突然在弯道前方就看见道路两边各立着一个方形长条石桩，石桩上横挂着一块装饰漂亮的长条铁架，架子上方挂着“甲居藏寨”4个方型红色字体，再看道路边的石柱上方也挂着一个长条木牌子，内书“中国最美的乡村”几个大字。车子继续往前行，透过车窗玻璃向前望去，就看见远山上绿色的浪涛中隐藏着一座座藏式楼房，那些掩映在绿树中的红白相间的房顶上，一律有着洁白色的柱子。再向远处眺望：藏寨对面的山上云海茫茫，洁白的云朵飘在天上，它们十分好奇地在天上观望着神秘的藏寨。

我们的车很快就驶进藏寨，在停车场停放好车后，向藏寨走去。上海的朋友轻车熟路般地沿着寨子内的一条石径走去，我们一行人紧随其后。我们叩响院门门环，就见门上绘制着五彩斑斓的藏式图案，门旁层层叠叠地码放着烧火用的木柴。我们正在观望，只听吱的一声门开了，一位30多岁的藏族妇女开了门。朋友问道：我们是到甲居藏寨旅游的客人，找个住宿的地方，你家里能不能住？这位藏族主妇听了后，满脸笑容地说："我们藏寨大多家庭都可以接待游客，你们要住我十分欢迎！"边说边双手合十地迎接着我们。"

一行人提着行李紧随着她走了进去，一进门迎面就是一间厨房，灶台上锅碗瓢勺井然有序地摆放着。迈过厨房就进入一个大院，这座大院坐南朝北，紧靠着厨房的东面有一排房子，大间房内套有一间小房。房子的墙面上雕梁画栋，窗户及墙面用红，白、黄、绿、紫、蓝等色绘制的图案，将这一排平房装饰得五彩缤纷，房梁上还挂着一串串玉米棒子，充满着勃勃生机。院内靠南是一个用餐的小厅，厅正中摆放着一个方桌，4条长椅，小餐厅的墙壁上挂着一幅巨大的红布，红布上密密麻麻地签满了来自五湖四海客人的签名，还有对这家主人饭菜的赞美！餐厅向西有一楼梯直通二层，二层楼上楼梯旁靠左有两个小房间，靠右一间大房间，大房间靠墙及窗口摆放着七八张床，那晚我一人就睡在这个大房间内。从窗口向外望去，就看见藏寨依山而建十分壮观宏伟，白色的楼顶在绿色浪涛中若隐若现，远处对面的山峰上云雾缭绕，景色十分迷人。院子东面有一栋小房间，墙壁窗户上半部分是黑色，下半部分全是白色，洁白的墙壁上也挂着一串串金黄色的玉米棒及红红的辣椒串。女主人向我们介绍说：她名叫郎吉玛，她男人叫阿加格西。不一会女主人就为我们摆了一桌菜肴：奶茶，手抓羊排、藏粑、红烧牛肉、西红柿炒蛋、炒青笋，还有甲居藏寨叫不上名字的野菜等。我们和男主人边吃边聊。我问阿加格西甲居是什么意思？他听了后微笑着对我说："我们甲居藏寨距离甘孜州丹巴县8公里，居住着嘉绒藏族150户人家，有800多人口。甲居在藏语中是百户人家的意思，寨如其名，我们甲居藏寨依山而建在高度相差近千米的山坡上，一幢幢藏式楼房如同飞鸟衔来的种子撒落在绿树丛中，星罗棋布，早晚时间炊烟袅袅，一片祥和，特别是在夜晚的月光中就更显静谧、恬静。"听男主人的介绍就仿佛是听他在朗诵一首诗。此刻已是月上枝头，正准备饭后观赏月色，就听见院内嘻嘻哈哈的说笑声，循声望去，就看见院子里涌进4位穿红着绿的漂亮卓玛。正在发愣时，就听一位卓玛对我们介绍说："我们4位是甲居藏寨艺术团的演员，特别为各位献上我们精心准备的歌舞，希望大家能喜欢，并给你们的旅行增添一些欢乐。"接着她自我介绍说："我叫南吉格玛。"她指着另一位藏族姑娘说："这位叫拥忠拉姆，依次是骑马青青，还有那一位叫降初拉姆。"4位藏族女孩如同4朵牡丹花盛开在我们跟前！

正在品味着眼前4位藏族女孩如诗一样的芳名时，就听到美妙的歌声随着月光飘进了我的耳中。她们唱的是一首藏歌，虽然我听不懂歌词，但从这4位藏族女孩的歌声和表情中已猜到是一首动人心弦的情歌。她们唱的是那么动人，我们听的更是痴迷。歌声刚结束，藏族女孩又为我们表演了舞蹈，那妙曼的舞姿，轻盈飘逸如同花絮一样。我们也动情地与她们舞之、蹈之、乐之。此刻月亮也在天上羡慕地瞅着我们。我听到南吉格玛唱着：在那遥远的地方／有位好姑娘／人们经过了她的帐房／都要回头留恋地张望……歌声如月光般飘逸，再看南吉格玛那动人的眼睛在月光下一闪一闪，正如歌中唱的那样，在那遥远的地方有位好姑娘……在藏族女孩休息的片刻，我问南吉格玛，你的名字用汉语翻译后是什么意思？她闪着一双美丽的眼睛对我说：我从小就喜欢唱歌跳舞，所以母亲为我起了这个名字。南吉是圣洁的意思，格玛指的是菩萨的眼泪，母亲希望我的歌声能给人们带去吉祥和圣洁！我问她道，你对现在的生活满意吗？她稍微停顿后对我说："我的学历只是小学，对现在的生活我很知足。我今生最大的愿望是能去趟拉萨看看布达拉宫。"我对她说，相信你一定能实现这一愿望！她听后对我说："那我用歌声感谢你。"此时歌声又起，月光下我看到南吉格玛领着拥忠拉姆、骑马青青、降初拉姆踏着月光翩翩起舞……这一刻连月亮都醉了！

原载《福建乡土》2017年第3期

京城记忆（外一篇）

苗　莉

2015年秋天的一个午后，在北京，真是一个难得的好天气。往日肆虐横行的雾霾，不知被一夜的大风赶到了什么地方，已经消失得无影无踪。阳光如此明媚，天空如此湛蓝，白云如此纯净，心情如此美好，京城的一切，在我眼里，充满了芬芳。

这一刻，我坐在北京历代帝王庙，等待着一场音乐会的开始。

历代帝王庙，建于明朝嘉靖年间，里面祭祀的都是历代开国帝王和历代开国功臣，共有188位皇帝的牌位，伏羲、黄帝、炎帝位列其中。

我眼前的景德崇圣殿，金砖琉璃廊檐飞翘，辉煌而壮观，在今天依然显示出超凡的庄严和神圣。这样气派的建筑是古代建筑宝库中的精品，更是吸引海内外华人祭祖炎黄、颂扬圣贤、增强民族凝聚力的重要文化场所。

中央广播民族乐团的中秋音乐会，为什么会放在历代帝王庙演出，我已心领神会。坐在景德崇圣殿前的广场上，心生崇敬，静下心来，我仿佛看到了时光从远古走来的脚步，听到了时光向未来走去的晨钟。

大殿前的石阶上，已经摆放了各式的乐器。演奏家们已依次登场，在自己专属的乐器前各就其位，最后是音乐会的核心——乐队的指挥——在掌声中登场。乐队指挥看上去很年轻，虽然说不上太帅，却散发着一种由内而外的强大气场。

演出开始，美妙的音乐，即刻像天籁一般向我飘来，她们时而像清澈的水，在洗涤我的灵魂，时而又像奔腾的万马，让我心潮澎湃。音乐飘飞，阳光普照下的一切，都散发着香甜的味道。我看见坐在我身旁的女儿，听得近乎入迷。她一身的亚麻裙装，白色的上衣，红色的长裙，给了她与这场古典音乐会浓淡相宜的和谐。她的皮肤白皙，长发飘飘，干净而纯美。有女儿的陪伴，真好。

美好的时光总是溜得飞快，两个小时的演出已近尾声，音乐会即将谢幕，那些响在耳边的掌声真诚而热烈，一次又一次由衷地响起，直到乐队的指挥一次又一次谢幕，观众才在依依不舍中注目着乐队离场。

我和一脸陶醉中的女儿，又匆匆赶往朝阳区，那里还有一场话剧演出在等着我们。

赶到朝阳区的这座剧院时，已是黄昏，街上灯火辉煌，京城的味道更加浓烈，远远地我看见了对面的北医大三院，忽然想起前不久我的二哥，在北京住院，就是这家医院吧。想来北京看望二哥，却被二哥二嫂极力阻止，说是太远了，来了也不能随便探视，就回去再见吧。我就真的没有来京，却日日担心和牵挂二哥的病情，好在如今二哥早已康复回家，但是我今天看见这座医院时，还是觉得这周围一定有过二哥和二嫂活动的痕迹，内心感到亲切，便拿起电话给二哥打了过去。说我们正在他曾住过的北医大三院的附近，很想念电话那一端的二哥，我听出了二哥对这座医院的复杂感情，毕竟二哥在这家医院经历了病痛的洗礼。

我的大哥在我很小的时候就离开了家，我更多的时候是跟着二哥玩。二哥小时候养过一只小羊，我就常常跟二哥去田野里割草，冀南平原一般是种玉米，那时没有除草剂，全靠人们拿着锄头锄，草的生命力很顽强，在一望无边的青纱帐里，锄头不到的地方，野草往往是和玉米棵子一起成长，也很茁壮。

所以割草就成了一件很简单的事情，不一会儿两个人就能割上一筐。新鲜的草一到家，那只白色的小山羊，就咩咩地围上来，吃得很是开心。二哥又弄来了玉米糊糊，调剂一下羊的伙食，小小年纪却很会饲养。那只小羊在哥哥的精心照料下长得很快。我喜欢羊，但却很怕猪，大街小巷假如与一只猪遭遇，对我来说，那简直就是恐惧到腿软，我总是惧怕猪那长长的嘴巴子会拱到我的腿，会咬到我的脚。两次被猪吓得蹲在地上哭天抹泪，是二哥，站在我的身后为我壮胆，把那些招摇的猪们轰得远远的。

那个时候我居住的小县城里，还有一些水塘，冬天的时候水面结了厚厚的冰，放学之后，会结伴去冰面上滑冰，现在想来其实很危险，冰面并不结实，但孩子们并没有意识到这种危险。雨季的时候水塘水涨得满满，孩子们依然去水边摸小鱼捉小虾，危险依然存在。那天黄昏，天气炽热难耐，我和英子又跑去水边玩，图个凉快，却不料一失足跌进了水塘里的深坑，水一下几乎淹没了我，这个时候，同在水边玩耍的二哥，一下子把我从水里捞起来，让我转危为安。这就是亲人，手足之情，今天的独生子女是难有机会来体会的。

时针已指向晚上七点半，和女儿一起入场，看话剧《既然青春留不住》。观众大多都是一些年轻人，台上的青春和台下的年轻，融合得恰到好处。台下的一阵阵掌声，落在我的心底就是一声声慨叹，青春留不住，岁月总无情。一晃就是数年，想起我第一次跟着父母来北京，从一开始说定到最后成行，心里足足美了好几天，见了同学总是忍不住地说“过几天我就要去北京了”，那种抑制不住的自豪感，引来同学伙伴多少羡慕的眼神。

到北京要坐火车，而我居住的县城不通火车，就要先坐汽车去邢台，汽车也就一两班，过了点，就再也没了车。那天的一大早，天刚刚蒙蒙亮，尚在睡梦中的我，被父母叫醒，洗了一把脸就去赶汽车。晃晃悠悠一百多里的路颠了两个小时才赶到。不知怎么在火车站买的是晚上的火车票，我们就在一个靠近火车站的旅馆里等到天黑，夜色中，站在月台上等着从南边开过来的火车，第一次见到绿色的长长的火车，那沉重的呼啸让我的小心脏突突地跳。上了绿皮车，没有座，就坐在靠近车门口的地上，八个小时到北京，正好天亮。

记得当时住在月坛公园附近，是一个部队的招待所，住下之后第一站就是去北京天安门。在天安门前站在父母的中间照的那张照片，黑白的，至今留存。照片上的我，梳着两个小辫子，非常瘦，一脸的单纯。

在北京，父母让我吃到了有生以来最好吃的冰激凌，黄色的、奶油的、有着那样诱人的芳香，吃在嘴里，香香的甜甜的，沙沙的凉凉的，感觉真是好。那一天，我们又去了北京的永定门火车站，接来了在官厅水库当兵的大哥。晚上在一家回民餐馆吃的饭，饭菜很精致可口，印象中有一道菜是烧牛肉条，又脆又嫩美味多汁。

我们去了颐和园，万寿山巍峨秀美，湖水波光涟漪，大哥在颐和园的商店里买了一个西瓜，不大但很甜，品种是京西产的枣花西瓜。在北京的几天，一切都像这西瓜一样新奇和甘甜，更有父母的呵护，那是沾了蜜一样幸福快乐的日子。

几十年过去，今夜星光灿烂，比星光更为灿烂的是北京的夜晚。看完了话剧，和女儿选择步行穿过簋街回宾馆，顺便享受一下京城的美食。簋街，北京饮食文化的代表和时尚餐饮的集中地。虽然夜色阑珊，但热闹的簋街却灯火辉煌，热闹非凡。

走进路边的一家餐馆，点了一盘在簋街很著名的麻辣小龙虾和几种小菜。鲜活的小龙虾，加上师傅的精心烹制，红红亮亮，虾肉新鲜，味道浓郁。

今天的簋街，真成了京城的又一个好去处，在那里，各色美食散发着迷人的香。

继续穿行簋街，初秋的风有了几分凉意，又加上下起蒙蒙细雨，吹起女儿单薄的白衬衣，飘飞的红裙子。挽起女儿肩膀，快步回宾馆。

第二天早早起床赶去机场，飞机从首都机场上一路穿云破雾，飞越千山万水，向着祖国的大西北方向飞去。女儿依然静静地坐在我的身边，有女儿的陪伴，真好。

或者之后的某一天，女儿也会想起我们今天的京城之旅。这个秋日我们在京城所经历所分享的一切，都会成为她人生路上的美好记忆。这就是血脉的相依，这就是亲情的传承，一代又一代，从远古走来，向着未来走去。

大地无声

在冀南平原广袤的大地上，有一个名叫南乌的村庄，那里住着我的表妹桂花一家。

桂花高挑的个子，白皙的皮肤，说起话来快言快语，是个性格爽快的女子。无论寒冬还是酷暑，她总是早早地起床，洒扫庭除，喂猪做饭，总是在忙忙碌碌中，开始一天的生活。

桂花当年结婚的时候，是个春暖花开的好时节，她家院子里有一棵很大的梨树，树上开着洁白的梨花。我赶过来参加婚礼，在树影婆娑中，看见桂花的丈夫大龙满脸喜气，长得还真不错，个子高高的，眉清目秀，因为刚刚从部队复员回来，整个人还有几分英武之气。

桂花婚后的日子是幸福平静的，在农家虽然不能算太富裕，但种些田地，收些粮食，辟个菜园，养鸡喂鸭，自给自足。大龙则在外面打些零工，挣些活钱养家。儿女双全，一家人的日子倒也不错。

桂花的厄运是从一个炎热的夏天开始的。

这一天的清晨，桂花依然起得很早，安置好一家的早饭和孩子的去处。她准备去地里给棉花锄草掐枝打叉。棉花地里的活很繁重，需要不断地去打整，才有可能保持产量，获得丰收。虽苦虽累，桂花一盘算秋后卖了棉花可以攒下一笔钱，等钱攒够了建个新房，什么苦和累就都忘了。

扛着锄头就要出门的时候，大龙也推着那辆三轮车往外走，边走边说："今天有个好活呢，说不定能多挣点，中午回来吃凉面条吧，擦个黄瓜丝，砸点蒜。"

桂花高声答应着就往外走，沿着小路来到自家地里开始干活。太阳渐渐毒辣起来，临近中午的时候，桂花在太阳的烘烤下，心情竟莫名地起了几分烦躁。忽然远远地看见邻居王嫂骑着个破车子，慌慌张张地向她的棉花地奔过来，刚到地头边，王嫂就丢下车子朝着她大喊："桂花，不好了出事了，大龙被车给撞了！"

跌跌撞撞跟着王嫂奔向医院，在医院的重症监护病房惨白的病床上，桂花看见了早晨出门时活蹦乱跳的大龙，满脸血迹，生死难料。

肇事的司机早已驾车跑得没了踪影。桂花把家里所有的积蓄都拿到了医院，又四处举债，拼尽全力求医生救自己的丈夫。大龙的命是保住了，但最终由于颅脑损伤严重，大龙失去了意识，成了植物人，可能再也无法醒过来了。

桂花觉得自己的家天塌了地陷了，心也碎了。

在住院治疗无望之后，心力交瘁的桂花把丈夫接回了家。从此之后，既要照料丈夫大龙的吃喝拉撒，又必须去操持一家人的生计，膝下一双儿女还在眼泪巴巴地看着她。但除了家里的一亩三分地，就是为治丈夫的病欠下的一屁股外债。桂花一家没有其他经济来源，日子的艰难可想而知。

我去桂花家看她的时候，是在一个寒风凛冽的冬天，年关将近了，紧跟着寒风的脚步，纷纷扬扬的雪花已在悄无声息中不期而至。

寒冷的冬天，对于桂花一家来说，日子必定会更加艰难。虽然对表妹一家的情况早已了解，心中也早做了一些铺垫，然而，走进这个家门的那一刻，我的内心还是受到了强烈的冲击：这是怎样一种景象，屋外大雪纷飞，寒风刺骨，本想踏进屋门之后能暖和一下，但桂花的家，屋内屋外，基本上是一个温度。

环顾屋内，几乎是家徒四壁。一架旧缝纫机上面放着一些未做完的活。一台洗衣机早已油漆脱落，锈迹斑斑，不知还能不能使用。一张沙发早已有名无实，露着里面的海绵，而海绵的颜色也难以分辨。只有堆在墙角的几袋大米和食用油，尚飘散着几许人间烟火的味道，那一定是有人捐助的。

桂花没在家，说是去场院里背柴火了。两个孩子正蜷在床上取暖，弟弟的手上拿着两个熟鸡蛋，兴奋地说邻居家奶奶刚送来的，孩子还小，尚不知忧愁，有吃的就好。

桂花从外边回来的时候，肩上背负着一捆体积很大的玉米秸秆，因为过于沉重，桂花脚步几乎蹒跚。院子里白白的积雪，在她的脚下一下子变得凌乱。

桂花走进屋门，看见我显得有几分惊喜。拉住表妹手的一瞬间心暗自心痛。那是怎样的一双手，粗糙，红肿，布满裂口。桂花说，每天都要给大龙洗尿布，冬天太冷，寒风太烈。看见我关切心疼的样子，桂花有些难过。不过很快，一向说话高声大气性格爽朗的桂花，飞快地抹去脸上的泪水，亲热地招呼我坐下。

那张破沙发上，堆满了旧衣服旧床单之类改成的尿布片，桂花不好意思地往里推了推，说这些都是大龙用的，每天不知更换多少回洗多少回。

我这才想起这个家里还有一个家庭成员，我掀开里屋的门帘，看见床上躺着的大龙，身上盖着厚厚的棉被，依然在一呼一吸间沉睡。

临近中午了，孩子们喊饿，桂花忙着做饭。只能是一些极简单的饭菜，只能用来填饱肚子，一双儿女却吃得很香。打发孩子吃完饭，桂花开始准备丈夫的午饭，温温的牛奶、五谷粉制作的流食只能从针管打进胃管，一点一滴，倾注着桂花对丈夫的深情至爱，时光在一天一天地流逝，这份爱却如涓涓细流，滋养着大龙的生命。

午饭过后，忽听大门外有响声，桂花忙往外走，只见自己的哥哥推着一辆三轮车进了门，车上装着蜂窝煤。哥说："快过年了，家里不能断了煤。"说着就往下搬煤。之后进屋在妹夫大龙的床头待了一会儿，说家里还有别的活等着，就起身告别走出了桂花的大门。

望着哥哥远去的背影，桂花半天才回过头来说："你刚才问我，这么苦的日子我是怎么熬过来的，其实真的离不开亲人的支持乡亲的帮助。还有好心人一直在资助着孩子的学费，过年过节总有人送米送面，还有孩子的衣服学习用具。你看这房子，每逢下雨就漏水，还是市妇联找人修的房顶，还一次次为我家捐款，让我在一个个最难的关口坚持走过来。

日子真的很苦很难熬，但同时我又觉得很幸运，因为在我艰难的人生路上，遇到了很多好心人。他们热情的帮助和真诚的爱心，是我勇敢面对苦难的动力。只要大龙活着，我的家就是完整的。无论怎样我都要笑着把这个家扛下去，孩子在一天天长大，日子会好起来。”

桂花说出的这番话，有些出乎我的意料，一个农家女子在灾难和不幸面前，所表现出的那份坚强，那份不抛弃不放弃的坚守，以及涌动在人间的挚爱深情，都让我为之感动。

雪已经停了，我看见院子里那棵梨树的枝杈间，落满了积雪，银装素裹中宛如一树春天的花。告别桂花走出村庄的时候，已是暮色将近，雪后的茫茫原野处在一片寂静之中，放眼望去不禁心生感慨：此时的大地无声恰如人间的大爱无疆。虽然天气依旧寒冷，但在我的内心深处，却涌动着一种超乎异常的温暖和力量。

原载《散文百家》2017年第8期

寂静的美神

王　韵

琉璃，一个安静清澈的字眼。长一张清新的美人脸，轻轻一念，吐气如兰，如光滑的绸缎，似香甜的奶糖。每念及此，如面对一位长身纤腰的女子，不由人心旌摇曳。

琉璃，古代写作“流离”，最早见于西汉桓宽的《监铁论》。又称“璧琉璃”，见于东汉班固著《汉书·地理志》，琉璃是璧璃的简称，后来加上“王”旁，成为“琉璃”。我国古代自己制造琉璃的记载，在《穆天子传》中所说的天子登采石之山，取采石，使民铸以成器的故事。东汉王充书中有道人消炼五彩石作五色之玉的记载。

我国古玻璃（琉璃）技术萌芽于西周，到战国时期已生产出真正的玻璃。最迟在3100多年前的西周时期，现代中国人的祖先就开始掌握琉璃制造技术。在河南洛阳、陕西宝鸡等地的西周早期墓葬中，均发现了大量琉璃珠。战国时期，琉璃是王公贵族权力的象征。河南辉县出土的吴王夫差剑，剑上镶嵌三块蓝色琉璃，湖北江陵出土的越王勾践剑镶有两块蓝色琉璃，王者之剑的琉璃装饰足以说明琉璃在当时的尊贵性。博山地区的琉璃生产历史悠久，这里有全国最早也是唯一的炉神庙。早在元代时期，博山地区的琉璃产业已经具备了相当的规模。及至明清时期，博山地区的琉璃生产发展更为繁盛。

由于琉璃生产对原材料和技术的要求极高，自古至今仅博山和北京两处设有琉璃生产作坊，而博山特殊的山区地质条件造就了琉璃生产所必需的自然资源。又因博山琉璃科学运用了博山特产的鸡油黄、鸡肝石料、亮红料、洋青料、珐琅等名贵色料，进一步创新了生产工艺而在全国独树一帜。

一

走进陶瓷琉璃艺术中心，就是走进了陶瓷的心脏。在这里，看到一件件精美绝伦的琉璃艺术品，让人不禁感叹，真的是美轮美奂，巧夺天工。最令我陶醉的是人立墨彩。它将中国传统水墨文化与传统的琉璃艺术结合起来，色彩微妙，意境深远。使琉璃不再只是一件精美的工艺品，而赋予了艺术品的意义和品味。

在那些气韵流动的水墨瓶前，我屏气凝神，驻足良久。不同的瓶型，不同的底色，在千度以上的高温下，手把铁线一气呵成这神奇的艺术之作，水墨淋漓，色彩斑斓，鬼斧神工。连那些瓶子的名字和注解都充满了禅意，桃花源记、驿寄梅花、被山带河、白日火焰……在一个题名“世外桃源”的水墨瓶前下方写着这样一段文字：褪去人世的繁华，来到这桃源仙境，顺着溪水行船，可以看到山间的桃花林，两岸花草鲜嫩美丽，远处田野交错相通，可以田间劳作，雾缠云绕，渺渺茫茫，仿佛与世隔绝。

它们全身是晶莹的，透明干净圆润的，透出了美、欢愉和安静。这些琉璃作品兀自高贵地站在那里，把这一瞬间延长了，它延长了生命，超越了可以感觉的范围，定格了无法用语言描绘的现象。作家无法描摹的瞬间的美，却被琉璃艺术家永恒地定格。同行的一位文友被这种美震撼了，她抱着手，一言不发，没有与同道窃窃讨论，也没有迫不及待按下相机快门，就这么安静地站着，站成了与眼前的艺术品一样的风景。一种让人平静地去享受这份销魂的美，并由此获得内心的欢悦和满足及对美的膜拜。当我们在观赏美的时候，心头会产生一种骚动感，这种骚动感是渴求净化自己内心的前奏，仿佛雨、风、繁花似锦的大地、午夜的天空和爱的泪水，把荡涤一切污垢的清新之气渗入了我们的灵魂，从此永不离去了。忽然觉得，艺术是无法用语言讲述的。所有与文学，尤其是与散文相邻的艺术领域，绘画、建筑、雕塑、音乐和琉璃制作，都能够丰富散文作家的心灵世界，并赋予他的散文以特殊的感染力，使之充满绘画的色彩、建筑的和谐、雕塑的线条、音乐的节奏以及琉璃艺术对具象的捕捉和意象的表达。

琉璃身，艺术心。从站在这里，用眼睛注视着它们的那一刻开始，你就跟你的心和解了，心底澄澈，安详宁静。此时，你只需怀着儿童般的纯朴和热心人的专注，听从一个更伟大的力量——自然的力量的调遣。你的心是平静的，同样也是充实的。你的眼和手，与头脑、四肢同时并用，急切地寻觅，开悟。一种无止境的美的享受与追求促使我们产生耐心，却细细揣摩。欣赏那两只天鹅脖颈的线条，荷花叶脉上的褶皱，体会行云的色彩，翠鸟的灵动，烈焰炙烤下沙漠里的点点绿洲。我们最为珍视的那些美的想象，此前一直在一种朦胧的抽象中保存着，在心灵深处保持着的纯洁完美，此刻瞬间被启发点燃了。

在展厅灯光的反射下，每件作品无不晶莹温润，光彩夺目。那些在我们想象中所描绘的，呼之欲出的物体获得了形态，形态的美又转变成实质的美，而世界的梦想和光荣也变得既可看见又可感知了。在这里，可以看到戈壁滩上游走的生命，飞翔的精灵；夕阳西下，斑驳的石壁间的缝隙也被残光映照得气势恢宏；田野里蛰伏的小虫，或憨态可掬或桀骜不驯的十二属相，无不惟妙惟肖，姿态各异。从真正艺术的眼光看来，自然中并不存在庸卑下的事物。艺术的精雕细琢和自然的精细微妙是没有止境的，精细作品随处都可以把美创造出来。

二

工坊里，工人们手持一杆长长的空心金属管，顶端放置材料，将其伸入

1300℃的高温炉中烧热，迅速拖出，一手拿蘸料的铁吹筒，一手迅速拉出造型，反复锤炼——“火里来，火里去”。

工坊院子有些破旧，四周是一些古旧的房子，古朴，温暖。靠近北边车间窗前有几棵树，阳光直射下来，一束金黄色的光线透过树叶的缝隙，洒落在干燥的水泥地上。作坊里气温很高，一股热气扑面而来。一个穿灰色短袖T恤衫的工人正在制作琉璃，他坐在马扎上，身体看上去很结实，湿透的衣服贴在后背上，明显有一片深深的汗渍，仿佛能拧出水来。那人没有看到我，他在一块长长的取料器上慢慢地、静静地摆动，身子几乎一动不动。我走了过去，向他打听琉璃的制作工艺，并认真地看他在那里塑型，时不时到高达1200℃的高温炉旁淬火加料。他说正要做一只白色的兔子，并说工匠想做成什么，想加多少料，什么颜色，全在于匠人自己心里的构思。他说话不多，脸上带着一丝腼腆又略带自信的微笑。时不时站起来，去高温炉里取火，淬型，雕琢。他说琉璃制作需要娴熟的吹制技术和造型技术。吹制技术是利用琉璃在一定的温度范围内具有可塑性的特点，使用中空的铁棍从炉中挑出玻璃料，在冷却过程中不停转动手中的铁棍，吹制琉璃的形状。琉璃造型则要求十分严格的工艺，工匠手持一根带有小钩的长铁杆，将材料钩住送进温度高达1200℃的火炉中，材料熔化后，迅速拖出放在铁墩上，一手用工具拉着高温材料，一手用钳子拉出造型。

天气晴朗，闪烁的阳光从大门和窗户照进来，把他血管宛如珍珠般明晰的色调摹写出来，把健康红润的脸色及其阴影一侧流动的血脉描绘出来。琉璃造型仿佛是魔术一般转瞬间一挥而就的奇迹。要在1200℃的高温下快速定型，需要力气和速度。要在有足够体力的情况下需要精确精准，要处于全神贯注的紧张状态，同时具备艺术的审美和强健的体力。他边干活儿边自言自语起来，笑容温和，我却听不懂他到底说了些什么。慢慢地我感觉到，他是进入了一种状态，是将眼前手中的琉璃制品看作了鲜活可爱的生命体，它们能呼吸，会微笑，在它们的体内都藏着一颗玲珑心，懂得倾听他说话，默默地与他交流。在它们灵动的身躯以各种形态彻底成形之前，他的每一句话都能得到它们发自内心的回声，每一个动作都能赢得它们迎刃而解的响应。

正如作家用语言表现一样，琉璃师傅们用这些作品无声地表达着他们的生活和他们的生命世界，成为以琉璃制作为对象的艺术家。他们不会按照事物为我们所具有的意义，把它作为素材来感觉，而是把它对象化，化为一件血肉丰满的生命来感觉。这些艺术品，如此无意地从观察与劳动中产生。人有一种渴望，渴望以某种形式诉说和表达自己，恰如叙说某种同样真实的事物。人们通过空荡荡的大海，雨天的屋子，枯藤老树，西风瘦马，来表达这种寂寞。激情消失得越多，人类对这种语言理解得越透彻，越会以最朴素最天然的方式运用它。寻找让你心动的东西，在忘我中绽放。此刻，人不再是万物灵长，而是作为一个物安放在众物之间，平起平坐，共同交流和呼吸。在我们的感官吸收进所有这些美的同时，我们的心也沿着智慧与愉悦之路，朝着朦胧模糊的情感隧道前进。这些情感，在心灵之隧分岔，调整，延伸得越来越远，搅起了我内心未曾想到过的其他存在的词汇，启示着一些我们未曾见到过的形式。

三

琉璃，以其温婉含蓄高贵的气质源远流长，历经千载，它一直是美的化身，与美相连。让人忍不住屏气凝神，似乎一声轻咳都会破坏这份静谧安静神秘的美。它战胜了人精神上的追求，会让人体验到正在注入灵魂，体验和沉醉于一种难以言说的境界。琉璃工艺不仅是一门技术，更是一门艺术。当我们凝视着琉璃时，词语在非人类语言那苍白暗淡的边界地带抬起了他们纤弱的躯体，又在失望中陷落进去。他们必须通过把绿色渐渐变成蓝色和摆弄色块来叙述他们的故事，情感。神秘的，沉默地编织他们的语言，对于美的感受似乎不可思议地敏锐起来。水塘里闪烁着耀眼夺目的反光，光波在一层一层淡下去，表面和边缘那种镀金镶银般的光亮真是美不胜收；山峦那迷梦一样的紫色，冬天的枝干的绝妙的边线，以及遥远的地平线的暗白色的剪影，全都是你心里喜欢的样子。

美隐藏在每个人心中，每个人心中都有不同标准的美。艺术就在于能使它从人们心中苏醒过来，引起共识。精致的做工，新颖的创意，我们谓之“匠心独运”，匠人就是最好的艺术家。人类劳动无可辩驳地构成历史，劳动者就是历史的创造者，美的缔造者。当你真正拥有了工匠精神，你会很容易感知工作的乐趣，产生有诚意的劳动成果，人们也会从你的作品中，体会你的良苦用心，感受到每一个细节的美感或专业。无论这样的成果是什么，那些真正的艺术家，伟大的工匠们，已经被他们的全身心投入赋予了灵魂。

艺术是无声的，欣赏者也不忍心侵犯其缄默。艺术家无须说话，他竭尽全力去做的，就是为我们清晰地显示那一片绿色和银白色，那潺潺的溪流，那在风中摇曳的垂柳。他应该与我们走得非常之近，但又总该有某种东西把我们与他隔离开来。“存在两种形式的寂静：一种是语言的安静，另一种是声音的安静。而后者对我们的影响更加深远。”

我想到了有一类人和他们所代表的精神品格。像琉璃工匠这样的艺人一旦进入状态，马上会专注地干着各自的活儿，敬自己的业，努力将每一桩事、每一件东西都干得尽善尽美。他们有一个共同的名字：匠人。

原载《美文》（上半月）2017年第2期

舒　平

魏丽饶

（一）

我从来没有想到，我对她竟有这般在乎。我是说她，舒平，我的二姑。

正准备吃晚饭，接到老家的电话，说舒平去世了。我以为我没听清楚，重又问了一遍，还是那句话，舒平去世了。我心里咯噔一下，感觉脑袋嗡地炸开了。怎么会？倒不是说不能有人去世，生老病死人之常情。但怎么能是舒平？明明该是其他一个不相干的谁才对！

即便如此，我也不想哭。因为我觉得我是一定不会哭舒平的。我假装什么也没有发生，盛汤、夹菜，但吃不下，觉得反胃，作呕。

就这样排山倒海地坚持了许久，我还是哭了，而且不顾饭店里熙熙攘攘的顾客，就在餐桌前哭得歇斯底里。天哪，是舒平啊，离开的人是舒平啊！她不光是我的二姑，你们知道么？我才不管旁人怎么个看法哩！舒平都走了，我还管别人的眼光干什么！

（二）

我已经记不清我跟舒平最初是怎么认识的了，也不知是什么时候第一次见的她。兴许是我刚出生的时候吧。毕竟她是我的亲二姑。我出生的时候，她定是要来看我的，看我长得像不像她，定是喜出望外，激动得差点忘记自己是姓魏了。估计舒平以为我生来就认识她呢，可惜关于婴幼儿阶段的种种，我当真是连一星点记忆都没有了。我只隐约记得有一个燥热的夏夜，舒平坐在院子里的矮板凳上，端着家里那只粗瓷大碗吃调和饭。小黑猫在她脚跟前叫唤着转来转去，她像没看见似的，顾自吃了一碗又一碗。倒挂在树上的长艾条都已经燃光了，她还没吃吧。院子里弥漫着浓烈的中药味。整个傍晚奶奶都猫在厨房的火膛跟前烧柴、煎药。舒平的儿子，就是我的表弟，他病了。对于这个表弟，我天生有一种说不出的感觉。明明觉得他很亲，但我内心里却时时保留着一个从不为人知的秘密，每当我感觉到他是血脉之亲的同时，就会下意识地提醒自己，他是舒平的儿子。于是，就尽量让自己不要跟他亲得没了分寸。

其实，我对舒平也是如此。

等奶奶端着一碗汤药从厨房里走出来的时候，舒平终于吃饱了。她叉着两条腿，腰板直竖竖地坐着，时不时扬起手往后抹自己的头发。我想，吃那几大碗调和饭一定让她累得满头大汗了。那晚的月光虽模糊，但我毫不费力就把舒平看真切了，因为她人高马大，连眼珠子都大得跟铜铃似的。奶奶先把汤药放在院子里的窗台上晾着，然后扶着墙壁长长吁了一口气，才拿碗去锅边盛饭。可是奶奶拿铜勺子在锅里划拉了好一阵子，才盛了不满一碗。我狠狠地瞪着矮板凳上的舒平，“真能吃！”记不清当时我有没有说出口，但心底里对她真真是恨透了。奶奶端着那大半碗调和饭，蹲在一旁的角落里吃得悄无声息。她既没有嫌少，也没有再到厨房找其他吃食，而是把碗沿上的最后一颗小米粒儿吃干净，默默地站起身收拾锅碗去了。

我对舒平的记忆，就是从那个时候开始的。记忆最多的就是她带着表姐和表弟到麻糊村来住娘家，来好几碗好几碗地吃饭。平常农闲时，逢年过节时，天阴下雨时，孩子们生病时，她都来，一来就住好些日子。

舒平来时总是伴着隆重的咳嗽。谁说不是呢？明明她人还在好远处的山头上，那咳嗽声就石头蛋似的先没收没留地滚下来了，一溜烟滚到我们家的街门口。对那声咳嗽闯进我们家院子来，奶奶是最激灵的。不管是在喂猪还是切菜，哪怕就是面汤溢上一灶台，她也顾不得了。撩起围裙急慌慌地擦一把手，就脚不沾地跑到街门口的麦秸垛后面，等舒平。有时候刚出门就迎面撞上了；也有时候，等了半晌才看到一个庞大的身影从远处山路上蹒跚而来；还有时候，等到最后落了个空。奶奶心不在焉地抓起一把麦秸，落寞地往回走，边走边念叨："老咧！老了耳朵就不中用咧。"每当这时我就知道，三两日之内舒平再不来，奶奶就要去看她了。

舒平来住娘家的时候，三十多岁吧，奶奶还把她当小孩儿似的宠着，不让她做饭，不用她挑水，更不许她下地干活，再时不时地喊声"平的"就越发显得娇惯了。当然，倒也不是金枝玉叶般地娇着，就是在奶奶眼里，对她比别个子女多了些袒护，少吃些苦头。即便这般，也没有谁认为不妥，包括舒平自个儿。奶奶在院子里挑水劈柴，舒平坐在一旁嗑瓜子。她嗑得理所当然，我却时时看不入眼。于是，对她的不满意就这么日积月累地蓄着。

那个时候，我是叫她二姑的。不满归不满，倒也不至于恨。

（三）

舒平，是二姑的名字，然而这两个字从我口里叫出来，明明就不对。可我却偏偏要这么固执地叫着。

把二姑叫成舒平，是我上小学一年级那个腊月的事。对，就是腊月初四，外公的寿辰。父亲和母亲去市里给外公做寿。他们刚走第二天，舒平就来了。一个人，没有带孩子们，也没有拎小包袱。我放学回到家的时候，她坐在炕沿边，跟奶奶面对面就着煤油灯抽水烟。天色将晚，屋子里昏昏的，但也足以看得清灯下的人和事。我刚把书包放好，三表哥从院子里走了进来，手里提着两只才从地窖里拿上来的胡萝卜。奶奶一看那水格凌凌带着鲜茵子的胡萝卜，就提高了嗓门，大冬天不敢吃冷的！三表哥正是愣头青年纪，才不管那些个，拿起水果刀三下两下削了皮，眨眼工夫就吃光了。不等奶奶回过神，他顺手把水果刀丢在煤油灯旁，一个飞旋，人就不见了。

那个时候，三表哥在我眼里是个坏孩子。他成天不是爬树掏鸟窝，就是下河摸螃蟹，所以我宁可待在屋子里看奶奶她们抽烟，也想不到要去找他玩。其实很多年以后，我还不是后悔了？当时如果跟了三表哥去，我后来也不知道要恨舒平。恨那天下午在奶奶要用打火机的时候，她左手拿了水果刀装进裤子左口袋，右手从裤子右口袋里把打火机掏出来。晚上三表哥回来找时说水果刀不见了，大家硬说是我偷的。我说的大家，是指奶奶和舒平。

（四）

那是有生以来父亲第一次动手打我，也是有生以来他第一次不信任我。当然，到头来那也成了唯一的一次。父亲从市里回来听说这件事以后，不分青红皂白揪住我就是狠狠的一顿打。这一顿打，彻底打碎了我对父亲对奶奶所有的依恋和信任，更是将原本就不十分贴心的二姑，硬生生给打成了舒平。无情的、可恨的“偷客”舒平！后来她再来住娘家，我总是想方设法使坏，不是给她的饭碗里吐口水，就是在她鞋洞里安槐刺，还有一次趁她在奶奶屋里午睡，偷偷把门反锁上，让她一个下午出不了门。现在想来，真正是无恶不作的年纪干了些无恶不作的事。

在好些年里，我对自己的做法是很理直气壮的。舒平坐在院子里吃饭，我在厨房高门大嗓地说舒平各种长短。父亲、母亲和奶奶不许我这样缺教养，很严肃地试图纠正，但最终是被我的倔强妥协了。舒平接受我这种理直气壮，她“呼啦呼啦”地吃完一碗，又坦然地去锅里盛上第二碗。她越是这般，我就越发感到痛快。然而，就在我习以为常、高声大气地把“舒平”挂在嘴边，对她时时处处肆意糟蹋的时候，她竟然莫名其妙地摔在了地上。她那壮硕的身躯就蜷缩在我家厨房水缸旁边的角落，不由自主地抽搐着，口吐白沫。我只晃了她一眼，就吓得哭喊着直冲出了厨房，奶奶闻讯不知从哪里飞跳出来，一声“俺平的哎！”家里就乱成了一团。

这回，我才终于知道奶奶为什么要惯着舒平。她从小就有羊角风病，成年后嫁给过一个很不像样的穷人家。那家的男人嫌她食量大，三天两头打得她往娘家跑，最后父亲不得不干脆把她领了回来。再嫁虽免去了皮肉之苦，却仍旧穷得时常揭不开锅，更没有谁会顾及她什么时候犯了病，摔在哪里，摔出了什么结果。

（五）

血缘还是让我时不时地牵挂起了舒平。怕她摔跤，怕她挨饿，盼她来住娘家，劝她多吃几碗饭，不许她干重活儿。唯独坚持没变的，就是舒平仍旧叫着，没改口。然而，生活就是那么个不讲理的玩意儿！你越是抬举它，它就越不像话。即便我是那么诚心诚意地祈祷，舒平还是出事了。她在山上刨药材的时候，从山崖上滚了下来。我至今不敢想象那么庞大的一个舒平栽进崖里该是个什么景象，结果就是右手的手腕在一堆料礓石上折成了九十度拐角，皮开肉绽，连骨头都歪了出来。舒平她是自己走回来的，左手抱着右胳膊，从三四里外的荒山上把那只血肉模糊的手腕带来让父亲给包扎。我的父亲是个乡村医生。在那个落后封闭的麻糊村，既没有先进的医疗器械，也没有什么名贵药材，全靠自己的那点医术来支撑。老实说，很难治得了罕见的疑难杂症或大的跌打损伤。但在舒平眼里就不是，她以为只要有她哥在，就算丢了命也能起死回生。所以她一点也没为自己的右手腕担心。

那天舒平的眼睛大得夸张，但眼神里没有疼痛，而更多的是恐惧，就像小孩子犯了错见到大人时的那种惶恐。父亲果真狠狠地训了她，一边清理伤口一边骂。骂她好了伤疤忘了疼，骂她再跑就打折她的两条腿，骂她不听话哪如跌死算了。父亲铁青着脸，越骂越恼，我真担心他就要抡起拳头打舒平两下子了，赶紧拿毛巾给她擦了擦脸上的土灰。这时，父亲才稍稍冷静了一些。直到父亲心头的怒气完全消下来时，舒平才想起伤口的疼痛。她这次真的是摔惨了，已经远远不是父亲这个乡村诊所能收拾好的情形。奶奶慌手慌脚地拄着拐杖去村里求人给雇了辆三轮车，几个人把舒平抬到车厢里，“突突突”地开到矿务局医院去了……

（六）

认识舒平的人都说，这回可算是跌好了，看她以后还敢撩起两条腿到处瞎跑。拆了钢板那只手还能用，真正算她舒平上辈子烧了高香哩！人们才还这么议论着，舒平就又跑出来了，拎着小包袱，来给娘家送露白果（白露节气前后成熟的一种小苹果）。父亲坐在东窑的脚地上扎笤帚，嘴里紧紧咬着胶绳，压根没听到她来的动静。舒平先把小包袱送到中窑，没顾上跟奶奶说句话，又忙不迭地抓起几个露白果先给父亲送去。不料父亲一见进来的是舒平，火气“腾”地就冒上来了，他猛地站起身，照着舒平端着的手一巴掌扇了上去。露白果七零八落地洒了一地，舒平用两只铜铃似的大眼睛盯着父亲，委屈得流不出一滴泪来。她吃力地弯下腰，把滚在地上的露白果一颗一颗捡起来，放到炕沿边，无声地走了出去。这次来麻糊村，舒平一句话也没有说，也没有吃一碗饭。她从东窑出来，没有再回中窑，而是径直走了，回她那个没有娘没有哥没有依靠的穷苦的家去了。

我想，那个家在那天，对于舒平来说，是最温暖的。

但她的骨子里，一辈子离不开娘家，离不开麻糊村。

我曾说，我想把自己的心掏出来，贴在麻糊村的土地上。但我确信，舒平对麻糊村的爱，远比我要深刻得多很多。舒平不识字，她也从来没有为麻糊村写过一个字，没有用半句话来表达过她对麻糊村的看法，她只是用极普通，甚至应该说成是极笨拙的行为，将那份爱种在了自己的灵魂深处，她无所谓旁人知不知道，懂或不懂。

（七）

即使父亲再伤她的心，也不过是一时半刻。一有点什么事，她还不是拖着长长的咳嗽跑来麻糊村。她这回是来商量那个孩子的事情。

那个时候我觉得舒平真是太奇怪了，突然间竟生了个孩子。看来身形庞大也有身形庞大的好处，神不知鬼不觉便可多出个人儿。舒平来商量的正是这个男婴，已经出了满月，得赶紧给他寻个下家。总之无论从哪方面讲，他是不能跟着一把年纪的舒平了。可不是，表姐都要谈婚论嫁了，怎么能说得过去呢。

把自己的儿子送人，我以为舒平会很伤心，会舍不得呢，但事实上她太轻松啦！简直就像是在给旁人谁家张罗这件新鲜事儿，无论父亲怎么个说法，她都觉得很合适。最后依了奶奶的主张，在附近给娃儿找个知根知底又稀罕他的好人家，将来两下互不往来，让他一心一意给人家开门儿（指延续香火）。有了这个主意，舒平便有了主心骨，她没顾上吃晚饭，搭黑赶了回去。

那个孩子我没见着就已经被送走了。大年三十儿我去舒平家接奶奶回来过年的时候，都该有百天大了，我猜他一定比在舒平家过得好。奶奶在伺候舒平养身子，炕上摊着一堆破絮烂褥，舒平坐在炕头上。一推开门，我便闻到了扑鼻的炝西红柿味儿，还有浓郁的韭菜肉馅饺子味儿。看来人家的传言没错，舒平是收了那家的营养费的，不然这个年拿什么来这般讲究？我站在门扇背后，隔着汤面锅飘出的蒸汽看她，总觉得像是堆着一堆呆板的，无情的，冷漠的矸石。我还是不能接受，舒平就这么轻描淡写地把自己的亲骨肉送了人。可是……可是又能可是什么呢？也只有做这样的事情，才像是舒平嘛。

奶奶盛了一碗刚炝起来鸡蛋西红柿汤面给我吃，我没胃口，因为我知道那诱人的香味是用那个孩子换来的。我替舒平感到害臊。这次来，她家多了一只几个月大的小猫，它被这香喷喷的汤面味儿搅得心烦意乱，叫唤着在地上直打转。我便把汤面倒进了猫碗。舒平和奶奶都没有说话，我转身出了门。

（八）

舒平与麻糊村之间的感情是有节点的。

奶奶去世后，我以为她完蛋了。舒平怎么能没有娘呢？就算没有儿子，没有几大碗的调和饭吃，也不能没有娘啊！奶奶走了，她可怎么活呀。娘家连娘都没有了，还怎么回呀。连娘家都不能回了，舒平活着还有什么奔头呀。然而舒平还算争气，尽管咳嗽病一下子比以往严重得多，还加了腿上的关节炎，但她总算是就那么硬着头皮给撑过来了。对啊，我终于想明白了。娘没了，舒平还有她哥呀。有生以来，舒平哪次遇到难事，不是倚仗她哥才挺过去了。

然而，有哥没娘的好光景也不过只给了她四年。四年后，就连哥也没有了。父亲走的前一天下午，舒平回过麻糊村。没什么要紧事，就是回去在椅子上坐了一小会就走了。外面下着很大的雪，父亲往火炉里添了两块炭，跟舒平说，“你暖和暖和就回去吧！一会儿天黑下来上了冻，滑。”舒平凑到炉子跟前，伸出手虚笼在铁皮烟囱上，烤了一会又搓了搓手背，然后就走了。她出了门好一阵，父亲才猛地想起西窑还有几个橘子。他赶紧过去拿了追出去，“平的，等等！”舒平已经下了坡，上了大路。她听到父亲喊，立住回过头问，“甚？”父亲没再回话，而是快步追过去，把橘子塞给她。两个人再无话，扭转身各走各的。父亲回到街门口时，舒平又说，“哥，明天我蒸俩红薯给你送过来。”不料父亲心头的火又“腾”地点着了，他提高嗓门训过去，“你就不怕跑折你那两条腿？”

按规矩，给父亲守夜是我们这些子女该做的事，但舒平硬要陪着一起熬。我们在外屋，她在里屋，父亲停在脚地上。三下隔着一堵墙，夜是同一个夜。舒平咳嗽得太厉害了，几乎一整个晚上都没有停止过。我进去问她要不要喝开水，她说她不渴。我看了她一眼，原来她不光在咳嗽，还一直在哭，眼睛又红又肿的，手里抓着一块脏兮兮的湿透了的白丝布。不知什么原因，我突然想跟舒平聊聊奶奶，还有躺在地上的父亲。但她简直不能开口说话，总是话未出口泪先涌，况且还有没办法调剂的咳嗽，所以不得不作罢。

父亲走后，舒平是真的完了。才几天工夫，她那一脑袋乱蓬蓬的头发“哗”地就白透了。她仿佛一下子从小孩变成了老太太。我春节去她家走亲戚时，她哭着说腿疼得下不了地。但清明节还是拄着拐杖挨到了我家的坟上，用蓝手绢包着几个冒着热气的蒸红薯。才走上去坟地的土坡，坟还离得老远，舒平就已经哭得接不上气了。“俺哥哎……”从小到大哥给她的无数训斥波涛汹涌地袭来，此刻在舒平的世界里是多么温暖多么遥远多么渴望多么心酸。瞪着眼睛恶狠狠的训斥，如今在世上是再也没有了，舒平成了个实实在在的孤儿。天色阴沉沉的，一只乌鸦从山头掠过，留下一声凄惨的鸣叫，衔起舒平的哀伤不知送到哪里去了。

（九）

舒平垮了。舒平醒了。

每次回到家乡，我想去看她，却又害怕见到她。怕推开她家街门的时候，那双铜铃似的大眼睛镶在她家中窑的窗镜上，盯着我看，喜盈盈的；怕她给我口袋里塞崭新的一百块钱，那是她好几个月的药钱；怕她给我带山楂糕，因为她知道我最爱吃那种用冰糖制作的小薄片，她每年都做；怕她拄着拐杖从炕上挪到院子里，揪住那棵杏树死命往下扯杏子，她恨不能把满树的鸡蛋杏全摘下来给了我。她这样做，总是让我回想起小包袱，以及那种刻意的疏远。然而，我越是疏远，她就越固执，一瘸一拐地跟到打麦场边的坡底下，跟到大路上，硬把吃食塞进我的车里。她像一截枯木似的，定定地站在车子的反光镜里，越来越短，最后变成我鼻翼旁的一颗黑痣。我讨厌极了这颗痣，因为它使我不得不去恨自己，叫了她二十几年的舒平。可是人家明明说岁月是把杀猪刀，二十多年过去了，我又有什么办法？

今年春节去看舒平，是大年初二的上午。姑父串门去了，把她反闩在家里。我推开街门的时候，她果真又把两只大眼睛镶在了窗镜上。见是我进来，她激动得先哭了一阵。屋里圈着满满的煤烟，她坐在炕上，身子几乎连半寸也挪动不了了。肥大的裤子罩在不知究竟疼成了什么模样的两条腿上，腰间耷拉着一根大红棉绳裤腰带，还没系起来。灶台上放着半碗饺子，饺子皮已经干瘪了下去，泛着牛皮色的硬光。我的心底瞬间涌上一股无法言喻的酸楚。马上都要十一点了，我的舒平她还没有吃到早饭，今天是大年初二啊，本该是她回娘家欢天喜地拉家常的日子。

她问我要母亲的电话号码，说要让表弟教她打电话，我愣了一下，以为自己听错了。我确信，舒平这辈子是绝不会尝试打电话这种高难度事情的，就连想都不可能会想到。她说箱子上的鞋盒里有小本子和半截铅笔，我拿下来翻找不到，她又让我把鞋盒递给她找，她也没找到。她开始慌起来，口中不停地念叨着，明明有纸笔的，怎么就不见了。她又让我掀起床褥找，没有。又打开箱子找，也没有。她越来越焦急，手四处乱摸，但腿挪动不得。不知怎么，我蓦地想起她以前总管不住自个儿的腿，那么能跑，是不是因为她跑多了，所以才落得今天的田地。因为我相信人的一生是个欠和还的过程，临了总归会达成个“收支平衡”，就像我和她之间的恩怨。最后我终于在洋柜上的钵子里找到了舒平说的纸和笔，她高兴的样子实在令我震惊，她该是多么想念我的母亲啊！也许想念的不只是母亲。这让我想到我的老姑，当年她对奶奶，对舒平，对我的父亲母亲，也如这般，可着劲儿往骨子里亲。

舒平再三交代，无论如何要守住家门口那棵老杨树。天哪，提起这棵树，舒平的眼泪又泛滥了，她说那是奶奶刚嫁到麻糊村时种下的。我能理解她这种永远失去的心痛。我又何尝不是？哪个女儿家不是？渐行渐远的麻糊村，渐渐扯断的根。她是舍不下母亲，舍不下奶奶的树，舍不下喊了她一辈子舒平的我，舍不下麻糊村的一草一木。舒平用手里的白丝布抹干眼睛，大概是准备要好好说会儿话。她说，“姑姑知道俺孩心里头有气，那年……”我本能地截了她的话，指着蹲在灶台上的猫问它有多大，还是那年我倒西红柿鸡蛋汤面给它吃的那只猫，它也老了。舒平说：“跟你二弟一样岁数。”我心头一紧，呵，二弟？未曾谋面的，二弟。多少年来，我一直以为舒平早把他忘了！她又试图提那个水果刀的事，我毫不犹豫地堵了她的口。她让我下次回老家时再去看看她，我知道她是想多见见我。的确，这样的见面成了奢侈品，在我和舒平之间，见一面就少一次。

那件事终究没能说出口。

舒平噙着泪的眼睛依依不舍地送我出了街门。我刚把门反闩上，整个人就塌了，顺着门扇软瘫下来，蹲在地上无声地痛哭，无声地撕扯我与舒平之间的那把“杀猪刀”。我何尝不想开怀畅谈，可是岁月早已流逝得无影无踪，不知从何时谈起，不知从何事谈起，不知是为自己喊了那么多年“舒平”的错误求平衡？还是替我错过了那么多声“二姑”而心痛？或者，我在心底里感激这件事，才让我和她之间比普通的姑侄多了许多更加深刻的领悟。刚才在屋里，我有好几次想喊她一声“二姑”。不，我之前早已在心底里偷偷地喊了好多年。可是，我一声也没有喊出口……从坡上下来时，刚好看到舒平家邻居的小闺女拎着篓子要出门。我刻意站住和她多聊了几句，关于舒平的事。小闺女说，“舒平还是下不了炕？”我说，“我二姑她，难啊！”我是多么无耻啊，又是多么可悲。只有我知道，这样做是为了找个机会享受一下把舒平喊成“二姑”的亲切。

我开着车子，极慢地行驶在回麻糊村的路上。眼泪止不住地涌出来，一浪接着一浪，把整个车厢打得湿漉漉的。我头痛极了。关于舒平的往事正以火山喷发的势态汹涌而来，令我实在招架不住。车子走到一个叫“坪上”的地方时，舒平蹒跚的身影居然出现在我的模糊的视线里。她神气地走在汽路上，大摇大摆，仿佛还是三十出头的样子。我靠路边刹住车，刚叫了一声“二姑”，她却不见了。我再一次失声痛哭……舒平她此刻正蜷缩在炕头嚼硬邦邦的饺子，这辈子她再也不会大摇大摆地跑回麻糊村了。

（十）

人与人之间的相处，说到底就是心与心的较量。这几十年来，我和她心里各自都有一杆秤。一直在找机会赎罪，但谁也不甘，不愿，或认为是不能开诚布公，生怕这份较量失了重。

对了，那个孩子，就是舒平所说的我的二弟。有一次听舒平说，她在镇上赶集时碰到过他，跟一帮半大小子骑着自行车在街上瞎疯。舒平远远地喊了一声，“慢点骑，孩儿们！”那孩子回头看了她一眼，轻蔑地狂笑着飞走了。后来，就再也没见过。我想，倘若能有缘认识那个二弟，我一定狠狠地给他一巴掌，替舒平。就像我想替她狠狠地给我自己一巴掌，一样。

将生死从烦琐的生活中剥离出来看，人这一生是多么悲惨啊！不知从哪一天开始，身边在乎的人就做起了减法，而且被减数没变，减数却越来越大。我一直在犹豫，这篇文章的题目究竟用“二姑”还是“舒平”。也许谁也无法理解，对我而言，这两者之间的差异。我想，还是“舒平”更合适。尽管听到她去世的消息，我内心的最后一丝倔强终究是瘫痪了，但“二姑”两个字用在我和舒平之间，实在是太微不足道了。不是么？

原载《宝安日报》2017年1月8日

涛　涛

荆淑敏

乍暖还寒的春，柳丝在飘，风儿在吹，空气里有潮湿的味道。

黑鱼湖的水浸湿了两岸沼泽盐碱地，似新生婴儿吐的奶渍浸润在围嘴上，斑斑点点。也许，这湖里的鱼儿昨天晚上跳出了水面，它知道我今天要来，跳到岸上，打个挺儿，扮个鬼脸，急闪，又潜入湖底，偷偷地听我述说。

涛涛，我来了，阿姨也来了。我们来放生，今天是阴历四月十八，也是你的生日。

满满的两塑料袋活泥鳅鱼。阿姨打开敞口，嘴里默默念诵着："皈依佛，皈依法，皈依僧；皈依佛，两足尊；皈依法，离狱尊；皈依僧，众中尊……"泥鳅扑啦啦进入湖里。欢呼跳跃地游走了，游向远方，游向对岸。

湖对面井架上的红旗猎猎飘扬。那是你生前的1306钻井队。

涛涛，我们两个同生龙年，你刚好大我一百天。我生下来没有奶水，经常是阿姨的奶水来补贴我。

我妈说，你从小就让着我。你走到哪里就把我领到哪里。人家问"这是谁？"你就毫不犹豫地说"这是我妹妹"后又补充，"我们俩都是吃我妈奶长大的。"逗得邻居哄堂大笑。

油田会战初期的干打垒房，一栋两家，各有独立的门院。院内有鸡鸭鹅饲养，或有小菜园种植，夏天，白杨树茂密遮阴；冬天，大雪封门。屋里的地龙烧得很旺。我们两家是邻居，经常是阿姨去联合站接四点夜班的时候，我家就多一个虎头虎脑抱着鱼缸来写作业的你。我妈说，她也俩孩子，一个女儿，一个儿子。

你从小就喜欢鱼，喜欢养小泥鳅，鱼缸是空水果罐头瓶。你常去黑鱼湖捉鱼，你还说鱼儿是龙王的龙子龙孙。你让我仔细看鱼缸里的鱼，哪条鱼扫籽了，哪条是鱼妈妈，哪是鱼爸爸。

乌黑发亮的小泥鳅在鱼缸里游来摆去，忽上忽下，两根胡须随意地摆动，我经常趴在桌前，看鱼儿翻滚，想象着波涛汹涌的大海，蛟龙出水，腾空云雾。等我静神再看你，你已经没了踪影。

我知道你去了哪里，我也追去。那边有钻井队，是你父亲工作的单位。

成堆的钻杆像小山丘一样堆着，高耸的井架，钻机隆隆地轰鸣，

队里的工人都喜欢你，给你带上钻工的头盔，披上钻工油渍麻花的工服，“涛涛，长大干什么？”“钻井。”话说时，你的头是歪的，望着高高的井架。

叔叔们把你领到黑鱼湖边去捉鱼，捉来的泥鳅放在头盔里，你只顾玩你的泥鳅，忘了脚下的路，一不留神踩进了泥坑，一个仰八叉，头盔扣到你的脸上，鱼儿也在你的脸上撒欢。

我笑得前仰后合。

我们俩同时技校毕业，我在采油厂联合站上班，你回到父亲的钻井队，当了一名特车司机。井队的工作很辛苦，有时为了赶钻井的进尺速度，你几个星期都不休息，井队作业经常搬家，你吃在工地，住在工地。

那个时候人们使用的是传呼机，有一天我在班上，传呼机响了：“明天我休息，我们去看电影。”

电影结束了，我们经过花鸟鱼市场，你细心挑选了一个条黑色的小金鱼，

鱼缸也很精致，里面有水草，彩色的小石子，五彩斑斓的水世界。

你把黑色的小金鱼送给我。我把它放在我家窗前。后来我又把它拿到我工作单位放在窗台上。每当我值夜班的时候，独守在机器旁，草原寂静的夜，漫天的星斗，唯有这个小小的生灵在陪伴我，它努努嘴，张张口，好像要和我交流什么，它的呼吸，我的呼吸，我们彼此似乎都能听得见。

夜色里，我推门北望，黑鱼湖不远处有作业的钻机灯火通明。我的传呼机响了："天凉，你加件衣服。"

我的心暖了。

油城的夜啊，你好美！片片的湖水，排排的抽油机，座座泵房，月光如洒，碧草娇柔，还有守夜班的姑娘，一汪如水的明眸。

丁零，丁零，值班的电话响了，莫非是领导查岗？

是涛涛，他从来不往我的岗位上打电话。

"我们井队下个星期就要搬家了。"

"去哪里？"

"我们公司接到去新疆勘探石油的任务。"

钻井工人四海为家，哪里有石油哪里就是家。

那是个阳光明媚的清晨，你们的井队车马到位，整装待发。

我早早等在哪里，把那个小鱼缸放在你驾驶室前面，黑色的小金鱼，乌黑发亮的。它好像也知道自己去远行，静卧水底，偷偷地看我，那双像夜明珠一样的大眼睛在读我的心。

你轻轻地按了下喇叭和我挥挥手，搬家的大部队浩浩荡荡出发了，直奔大西北。

涛涛，这一代一代的石油工人，就是这样走荒原，奔沙漠，青天一顶，星星为伴，为了石油，奉献青春又子孙。

你一走就是半年。

我经常梦见你，梦见那条小金鱼。它长大了，鱼鳍凸起，鱼尾像一把蒲扇在水中来回摇摆，我还和它对话，你好吗？你们啥时回来？它吐出一串水泡，潜入水底，似乎和我藏起了猫猫。

你说，等明年春暖花开的时候带我去新疆，到天山脚下，看牧场，看骆驼，看胡杨，看日落时分金色的沙漠。

我在期盼中等待，在井场附近的盐碱地上每天画一条小金鱼，我算计着，等我画完九十九条金鱼，我就可以去看你了。

有一天下班，天空乌云密布，电闪雷鸣。我坐在班车里经过黑鱼湖，看水面起了波浪，浪很急很大，同班的姐妹说，好像要下冰雹。

到了家里，院子里停了一辆轿车，透过窗户的玻璃，涛涛家来了很多人，母亲的眼睛红肿着。

咋啦？咋啦？

我使劲问母亲，母亲低声抽泣："涛涛出车祸了。"

"啊！"

我的眼前一黑……

飞机在乌鲁木齐的机场缓缓降落，我泪水模糊走出了航站楼，前来接机的有集团公司工会主席，有涛涛钻井队的书记。我搀扶着阿姨，她的手一直冷如冰块。

阿姨是不同意我来的。妈妈坚持说，"你是吃阿姨奶水长大的，阿姨老家在西北的玉门油田，大庆没什么亲人，你陪着叔叔和阿姨去吧。"

我们刚到当地一家招待所，一个牧民穿着的老人向我们走来，快到我们跟前，忽然跪下了，泪水顺着老人古铜色褶皱脸上流了下来，他喉咙里骨碌出的话，我们一句都听不懂。阿姨大概知道他是谁了，用自己无力的双手扶起了这个维吾尔族老人。

集团公司领导把涛涛出车祸的经过告诉了我们：

那天，天空刮起沙尘暴，戈壁滩的风暴，能见度为零。维吾尔族放牧老人买买提和羊群都迷失了方向，跑上了公路，涛涛开车去执行任务，等涛涛发现羊群和老人，刹车已经来不及了，涛涛一个猛打方向，自己和车都翻进了沟。

老人安然，羊群无恙，涛涛睡了，再也没有睁开眼睛。

昆仑巍峨，哀乐声声，你躺在鲜花丛中。

我已经泣不成声，我的青梅竹马，我的吃一个母亲乳汁长大的玩伴，我们约好了，一生要一起走的。你却违约了。

我抱起小鱼缸，连同那个金鱼一同洒向金色沙漠里。金鱼，黄沙，流水，在我的眼前幻化成乌黑发亮的工业油流。光芒四射!

涛涛，我把你的骨灰带回了老家，带回了油田。如今你安息在黑鱼湖岸边的净园墓地。

你的魂将与故乡永远在一起!

原载《岁月》2017年第6期

母亲的簸箕

黄圣凤

一

简朴的院落，健朗的老太太，灰头巾，蓝布围裙，脸上的皱纹和簸箕的纹路交相辉映。夕阳照过来，谷子上铺满金黄，上上下下颠颠簸簸中，尘杂飞去，谷子变得粒粒分明。

到了皖西的乡村，“妇人簸谷图”随处可见，这是画家作品之外生活的杰作。但我家山墙上挂着的那只簸箕，它只钟情于它的主人——我的母亲，一个粗手大脚的妇人。

簸箕是用竹篾编成的，用它簸掉谷物里的瘪子、壳子和杂草，也用来晾晒土地上的大豆、花生、辣椒、萝卜干。社会迈着匆匆的脚步一路向前，很多农具被遗落在进军的路上，但簸箕一颠一簸地走来，始终没有却步。随便走进一户老百姓的家，都可以看到它依然忙碌的身影。

乡下，男人们下地干活，出的是硬力气，他们根本看不上这些鸡零狗碎的家务活，簸箕是属于女人帮的。“簸”是一种动作，很讲究技巧。母亲把簸箕舞起来，像一个大型乐队的指挥：麦子或者谷子，借助手的力量飞起来、落下去，一起一伏，决不会让一个音符跑到节拍的外面去。

母亲微微猫点腰，双手握住簸箕的两边，运匀了气息开始簸动：左边一下、右边一下、前面一下、后面一下，双手力道不同，谷子在簸箕里起伏的方向就不一样。每簸动一下，谷物就顺着用力的方向，齐刷刷地抖动着翻上去。左手用力，谷子就在左边腾起，落在右边；右手用力，谷子就会在右边腾起，落在左边。像海浪、像瀑布、像顺着键盘滑下的音符，母亲的指挥棒指到哪里，哪里的音乐就飞起来。在优美的律动中，那些瘪稻子呀，碎石子呀，草梗呀就会很自觉地与丰盈饱实的队列划清界限。而更轻的尘土和碎叶，在簸的过程中就知趣地从一个妥当的方向飞出去。

母亲和皖西乡下很多技艺高超的农妇一样，每个动作都优雅自如，每一拍都簸在节点上。她自如的臂膀和腰肢，节拍天成。在茅屋竹篱的乡舍，在绿草青青的篱边，在野花依依的院落，把自家的领地打造成舞台，自己无意中做了一个表演者：不疾不徐，沉着自信，绝无多此一举的动作。手一扬就是造型，腰一扭就是才艺，没有哪个艺术家可以把劳动的剧目演绎得如此精彩。

二

在皖西的乡村，有的是扶不起来的汉子，却很少见到不能干的媳妇。

能干的媳妇是从能干的姑娘中培养出来的，能干的姑娘往往有一个能干的娘。我母亲的娘是个严厉的“教授”，她不允许自己的女儿在一群小姑娘中不出众。于是，她亲自传经授道。姥姥开始示范：只见她左一下，右一下，左两下，右三下，不消十下二十下，簸箕里的场面就拉开了。

母亲没有想到她看来不起眼的娘，竟然变戏法一样，瞬间把簸箕里的“各色人等”列开阵容。可是年幼的母亲，胳膊架不住簸箕。她学着姥姥的样子簸了几十下，但簸箕里分不出三六九等，这让姥姥非常不高兴：“现在架不住簸箕，将来怎么嫁得了人，谁个婆家要了媳妇是去吃白饭的？家务都做不来，还能当家立户？”

姥姥声音不大，分量不轻。

母亲心里听见了，耳朵假装没听见。

她望着飘落下的屑末尘杂发呆，那些东西怎么就乖乖地被簸箕“吐”出来了呢？

“你瞅着，”姥姥说，“簸箕三面立起，一面大嘴敞开，这叫‘窝深’‘掌平’。窝深，不容易撒出簸箕里的家什；掌平，多余的杂物才能飞出来。”

母亲又试几次，才吐了一点碎屑。姥姥帮她扶正簸箕：“端平，端平！这簸箕呀，就跟你人一样，不可低头，也不能仰脖子。低头，谷物会掉出来；仰脖，杂物就簸不出去。”

母亲牛劲上来了，还不信了，搞不定这笨笨的家伙。左邻大婶佝偻着腰能使簸箕，右舍阿婆扭着脖颈也能使簸箕，好手好脚的本姑娘就不行？没这道理。

“这样不照的，丫头！你要把心实实地沉下来，才能把轻飘飘的东西簸出去。你现在不是簸箕没端平，你是心没有放平。”

母亲白了姥姥一眼，低下头继续练兵。那时候，母亲是在私塾里已经念过几年书的女秀才了，她大脑里懂得的道理不少了。所以练着练着就练明白了：簸箕肯定会把废物吐干净的，因为稻子那么多，稻子又那么实诚，轻薄的碎末在簸箕里是站不住脚的。邪永远压不了正！再说了，簸一遍不照，两遍不照，那就多簸几遍呗，总会簸干净的，功到自然成。

这些道理，是在母亲的胳膊疼了一次又一次，腰酸了一天又一天，被姥姥训了一百次打了一次之后悟出来的。

许多年以后，母亲对我说：“人这辈子，其实跟簸箕差不多，身子摆正了，心态放平了，就得心应手了，该去的自然去了，该留的自然留了。”

好多人看到了村庄里飞舞如花的簸箕，却并不一定知晓能叫簸箕飞舞如花的理由。皖西大地上，每一个村庄，每一个院落，大约都经历过这种劳动技艺的传授，农耕文化的传承。

三

簸去尘杂，留下丰润，这是簸箕对谷物的选择。

簸去浮躁，留住坚韧，簸去偷懒，留住本领，这是姥姥教给母亲的选择。

之后的日子里，簸箕在母亲的手里越来越乖，越来越驯服。到最后母亲不仅纯熟地掌握了簸的技术，而且动作中有了音乐般的节奏和韵律。姥姥成功地把母亲塑造成十乡九寨出了名的“俏巴”女孩，提亲的人就一拨一拨地来，挡都挡不住咯。

母亲开始有心事了。她把摇动的心旌放在簸箕里，晃了很久，簸了很久，一直簸进梦里头。在梦里，一些面孔屑末般从簸箕里飞出去，飞出去，最后簸底亮出一汪晶莹。母亲终于把满簸的心事簸成了珍珠，有了珍珠，母亲手心里就有了宝。天亮的时候，母亲告诉姥姥，那三家提亲的，我选第一家。母亲的手装在裤兜里，手心里握着昨晚的梦，她相信那个曾经给过他一个憨笑的人，手心里一定也有一颗和他一样的珍珠。

母亲出嫁了。她从家境殷实的娘家带着好大一个牛皮箱子，外加被褥、脚盆和簸箕，嫁给了清贫的父亲。精致的牛皮箱子只能用泥浆土坯垒砌的台子支起来，母亲却笑。

选择，其实就是一个内心簸动的过程。母亲簸了好些天好些夜，给自己簸出了可以托付一生的男人。

母亲从来闲不住，她说她是个忙命，忙时一身劲，闲下来就害病。经年积劳让疼痛蛇毒一般盘踞在腰间，她却坐不下躺不住，菜地里草还没拔呢，小鸡还没喂食呢，俺大宝要吃糯米粑粑呢，母亲总有干不完的活。前脚把糯稻从满是阳光的簸箕中收起来，送到碾米房里去，后脚就得把水缸挑满，再把劈柴掇到灶屋去。汗珠从母亲额上冒出来，滴在泥土里，激起一缕一缕的烟尘，很细，袅袅的。

母亲相信，簸箕里有轻舞，更有飞扬，只要能把簸箕的春风秋雨舞起来，就不愁过不上丰裕饱满的生活；只要簸得动日子的勤与俭，天地不会亏着一家老小的嘴巴和肚皮。

四

土里刨食的庄稼人，家家少不了簸箕。簸箕既和战斗于劳动一线的犁耙、锄头、铁锹等称兄道弟，又和工作在二线的篮子、水桶、笆斗等志同道合，它和谐地融于劳动生活的前沿和后方。

母亲也一样，既在一线耕地插秧当农夫，又在二线喂猪烧饭浆洗缝补当妻子和母亲。三间房、一个院、一方塘、一个男人、五个孩子，数只簸箕，这是母亲全部的内涵。

簸箕跟着母亲多年，每一根竹条都被磨得锃亮。它不仅见证了一个乡村母亲劳作的本领，还成了她亲密的伴。青蛇化作簸箕，白蛇化作母亲，二人不恋断桥恋乡村。白蛇的乡居生活，怎么离得开青蛇的倾情参与。

那年月，能填饱肚子就是不错人家了，老咸菜、酱豆子、萝卜干都是宝贝。

腊月天，家家户户腌腊菜。腌腊菜是体力活也是技术活。在刺骨的河水里洗腊菜，青翠的菜叶考验着红肿的手背；洗净晾干，簸箕支在长凳上，砧板放在簸箕里，挽起衣袖，菜刀飞舞，一切就是几十上百斤，菜刀考验着手腕；切完后撒上盐，洗衣服样一揉一搓，粗盐考验着掌心和指头。

等菜揉得湿漉漉水淋淋了，得一把一把按进坛子里，用擀面杖捣实。弓腿，侧步，弯腰，抡臂，劲要大，力要猛，往往把人累得龇牙咧嘴，气喘吁吁，满面通红。直捣得绿水直冒，再加菜丝，再捣再拄，直到绿水冒完，直到力气用尽。

菜要切得匀称，盐要撒得适中，还要揉得恰到好处，没有一颗慧心，没有一双巧手，没有很好的技术，是腌不出一坛好菜的。臭手只能腌出臭腊菜，这成了某些媳妇大妈们心口的一种疼。而母亲的老咸菜鲜亮诱人，不酸不臭，男人和孩子本来只吃一碗饭，冲着这香辣的咸菜，也得再加一碗半碗。前村大妈、后村老婶时不时来家讨一点回去，老咸菜联络着乡亲乡情。

就凭这，母亲觉得多少苦累也值！

她愿意把一簸箕一簸箕的阳光搬回家，也愿意把一簸箕一簸箕的阳光洒出去。有了阳光，黑暗就会躲开；有了阳光，大鬼小鬼就会躲开；有了阳光，疾病就会躲开；有了阳光，母亲的微笑常开不败！

假如生活是一张铺开的稿纸，母亲就是蘸着阳光在上面书写诗篇的诗人，写着一家人的欢喜酸甜。而簸箕，它是母亲诗篇中饱满的句点，在简朴的日子里，标示出平平仄仄的节拍。

五

隔壁张大爷是竹编能手，早些年去世了，但张大爷编的簸箕，母亲一直在用。母亲还从张大爷那学会了给簸箕打补丁。巧手的裁缝，能在衣服的破洞上绣一朵花，让破洞成为一种装饰，一处景观。巧手的母亲对年复一年使用的簸箕，充满了感情，她花了心思了。母亲把竹篾晒干，两面削平，用砂纸打磨光滑。在锅里放上水油，一直烧，一直烧，烧到油冒直烟。母亲用手拿着竹篾的两头，让竹篾从滚油中慢慢过一遍。过了高温的竹篾就成了紫红色，又软又韧，还有好看的光泽。母亲利用颜色的差异，用心地在破了的簸箕上补出一张“牛”形的脸面来。

有了牛脸，母亲的簸箕就抖起精神来了。它执着地认为：这是一枚象形文字，是一个个性签名，是一方主人的印章。簸箕得到了主人的资格认证，它认定自己只属于一个人。

明媚的秋夜，月亮在云朵里穿行，瓦砾下的蟋蟀和池塘里的蝈蝈低吟高歌，一唱一和。簸箕陪母亲坐在门前的树墩上，它听见母亲手下花生壳“毕毕剥剥”地响，还听见母亲在轻轻歌唱：“不种谷麦没得粮，不种棉麻没衣裳。

会当家的省吃穿，好吃懒做家败光，一年四季饿肚肠……”

簸箕也想唱，但它没有出声，它静静地望着自己的主人。

簸箕有一双眼睛，是的，每一只簸箕都有一双眼睛，不动声色地注视着寒来暑往，朝朝夕夕。簸箕绝不只是几根竹篾的简单排列，它带着一颗心来的。

月亮斜向了西面，把母亲的身影长长地投照在泥地上。簸箕突然发现主人原本挺拔的身躯竟有些弯曲了。

人总要老去，时光总要驰离，迟早有一天簸箕会和别的农具一起在庄稼院里被渐渐遗忘，最终落满尘埃。但有谁愿意站在时光的屋檐下，穿过风，穿过雨，穿过簸箕簸掉的石子和沙粒，去倾听古老农业身后那断尾的压抑？

簸箕站在母亲的生命里，站在乡村原生态的生活里，站在故乡记忆的深处。

簸箕无语。簸箕看着一个人，一些村庄，一种文化，不可阻挡地向另一个方向走去。

六

母亲成为土地的一部分，簸箕向刀耕火种的黄昏转身。

簸箕被一根钉子沿肋骨挂住，安静于西山墙的一隅。待在墙上的簸箕对自己的境遇冷峻进行分析，清醒地发现生活真的变了。一个人怎么可以说走就走了呢？今年的腊菜还没有切呢，酱豆子还没有焐呢，萝卜干还没有晒呢！簸箕感觉突然丢掉了半条命。

半条命的簸箕挂在墙上，它赋闲了。赋闲了的簸箕多的是时间，有闲情去思这想那：它想到母亲对稻米的虔诚，想到谷麦对土地的追随；它想到一个人的生命像太阳升了又落，却又像河水去了就不再回；它想到历史面目一直冷峻，而相思总有扯不尽的余音。

簸箕决定向所有美好的旧时光致敬，因为时光赋予了它一个有爱，有智慧，有感应，有交流，有顿悟的曾经。

老了的簸箕，被一根钉子沿肋骨挂住，在西山墙的一隅。它并不巴望有人重新启用它，它变得非常温静。看看一样赋闲了的针线篮、筐箩、水桶和笆斗们，它笑了一笑。簸箕想，也许有一天，所有的它们都会和主人一样，慢慢消失在村庄的记忆里。

簸箕无语，簸箕淡定。

簸箕想念一个人，想念一种生活。

母亲淡出了红尘，簸箕成为定格的风景。

原载《清明》2017年第2期

梦里依稀看淮安

赵日超

走进淮安，仿佛就走进了神话故事，走进了千年古镇河下，体验了古韵文化，触摸到“乡书何处达，归雁洛阳边”的漫漫离愁……

——题记

“悠悠运河水，浓浓淮安情。”一方山水养一方灵性人，正是老淮安的神韵自然与浓郁文化，才孕育了吴承恩、韩信、周恩来、漂母、赵嘏、吴鞠通等名人。在这些名人中，我最仰慕和钦佩的还是中国著名的文学家吴承恩先生，总觉得先生的故乡流淌着神话色彩，先生笔下的人物都有深邃的含义。

一部书

上中学时，再读吴承恩先生的《西游记》，就对先生笔下所描述的人物充满了神往。

此前一直认为悟空火眼金睛，性子刚烈，为人正直，为取经立下了汗马功劳；悟净老实本分，一路虽说没有像悟空那样的功劳，但牵马挑担，没有功劳也有苦劳；八戒不光好吃懒做，而且在艰难的时候，总是希望着散伙回到高老庄。没想到在如来佛主最后封神的时候，八戒为何也被封了神?

带着疑问，走进吴承恩故居。踏进大门，首先映入眼帘的是一片苍翠的竹林。修竹丛丛，绿叶婆娑，摇曳生姿，给我们一种虚怀有节、幽雅恬淡之感。这不由得使我们想起宋朝苏轼《于潜僧绿筠轩》中的几句诗：“宁可食无肉，不可居无竹。无肉令人瘦，无竹令人俗。人瘦尚可肥，士俗不可医。”吴承恩一生屡遭困顿，而不随波逐流，这一丛修竹不正是他傲岸不俗的风骨写照吗!

吴承恩在《西游记》中写下了“花果山福地，水帘洞洞天”的句子。带着憧憬，我体验了水帘洞别有洞天的风韵。

吴承恩生活的年代，正是明王朝由盛转衰、日趋腐败的时期，宦官刘瑾及严嵩父子先后擅权。在父母的影响下，他爱听神魔故事，搜集唐僧取经的戏剧、评话等资料。吴承恩36岁那年，明世宗南巡承天府（今湖北安陆县），随驾文武大臣乘机敲诈勒索，大捞横财，闹得民不聊生。吴承恩写下了著名诗篇《二郎搜山图歌》。诗中把那些祸国殃民的文武大臣比作“二郎搜山”这个神话传说中的“妖魔”，斥之为“五鬼”“四凶”，连皇帝明世宗也遭到了他的斥责。

青年才俊吴承恩历经寒窗苦读之后，写诗作文，一挥而就，其文才很早就受到官员、前辈、社会名流的认可。原以为可以登科及第，红袍加身，披红戴花，光宗耀祖，却因他的文风求真洒脱，一次次乡试，他总兴致勃勃地去应试，然而又总是榜上无名，扫兴而归。于是悲泪长流，面对孤灯，创作了80万言的章回本小说《西游记》。吴承恩故居客厅前廊柱上的楹联是：“搜百代阙文，采千秋遗韵，艺苑久推北斗；姑假托神魔，敢直抒胸臆，奇篇演出西游。”这副对联，概括了吴承恩创作源流和一生的文学成就以及他的名著《西游记》的历史价值。

一个人，一辈子，一部小说，名满天下，谁人不羡慕?然而星移斗转，日月轮回，再没有吴承恩之外的第二个人这么幸运，这就是吴承恩与众不同之处。而造就吴承恩与众不同之处的，便是他一次次考试的失败以及他官场的失意。

迄今为止，《西游记》已被译为20多个国家的文字，外国翻译家把《西游记》的书名翻译得五花八门，有的译为《猴与猪》，有的译为《神魔历险记》，有的译为《中国的仙境》，有的就直接译为《猴子》。他们认为《西游记》里孙悟空、猪八戒写得生动有趣，对这两个人物情有独钟。《西游记》在中国文学史上，即被誉为“四大奇书”之一，成为世界文坛瑰宝。

一座桥

在兴文街与胯下街交叉处有一座胯下桥。“汉初三杰”之一的韩信，年轻时曾在此受过“胯下之辱”。

一日，一个卖肉的青年屠夫仗力逞强，看韩信身背宝剑心中不服，便欺韩信贫贱。韩信面对这无赖屠夫的逼迫，只有两种选择，一是刺杀他，等待官府杀头，二是俯身受辱。最后，韩信“孰视良久，俯出胯下”。后人于是在韩信当年受辱的地方树立了一个牌坊，以表韩信的忍辱负重和大丈夫气概。

在胯下桥东北不远的地方建有韩侯祠。祠中存有“精白乃心”“国上无双”“兴汉三杰”等匾额。还有一副楹联：奠数千里长淮，神留桑粹；开四百年帝业，功冠萧曹。在胯下桥西北的漂母祠，内有东鲁刘大文等人书写的对联：“一饭感韩信，巾帼丛中早把黄金轻粪土；千古拜遗庙，淮流堤畔有谁青眼识英雄。”“人间岂少真男子，千古无如此妇人。”这是对中国女性和男性代表的歌颂。这里历史上还发生过一个著名冤案“窦娥冤”的故事，是元代著名剧作家关汉卿创作的戏剧作品。

人间有道不完的冤屈，没有洗不尽的耻辱。

一条街

石板街曾因漕运及盐商聚居而富甲一方，甲第园林之盛、儒雅向学之风甚浓，一时无二。

河下镇的湖嘴街、花巷等九街两巷的青石板路面，是清代盐商大户程本殿利用运盐的回头船运回石板，铺设而成。当时河下最大的商业是盐业。苏北沿海所产食盐统称淮盐，产量质、量均为全国之冠。河下镇乃淮盐囤积之所，淮盐行销皖豫41州县。朝廷在河下镇特设淮盐运司的官衙，负责征收盐税。据说运盐后是空船回来的，因载重减轻了，过桥时不少桥太矮，就过不去了，于是就装些石头以降低船在水中的高度，过桥后就把石头卸了。后来，空船回来时干脆运条石到河下，于是就有了河下石板街。

也许街道就是街道，时间就是时间。走进这条街时，在时间的隧道里，我开始在这里驻足，回首。在街道的入口，几块赫然入目的石碑，镌刻着古镇的历史——四大名人的头像、姓氏、名字，连同他们曾经的战事及其辉煌，都以文字的形式在石碑里若隐若现。

这里被誉为华夏进士镇，仅明清两朝这条街就出过55名进士，状元一名、榜眼两名、探花一名。出举人100多人，博学鸿儒司5人。从官职来讲，有的人任过翰林、侍郎、尚书，也有人做过皇帝的老师。世界级文学大师《西游记》作者吴承恩、被誉为世界冷兵器时代最伟大的军事家韩信、南宋时击鼓抗金兵的巾帼英雄梁红玉、明代状元抗倭英雄沈坤都出生在河下一条街……

走进这条街道，就如同走进华夏的历史，却很难触摸到他们曾经的过去。远方苍茫，远方已远。除了一个模糊的背影，祖先们的荣誉、骄傲，祖先们的功名、利禄，都已化作尘埃，零落成泥。祖先们带给自己的那份自豪和优越，早已让位给日出而作日落而息的日子了……

一棵树

进入周恩来故居大门，一股蜡梅花香扑鼻而来，荡人心旌。走近水井边，我看见了一棵枝繁叶茂的蜡梅树。树在水井旁，茕茕独立。导游姑娘说，乳母蒋江氏是位心地善良、勤俭朴实的劳动妇女。100年前，她常带幼小的恩来到后院的空地上种瓜种菜，栽树栽花。

1903年，刚满5岁的恩来遵祖训入家塾馆读书。6岁时，恩来移居清江浦外祖父家，在那里恩来先后读了外祖父家的《西游记》《水浒传》《三国演义》《说岳全传》等大量藏书。10岁时，乳母蒋江氏带领恩来在后院这口水井旁亲手栽下了这棵腊梅，又名一品梅，暗寓背井离乡、怀念家乡和饮水思源之意。

童年的周恩来在这里曾得到了众多亲人的怜恤和疼爱，受到了多种性格的影响，生母、嗣母和乳母使恩来受到了不同性格涵养的熏陶。我的目光抬起又放下，放下又抬起。我始终游离在腊梅和水井之间。一棵树，一口井，竟然要有如此的承载，而且注定承载千年，直至地老天荒。腊梅，花中一品。我突然有些情不自禁——怅望千秋一洒泪，时移代易，这一份与生命和年轮同步的回望，在时间与灵魂的高度上，已然烙下不朽的刻度。从回望一棵树开始，到想念一棵树时结束，从走出淮安开始，到回到淮安时结束，我对于一棵树的解读，竟然这样地一以贯之。这是偶然还是必然？只是想，当我走出这座古镇，走出这帘烟雨，当我最后把伞合拢，一棵树，一口井，就会成为全部的隐喻和注解，成为淮安通向世界的秘密途径——依稀，隐约如梦。

望着小桥、古宅院、酒店、茶馆，我带着对这方水土的感叹、对中国文学的感悟、对岁月春秋的感怀、对历史文化名人的感想，望着清澈的运河水，怀着痴情、眷恋与仰慕，久久地沐浴在中国文学的深邃博大的思想中。

原载《淮安日报》2017年1月25日

思想的蝴蝶

张佐香

草地是庄子心灵的故乡。草儿绿着它的绿美着它的美，仿佛就只为与庄子的这一世情缘。这是一种灵醒的绿，一种整个生命都跃跃欲试地要从茎叶中挣脱出来的绿，一种率性恣情让人心旌摇荡的绿。野花与绿草是几千年的芳邻。草与草交换着眼神，花与花交换着眼神。庄子端坐在这密集的眼神之中，膝盖齐齐地并拢，修长的双手置于膝上，旁边摆放一顶青青碧碧的草帽。庄子的身体和灵魂里，落满了草绿的眼神和花儿芬芳的眼神。他整个也变绿了变得芬芳透明了，思想的花朵层层叠叠地一瓣一瓣地舒展开来。

庄子用他那永远清澈纯真的眼睛，观赏着周围万事万物。无数个清晨和黄昏，庄子在绿野草丛间游荡。在亿万千万颗露珠的照拂下，庄子眼睛里藏匿得很深很隐蔽的尘埃都被这晶莹璀璨的绿一一洗净。上苍把尘世间最美好最珍贵的露珠馈赠给了他，露珠渐渐化成了庄子的瞳仁。绿草、鲜花、露珠共同谱写出了笼罩和照耀庄子一生的生命美学和宇宙美学，庄子的慧心、诗心、天地心由此形成。

久了倦了，庄子索性仰躺在草丛间，躺在鲜花上，躺在露珠上，闭着眼睛享受着被绿色花香融化的幸福。他闻着草木的香味、水流的韵味和天空中云朵的逸味，听着了草儿拔节的声音、花儿绽放的声音、自己的身体和灵魂发出的微弱奇妙的声音。这些气味和声音缓缓地带着他进入梦乡，一只大若车轮的蝴蝶闯进了他的梦乡。他梦见自己变成了蝴蝶，却不知是自己梦见了蝴蝶，还是蝴蝶梦见了自己。醒来之后，庄子把粘在草帽上的梦刻写在竹简上。庄周的梦是世界上最经典最著名的梦。短短一梦，天人合一，物我两通，成就千古名句："庄生晓梦迷蝴蝶，望帝春心托杜鹃。"庄子的梦成了对人生的一种成全。庄子追求的是一种自自然然的泯物我超利害同是非的人生态度。庄周梦蝶生动形象地"化合"了精神与自然的关系，开启了一种更为理想更加纯粹和幸福自由的人生。

庄子获得天地万物厚爱，他以读书和写作表达对天地万物的感念。他把自己融入了自然，使其成为自然的一部分。在写作的过程中，庄子实现了心灵与尘世的沟通。当我阅读《秋水》《人间世》《德充符》等文章时，深深地被感动和折服了。庄子对生命的悲剧性感悟，对世俗喧嚣的超脱，对人生的热爱与眷念如春天空中款款飞舞的柳絮，带着柔美，含着感伤，藉着温情，怀着希望在万古长空中弥漫，在阳光的普照下熠熠生辉。庄子与万籁俱寂为邻，与草木虫吟为伍。这份安宁平和让他的精神获得了最大的自由。只有精神自由的人，才会做出大文章。他的散文充满了诗魂，充满了赋予万物以生命的诗的浆汁，充满了清澈得无一丝杂质的诗的气息，充满了能够俘获人心的诗的魅力。两千年来，文人墨客的脉搏里总会澎湃着庄子的血液，传承他那与天地万物融为一体的逍遥自由的精神。流连庄子的文字间，心灵超越世俗的云烟，飞升于自由美好的精神国度。

庄子的杰出之处，是用极富有想象力的寓言讲述了一个又一个令人难忘的充满哲思的故事。这些寓言故事足见庄子那小说家的手腕，谐趣和想象打成一片，设想愈奇幻，趣味愈滑稽，结果愈发人深省。闻一多先生曾断言"寓言成为一种文艺，是从庄子起的"。庄子寓言中巨鸟、神龟、蝴蝶、树木等已不止是其本身，更是一种精神，经由庄子发现了它们之外它们之上它们之内的东西，发现了它们和某种更永恒的思想的深刻联系，而呈现出了它们的神性。在庄子笔下，万物都是无限时空的密码，任何事物都不只是它自己，它们来自永恒又归于永恒。庄子善于修道和悟道，是得“道”的散文家。他的散文充满言外之言象外之象，意味后面还蕴藏着更多的意味，声音后面还有更深远的余响。

庄子正逍遥地在水边钓鱼，楚王派了两个大夫来到庄子身边毕恭毕敬地说：“我们国家有事想劳烦先生您！”楚王想请庄子出山辅佐他，完成统一大业。庄子手拿鱼竿说：“我听说楚国有一只神龟，死了三千年了，楚王还把它包上藏在盒子里，放在庙堂之上。你们说，这只龟是愿意死了留下骨头被人尊重呢？还是愿意活着拖着尾巴在泥土地里爬呢？”两个大夫异口同声地回答：“当然是愿意活着在泥土里爬啊！”庄子微微一笑说：“那好，你们请便吧，让我拖着尾巴在泥土里活着吧。”这是《秋水》讲述的一则意味深长的故事。庄子生逢乱世之秋，各个诸侯国之间为了争夺土地，打得旷日持久死亡惨重民不聊生。庄子不愿意为名利和地位参与到这些争斗之中。生命像电光石火一样转瞬即逝，庄子只想独善其身，与天地精神相往来，在文字中把自己的灵魂放大至无限。

庄子的寓言蕴含着智慧和慈悲的情怀。庄子尊重人和物先天的特性，自然流露出他的关怀与悲悯。

在《人间世》中，庄子讲述了一则关于树的故事 。一位木匠在去齐国的路上看到了一株巨大的树，这株树的树荫可以遮蔽几千头牛在树下纳凉，树干有百尺粗，与山顶齐高。这株树被人们奉为灶神祭扫。木匠看也不看一眼，就离开了树。徒弟问师傅：“为什么这么好的木材您看都不看呢？”木匠说：“这种树的木质不好。用它做船，船很快会沉；用它做门，门会流污浆；用它做柱子，会被虫蛀……这种‘不材之木’，做什么都不好。”晚上，木匠梦见这株树来和他理论：“你说我是棵没用的树，如果我有用的话，不早就被你们砍掉了嘛，我还能活到今天吗？我就是因为无用，才成为百抱合围的大树，保全了自己，这正是我的大用！”一株树不能成为栋梁，却能长成参天大树，成为人们朝圣的对象。

领悟人世间真谛的庄子，用《人间世》提醒活在人世间的人们，不要用世俗眼光看待任何事物，不要以眼前的有用和无用来作为评判事物的标准。天生我材必有用。只有超越俗世的功利之心，才能感悟到人生的大境界，拥有悲天悯人的情怀，进入生命的逍遥之境。此刻，生命与心灵相偕相生，与世间万物紧密相连水乳交融。庄子博爱众生，他的文字中闪耀着极为珍贵的人性之光。

《德充符》中的丑人哀骀它是一位具有大道大爱的人。他的美德内敛于心而不张扬。庄子将这种内敛于己，却又能涵泳天地万事万物的地方称为“府库”。鲁哀公曾经听孔子说：“卫国有个面貌丑陋的叫哀骀它的奇人。男人如果跟他待上一段时间，就会留念他的德行，宁愿做他的奴仆也不愿意离开他；女人一旦跟他见面，就会回家跟父母说：‘我宁可嫁给哀骀它为妾，也不愿嫁到别人家做正室。’”鲁哀公听了，把没有钱财没有权位的哀骀它请来。鲁哀公和他相处有如沐春风之感，心情特别舒畅。哀骀它的魅力，源于他的内心有一种取之不尽用之不竭的普照万物的光明。倘若心灵的宇宙中有了这样一位光明之神的居住，就会获得一份如同星空轨道般清明有序的理性，一种和缓的凝聚力。

庄子丰富的想象、天才的文思和浪漫的才情，源于他那颗齐物、达观、通透的心。庄子引领我们感受天地之气，领悟自然之道，追寻真正意义的幸福之道。禅宗言：“眼内有尘三界窄，心头无事一床宽。”眼里的事化不开，心里整天牵挂着，生命格局就会变得狭小，不知不觉中就会把前世、今生和来世抵押进去。如果心胸开阔心头无事，用不着拥有多大的地盘，坐在自家的床上，都会觉得天地无比地辽阔。庄子用生花妙笔描绘了许多蕴含着人生智慧和悲悯情怀的故事，启迪人们以开阔的胸襟和人生的智慧追寻幸福的人生境界。李泽厚说：“中国文人的外表是儒家，但内心永远是庄子。”庄子是我们遇见的另一个自己。

原载《山东文学》（上半月）2017年第5期